Titulaire d'un doctorat en ingénierie industrielle, **Boyd Morrison** a notamment travaillé pour la NASA. Il vit à Seattle avec sa compagne. Traduites dans une dizaine de langues, les aventures de son héros Tyler Locke sont désormais lues dans le monde entier.

W0463951

Du même auteur, chez Bragelonne, en grand format :

L'Arche
Le Code Midas
L'Héritage du Loch Ness
La Conspiration Roswell
La Vague

Chez Bragelonne, au format poche :

L'Arche
Le Code Midas
L'Héritage du Loch Ness
La Conspiration Roswell
La Vague

CE LIVRE EST ÉGALEMENT DISPONIBLE
AU FORMAT NUMÉRIQUE

www.bragelonne.fr

Boyd Morrison

Le Code Midas

Traduit de l'anglais (États-Unis) par Vincent Basset

Bragelonne

Ouvrage paru sous la direction de Lilas Seewald

Titre original : *The Vault*
Copyright © Boyd Morrison 2011
Publié avec l'accord de l'auteur, c/o BAROR INTERNATIONAL, INC., Armonk, New York, États-Unis

© Bragelonne 2014, pour la présente traduction

ISBN : 978-2-8112-1790-7

Bragelonne
60-62, rue d'Hauteville – 75010 Paris

E-mail : info@bragelonne.fr
Site Internet : www.bragelonne.fr

Pour Randi. Je gardais tous mes mots pour toi.

Remerciements

J'ai l'immense chance de connaître tant de gens intelligents et brillants ! Sans eux, vous ne tiendriez pas ce livre entre vos mains.

Mon agent, Irene Goodman, est sensationnelle. Tous les écrivains rêvent d'un agent de cette qualité. Sans elle, je n'aurais jamais réussi à franchir tous les écueils du monde de l'édition.

Mes agents pour les droits étrangers, Danny Baror et Heather Baror, sont les meilleurs dans leur domaine et c'est toujours un plaisir de passer du temps avec eux.

Sulay Hernandez, ma merveilleuse éditrice de Touchstone, s'est montrée d'une patience d'ange durant tout le processus qui a conduit ce livre de son premier jet à sa version finale. Je suis un homme chanceux de travailler avec une des étoiles montantes du monde de l'édition.

Stacy Creamer, David Falk, Shida Carr, Marcia Burch et toute l'équipe de Touchstone méritent tous mes remerciements pour le formidable travail qu'ils ont fourni sur ce roman.

Bien que j'aie sollicité les conseils de différentes personnes durant l'écriture de ce livre, je porte l'entière responsabilité des différentes erreurs, intentionnelles ou non, qui auraient pu s'y glisser.

David Phillips, professeur d'histoire à l'UCLA, qui parle couramment le grec, m'a offert ses conseils sur les nuances de cette langue ancienne, et aidé pour la traduction qui joue un rôle dans le prologue.

Jennifer Hesketh, professeur d'équitation aux Wimbledon Village Stables, m'a enseigné tout ce que je devais savoir à propos du galop sur une selle anglaise.

Alessandro Fusaro, guide pour le Napoli Sotterranea, m'a offert une fantastique visite des souterrains de Naples et répondu à toutes mes questions étranges sans se démonter.

Mon bon ami Erik Van Eaton, docteur en chirurgie traumatique, m'a renseigné sur les effets des commotions cérébrales ainsi que sur de nombreux autres problèmes médicaux.

Je tiens également à remercier Susan Tunis pour avoir exercé une nouvelle fois ses remarquables talents éditoriaux sur mon ouvrage.

Mon frère, le lieutenant-colonel à la retraite Martin Westerfield, ancien pilote de l'Air Force, m'a apporté de précieux renseignements sur l'armée des États-Unis.

Ma sœur, le docteur Elizabeth Morrison, conservatrice des manuscrits médiévaux au J. Paul Getty Museum, fut une source de renseignements précieuse pour mes inlassables questions sur les manuscrits anciens, les langues étrangères et les pratiques des musées. Et, en tant qu'amatrice de thrillers, c'est une experte à débusquer les moindres petites failles logiques d'une intrigue.

Mon beau-père, le docteur en géologie Frank Moretti, continue à faire partie de mes précieux premiers lecteurs, et m'a fait des critiques qui ont grandement amélioré cet ouvrage.

Enfin, il m'est impossible de dire combien je bénis le ciel d'avoir une compagne aussi compréhensive et aimante que mon épouse, Randi. Elle a été intimement impliquée dans la construction de cette histoire du début à la fin, et je veux l'en remercier du plus profond de mon cœur.

Prologue

Dix-huit mois plus tôt

Deux gardes morts à ses pieds et le pouce figé au-dessus du bouton du détonateur, Jordan Orr adressa un regard à ses deux complices, qui hochèrent la tête en signe d'assentiment. Orr pressa le bouton et, à cinq kilomètres de là, dans un parking proche de Piccadilly Circus, une Mercedes explosa.

Orr se moquait de savoir si l'explosion ferait des victimes mais, comme il était 3 heures du matin, il y avait peu de chances. L'important restait que les autorités croient à une attaque terroriste. Le délai d'intervention de la police de Londres en serait doublé pour tout autre appel, ce qui laisserait amplement le temps à Orr et à ses hommes de vider la chambre forte de la salle des ventes.

Orr ajusta le passe-montagne sur son visage, imité par Russo et Manzini. Déconnecter les caméras à l'intérieur de la chambre forte leur aurait pris trop de temps, car l'alarme se déclencherait dès l'ouverture de la porte.

Celle-ci était équipée d'un double système de verrouillage par carte magnétique et code numérique. Orr avait récupéré la carte magnétique sur le cadavre d'un garde : il l'inséra dans le boîtier, déclenchant la deuxième sécurité exigeant le code secret. Orr examina le pavé tactile. Son fonctionnement ingénieux réorganisait à chaque utilisation l'agencement des chiffres sur l'écran, ce qui empêchait d'obtenir le code en observant le mouvement des doigts d'une personne en train de le composer. Mais la veille, alors qu'Orr examinait les lieux en se faisant passer pour un client potentiel, le directeur de la salle des ventes avait fait preuve de négligence. Il n'avait pas cherché à cacher l'écran à Orr, qui avait pu enregistrer le code grâce à la caméra miniature dissimulée dans le stylo qui dépassait de la poche de sa veste.

Un laisser-aller caractéristique, songea Orr. Les concepteurs de systèmes de sécurité oubliaient toujours de prendre en compte le facteur humain.

Orr composa le code et la porte se déverrouilla dans un bourdonnement. Il actionna la poignée. Aucune sirène ne résonna, mais Orr savait que l'ouverture avait déclenché une alarme silencieuse au quartier général de la société de sécurité. À cette heure tardive de la nuit, nul n'était censé accéder à la chambre forte.

Après avoir tenté en vain de joindre les gardes, la société de sécurité appellerait la police, mais une possible effraction ne passerait pas en priorité alors qu'un acte terroriste venait d'être commis.

Il pénétra dans la chambre forte le premier. Il avait déjà eu l'occasion de visiter les lieux en personne, tandis que Russo et Manzini n'avaient vu que la vidéo qu'il en avait rapportée.

La pièce de cinq mètres sur cinq était destinée à exposer les lots de la vente du lendemain. Les bijoux, les livres rares, les sculptures, les monnaies anciennes et les antiquités qui avaient certainement dormi dans le grenier de quelque manoir anglais pendant des décennies étaient à présent mis en valeur par un éclairage soigné. Au total, la vente des objets exposés ici risquait de dépasser les trente millions de livres sterling.

Un objet en particulier représentait le clou de cette vente. Au centre de la pièce, une main délicate sculptée dans de l'or pur trônait dans sa vitrine d'exposition. Orr prit un instant pour admirer les reflets du métal.

Manzini, un homme chauve et trapu, saisit un marteau à sa ceinture.

— C'est l'heure de devenir riche, dit-il avant d'abattre le marteau sur la vitrine.

L'épaisse paroi de verre se fracassa et Manzini s'empara de la main en or, qu'il enveloppa dans du papier bulle avant de la fourrer dans son sac et de se tourner vers la vitrine d'exposition des bijoux.

Russo, tellement maigre qu'il semblait flotter dans ses vêtements, prit son marteau à deux mains et l'abattit sur la vitrine contenant un dessin de Picasso, qu'il récupéra avec précaution pour éviter de le déchirer sur les morceaux de verre.

Pendant que Russo et Manzini raflaient le reste des bijoux et des œuvres d'art, Orr gagna le fond de la chambre forte. Il brisa la vitrine protégeant trois vieux manuscrits et les rangea soigneusement dans son sac avant de s'occuper de la collection de monnaies d'or.

En l'espace de trois minutes, ils avaient fini de vider le contenu de la pièce.

— On a terminé, dit Orr.

Il ouvrit son téléphone et composa un numéro. Son interlocuteur décrocha à la première sonnerie.

— Ouais ?

— On arrive, répondit Orr, qui raccrocha sans attendre.

Les trois hommes enjambèrent les cadavres criblés de balles des deux gardes et coururent jusqu'à l'entrée du bâtiment. Une fois à l'extérieur, Orr perçut le hurlement lointain de sirènes, mais celles-ci s'éloignaient dans une autre direction. Un taxi volé les attendait. Felder, le chauffeur, portait une casquette plate, des lunettes et une fausse moustache.

Orr et ses hommes chargèrent leurs sacs dans la voiture puis s'y engouffrèrent.

— Tout s'est bien passé ? demanda Felder.

— C'était comme sur la vidéo, répondit Russo. De la came pour trente millions.

— Ce qui ne fera qu'un tiers de la somme sur le marché noir, releva Manzini. L'acheteur d'Orr ne paie que dix millions.

— Ça fait toujours plus de pognon que tu n'en as jamais vu, dit Felder.

— Roule, lui ordonna Orr, irrité par leur bavardage.

Ils n'étaient pas encore tirés d'affaire.

Le taxi démarra. La ville de Londres détenant le record mondial du nombre de caméras de surveillance, les trois hommes gardèrent leurs passe-montagnes. Après un cambriolage de cette envergure, Scotland Yard allait examiner la moindre vidéo à la recherche du plus petit indice lui permettant de remonter la piste des voleurs.

Mais Orr savait que les enquêteurs n'obtiendraient rien.

Comme lors de la répétition, le taxi atteignit le bateau amarré aux quais de la Tamise en à peine cinq minutes. Les quatre hommes abandonnèrent le véhicule sur le parking des quais et embarquèrent sur le yacht de croisière loué par Felder. Orr savait que le bateau permettrait de remonter jusqu'à Felder, mais à ce moment-là cela n'aurait plus d'importance.

Dès qu'ils furent tous à bord, Felder – un Britannique qui connaissait le fleuve par cœur pour l'avoir parcouru pendant dix ans en tant que matelot sur un remorqueur – mit les gaz. Le plan prévoyait qu'ils descendent jusqu'au pas de Calais et accostent dans le Kent pour récupérer une voiture de location et embarquer sur un ferry SeaFrance à destination de Calais.

Tandis que Felder pilotait le yacht, les trois autres vidèrent le contenu de leurs sacs dans la cabine afin d'en faire l'inventaire. Russo et Manzini baragouinaient en italien. Orr, qui était américain, ne comprit qu'un seul mot de leur échange, quand ils parlèrent de leur ville natale, « Napoli », Naples. Il les ignora et inspecta soigneusement les trois manuscrits. Il identifia celui qui l'intéressait et le posa de côté. Les deux autres n'avaient aucune importance pour lui et il les remit dans son sac de marin.

Le temps qu'ils finissent de trier leur butin, le bateau avait rejoint la Manche. Il était temps de passer à la seconde phase du plan.

Orr tourna le dos à Russo et Manzini et dégaina le SIG Sauer équipé d'un silencieux avec lequel il avait tué les gardes.

— Hé, Orr, l'interpella Russo, quand va-t-on rencontrer ton contact ? Je veux mon fric, *capisce* ?

— C'est ça, répondit Orr avant de se retourner brusquement.

Il abattit Russo en premier, puis Manzini. Celui-ci s'effondra sur Russo, la main encore crispée sur le collier qu'il était en train d'admirer.

Felder n'avait rien entendu de la fusillade, masquée par le grondement des moteurs et du vent. Orr remonta sur le pont. Felder tourna la tête et lui sourit.

— Tu veux bien prendre la barre un moment ? demanda-t-il. Je crève d'envie de voir ce que vous avez rapporté.

— Bien sûr, acquiesça Orr.

Il posa une main sur la barre et, quand Felder lui tourna le dos pour descendre dans la cabine, il l'abattit de deux balles. L'homme s'effondra et dégringola à l'intérieur de la cabine.

Orr examina le GPS du tableau de bord et tourna la barre jusqu'à ce que le navire pointe en direction de Leysdown-on-Sea, une petite ville côtière où l'attendait une deuxième voiture. Celle que Felder avait louée resterait là où elle était jusqu'à être enlevée par la fourrière. Aucune importance. Rien ne la reliait à Orr.

Quand le yacht se trouva à moins de trois milles nautiques de la ville, Orr coupa les moteurs. Ici, les eaux étaient suffisamment profondes.

Il descendit dans la cabine, arrima les trois cadavres à des éléments fixes du mobilier, installa deux petites charges explosives sous la ligne de flottaison et sortit les rames et le canot gonflable. Dès qu'il aurait activé les charges explosives, qui étaient juste assez puissantes pour ouvrir un trou dans la coque, le yacht coulerait en quelques minutes.

Il rangea la main en or, les bijoux, les monnaies et le manuscrit dans un sac étanche et fourra le reste du butin dans les coffres de la cabine, qu'il prit soin de verrouiller. Une fois le navire au fond de la Manche, tout aurait disparu sans laisser de trace. Les objets comme le Picasso valaient une petite fortune, mais ils étaient trop identifiables pour être vendus. Les bijoux et les pièces d'or pouvaient être découpés pour revendre les pierres précieuses et le métal sans trop de risques. Il espérait en tirer deux millions de livres, largement de quoi payer ses dettes et financer son grand projet.

Mais il comptait bien garder la main en or et le manuscrit. Même si ses complices l'ignoraient, le manuscrit était en réalité l'objet le plus précieux de la chambre forte. On pouvait même affirmer qu'il s'agissait de l'objet le plus précieux du monde. Son propriétaire n'avait pas dû en comprendre la valeur, sinon il n'aurait jamais songé à le vendre.

Mais Orr savait ce que recélait le manuscrit. Il avait vérifié, tandis que Russo et Manzini étaient éblouis par l'or et les bijoux. Pour le profane, la ligne de texte qui confirmait l'importance du document ne ressemblait qu'à une succession incohérente de lettres grecques en exergue d'un chapitre à la fin du manuscrit.

ΟΣΤΙΣΚΡΑΤΕΙΤΟΥΤΟΥΤΟΥΤΟΥ ΓΡΑΜΜΡΑΜΜΑΤ ΟΣΚΡΑΤΕΙΤΟΥΠΛΟΥΤΟΥΤΟΥΜΙΔΑ.

Ce manuscrit était la copie médiévale d'un rouleau rédigé deux cents ans avant la naissance du Christ. Il contenait un traité de la plume du plus grand scientifique et ingénieur de l'Antiquité, un Grec originaire de Syracuse qui avait tenu en échec les armées romaines devant sa ville natale pendant deux ans par le seul recours à son ingéniosité, et qui portait le nom d'Archimède.

Le codex avait été rédigé sans minuscules ni espaces entre les mots, ce qui rendait sa traduction particulièrement laborieuse, et expliquait que son contenu soit resté en partie inédit. Mais cette simple ligne avait suffi à Orr pour savoir que le manuscrit qui reposait désormais à ses pieds dans le sac étanche contenait le secret de l'emplacement d'un trésor valant des milliards.

Orr grimpa dans le canot et, pour la deuxième fois de la nuit, pressa le bouton d'un détonateur. Les charges explosives ouvrirent deux brèches dans la coque du yacht. Orr s'empara des rames pour prendre de la distance, tout en restant suffisamment près pour s'assurer que le yacht avait bien coulé avant de regagner la côte. Alors qu'il regardait le navire s'enfoncer sous les eaux tranquilles, la traduction du texte d'Archimède dansa devant ses yeux aussi clairement que si elle avait été écrite à la surface de la mer.

« Celui qui saura maîtriser la carte obtiendra les richesses de Midas. »

Mercredi

Puzzle mortel

Chapitre premier

De nos jours

— Excusez-moi, appela Carol Benedict en se précipitant vers le comptoir du café *Starbucks*. Vous avez pris mon café.

L'homme avait déjà soulevé le couvercle en plastique du gobelet et s'apprêtait à verser du sucre dans le café au lait de Carol. Après ses dix kilomètres de jogging quotidien, personne – mais vraiment personne – ne pouvait se mettre entre elle et sa dose de caféine.

Le jeune homme au visage ensommeillé, une casquette des Redskins vissée sur la tête, baissa les yeux sur son café avant de dévisager Carol.

— Vous êtes sûre ?

— Vous avez commandé un double café au lait dans un grand gobelet ? lui demanda-t-elle en souriant.

Il secoua la tête et lui retourna un sourire désolé.

— Pardon, 7 heures, c'est encore tôt pour moi.

Il remit le couvercle en place et tendit le gobelet à Carol.

— Aucun souci, répondit-elle avant de sortir de l'établissement pour retrouver la chaleur étouffante de la rue.

Les dix minutes de marche pour rejoindre son appartement suffirent à la remettre en nage. Washington était réputé pour la moiteur de ses étés, mais Carol n'en avait encore jamais fait l'expérience, car c'était la première année qu'elle suivait des cours d'été à l'université de Georgetown. Elle était stupéfaite qu'il puisse faire aussi lourd à une heure encore matinale d'un jour de la mi-juin, mais sa tenue de jogging en tissu respirant joua son rôle en l'empêchant de se liquéfier totalement.

Carol n'était pas portée sur le petit-déjeuner, une de ses stratégies pour garder la ligne. Quand elle entra dans son deux-pièces, elle mit en marche la clim, alluma la télévision pour regarder les informations et termina son café en faisant ses étirements. Elle passa ensuite sous la douche et fit couler l'eau le plus froid possible. Le jet glacé la fit frissonner et lui donna la chair de poule ainsi qu'un léger vertige.

Elle coiffa ses cheveux en queue-de-cheval, s'habilla d'un débardeur et d'un short, mais prit tout de même un pull dans son sac car l'air conditionné dans les classes était toujours réglé trop fort.

Elle enfilait ses chaussures quand on frappa à la porte. Surprise, elle se releva brusquement. La tête lui tourna si violemment qu'elle manqua de tomber et dû se rattraper au bureau. Le vertige ne passa pas complètement, mais assez pour lui permettre de marcher jusqu'à l'entrée.

Qui pouvait bien lui rendre visite à sept heures et demie du matin ?

Elle regarda par le judas et vit un homme vêtu d'un costume, aux épaules carrées mais guère plus grand qu'elle.

— Qu'est-ce que c'est ? demanda-t-elle à travers la porte fermée.

— Mademoiselle Benedict, je suis l'inspecteur Wilson de la police d'Arlington. Je souhaiterais vous parler.

— Pouvez-vous me montrer votre badge, s'il vous plaît ?

Habitant seule, Carol avait appris à se montrer prudente.

— Bien sûr.

L'homme leva un porte-cartes contenant un badge et une carte d'identité arborant le logo du département de la police d'Arlington. Tout sembla normal à Carol, qui ouvrit la porte. Elle se sentait inexplicablement fatiguée et s'appuya contre le montant, la tête cotonneuse. Si elle était tombée malade, il faudrait qu'elle fasse avec, se dit-elle. Si elle manquait des cours, cela risquait de plomber sa moyenne.

— Quel est le problème, inspecteur ?

Elle n'avait pas la moindre idée de la raison de sa visite. De toute sa vie, elle n'avait jamais eu de problème avec la police, pas même une contravention de stationnement.

Ses épais sourcils broussailleux se rejoignant à la base du nez, Wilson la dévisagea avec une expression indéchiffrable.

— C'est à propos de votre sœur Stacy.

Une décharge d'adrénaline éclaircit l'esprit de Carol.

— Stacy ? Mon Dieu, il lui est arrivé quelque chose ?

Elles s'étaient parlé la veille et Stacy semblait aller bien.

— Il y a eu une prise d'otages dans son hôtel à Seattle. J'ai besoin que vous m'accompagniez au poste, où nous pourrons nous coordonner avec la police locale.

— Elle est blessée ? Dites-moi si elle va bien !

— Elle va bien pour le moment, mais j'ai besoin que vous veniez avec moi. Je vous expliquerai en cours de route.

— Bien sûr, bien sûr. Laissez-moi prendre mon sac.

Carol récupéra ses clefs, son téléphone et son sac, et ferma la porte de son appartement. Son cœur s'affolait à la pensée que sa sœur puisse se trouver sous la menace d'une arme.

Alors qu'ils descendaient l'escalier, elle trébucha et Wilson la rattrapa.

— Vous allez bien ? lui demanda-t-il. Vous êtes pâle comme un linge.

— Ça va, mais je me sens complètement vidée, tout d'un coup, répondit Carol, dont la vision se brouillait de plus en plus.

Wilson la soutint par le bras le reste du trajet jusqu'au parking et elle ne s'en plaignit pas, car ses genoux flanchèrent par deux fois.

Au lieu de la guider vers une voiture de police banalisée, Wilson la conduisit jusqu'à une fourgonnette blanche. Un autre homme bondit du siège passager et ouvrit la porte coulissante du véhicule. Carol sentit son estomac se nouer quand elle remarqua que l'homme portait une casquette des Redskins.

C'était le type qui lui avait pris son café au *Starbucks*. Son air endormi avait fait place au regard froid d'un cobra observant sa proie.

Carol prit une grande inspiration dans l'intention d'appeler à l'aide, mais Wilson plaqua une main sur sa bouche.

—Je vois que vous avez reconnu mon partenaire, lui souffla-t-il à l'oreille.

Carol tenta de se débattre, mais ses bras et ses jambes paraissaient en coton, et elle avait l'esprit de plus en plus embrumé.

Wilson la força à monter dans le fourgon et referma la porte coulissante. Il emprisonna les poignets et les chevilles de Carol dans des menottes, tandis que son complice s'installait au volant et démarrait. Carol tenta de nouveau de crier, mais n'émit qu'un faible gémissement. Elle avait l'impression d'avoir la langue engluée dans de la mélasse.

—Vous m'avez droguée.

Wilson acquiesça.

—Avec tous les campus universitaires, il n'est pas très difficile de se procurer du Rohypnol.

Du Rohypnol. La drogue du violeur. Il en avait mis dans son café.

—Oh, mon Dieu…

—Ne vous inquiétez pas. Ce n'est pas de ça qu'il s'agit. Nous avons juste besoin que vous soyez coopérative pendant quelques heures, le temps que nous nous occupions d'une autre affaire.

—Que voulez-vous de moi ?

— Nous avons besoin que votre sœur fasse quelque chose pour nous, lui répondit Wilson.

— Qu'est-ce que vous avez fait à Stacy ? demanda Carol en bafouillant.

Elle n'arrivait plus à garder les yeux ouverts et laissa retomber sa tête sur le sol du fourgon.

— Rien du tout. Ce serait plutôt à elle de s'inquiéter de ce qui risque de vous arriver si elle refuse de coopérer. Ou si elle échoue à faire ce qu'on attend d'elle…

Wilson continua à parler, mais Carol n'arrivait plus à saisir le sens de ses paroles. Elle sombra dans l'inconscience.

Chapitre 2

Répondez au téléphone, docteur Locke. Le temps presse.

Tyler Locke contempla le texte du message en se demandant s'il s'agissait d'une plaisanterie ou d'une curieuse technique de marketing. Son trajet d'une heure en ferry jusqu'à Bremerton n'avait commencé que depuis dix minutes et son téléphone avait déjà sonné trois fois en affichant le même numéro inconnu. Tyler avait ignoré les appels, mais il venait de recevoir ce SMS, toujours du même numéro. Les seules personnes à connaître son numéro de portable étaient enregistrées dans les contacts de son téléphone. Tyler avait pour règle de ne pas répondre aux numéros qu'il ne connaissait pas, en se disant que si c'était vraiment important la personne lui laisserait un message sur sa boîte vocale. Mais, jusqu'ici, il n'y en avait eu aucun.

Le ferry n'était qu'à moitié plein, Tyler avait un banc entier pour lui tout seul et en profita pour étendre ses longues jambes sur le siège d'en face. Un autre matin, Grant Westfield, son meilleur ami, aurait été assis à son côté, occupé à jouer sur son téléphone, mais Grant avait prévu un long week-end à Vancouver et, souhaitant rentrer tôt afin d'éviter les bouchons de fin de journée, il avait pris le ferry précédent pour commencer en avance sa journée de travail. Depuis deux mois, Tyler et Grant faisait trois jours par semaine la navette entre Seattle et Bremerton pour une mission de consultants sur la construction d'un nouveau dépôt de munitions à la base navale.

Le téléphone sonna de nouveau. Toujours le même numéro. Tyler but son café en contemplant le paysage de Seattle qui disparaissait dans le lointain. Il était 8 h 40 du matin et, bien que l'on soit le 16 juin, il n'y avait pas un rayon de soleil. Les nuages bas et le léger crachin étaient typiques du temps frais et couvert de « juinvier », comme disaient les gens du coin, qui précédait généralement un mois de juillet ensoleillé.

Il ne peut pas s'agir d'une erreur de numéro, se dit Tyler. Un télévendeur ne l'aurait pas appelé « docteur Locke ». Tyler n'était pas médecin. Il avait certes un doctorat, mais on ne lui donnait du « docteur » que lorsqu'il était sur une mission de consultant, ou quand ses collègues voulaient le mettre en boîte.

Il pouvait s'agir d'un coup de fil de travail, mais Tyler avait cinquante e-mails à consulter avant d'atteindre Bremerton et aucune envie de s'embarquer dans une longue conversation. Il laissa la boîte vocale se déclencher et rangea son téléphone. Son interlocuteur finirait peut-être par comprendre et lui laisserait un message.

Cela ne faisait pas une minute que Tyler s'était remis à travailler sur son ordinateur portable lorsque son téléphone émit un bip indiquant l'arrivée d'un nouveau texto. Tyler soupira et sortit le téléphone de sa poche.

> Docteur Locke, si vous ne répondez pas au téléphone, vous serez mort dans vingt-huit minutes.

Tyler dut relire trois fois le message pour s'assurer que ses yeux ne le trahissaient pas. Il referma son ordinateur portable, ôta ses pieds du siège d'en face et se redressa sur son banc. Il observa les gens autour de lui, mais personne ne semblait lui prêter attention.

Le téléphone sonna. Toujours le même numéro.

Tyler décrocha.

— Qui est à l'appareil ?

— Celui qui va tuer tous les passagers de ce ferry si vous ne suivez pas mes instructions.

Tyler ne décela aucun accent particulier dans la voix rocailleuse à l'autre bout du fil.

— Et si je raccrochais pour appeler la police ? dit-il. Vous allez passer un sale quart d'heure quand le FBI débarquera.

— Vous pourriez faire ça, bien sûr, mais qu'avez-vous à leur donner ? Mon numéro ? C'est un téléphone prépayé acheté en liquide. Croyez-moi, j'ai pensé à tout.

L'espace d'un instant, Tyler songea à mettre sa menace à exécution : raccrocher et appeler la police. Mais l'homme avait raison, il n'avait aucun indice à leur fournir.

— Que voulez-vous ? demanda Tyler.

— C'est vous que je veux, docteur Locke. Seigneur, ce que cela fait cérémonieux. Je vais vous appeler simplement Locke.

— Tout ça est ridicule.

— Pour l'instant peut-être, mais cela le sera moins d'ici à quelques minutes.

Tyler marqua une pause.

— Pourquoi m'appelez-vous, moi en particulier ?

— Parce que vous êtes exactement celui dont j'ai besoin. Une licence du MIT en ingénierie mécanique. Un doctorat de Stanford. Ancien militaire, capitaine d'une compagnie du génie, ce qui fait de vous un expert en explosifs et en démolition. Aujourd'hui directeur des opérations spéciales de la Gordian Engineering. Et tout cela avant d'avoir atteint vos quarante ans. Sur le papier, vous avez un profil impressionnant.

— Très bien, vous savez donc qui je suis. Et je dois toute cette curiosité au fait que… ?

— Au fait que je viens juste de vous envoyer deux photos par e-mail qui vous montreront combien votre situation est délicate. Je sais que le ferry est équipé d'une connexion wi-fi.

Jetez un coup d'œil à mes photos. Je patiente. Mais vous ne devriez toutefois pas perdre trop de temps.

Le téléphone dans une main, Tyler ouvrit avec réticence son ordinateur et vérifia sa messagerie.

Il trouva un nouveau message d'une adresse qui lui était inconnue. La ligne « Objet » indiquait : « Plus que 27 minutes ».

Tyler ouvrit le message. L'e-mail ne contenait aucun texte, seulement deux photographies.

La première était celle d'un semi-remorque arborant l'inscription « Silverlake Transport » sur le flanc.

La deuxième montrait un réfrigérateur dont la porte était ouverte. À l'intérieur se trouvait un baril en plastique transparent de la taille d'un tonnelet de bière rempli d'une substance grise poudreuse. Un morceau de tissu couvrait un objet posé au sommet du baril et ce dernier était équipé d'un minuteur à affichage numérique. Le ferry avançait dans une mer d'huile, mais Tyler se sentit soudain nauséeux.

— Je vous écoute, dit-il, l'esprit déjà en ébullition pour trouver un moyen d'avertir les passagers de sauter dans les canots de sauvetage.

— Vous feriez bien, effectivement. Vous savez reconnaître une bombe quand vous en voyez une. Au cas où vous n'auriez pas compris, le réfrigérateur se trouve à l'intérieur du camion, qui est garé sur le pont des véhicules, juste en dessous de vous. Et n'essayez pas de prévenir la police, je le saurai.

— Vous n'avez pas pu le faire monter à bord.

— Vous pensez que je bluffe ? Dites-moi ce que vous savez au sujet des explosifs binaires.

Tyler prit une inspiration avant de répondre.

— Les explosifs binaires consistent en deux composés inertes séparés, qui deviennent extrêmement volatils une fois qu'ils sont mélangés. Ils sont souvent utilisés dans les clubs de tir pour l'entraînement sur cible. Les explosifs ne peuvent être déclenchés que par la balle d'un fusil particulièrement puissant ou par un détonateur. On peut s'en procurer sur Internet.

— Vous voyez ? Vous êtes vraiment doué. Le frigo contient cinquante kilogrammes d'explosifs binaires. De quoi ouvrir un trou de dix mètres de diamètre dans la coque du ferry et mettre le feu à la moitié des véhicules de la soute. Je doute qu'il y ait beaucoup de rescapés.

— Les chiens renifleurs de bombes l'auraient repérée au moment de l'embarquement, objecta Tyler.

— J'ai pris des précautions pour m'assurer que l'odeur du marqueur chimique est indétectable et j'ai payé trois cents billets à de jeunes diplômés au chômage pour conduire le camion sur le ferry. Les difficultés actuelles de l'économie ont certains avantages pour moi.

— Si vous avez l'intention de faire sauter le ferry, pourquoi m'en avertir ?

— Écoutez-moi et vous comprendrez. Je veux que vous alliez au camion. Sa porte est fermée par un cadenas, dont la clef est scotchée sous la carrosserie, au-dessus de la roue gauche. Allez-y maintenant, ou le ferry n'atteindra jamais Bremerton.

Bremerton. Tyler fut pris soudain d'une pensée terrifiante : *la base navale*. Ce type voulait que Tyler fasse entrer le camion sur la base grâce à ses autorisations d'accès.

— Vous attendez donc de moi que je commette un attentat suicide pour vous ? s'enquit-il, en pensant fébrilement à la manière dont il pourrait se débarrasser du camion avant d'atteindre l'entrée de la base.

Son interlocuteur s'esclaffa.

— Un attentat suicide ? Vous n'y êtes pas du tout.

— Dans ce cas, qu'attendez-vous de moi ?

— Locke, vous allez devenir un héros. Cette bombe est programmée pour exploser dans vingt-quatre minutes et trente secondes. Je veux que vous la désamorciez.

Chapitre 3

Tandis que Byron Gaul attendait l'ascenseur dans le hall du *Sheraton Premiere*, il observa discrètement les lieux, soulagé de ne pas découvrir de changements imprévus dans les mesures de sécurité de l'hôtel en raison du congrès qui s'y tenait. Il avait étudié attentivement les lieux la semaine précédente pour préparer sa mission, mais comme l'hôtel se trouvait à Tysons Corner, juste à la périphérie de Washington, il existait toujours un risque que la sécurité soit renforcée, surtout pour la tenue d'un congrès financé par le Pentagone et intitulé « Sommet sur les armes non conventionnelles ».

Deux majors s'approchèrent, plongés en grande conversation. Quand ils virent Gaul, celui-ci les salua d'un signe de tête, et ils répondirent de même. Comme ils se trouvaient à l'intérieur d'un bâtiment et avaient ôté leurs couvre-chefs, son rang subalterne ne lui imposait pas de les saluer formellement. Gaul avait revêtu un uniforme de service de l'armée de terre avec le rang de capitaine et un badge portant le nom de Wilson. Il avait acheté l'uniforme ainsi que ses différents rubans et décorations sur Internet. Le plus difficile avait été d'en trouver un qui lui aille, étant donné sa silhouette particulièrement trapue.

Il se prépara à devoir répondre à des questions mais les majors l'ignorèrent et reprirent leur discussion. Gaul ignorait s'il aurait à utiliser l'histoire qu'il avait préparée, mais il se tenait prêt à délivrer son baratin au cas où quelqu'un l'interrogerait. Il dirait qu'il était officier de liaison à Washington, détaché auprès d'un comité d'experts comme il en existait des centaines dans la capitale, et qui portait le nom de Weaver Solutions. Il était venu assister au sommet pour s'informer sur les dernières technologies et tactiques susceptibles d'être utilisées aussi bien contre des objectifs civils que militaires. Des congrès de ce genre, il s'en tenait presque chaque semaine à Washington, mais c'était le seul auquel la cible de Gaul devait participer.

L'ascenseur arriva et Gaul y pénétra en compagnie des deux majors. Au premier arrêt, les portes s'ouvrirent sur un brouhaha d'activité. Il était 11 h 30 passées : les sessions du matin venaient de se terminer, et notamment le discours d'ouverture prononcé par sa cible. Pour les participants au congrès, c'était l'heure de la pause déjeuner. Les majors quittèrent l'ascenseur et deux hommes en costumes civils y montèrent. Gaul jeta un regard en coin sur leurs badges, et lut les noms d'Aiden MacKenna et de Miles Benson.

Les deux hommes étaient équipés de technologies qui semblaient tout droit sorties d'un film de science-fiction. Un disque noir était fixé sur le crâne de MacKenna et relié à son oreille par un fil, comme s'il s'agissait d'un appareil auditif directement connecté à son cerveau. Benson quant à lui était installé dans un fauteuil roulant motorisé tel que Gaul n'en avait jamais vu. Le fauteuil se tenait en équilibre sur deux roues, comme s'il défiait les lois de la physique, et permettait à son passager d'avoir les yeux approximativement à la même hauteur que s'il se tenait debout.

Benson portait un costume-cravate, mais il avait la carrure d'un homme qui faisait de l'exercice physique. Son regard direct et sa coupe militaire indiquaient un ancien officier, et Gaul supposa qu'il avait été blessé en Irak ou en Afghanistan. MacKenna correspondait davantage à l'idée que Gaul se faisait d'un analyste, avec des lunettes à monture en écailles et un physique qui suggérait que l'activité la plus éprouvante de ses journées consistait à taper sur un clavier d'ordinateur.

— Tu penses qu'il va accepter ton offre ? demanda MacKenna avec un fort accent irlandais.

— Je ne sais pas, répondit Benson. Il ne faudra pas que je me plante en lui faisant l'article.

— Son discours d'ouverture était excellent, en tout cas.

— C'est exactement pour ça que je veux qu'il nous rejoigne.

Les portes de l'ascenseur s'ouvrirent sur la mezzanine.

— Où se trouve le *Capital Club* ? demanda Benson en conduisant son fauteuil hors de l'ascenseur.

— À gauche, je crois, lui répondit MacKenna.

— D'accord. Normalement, nous avons une table réservée. Nous garderons un siège entre nous deux pour le général.

Gaul les suivit jusqu'au coin. MacKenna et Benson franchirent les portes en verre du restaurant, mais Gaul n'alla pas plus loin. Il s'arrêta brusquement, comme quelqu'un qui s'était trompé de direction, et fit demi-tour vers les salles de conférences de la mezzanine.

Les participants au congrès quittaient les différents séminaires pour se rendre au déjeuner ou s'attardaient dans le hall pour discuter. Ils présentaient un mélange équilibré de tenues civiles et d'uniformes militaires. Gaul se fondait parfaitement dans le décor.

Il erra dans le hall, en faisant semblant d'examiner le programme de la conférence. Il franchit finalement les portes en verre du *Capital Club* mais ne vit pas sa cible. Il se plaça près des ascenseurs et s'empêcha de s'adosser au mur, afin de conserver une attitude de dignité rigide qui cadre avec son déguisement d'officier militaire.

Son téléphone portable émit un bourdonnement. Le texto provenait d'Orr.

L'opération a commencé. Où es-tu ?

Gaul lui répondit :

Je suis en place.

Tu l'as repéré ?

Pas encore. Mais il est ici et il doit participer à un déjeuner.

Parfait. Nous saurons dans 20 minutes. Tiens-toi prêt.

OK.

Gaul n'avait plus rien d'autre à faire qu'à attendre et il se replongea dans la lecture du programme du congrès tout en surveillant du coin de l'œil les ascenseurs et l'escalier. Il sourit en voyant l'intitulé du discours d'ouverture prononcé par sa cible, qui n'était autre que l'ancien directeur militaire de l'Agence de répression des armes de destruction massive : « Le danger des menaces et réponses asymétriques : comment lutter contre les armes de destruction massive improvisées ». Gaul songea que l'orateur aurait été surpris d'apprendre à quel point cette question allait bientôt le concerner directement.

L'ascenseur se vida à trois reprises avant que Gaul aperçoive enfin celui pour qui il était venu. Le général de division, récemment libéré du service actif, avait les tempes plus grises que sur la photo que Gaul avait mémorisée, mais l'intensité de son regard et la ligne dure de sa mâchoire étaient parfaitement reconnaissables. Tous les regards suivirent le général alors que ce dernier se dirigeait vers le restaurant.

Gaul prit son téléphone pour envoyer à Orr un message lui confirmant que Sherman Locke venait d'arriver.

Chapitre 4

Tyler appréciait les notions de sens du devoir, d'engagement et de camaraderie qui allaient de pair avec la carrière militaire, mais il se passait volontiers de la partie qui consistait à mettre sa vie en danger, et c'était d'ailleurs une des raisons qui l'avaient poussé à retourner à la vie civile. Il n'hésitait pas à prendre des risques calculés, par exemple quand il faisait de la course automobile ou manipulait des explosifs dans le cadre d'un projet de démolition, mais parce qu'il gardait alors le contrôle de la situation. Pour l'heure, les événements lui échappaient totalement.

— Me revoilà, dit l'homme à l'autre bout de la ligne. J'avais d'autres affaires qui réclamaient mon attention. Vous êtes là, Locke ?

— Je suis là, répondit Tyler en descendant les escaliers du ferry pour se rendre sur le pont des véhicules. Pourquoi voulez-vous que je désamorce une bombe que vous avez vous-même placée sur ce navire ?

— J'ai besoin de quelqu'un ayant vos compétences pour un travail spécial mais, avant que nous fassions affaire, je dois être certain que vous êtes bien l'homme qu'il me faut.

— Et vous ne pouviez pas me proposer ce boulot, tout simplement ?

— Considérez cela comme votre entretien d'embauche. L'heure tourne, vous feriez bien de vous dépêcher. Avant d'aller jusqu'au camion, mettez vos clefs dans la boîte à gants de votre petite voiture de sport rouge, et laissez les portières ouvertes.

— Pourquoi ça ?

— Parce que je vous le dis et que c'est moi qui contrôle la bombe. Contentez-vous d'obéir.

— Je suis en chemin, dit Tyler. Si nous devons discuter de ce travail, comment dois-je vous appeler ?

— Vous allez trop vite en besogne. Il se pourrait que notre collaboration ne se résume qu'aux vingt-deux prochaines minutes.

Tyler déclencha le chronomètre de sa montre pour garder une idée précise du temps dont il disposait.

— Je suis un homme confiant, répondit Tyler, même si pour le moment rien n'était moins vrai.

Même dans des conditions optimales, il restait toujours dangereux de manipuler une bombe. Tyler ne savait pas à quel jeu jouait son interlocuteur, mais ce dernier lui paraissait tout sauf stupide.

— J'ai le sentiment que vous êtes plus culotté que confiant, répliqua l'homme. Vous saurez comment m'appeler une fois que vous serez monté dans ce camion.

J'ai déjà quelques idées sur le nom que je pourrais te donner, pensa Tyler. *Pourquoi j'attire toujours les dingues ?*

Tyler arriva sur le pont des véhicules, alla jusqu'à sa Viper et mit les clefs dans la boîte à gants. Il se redressa et regarda en direction de la proue : il distingua plusieurs camions, qui embarquaient généralement en premier, et s'y dirigea au pas de course.

Tyler repéra le véhicule portant l'inscription « Silverlake Transport » et se dirigea vers lui.

— Bon, que dois-je faire maintenant ?

— Vos instructions sont scotchées sur le réfrigérateur. Enfin, quand je dis « vos instructions », ce n'est pas tout à fait exact, mais vous comprendrez bientôt. Et rappelez-vous, ne prévenez pas la police. Mes yeux et mes oreilles sont tournés vers vous et je possède un détonateur télécommandé. Alors, mettez-vous au travail et ne tentez rien. Si le SWAT pointe le bout de son nez ou si je vois que les canots de sauvetage sont mis à l'eau, le ferry explose.

— Et ensuite ?

— Vous verrez bien si vous vous en sortez. Si c'est le cas, je vous rappellerai. Sinon, vous coulerez avec ce navire.

L'homme raccrocha.

Tyler gagna l'arrière du camion et passa la main sous l'aile gauche, à l'intérieur de la carrosserie. La clef se trouvait bien là, comme l'homme au téléphone le lui avait dit.

Il regarda autour de lui, mais à part une femme âgée qui promenait son chien il était seul.

Muni de la clef, Tyler déverrouilla le cadenas et souleva prudemment le hayon. Il ne pensait pas que la porte était piégée pour déclencher la bombe, mais vérifia, au cas où. Rien.

Tyler souleva le hayon juste ce qu'il fallait pour pouvoir se glisser à l'intérieur. S'il y avait vraiment une bombe dans le camion, il ne voulait pas prendre le risque que quelqu'un la voie et donne l'alerte.

Il pensait qu'il aurait à laisser le hayon entrouvert pour ne pas être dans le noir, mais deux lampes de chantier étaient accrochées aux parois intérieures du camion. Il les alluma et rabaissa le hayon.

Des cartons étaient empilés sur un canapé, rangé à côté d'une table et de ses chaises. Au milieu du compartiment se trouvait un réfrigérateur, un de ces vieux modèles équipés d'un loquet. Une enveloppe en papier kraft était scotchée sur la porte du frigo. Tyler l'examina attentivement. Quand il fut certain qu'elle n'était pas piégée, il l'arracha de la porte et l'ouvrit.

L'enveloppe ne contenait qu'une seule feuille de papier. Tyler la sortit, pressé de lire les instructions.

La feuille portait peut-être des instructions, mais celles-ci ne lui seraient pas d'un grand secours. Les paragraphes numérotés n'étaient pas écrits en anglais. Même si Tyler ne pouvait pas lire la langue en question, il reconnut immédiatement la forme des lettres. Il n'avait jamais appartenu à une fraternité étudiante, mais il avait utilisé ces lettres dans des équations mathématiques au cours de ses études d'ingénieur.

La page était écrite en grec.

Tyler étudia le texte pour voir s'il n'y avait pas une sorte de code ou de message caché qu'il aurait pu comprendre. Il tenta de repérer une formule, quelque chose susceptible de l'aider à désamorcer la bombe, mais il ne savait pas ce qu'il devait chercher. Considérant tout ce que l'homme au téléphone savait à son sujet, celui-ci était forcément conscient que les langues étrangères n'étaient pas son fort. Tyler était capable de commander une bière ou de demander les toilettes en français et en espagnol, mais cela n'allait guère plus loin.

L'homme avait précisé que ces instructions n'avaient pas été rédigées pour lui. *Mais pour qui, alors?*

Il se creusa les méninges pour trouver parmi ses connaissances quelqu'un capable de lui traduire ce document qu'il pourrait appeler au téléphone, mais il fut interrompu dans ses réflexions par des coups à la porte du camion. Tyler se figea.

— Il y a quelqu'un là-dedans ? entendit-il demander.

Une voix de femme.

— Tout va bien, répondit Tyler, pensant qu'un membre de l'équipage avait dû le voir pénétrer dans le camion. Je range juste quelques cartons qui se sont détachés.

— Ouvrez la porte.

Il ne lui restait plus que vingt minutes. Il n'avait pas de temps à perdre, mais ignorer cette femme ne ferait qu'attirer l'attention sur lui, ce qu'il voulait à tout prix éviter. Il ferait aussi bien de se débarrasser d'elle le plus vite possible avant de continuer à chercher un moyen de traduire ce document.

Il souleva la porte en s'attendant à trouver une femme vêtue de l'uniforme bleu de l'équipage. Au lieu de cela, il découvrit une femme menue qui devait avoir la trentaine, vêtue d'un jean, d'un blouson de cuir noir et de bottes élégantes mais fonctionnelles. Une chevelure blonde descendant jusqu'aux épaules encadrait son visage, dont le maquillage discret rehaussait les pommettes hautes et les lèvres pleines. Elle était belle, sans être trop sophistiquée.

Tyler la reconnut sur-le-champ. Il s'agissait de Stacy Benedict, la présentatrice de l'émission de télévision *À la recherche du passé.*

—Que faites-vous là ? fut tout ce que Tyler trouva à dire sous le coup de la surprise.

La femme dévisagea Tyler avec la même surprise que lui, prise un instant au dépourvu par cette question abrupte.

—Un homme m'a appelé pour me dire que quelqu'un m'attendait à l'intérieur de ce camion.

—Avait-il une voix rocailleuse ?

—C'est bien ça. Mais il ne m'avait pas précisé qu'il s'agirait de vous.

Ainsi, elle se rappelait de lui : ils s'étaient rencontrés quand Tyler avait fait un passage dans son émission. Au moins n'avaient-ils pas besoin de faire les présentations.

« Vos instructions sont scotchées sur le réfrigérateur, avait dit l'homme au téléphone. Enfin, quand je dis "vos instructions" ce n'est pas tout à fait exact, mais vous comprendrez bientôt. »

—Vous ne seriez pas capable de lire le grec, par hasard ? lui demanda Tyler.

Stacy sembla trouver cette question incongrue, mais pas pour les raisons que Tyler imaginait.

—J'ai un doctorat en lettres classiques. Évidemment que je connais le grec. Pourquoi cette question ?

—Voilà pourquoi, répondit-il en lui tendant la feuille.

À mesure que Stacy en prenait connaissance, Tyler vit son visage pâlir, mais elle ne perdit pas pour autant son sang-froid.

Ni exclamation, ni larmes. Au lieu de cela, son visage se crispa sous le coup d'une colère contenue.

— Où est la bombe ? demanda-t-elle en relevant les yeux vers lui.

Chapitre 5

Stacy grimpa dans le camion. Alors que Tyler refermait le hayon derrière elle, elle relut la première ligne du texte dactylographié. Celle-ci était rédigée en grec moderne, avec une tournure de phrase maladroite, comme si l'on avait utilisé un de ces programmes de traduction gratuits que l'on trouvait sur le Web. Stacy en comprit toutefois l'essentiel.

« Il y a une bombe dans le camion. Coopérez avec cet homme pour la désactiver. Si vous échouez, votre sœur et vous mourrez. »

Une heure à peine auparavant, alors qu'elle finissait ses bagages pour retourner à New York par un vol du matin, elle avait reçu le coup de fil d'un inconnu prétendant qu'il avait enlevé Carol, sa sœur cadette. Quand elle avait regardé la vidéo qu'il lui avait envoyée, montrant Carol ligotée et bâillonnée, Stacy avait lâché une bordée d'injures si violente que son interlocuteur avait dû exiger qu'elle se calme avant de lui communiquer ses instructions.

Sa seule exigence était qu'elle embarque sur le ferry de 8 h 30 à destination de Bremerton en tant que passager piéton, puis attende de nouvelles instructions. Stacy s'était accordé cinq minutes pour se remettre du choc après que l'homme eut raccroché, mais à part quelques tremblements elle avait gardé sa contenance. Stacy n'était pas une pleurnicheuse, pas plus que sa sœur d'ailleurs. En dehors des funérailles de leurs parents, la dernière fois qu'elle se souvenait avoir versé des larmes était quand leur chien Sparky était mort. Elle avait alors quatorze ans, et Carol douze. Stacy supposait que leur force de caractère leur venait de leur enfance, d'avoir grandi dans une ferme besogneuse de l'Iowa où elles étaient les seuls enfants.

Mais ce caractère bien trempé ne signifiait pas pour autant que Stacy était une solitaire. Elle se sentait soulagée de n'être plus seule pour affronter tout ça, même si son compagnon d'infortune était un homme qu'elle connaissait à peine.

Stacy avait rencontré Tyler une seule fois, neuf mois plus tôt, quand elle l'avait interviewé pour son émission consacrée aux mystères de l'histoire. C'était un beau coup médiatique de l'avoir après les rumeurs de son implication dans la découverte de l'arche de Noé. Avant l'interview, Tyler lui avait clairement signifié qu'il n'était pas très heureux de se retrouver sous les feux de la rampe et que son patron avait arrangé cet entretien malgré ses réticences. En dépit de cela, Tyler avait discouru sur les réalisations de l'ingénierie antique avec une remarquable aisance et il aurait pu devenir un intervenant régulier si Stacy avait pu le convaincre de revenir.

Il avait un charme un peu bourru qui passait très bien à la télévision. Son visage buriné affichait les rides de quelqu'un qui passait beaucoup de temps en plein air, mais son front n'était pas encore barré de lignes profondes, ce qui indiquait qu'il ne devait pas avoir dépassé la quarantaine. Il faisait un bon mètre quatre-vingts, avait des cheveux bruns, des yeux bleus, et une cicatrice irrégulière qui balafrait le côté gauche de son cou. Son coupe-vent, son treillis et ses chaussures de randonnée lui conféraient un style professionnel, mais décontracté.

—Qu'est-ce que ça dit ? lui demanda Tyler. Il nous reste moins de vingt minutes.

Stacy examina la feuille. Les quatre premières lignes étaient écrites en grec moderne, mais le reste du texte était en grec ancien. La ponctuation et l'écriture en lettres capitales rendaient cette deuxième partie du texte plus difficile à déchiffrer, même si les formes ancienne et moderne du grec présentaient de grandes similitudes.

— La porte du réfrigérateur est piégée, dit-elle. Pour la désamorcer, il faut appuyer sur l'interrupteur qui se trouve sous la porte.

Tyler s'agenouilla et passa la main sous la porte du réfrigérateur.

— Trouvé.

— Vous devriez maintenant pouvoir ouvrir la porte.

Tyler défit le loquet et entrebâilla lentement la porte du frigo.

Toutes les étagères avaient été retirées et un baril en plastique transparent rempli d'une poudre grisâtre occupait les deux tiers du compartiment. Il était surmonté d'un objet recouvert d'une housse près duquel pendait une petite bourse à cordons suspendue à un crochet. Un minuteur à affichage numérique placé sur le devant du baril égrenait les secondes. Plus que dix-neuf minutes.

Des fils partaient du minuteur et s'enfonçaient dans le baril jusqu'à un dispositif placé au milieu de la poudre. Un autre jeu de fils électriques disparaissait sous la housse qui recouvrait l'objet posé sur le dessus.

— Je n'ai jamais vu une bombe comme celle-là à la télé, dit Stacy.

Son cœur battait la chamade, mais sa voix resta ferme. Cela n'aiderait pas Carol si elle se mettait à paniquer.

— Il y a un détonateur dans la poudre, lui expliqua Tyler. La poudre est un explosif binaire.

— Ça pourrait être une fausse bombe, à votre avis ?

Stacy s'était renseignée sur Tyler avant l'interview et se rappelait son *curriculum* parce qu'il avait un profil réellement atypique. Il avait été capitaine dans une unité du génie de l'armée, dont l'une des missions consistait à désamorcer les engins explosifs improvisés.

— On ne peut jamais en être sûr, mais je ne pense pas, répondit Tyler. Et si c'est bien une bombe, il y a assez d'explosif pour ouvrir dans la coque une brèche de la taille d'une voiture.

— Au moins, vous n'essayez pas d'édulcorer les choses.

Tyler lui adressa un sourire d'excuse.

— Il m'a semblé que vous pouviez encaisser la vérité.

— Je paniquerai plus tard, dit-elle en lui rendant son sourire.

— Et je me joindrai à vous. Que dit la suite ?

Stacy lut la troisième ligne du texte.

— Retirez délicatement la housse.

Celle-ci était maintenue en place par une ficelle. Tyler la défit et retira la housse pour révéler un coffret de bronze de trente centimètres de haut sur quinze de large.

Stacy se rapprocha pour mieux voir. Le coffret possédait deux cadrans en façade, mais il ne s'agissait pas d'une horloge. Apparemment, les aiguilles n'étaient pas en mouvement et les cadrans étaient entourés de lettres grecques et non de chiffres. Chaque cadran était divisé en douze segments où étaient inscrits les noms des signes du zodiaque. Deux petites manivelles saillaient sur le côté gauche du coffret.

L'objet semblait flambant neuf, mais de conception ancienne. La bombe était manifestement reliée à ce coffret, même si Stacy ne parvenait pas à comprendre pourquoi.

— Qu'est-ce que c'est que ça ? marmonna-t-elle pour elle-même.

Elle fut surprise d'entendre Tyler lui répondre.

— Il s'agit de la réplique d'un appareil conçu par Archimède. Cela s'appelle un géolabe. L'équivalent d'un astrolabe, mais à visée terrestre, pas astronomique.

Tyler avait l'air parfaitement sûr de lui : il reconnaissait manifestement l'objet.

— Comment savez-vous ça ? s'étonna-t-elle.

— Parce que c'est moi qui l'ai construit, lui répondit-il avec un regard sombre.

Chapitre 6

Le parking le long de la plage de West Seattle offrait une vue magnifique sur le détroit de Puget. De là, Jordan Orr pourrait voir le ferry jusqu'à ce qu'il glisse derrière l'île de Bainbridge pour la dernière partie de son trajet jusqu'à Bremerton. Si jamais il arrivait jusque-là : la bombe était programmée pour exploser bien avant.

Dans le siège passager de leur 4 × 4 de location, Peter Crenshaw pointa ses jumelles sur le ferry, qui franchissait la pointe nord de West Seattle.

— Si Locke ne désamorce pas la bombe à temps, remarqua Orr, tu n'auras pas besoin de jumelles pour le savoir.

— Je vérifie juste si je ne vois rien d'anormal sur le pont. Histoire de m'assurer qu'il n'a pas donné l'alarme.

— Il ne le fera pas. Il sait désormais que je ne plaisante pas.

Une joggeuse approcha. Elle portait des lunettes de soleil, empêchant Orr de savoir si elle les regardait ou pas.

— Pose donc ça avant que quelqu'un nous remarque. Personne ne croira que nous sommes en train d'observer les oiseaux.

Crenshaw reposa les jumelles et reprit sa surveillance des deux fenêtres vidéo qu'affichait l'écran de son ordinateur portable. La première montrait l'image de la caméra dissimulée dans le pare-soleil de la cabine du camion.

La deuxième diffusait l'image de la caméra à l'arrière du camion. Orr regarda Stacy Benedict qui lisait ses instructions tandis que Tyler décrochait la bourse du compartiment du réfrigérateur et l'ouvrait pour en révéler le contenu : quatorze pièces d'un puzzle créé plus de deux mille ans en arrière.

— Qu'est-ce que tu en penses ? lui demanda Crenshaw de sa voix traînante qui avait le don de lui taper sur les nerfs. Tu crois qu'il va réussir ?

— J'ai confiance en Locke, répondit Orr. C'est le meilleur dans son domaine et c'est le seul capable de nous aider à accomplir notre mission.

— Et s'il n'y arrive pas ?

— Dans ce cas, l'État de Washington aura besoin d'un nouveau ferry.

Orr se pencha pour vérifier le traqueur GPS et constata qu'il fonctionnait normalement. Il montrait le camion au beau milieu du détroit de Puget, là où il se trouvait effectivement.

Incommodé par l'odeur de transpiration qui émanait de Crenshaw, Orr ouvrit sa fenêtre. Crenshaw était un remarquable concepteur de bombes, mais son hygiène personnelle était des plus douteuses. À voir l'état négligé de sa barbe et ses cheveux huileux, il n'aurait pas été étonné que la dernière douche de ce porc remonte au moins à une semaine. Son ventre proéminent donnait l'impression qu'il cachait un ballon de plage sous son tee-shirt et le sucre glace d'un doughnut parsemait encore les poils de son menton. Crenshaw dégoûtait Orr, mais leur alliance était nécessaire.

Orr avait écumé Internet pendant des mois en se faisant passer pour un opposant radical aux impôts avant de rencontrer Crenshaw sur un forum de discussion clandestin dédié à la critique virulente du gouvernement des États-Unis. Crenshaw était un jeune prodige de l'électronique dont le penchant pour la conception de bombes artisanales sophistiquées avait fini par lui coûter son renvoi de l'université. Il avait évité la prison grâce à un vice de procédure, mais son inadaptation sociale le rendait incapable de trouver un emploi normal. Crenshaw vivait toujours dans le sous-sol de la maison de sa mère à Omaha, et ruminait sa haine de l'oncle Sam.

Orr et Crenshaw avaient commencé à échanger des messages privés sur ce qu'ils pourraient faire pour frapper un grand coup au nom de tous les citoyens pressurés par le gouvernement. Après avoir gagné la confiance de Crenshaw, Orr avait proposé qu'ils se rencontrent dans une propriété qu'il avait louée dans le nord de l'État de New York, allant jusqu'à lui payer le billet d'avion. Ensemble, ils avaient passé le temps à essayer différentes armes à feu et Crenshaw avait fait étalage de ses talents en fabriquant des bombes avec les matériaux fournis par Orr. Peu après, Orr avait révélé son plan à Crenshaw, qui avait accepté de participer avec enthousiasme : les deux millions de dollars promis par Orr n'y étaient pas non plus pour rien.

Alors que Crenshaw entamait son sixième doughnut, Orr frissonna, incapable de comprendre comment il était possible de se laisser aller à ce point. Crenshaw n'avait jamais manqué d'un toit ni d'un bon repas, malgré ses jérémiades rendant le gouvernement responsable de ses échecs. Orr avait connu des épreuves que Crenshaw ne pouvait même pas imaginer, mais il évitait de ressasser le passé et avait appris depuis longtemps qu'il ne pouvait se fier qu'à lui-même.

Depuis la mort de ses parents, alors qu'Orr n'avait que dix ans, il avait dû se débrouiller seul. Avant leur décès, ses parents avaient vécu dans le luxe et offert à leur fils unique tout ce qu'il pouvait désirer : une grande maison, tous les jouets qu'il voulait, une école privée, des vacances en Europe ou à Hawaï. Mais une nuit son père, qui travaillait pour une banque d'affaires, avait jeté sa voiture contre la butée d'un pont non loin de leur maison dans le Connecticut, se tuant avec son épouse dans l'accident.

La police n'avait pas trouvé de traces de freinage et le pied de son père écrasait encore l'accélérateur quand on l'avait désincarcéré de la voiture, aussi avait-on conclu à un meurtre doublé d'un suicide. La compagnie d'assurances n'avait pas versé un dollar sur la police contractée par son père. Quant à sa mère, qui était femme au foyer, elle n'avait pas d'assurance vie. Orr n'avait pas cru aux conclusions du légiste jusqu'à ce qu'il apprenne que son père avait été licencié deux mois avant l'accident et était devenu *persona non grata* chez toutes les sociétés de Wall Street pour avoir dénoncé un détournement de fonds. La famille avait mené un train de vie insouciant, dépensant le moindre dollar gagné par son père et plus encore. Son licenciement les avait mis sur la paille. Que l'accident ait été intentionnel ou pas, le résultat était le même : Orr s'était retrouvé orphelin et sans le moindre sou.

Il fut placé en famille d'accueil et endura plusieurs parents adoptifs crapuleux qui l'accueillaient chez eux pour toucher les allocations ou profiter d'un enfant qu'ils traitaient comme un domestique. Il prit sa revanche sur ce monde cruel en se mettant à voler ses voisins. Au début, il ne s'agissait que d'un dollar ou deux pour s'acheter des bonbons ou une bande dessinée, mais les quantités ne cessèrent d'augmenter jusqu'à atteindre des sommes importantes. Il ne s'était fait arrêter qu'une seule fois, quand il avait pénétré dans une maison alors que le mari était revenu à l'improviste avec sa maîtresse, et après son séjour en maison de redressement il s'était fait la promesse que cela ne lui arriverait plus jamais. Quand il eut seize ans, Orr prit le large et gagna sa vie en travaillant sur des chantiers de construction en mentant sur son âge.

Durant les dix ans qui suivirent, il parcourut les États-Unis de long en large en acceptant toutes sortes de boulots, légaux ou pas, du moment qu'ils payaient bien. Puis, alors qu'il travaillait sur le chantier de rénovation d'une banque, un de ses collègues lui demanda s'il voulait se faire du fric facile. L'homme prévoyait de cambrioler la banque, mais avait suffisamment de jugeote pour ne pas tenter de faire un casse en plein jour.

Au lieu de cela, ils sabotèrent le réseau électrique des systèmes de sécurité et dévalisèrent la banque de nuit, en s'enfuyant avec un butin de cent mille dollars. Mais Orr avait hérité du goût de son père pour un style de vie dispendieux et dépensa l'essentiel de sa part en l'espace de deux mois. Cela marqua la fin de sa carrière d'ouvrier du bâtiment et le début de celle, plus risquée mais plus rémunératrice, de voleur de haut vol.

Orr apprit tout ce qu'il put de l'art de pénétrer dans les bâtiments sécurisés, se formant par des lectures ainsi qu'en travaillant avec des cambrioleurs plus expérimentés, jusqu'à ce qu'il maîtrise à la perfection les tenants et les aboutissants de la profession. Ses coups devinrent de plus en plus gros : Orr planifiait les casses dans leurs moindres détails et rassemblait des équipes de professionnels en qui il pouvait avoir confiance, mais l'argent amassé ne durait jamais longtemps.

Pendant des années, Orr mena la grande vie quelques mois par an, jusqu'à ce qu'il apprenne l'existence du codex d'Archimède et de la possibilité qu'offrait ce dernier de mettre la main sur un des plus grands trésors de l'histoire. Si cette piste permettait vraiment de retrouver la tombe perdue du roi Midas et les richesses qu'elle contenait, Orr pourrait finir sa vie dans le luxe dont il avait été privé dans son enfance et prendre par la même occasion sa revanche sur la vie. Son rêve était désormais à portée de main : Stacy Benedict et Tyler Locke allaient trouver le trésor pour lui ou mourir en essayant.

Orr glissa instinctivement la main dans son sac et sentit sous ses doigts le manuscrit, qu'il gardait en permanence avec lui.

Crenshaw fourra le reste du doughnut dans sa bouche et désigna l'écran d'ordinateur d'un signe de tête.

— Ils ont l'air d'avoir du mal avec le Stomachion.

La prononciation inexacte du nom du puzzle créé par Archimède agaça Orr. Même s'il n'avait jamais fini le lycée, c'était un lecteur vorace et il se considérait comme un homme cultivé. Il fallait prononcer « StomaKion », pas « StomaCHion ». Orr soupira mais ne prit pas la peine de corriger Crenshaw.

— J'ai foi en eux.

La transmission vidéo montrait Benedict et Locke qui parcouraient les instructions et examinaient les pièces du puzzle. Celles-ci étaient au nombre de quatorze : onze triangles, un quadrilatère et deux pentagones qui, assemblées correctement, formaient un carré. Selon les recherches d'Orr, le puzzle avait été initialement créé par Archimède pour démontrer un principe mathématique. La version du puzzle dessiné dans le manuscrit d'Orr avait une fonction différente : il s'agissait d'un code. Mais, jusque-là, Orr avait échoué à résoudre ce casse-tête.

Les pièces du Stomachion portaient des lettres grecques qui, apparemment, correspondaient aux signes du zodiaque sur les cadrans du géolabe, cet antique instrument de bronze qu'Orr avait connecté à la bombe. Si le puzzle était résolu correctement, il devait indiquer comment utiliser le géolabe, et ce dernier était la clef qui menait au trésor de Midas. Mais Orr n'avait plus que cinq jours pour localiser le trésor et Locke était son dernier espoir de comprendre comment faire fonctionner le géolabe.

Crenshaw pointa du doigt le minuteur synchronisé avec celui de la bombe. Plus que neuf minutes.

— Ils ne vont pas y arriver, constata-t-il.

— Peut-être pas, dit Orr. Archimède était un homme astucieux. Le puzzle n'a pas qu'une seule solution.

— Et combien en a-t-il ? demanda Crenshaw, surpris par cette révélation.

— Plus de dix-sept mille, répondit Orr dans un sourire.

Chapitre 7

Tyler examina les pièces du puzzle d'Archimède dans l'espoir d'y discerner un motif, mais rien ne lui sauta aux yeux. Le puzzle possédait plus de dix-sept mille solutions, dont moins de six cents agencements uniques si l'on ôtait les rotations et les inversions. Archimède avait associé une de ces solutions au géolabe, et c'était celle-ci que Tyler devait découvrir.

Les quatorze pièces du Stomachion portaient sur une face des nombres écrits en grec à chaque angle, et sur l'autre des lettres grecques. Le puzzle devait leur expliquer comme utiliser le géolabe, mais, à moins que les pièces soient agencées dans la bonne orientation, le résultat n'aurait aucun sens.

Selon ce que disaient les instructions, la bombe serait désactivée si les aiguilles des deux cadrans en façade du géolabe ainsi que celle du troisième cadran à l'arrière étaient toutes réglées sur midi. Tyler ne pouvait pas tourner au hasard les manivelles qui contrôlaient le mouvement des cadrans, car celles-ci affectaient la position des trois cadrans simultanément. L'assemblage complexe de quarante-sept engrenages à l'intérieur du coffret signifiait qu'il existait des millions de combinaisons possibles des cadrans. Pour trouver celle qui désamorcerait la bombe, il leur fallait résoudre le puzzle.

— Huit minutes, annonça Stacy d'une voix tendue.

Tyler resta silencieux, les yeux fixés sur les pièces du Stomachion.

— Hé, vous êtes en train de réfléchir ou c'est la peur qui vous tétanise ?

— Mon instructeur en déminage avait une devise, lui répondit Tyler. « Pas la peine de s'agiter si ça ne sert à rien. » Ce n'est pas parce que vous ne faites rien que vous n'êtes pas en train d'agir.

— Je vérifiais juste. Et si on balançait tout ça par-dessus bord, tout simplement ?

— Impossible, répondit Tyler, nous sommes surveillés.

— Je ne vois pas de caméra, objecta Stacy en regardant autour d'elle.

— Je n'ai pas eu le temps de la chercher, mais il y en a bien une. Il m'a dit qu'il ne nous quittait pas des yeux.

— Mais qui est ce type ? demanda Stacy.

— Il s'appelle Jordan Orr.

— Vous le connaissez ?

— C'est lui qui m'a demandé de fabriquer le géolabe, dit Tyler en regardant le minuteur, qui affichait moins de sept minutes. Je vous raconterai toute l'histoire si nous nous en sortons.

— Donc vous avez fabriqué ce géolabe mais vous ne savez pas comment vous en servir ?

— Voyez cela comme à un Rubik's Cube. Ce n'est pas parce que quelqu'un est capable de le fabriquer qu'il peut le résoudre. Ce doit être le problème qu'Orr a rencontré. Il sait que les aiguilles des trois cadrans doivent pointer sur midi, mais il ne sait pas comment faire. Ce qu'il sait, en revanche, c'est qu'Archimède a dissimulé dans le Stomachion les instructions permettant d'aligner les cadrans, il a donc conçu cette bombe comme un test. Nous devons résoudre le puzzle afin de faire fonctionner le géolabe, ce qui entraînera la désactivation de la bombe.

Stacy hocha la tête.

— Cela paraît censé d'imaginer qu'Archimède ait pu dissimuler les instructions dans un puzzle. Les Grecs sont les inventeurs de la stéganographie.

Tyler avait déjà entendu parler de la stéganographie, qui consistait à dissimuler un message à l'insu de tous, comme les micropoints cachés sous les timbres de cartes postales durant la Seconde Guerre mondiale, ou des messages insérés par des terroristes dans des photos ou des vidéos postées sur des forums publics comme Facebook ou YouTube. Il fallait non seulement connaître l'existence du message, mais aussi savoir comment le lire.

— Vous rappelez-vous de méthodes spécifiques de stéganographie qu'Archimède aurait pu connaître ?

— Les Grecs ont inventé cette technique il y a deux mille cinq cents ans. Parfois le message était tatoué sur le crâne rasé d'un messager, qui laissait ses cheveux repousser et le convoyait ainsi en toute sécurité. Ils dissimulaient aussi leurs messages secrets dans des tablettes de cire.

— Comment ça ?

— En temps normal, vous écriviez sur la cire à l'aide d'un stylet de métal. Si vous vouliez effacer ce que vous aviez écrit, vous faisiez chauffer la tablette et utilisiez une spatule pour lisser la cire. Pour envoyer un message secret, il suffisait d'écrire sur le bois de la tablette puis de la recouvrir de cire et d'écrire sur celle-ci un courrier anodin. Pour accéder au message secret, il fallait simplement gratter la cire de la tablette.

— Le message n'était donc pas codé ? Il suffisait de savoir où le chercher ?

— C'est ça.

Plus que six minutes.

Tyler se passa la main dans les cheveux tout en réfléchissant au problème.

— Quand j'ai fabriqué le géolabe, le texte du manuel de fabrication disait que « le puzzle ne pourra être résolu que par le constructeur du géolabe ». Je me suis longtemps interrogé sur cette phrase, sans réussir à comprendre ce qu'elle signifiait. Maintenant que j'ai le Stomachion sous les yeux, je vois quelque chose qui est trop étrange pour pouvoir être une coïncidence. Cela devait être indiqué quelque part dans le manuscrit, mais Orr ne m'a jamais montré ces pages-là.

Stacy se pencha au-dessus des pièces.

— De quoi s'agit-il ?

— Le mécanisme comporte quarante-sept engrenages. Je le sais, parce que j'ai passé plusieurs mois à les assembler.

— Et ?

— Regardez les pièces du Stomachion. Il y a onze triangles, un quadrilatère et deux pentagones. Si vous additionnez tous les angles des pièces, vous obtenez un total de quarante-sept.

— Merde alors, s'exclama Stacy. Je ne l'aurais jamais remarqué.

— Seul quelqu'un qui a fabriqué le géolabe le pourrait. Lisez-moi quelques-uns des nombres gravés dans les angles. Ils doivent forcément avoir un sens.

— Alors, vingt-quatre, cinquante-sept, quatre, trente-deux, dix-sept…

— Un instant. Vous avez dit vingt-quatre, cinquante-sept et trente-deux ?

« Le puzzle ne pourra être résolu que par le constructeur du géolabe. »

— Les engrenages ! s'écria Tyler avant même de comprendre qu'il avait trouvé la solution.

— Quoi ?

— Vite ! Y a-t-il un angle dont le numéro est trente-sept ?

Stacy examina les pièces tandis que Tyler retenait son souffle. Si ce n'était pas ça, ils étaient morts.

Après quelques secondes insupportables, Stacy ramassa une pièce.

— Je l'ai ! Trente-sept.

— Parfait, donnez-moi la pièce avec le nombre vingt-quatre.

Stacy lui tendit la pièce. Tyler assembla les pièces : leurs nombres s'alignaient parfaitement.

— Que se passe-t-il ? demanda Stacy. Vous avez trouvé ?

— J'espère, répondit Tyler en hochant la tête. Un des engrenages possède trente-sept dents et s'engrène dans un autre qui en compte vingt-quatre. Aucun des rouages de l'appareil ne dispose de quatre dents ni de dix-sept, j'imagine donc que ces nombres ont été mis là pour induire en erreur quelqu'un cherchant à résoudre ce casse-tête. Seul quelqu'un ayant passé du temps à fabriquer chaque engrenage est en mesure de repérer la correspondance. Nous devons nous dépêcher, à présent. Il ne nous reste plus que quatre minutes.

Tyler indiqua à Stacy les nombres qu'il recherchait. Il se rappelait plusieurs d'entre eux parce qu'ils étaient assez curieux pour un jeu d'engrenages. Il espérait se rappeler suffisamment de nombres pour pouvoir assembler le puzzle.

En l'espace d'une minute, ils avaient agencé les pièces du Stomachion en un carré. Ils le retournèrent afin de lire les lettres inscrites au verso des pièces.

— Cela ressemble toujours à du charabia, dit Tyler.

— Non ! s'exclama Stacy. Cela prend au contraire tout son sens. Vous voyez ces lettres, qui semblent former une sorte de spirale grossière ?

— Qu'est-ce que ça dit ?

Tyler jeta un coup d'œil vers le minuteur de la bombe. Plus que trois minutes.

— Alpha Lion. Bêta Balance. Alpha Poissons. Bêta Scorpion... Il y en a douze en tout. Ils doivent faire référence aux signes du zodiaque inscrits sur les cadrans du géolabe. Mais je ne sais pas ce que signifient les alpha et les bêta.

— Moi si. Vous ne pouvez pas le voir, mais la manivelle du haut est appelée alpha, et celle du bas, bêta. Je dois tourner les manivelles dans cet ordre pour régler convenablement les cadrans. Lisez-les-moi depuis le début.

— Alpha Lion, dit Stacy.

— Lequel est Lion ? demanda Tyler, qui ne connaissait pas un mot de grec.

— Celui-là, lui indiqua Stacy.

Tyler tourna la manivelle du haut. Les aiguilles des deux cadrans tournèrent simultanément. Tyler relâcha la manivelle quand l'aiguille du haut arriva sur Lion.

— Et maintenant ?

— Bêta Balance.

Stacy lui indiqua le nom et Tyler suivit ses instructions. Ils prirent leur rythme et rentrèrent les sept signes suivants, mais la procédure était d'une lenteur terrifiante.

Le minuteur atteignit la dernière minute.

Stacy agita la main, encourageant Tyler à se dépêcher.

— Bêta Cancer. Plus vite !

— Combien en reste-t-il ? demanda Tyler en tournant frénétiquement la manivelle.

— Plus que deux. Alpha Sagittaire.

Stacy lui indiqua sur le cadran le symbole à l'emplacement du douze, mais Tyler avait déjà commencé à tourner le cadran vers celui-ci.

— C'est bon !

Avant même que Stacy puisse dire « bêta Verseau », Tyler était déjà en train de tourner la manivelle. Verseau était forcément le signe du zodiaque placé à midi.

— Quinze secondes !

Malgré l'énergie que déployait Tyler à actionner la manivelle, l'aiguille du cadran semblait se déplacer au ralenti, comme dans ces cauchemars où l'on court à corps perdu tout en ayant l'impression d'être englué dans de la mélasse. C'était véritablement une course contre la montre, le minuteur égrenait les dix dernières secondes.

— Mon Dieu ! s'écria Stacy, Allez, allez, allez !

Quand les aiguilles des trois cadrans atteignirent la position de midi, Tyler sentit un cliquetis dans la manivelle.

Une série de bips sonores résonnèrent derrière le géolabe. Stacy s'accrocha de toutes ses forces au bras de Tyler, mais le minuteur s'immobilisa à quatre secondes.

Ils tombèrent tous les deux à genoux, épuisés. Rien ne ressemblait à ce sentiment d'intense soulagement qui vous envahissait quand vous veniez d'échapper à une mort certaine.

Stacy se blottit la tête entre les bras et Tyler posa une main sur son épaule.

— Vous allez bien ?

Elle releva la tête et cligna des yeux plusieurs fois avant de répondre.

— Super.

Le téléphone de Tyler sonna.

— J'imagine que c'est lui, lança Stacy.

Tyler acquiesça et prit l'appel en activant le haut-parleur afin qu'elle puisse entendre elle aussi.

— Bon, nous avons fait ce que vous vouliez, dit Tyler. On en a terminé ?

— Terminé ? (Ce n'était plus le timbre rocailleux des premiers coups de fil, mais une voix douce, que Tyler reconnut comme étant celle d'Orr). Voyons Locke, ce n'est que le début.

Chapitre 8

Sherman Locke éclata de rire si bruyamment que les huit personnes à la table se tournèrent vers lui. Il les ignora et coupa un autre morceau de son steak en secouant la tête, riant encore de l'offre de Miles Benson.

Le *Capital Club* avait été réservé pour que les hauts gradés, les orateurs prestigieux et les sponsors du « Sommet sur les armes non conventionnelles » puissent se rencontrer durant le déjeuner. La Gordian Engineering étant un des principaux bailleurs de fonds du congrès, son président, Miles Benson, se retrouvait légitiment à la meilleure table du restaurant. Sherman avait accepté de s'asseoir à côté de lui afin qu'ils puissent parler affaires, mais la proposition qu'il venait de lui soumettre était tout simplement ridicule.

Sherman avala une gorgée de son thé glacé.

— Vous vous moquez de moi, n'est-ce pas ?

— Laissez-moi vous expliquer, général, renchérit Miles.

— Tyler ne sera jamais d'accord.

— Ce n'est pas lui qui prend les décisions d'embauche à la Gordian, mais moi.

— Allons, Miles. Qu'est-ce qui peut bien vous faire penser que lui et moi serons capables de travailler plus de deux semaines dans la même société ?

— Vous ne travaillerez même pas dans la même ville. Nous aimerions beaucoup avoir quelqu'un de votre stature à Washington comme représentant pour nos contrats militaires.

— Vous aimeriez, mais ça ne sera pas du goût de tout le monde.

Après ses cinq années de service comme général deux étoiles de l'armée de l'air, Sherman n'avait pas eu d'autre choix que de prendre sa retraite. Le nombre total de généraux était limité, c'était donc soit une promotion soit la retraite, et l'occasion de devenir général trois étoiles ne s'était pas présentée pour lui. Ainsi, pour la première fois en trente-cinq ans, le général Locke était à la recherche d'un emploi.

— L'Agence de répression des armes de destruction massive vous a-t-elle déjà fait une offre ? lui demanda Miles.

Le dernier commandement assumé par Sherman était celui de directeur adjoint du centre de commandement stratégique pour la lutte contre les armes de destruction massive. En coordination avec la branche civile de l'Agence de répression desdites armes, sa mission avait consisté à développer des stratégies et des tactiques de lutte contre ce type de menace.

— Pas encore, répondit Sherman en mâchant son dernier morceau d'aloyau.

— Quel que soit le montant qu'il vous propose, je le double.

— Je réfléchis pour le moment à différentes offres. Comment êtes-vous sûr que vous pouvez vous payer le luxe de m'engager ?

— Général, quel que soit le prix, vous le valez. Vous avez participé à certains des plus importants programmes de développement d'armement de ces dix dernières années. Vous connaissez tout le monde, et votre parole est respectée. La Gordian est la plus grande firme de conseil en ingénierie au monde. Nous avons la capacité d'intervenir sur n'importe quel projet ou presque confié à des sous-traitants civils. Je vois une formidable synergie à ce que nous travaillions ensemble.

— Tyler sait-il que vous me proposez un poste ?

— Il en chierait une pendule s'il savait que je suis en train de vous parler, lâcha Miles en le regardant droit dans les yeux.

Franc, direct, pas de chichis. Sherman appréciait ça. Il ne s'attendait d'ailleurs pas à autre chose de la part d'un ancien officier comme Miles.

Sherman et son fils entretenaient une relation houleuse. Dernièrement, les choses avaient commencé à s'arranger, mais travailler dans la même société risquait de faire trop, surtout quand Tyler était le cofondateur de ladite société. Sans l'ombre d'un doute, ce dernier considérerait le recrutement de Sherman comme une intrusion dans son espace vital. D'un autre côté, passer plus de temps ensemble pourrait les aider à se rapprocher, ce que Sherman désirait plus que jamais à mesure qu'il prenait de l'âge.

— Très bien, concéda-t-il. Juste pour m'amuser, en quoi consisterait ce job ?

— Vous serez en rapport avec les officiers supérieurs du Pentagone pour connaître les crédits budgétaires alloués à des projets susceptibles d'intéresser la Gordian. Une partie de vos attributions consistera à examiner les programmes de développement d'armement en cours et à les analyser afin de déterminer ceux dans lesquels l'expertise de la Gordian pourrait être la plus à même d'intervenir. Bien sûr, vous disposerez d'une équipe sous vos ordres et nous vous offrirons un partenariat à part entière après deux années passées dans la société.

— Je vois, je serai un représentant de commerce, en résumé.

— Non, nous avons des gens pour ça. En revanche, j'ai besoin de quelqu'un qui sache comment évaluer et remporter les appels d'offres du Pentagone.

Sherman se renversa contre le dossier de sa chaise et leva un regard pensif vers le plafond. Il avait commandé des escadrilles de chasseurs, puis la First Air Force entière, et enfin un département où travaillaient plusieurs milliers de personnes avec pour mission de protéger la nation contre les armes les plus abominables que l'on puisse imaginer. La perspective de devenir une sorte de gratte-papier ne l'enthousiasmait pas vraiment.

— Je ne sais pas, finit-il par dire.

— Promettez-moi simplement d'y réfléchir. Et je sais bien que ce n'est pas l'argent qui vous intéresse au premier chef, mais permettez-moi de vous dire que le bonus de fin d'année perçu par les associés a été assez ébouriffant ces dernières années.

— C'est donc comme ça que Tyler a pu se payer sa maison sur la falaise.

— Et il le mérite largement, acquiesça Miles. Il accepte les missions les plus difficiles sans jamais rechigner. Vous savez, je l'ai rencontré alors que j'étais encore enseignant au MIT. Il a été mon étudiant. Tyler possédait une combinaison rare, unique, devrais-je dire, d'intelligence, de créativité et de force de caractère.

— Vous oubliez de mentionner que c'est une tête de lard qui pense avoir toujours raison.

— Ce qui est généralement le cas.

— Et qui n'écoute jamais son père.

— Combien de fils le font ? Écoutez, je sais qu'il a ses défauts – pour qu'il daigne s'occuper de la paperasse, il faut le menacer de mort – mais vous devriez être fier de lui.

— Mais je le suis. C'est lui qui n'arrive pas à se le rentrer dans le crâne.

Sherman sentit une main toucher son épaule. Il tourna un regard interrogateur vers le serveur.

— Pardonnez-moi, monsieur, dit le serveur. Un monsieur a demandé à vous voir. Il dit que c'est urgent.

Le serveur lui désigna un officier de l'armée qui se tenait à l'entrée du restaurant.

— Vous m'excusez, Miles ?

— Bien sûr.

Sherman quitta la table et se dirigea vers l'officier.

— Oui, capitaine ?

Son badge indiquait qu'il s'appelait Wilson. Sherman ne le connaissait pas.

—Général, navré d'interrompre votre déjeuner, mais j'ai reçu l'ordre de vous conduire à l'Agence de répression des armes de destruction massive pour un briefing. Il y a une situation de crise et ils veulent vous consulter.

—Maintenant ?

—Ils ont dit qu'il s'agissait d'une urgence.

—Quel est le problème ?

—Je l'ignore, monsieur. J'ai juste reçu l'ordre de vous ramener à l'agence.

—Ils auraient pu m'appeler. Qui dirige la réunion ?

—C'est le général Horgan qui a requis votre présence.

—Je me demande bien ce que Bob me veut.

La phrase était purement rhétorique, mais Wilson haussa tout de même les épaules.

—Je n'en ai pas la moindre idée, monsieur.

—Très bien. Donnez-moi une minute, capitaine.

Sherman retourna à la table pour récupérer sa mallette.

—Il semblerait qu'on ait besoin de moi ailleurs, informa-t-il Miles.

—Peut-être pourrons-nous reparler plus tard de mon offre, autour d'un verre ?

—Si je suis en mesure de revenir, volontiers. Vous avez mon numéro. Appelez-moi quand vous serez au bar.

Ils se serrèrent la main et, sa mallette sous le bras, Sherman rejoignit la porte du restaurant.

—Allons-y, capitaine, je vous suis.

Ils gagnèrent l'ascenseur, où un employé de l'hôtel les accueillit.

—Le parking, je vous prie, dit le capitaine, et le liftier pressa le bouton de l'ascenseur.

Tandis que l'ascenseur descendait, quelque chose dans les décorations du capitaine attira l'œil de Sherman. Les rubans ornant la chemise d'un soldat indiquaient les médailles et les citations que ce dernier avait reçues. Pendant un instant, Sherman ne parvint pas à saisir pourquoi un ruban lui semblait incongru, avant qu'il se rappelle enfin ce que ce dernier signifiait.

L'ascenseur émit un « ding » en arrivant à destination et s'ouvrit sur le parking souterrain de l'hôtel. Le capitaine Wilson s'effaça pour laisser passer le général, mais celui-ci ne bougea pas.

— Très bien, qui êtes-vous ? demanda-t-il.

Le liftier prétendit arranger sa veste tout en observant la scène du coin de l'œil.

— Que voulez-vous dire, monsieur ? répondit innocemment le capitaine. Il faut que nous y allions.

— Je n'irai nulle part en compagnie d'un imbécile qui ne sait pas qu'il est trop jeune de quarante ans pour porter ça.

Il désigna du doigt le ruban jaune, rouge et vert sur la poitrine du prétendu capitaine. L'homme baissa les yeux sur ses décorations d'un air perplexe.

— Je ne suis pas certain de bien vous suivre, monsieur.

— Il s'agit du ruban d'une médaille de service au Vietnam, petit génie, cracha le général. Quoi, vous allez me dire que vous avez emprunté l'uniforme de votre papa ?

Wilson lui adressa un large sourire.

— Très bien, général, je suis démasqué. Mais vous allez quand même venir avec moi.

Sherman ne comprit son erreur qu'à ce moment-là. Il avait supposé qu'il serait en sécurité avec le liftier de l'hôtel comme témoin. Mais Wilson hocha la tête à l'adresse de ce dernier, qui se jeta sur le général. Avant que Sherman ait pu bloquer le bras de l'homme, il sentit deux protubérances en métal s'enfoncer dans son flanc. Il s'écroula au sol en se tordant de douleur alors qu'une décharge de cinquante mille volts se répandait dans tout son corps.

Chapitre 9

Tête baissée pour ne pas se faire remarquer, Grant Westfield remonta la passerelle du ferry de Bremerton en se frayant un chemin parmi les passagers en train de débarquer. La rampe des véhicules ne tarderait pas à s'abaisser, et même si la voiture de Tyler était garée à l'arrière et n'aurait à débarquer que parmi les dernières, il ne lui restait que quelques minutes pour s'y rendre avant que l'équipage ne commence à chercher le conducteur manquant.

Tyler avait appelé Grant depuis le ferry pour lui expliquer qu'il avait une urgence. Il fallait que Grant vienne récupérer sa Viper sur le ferry, puis cherche un camion de « Silverlake Transport ». Tyler ne lui avait pas expliqué les raisons de cette étrange requête, mais avait clairement laissé entendre qu'il s'agissait d'une question de vie ou de mort. Grant n'avait pas hésité une seconde et s'était rendu à pied jusqu'au quai du ferry, qui se trouvait à quelques centaines de mètres de la base navale. Il brûlait d'entendre les explications de Tyler.

Grant passa devant un matelot qui regardait les passagers débarquer. Il crut que l'homme ne l'avait pas remarqué, mais il n'avait pas parcouru dix mètres qu'un cri résonnait derrière lui.

— Hé ! Hé, vous ! nous n'avons pas encore commencé l'embarquement.

Bon, raté, pensa Grant en s'immobilisant. En même temps, cela ne le surprenait pas. Il avait beau essayer de se faire discret, il n'était pas vraiment du genre à passer inaperçu. Difficile de ne pas remarquer un Afro-Américain chauve d'un mètre quatre-vingts pour cent trente kilos de muscles.

En général, Grant appréciait d'attirer les regards mais il arrivait parfois, comme aujourd'hui, que cela le desserve. C'était le moment de se montrer charmant et de mentir.

Grant se retourna vers un homme maigre d'une trentaine d'années, aux longs cheveux châtains, avec des tatouages qui dépassaient du col de sa chemise et dont le badge portait le nom de Jervis. Grant accueillit Jervis avec un grand sourire.

— Oh ! je ne vais pas à Seattle, dit Grant. J'en viens. C'est juste que j'ai oublié mon sac sur mon siège.

— Je ne vous ai pas vu débarquer, pourtant ?

— C'est étrange. D'habitude, je ne suis pas difficile à remarquer.

Jervis acquiesça d'un haussement de sourcils.

— Quelle est la couleur de votre sac ? Je vais envoyer quelqu'un le chercher pour vous.

Génial. Il fallait que je tombe sur un gars serviable.

— Ne vous donnez pas cette peine, se récria Grant. Je sais où il est. Cela ne me prendra qu'une minute.

— Entendu. (Grant soupira de soulagement.) Mais j'aurais besoin de voir votre billet.

Un peu trop tôt pour le soupir de soulagement.

Grant fit semblant de fouiller ses poches à la recherche du billet.

— Je dois l'avoir laissé dans mon sac.

Jervis afficha une grimace d'hésitation, avant de retrouver sa résolution.

— Le règlement interdit de laisser monter à bord une personne qui n'a pas de billet. Ils sont très stricts sur ce genre de choses, par les temps qui courent.

Le temps lui manquait. Les membres d'équipage n'allaient pas tarder à se demander pourquoi la voiture de Tyler était encore à bord, et Grant s'en remit donc à une tactique qu'il détestait : jouer la carte de la célébrité pour obtenir ce qu'il voulait.

— Pour tout vous dire, le sac contient quelques souvenirs précieux de l'époque où j'étais catcheur professionnel. Je ne sais pas si vous êtes un fan, mais à l'époque je me faisais appeler le Brasier.

Jervis dévisagea Grant, puis ses yeux s'écarquillèrent quand il le reconnut enfin. Grant avait déjà assisté de nombreuses fois à cette transformation. L'attitude des gens changeait soudain du tout au tout quand ils se rendaient compte qu'ils se trouvaient en face d'une célébrité. C'était quelque chose que Grant lui-même comprenait. Il lui arrivait encore de raconter la fois où il était tombé sur Britney Spears dans un café *Starbucks*, alors même qu'il aurait fallu l'attacher pour lui faire écouter un de ses disques.

— Mais oui, c'est vrai, s'exclama Jervis. Je me rappelle de vous. Grant Westley ?

— C'est ça.

Grant ne voulait pas l'embarrasser en corrigeant son erreur. Et quand Jervis raconterait ça à ses copains, ils lui diraient que c'était Westfield et non Westley, et se feraient un plaisir de le chambrer. L'essentiel était que Jervis l'ait reconnu.

— Vous avez arrêté le catch pour vous engager dans l'armée. Dans les rangers ou les forces spéciales, c'est ça ? Il y avait eu un grand article sur vous dans *Sports Illustrated*, il y a quelques années.

Grant n'était plus aussi souvent abordé par des fans que par le passé, mais c'était en partie parce qu'il ne portait plus ses dreadlocks comme à sa période de gloire. Il avait quitté le monde du catch professionnel pour l'armée après l'attentat du 11-Septembre, mais une blessure au genou reçue au combat l'avait empêché de reprendre sa carrière après avoir quitté le service actif. Les applaudissements de la foule lui manquaient parfois, et il arrivait encore que sa notoriété passée lui rende quelques menus services.

—Je vous promets que je n'en ai que pour une minute, dit Grant.

Jervis jeta un coup d'œil autour de lui et fit signe à Grant d'y aller.

—Pour vous, c'est bon. Allez chercher votre sac.

—Merci, répondit Grant en le saluant de la main alors qu'il remontait la passerelle au petit trot.

Il traversa le ferry désert et descendit l'escalier menant au pont des véhicules, où les dernières voitures étaient en train de débarquer.

La seule voiture encore garée était la Dodge Viper rouge cerise de Tyler. Un membre d'équipage se tenait à côté de la voiture et regardait autour de lui. Grant se dépêcha de le rejoindre.

—C'est la vôtre ? lui demanda l'homme. J'étais sur le point d'appeler la dépanneuse. Ça m'aurait fait mal au cœur pour un petit bijou comme ça.

—Désolé pour le retard, répondit Grant en ouvrant la porte côté conducteur. Ce n'était pas le bon moment pour aller aux toilettes.

Grant ouvrit la boîte à gants et récupéra la clef de contact que Tyler avait laissée là pour lui. Il démarra la voiture et débarqua du ferry.

Tyler l'attendait à deux rues de là dans le camion « Transport Silverlake ». Grant se gara le long du véhicule, côté conducteur. Tyler se pencha à la vitre.

—Nous devons rester là, partenaire. On attend les ordres.

—Comment ça, « on » ?

Une jolie blonde se montra à la fenêtre du camion. Grant secoua la tête. Décidément, il avait hâte d'entendre toute l'histoire.

— Ton amie n'est pas capable de conduire le bahut ? demanda Grant.

— Nous sommes supposés rester tous les deux dans le camion, répondit Tyler. Tu n'as qu'à nous suivre, mais sans trop nous coller.

— Bordel, qu'est-ce qui se passe ?

Les mains penchées à la fenêtre de la portière, Tyler dit rapidement quelques mots à Grant en langue des signes. « Le camion a des yeux et des oreilles. N'appelle personne. » Tyler avait une grand-mère sourde qui lui avait appris ce langage, et il l'avait enseigné à son tour à Grant durant leurs années à l'armée.

Grant acquiesça, même s'il ne comprenait pas pourquoi le camion était surveillé. Il fronça les sourcils et attendit que le camion démarre pour le suivre à une distance respectueuse. La pluie qui menaçait depuis quelque temps déjà commença à tomber, tambourinant sur la capote en toile de la Viper.

Ils roulèrent en direction du sud-ouest pendant une trentaine de minutes, puis tournèrent finalement dans un chemin de gravier. Un panneau en bois vermoulu portait l'indication « Stillaguamish Stoneworks ». Une minute plus tard, le chemin aboutit à une carrière abandonnée partiellement inondée. Tyler stoppa le camion au bord de l'excavation emplie d'eau.

Grant se gara à son tour, remonta sa capuche et sortit sous la pluie. Il était à mi-chemin du véhicule quand Tyler et son amie descendirent de la cabine.

— Tu vas enfin cracher le morceau ? demanda-t-il à Tyler en s'approchant d'eux.

Tyler lui fit signe de retourner à la voiture. Il portait sous le bras une sorte de sac en toile. La femme qui avançait à côté de lui ne semblait pas se soucier de la pluie qui la trempait.

— On doit y aller, dit Tyler. Ouvre-moi le coffre.

Grant appuya sur le bouton d'ouverture du coffre et rejoignit Tyler, qui posa soigneusement l'objet dans le coffre de la voiture.

— Qu'est-ce que c'est ?

Tyler ôta la housse pour révéler un coffret de bronze brillant. Grant le reconnut sur-le-champ.

— C'est le géolabe que tu as fabriqué, non ?

— Ouais.

— Je deviens de plus en plus curieux.

— Je t'expliquerai en route, dit Tyler en refermant le coffre.

— Tu veux conduire ? demanda Grant.

La Viper n'avait que deux places : l'un d'eux devait prendre la femme sur ses genoux.

— Il vaut mieux que ça soit toi, répondit Tyler en jetant un regard expressif à la carrure de Grant. Désolé, il va falloir qu'on se serre, poursuivit-il en se tournant vers Stacy.

Elle écarta d'un geste ses excuses.

— Pour m'éloigner de cette bombe, vous croyez vraiment que je vais faire des chichis ? Montez, j'essaierai de ne pas trop vous écraser.

Aucune chance, se dit Grant en observant la silhouette menue de la jeune femme.

Ils s'entassèrent sur le siège passager, la femme perchée sur les genoux de Tyler. Une fois assis et les portes refermées, Grant tourna la tête vers Tyler.

— Elle vient de parler d'une bombe, non ?

— Je ne pouvais pas te le dire au téléphone, lui expliqua Tyler, mais il y a dans ce camion assez d'explosif binaire pour faire un beau feu d'artifice.

Tandis que Grant digérait la nouvelle, il démarra la Viper et fonça vers la sortie de la carrière. Tyler pianota sur l'écran de son téléphone et activa le haut-parleur. Après une sonnerie, un homme répondit.

— Êtes-vous dans la voiture avec Grant Westfield ? demanda l'homme, à la surprise de Grant. Je savais que vous l'impliqueriez à un moment ou un autre, j'ai donc pensé que je pourrais l'inviter à se joindre à nous.

Grant lança à Tyler un regard appuyé, mais Tyler lui fit un signe de la main disant « je t'expliquerai ».

— Il m'a suivi jusqu'à la carrière selon vos instructions. Et nous avons débranché le géolabe de la bombe.

— Retournez au ferry. Je m'occupe du camion.

— Pourquoi devons-nous retourner au ferry ? demanda Tyler. Il y a une autre bombe ?

— Non, répondit la voix au téléphone. Il n'y avait que celle-là.

Ils venaient d'atteindre le panneau indiquant l'entrée de la carrière.

— Avant que nous allions plus loin, dit Tyler, je voudrais...

Une terrible explosion secoua la voiture et les trois passagers baissèrent instinctivement la tête. Grant écrasa la pédale de l'accélérateur et la voiture bondit en avant en projetant un panache de graviers. Il aperçut dans le rétroviseur un nuage de fumée noire qui commençait déjà à se dissiper dans le ciel pluvieux. Le son de l'explosion avait dû s'entendre à des kilomètres, mais personne ne saurait dire d'où il provenait exactement. Il risquait même de passer pour un coup de tonnerre, bien que les orages soient plutôt rares dans le nord-ouest du Pacifique.

Grant continua à rouler. Aucune raison de s'arrêter pour retourner au camion, celui-ci devait se réduire désormais à quelques débris éparpillés. Il n'aurait pas été surpris d'apprendre qu'il avait été projeté par la force de l'explosion dans la mare inondant la carrière.

— Mais qu'est-ce qui ne tourne pas rond chez vous, espèce de cinglé ! hurla la femme.

— Bien, dit la voix. Je constate que vous êtes toujours en vie.

— Très touché par votre sollicitude, répliqua Tyler.

— Pensez-vous qu'une telle explosion aurait suffi à couler le ferry ? Répondez honnêtement.

— Sans aucun doute. Que cherchez-vous à nous dire ?

— Que si je suis prêt à détruire un navire bondé de passagers innocents, imaginez un peu, Locke, ce que je serais capable de faire à votre père.

Chapitre 10

Tyler se tourna vers Grant et lut sur son visage une inquiétude similaire à celle qui lui nouait les entrailles.

— Que veut-il dire ? demanda Stacy.

— Bien, pour en revenir à votre mission…, reprit Orr, mais Tyler raccrocha brusquement.

Il devait tenter d'avertir son père, même si l'assurance dans la voix d'Orr lui faisait craindre qu'il ne soit trop tard.

Il chercha le numéro de son père et l'appela. Après deux sonneries, la ligne fut prise.

— Papa, c'est Tyler…

— Eh non, lui répondit la voix d'Orr. Je savais que vous essayeriez de l'appeler, aussi ai-je demandé à mes hommes de transférer ses appels sur mon téléphone.

Tyler serra son téléphone si fort qu'il manqua de l'écraser.

— Si vous faites le moindre mal à mon père, je n'aurais de cesse de vous retrouver et de vous tuer à petit feu.

— Vous êtes furieux, c'est normal, mais je ne ferai aucun mal à votre père à moins que vous refusiez de m'aider. Ou que vous préveniez le FBI.

— Avez-vous la moindre idée de l'identité de celui que vous avez kidnappé ?

— Évidemment, je ne suis pas stupide. Le général Sherman Locke est à la retraite depuis peu et n'a pas encore pris de nouvel emploi, aussi ne va-t-il manquer à personne pour l'instant, à part vous.

Tyler réfléchit un instant. Orr avait raison. Si Sherman avait encore été en poste dans l'Air Force, le Pentagone aurait contacté le FBI dans les heures suivant sa disparition, parce qu'il s'agissait d'un officier militaire ayant accès à des informations classées secret-défense. Mais, hors de l'armée, il n'était qu'un civil comme les autres, libre de faire ce qu'il voulait. S'il partait sans le dire à personne, c'était ses affaires.

— Comment puis-je savoir qu'il va bien ? demanda Tyler.

— Il n'est pas en mesure de vous parler pour le moment parce que nous l'emmenons dans un endroit sûr mais, dès qu'il sera arrivé à bon port, je vous enverrai la preuve qu'il va bien.

— Que voulez-vous ?

— D'abord, remettez votre téléphone sur haut-parleur. Stacy doit elle aussi entendre ce que j'ai à dire.

Tyler brancha le haut-parleur.

— Nous vous écoutons.

— Espèce de fumier ! hurla Stacy. J'ai fait ce que vous demandiez. Maintenant, respectez votre part du marché !

— Je ne libérerai pas tout de suite votre sœur, dit Orr.

Tyler échangea un regard étonné avec Grant, avant de se tourner vers Stacy.

— Votre sœur ?

— Bien. Je vois que Stacy a suivi ses instructions et ne vous a pas parlé de sa sœur. Ce qui permettra à Carol de garder tous ses doigts.

— Non ! Laissez-la partir !

— Pas si vite, objecta Orr. Maintenant que vous avez réussi votre test, j'ai une mission à vous confier.

— Quelle mission ? demanda Tyler.

— Je veux que vous retrouviez pour moi le pouvoir de Midas.

Tyler ne comprenait pas ce qu'Orr voulait dire.

— C'est un nom de code ou quoi ?

— Non, pas un nom de code. Ni une métaphore, ni une marque quelconque. Je veux parler du véritable pouvoir de Midas, celui capable de transformer les choses en or.

Grant émit un grognement incrédule, tandis que Tyler en restait bouche bée. C'était la dernière chose à laquelle il s'attendait. Tyler pensait que le kidnapping avait pour but de lui soutirer une rançon ou d'utiliser son accréditation secret-défense pour obtenir l'accès à des dossiers gouvernementaux.

Mais le pouvoir de Midas ? Voilà qui semblait ridicule. Tout le monde savait qu'il s'agissait d'un mythe évoquant les dangers de la cupidité. Le roi Midas avait reçu la capacité merveilleuse de transformer en or tout ce qu'il touchait, ce qu'il considéra au début comme une bénédiction. Mais quand il organisa un festin pour célébrer l'événement et se rendit compte qu'il ne pouvait plus prendre un mets sans que celui-ci se transforme en or, il comprit que ce pouvoir était en réalité une malédiction. Il supplia les dieux de l'en libérer et ils accédèrent à sa requête, mais pas avant qu'il n'ait accidentellement transformé sa fille en statue d'or.

— Redites-nous ça ? demanda Tyler.

— Vous m'avez parfaitement entendu, répondit Orr. Le pouvoir de Midas. Vous devez le retrouver tous les deux, sinon votre père et la sœur de Stacy mourront. Si vous le trouvez, nous procéderons à un échange.

— Vous êtes sérieux ?

— On ne peut plus sérieux. Je vous promets que le pouvoir de Midas existe bel et bien.

— Entendu, dit lentement Tyler.

Il était déjà en train de réfléchir à la façon dont il pourrait donner l'impression de mener à bien cette quête absurde tout en cherchant un moyen de retrouver son père.

— Je l'ai vu de mes propres yeux, et je peux vous en apporter la preuve.

— Si vous l'avez vu, pourquoi avez-vous besoin de nous pour le retrouver ?

— C'est une histoire qui mérite d'être racontée de vive voix. Retrouvez-moi à 13 heures à l'angle sud-ouest du stade de Safeco Field, et je vous dirai tout. Juste Stacy et vous. Pas de police ni de Grant Westfield, sinon votre père et sa sœur sont morts.

La pendule de la Viper indiquait 10 h 10. Il devait y avoir un ferry pour Seattle avant midi.

— Nous y serons, lui confirma Tyler.

Il raccrocha et ferma les yeux, pour prendre le temps d'intégrer la nouvelle de l'enlèvement de son père. Il s'obligea à respirer profondément pour chasser le sentiment d'oppression qui écrasait sa poitrine.

Ils restèrent tous les trois silencieux pendant un moment avant que Grant ne se décide finalement à parler.

— Au fait, je m'appelle Grant Westfield, dit-il. C'est moi qui serai votre chauffeur aujourd'hui pour vous ramener au ferry.

Il tendit la main vers Stacy, qui la serra avec une poigne ferme.

— Stacy Benedict.

— Ah ! oui, c'est vous qui présentez *À la recherche du passé*. Je ne vous ai pas reconnue tout de suite.

— Merci de nous faire un bout de conduite.

— Qu'est-ce que je ne ferais pas pour Tyler. Mais auriez-vous la gentillesse de m'expliquer pourquoi un malade a fait sauter le camion que vous conduisiez ?

Tyler lui parla de la bombe et du puzzle à résoudre pour la désamorcer, ce qui était en réalité une sorte de test pour prouver à Orr qu'il pouvait leur confier sa quête démente.

— Comment connaît-il mon nom ? demanda Grant. Et qui est ce type ?

— Tu l'as rencontré une fois. C'est Jordan Orr.

— Une minute. Le gars qui t'avait embauché pour fabriquer le géolabe ?

Tyler acquiesça.

— Et j'imagine que Stacy le connaît elle aussi.

— Seulement depuis ce matin, expliqua-t-elle. J'étais en ville pour une œuvre de bienfaisance quand j'ai reçu un coup de fil ce matin, me disant que ma sœur Carol avait été kidnappée. Tout ce qu'il m'a dit, c'est d'aller sur le ferry et de ne pas vous parler de ma sœur sinon il s'en prendrait à elle.

Tyler serra les poings jusqu'à ce que ses phalanges blanchissent. De toute sa vie, il n'avait jamais été aussi en colère qu'à ce moment. S'il avait su que la sœur de Stacy avait été kidnappée, il aurait peut-être pu prévenir son père à temps. Tyler avait envie de hurler et de marteler le tableau de bord. Mais c'était à Orr qu'il en voulait, pas à Stacy. Tout comme lui, elle n'était qu'un pion dans cette histoire.

Tyler secoua la tête et respira lentement, le temps que sa colère reflue.

— C'est une bonne chose que nous n'en ayons pas parlé dans le camion alors qu'Orr nous écoutait, dit-il à Stacy. Nous allons devoir nous montrer très prudents avec lui.

Elle tourna la tête vers lui et Tyler lut la peur sur son visage.

— Promettez-moi qu'il n'arrivera rien à ma sœur. Je sais que vous ne pouvez pas vraiment me le promettre, mais faites-le quand même.

— Je vous le promets, dit Tyler en hochant la tête. Nous trouverons un moyen de les sortir de là.

— Il y a quelque chose que j'aimerais comprendre, dit Stacy. Si c'est vous qui avez fabriqué le géolabe, comment est-il arrivé dans les mains d'Orr ?

— J'ai été contacté par Orr l'année dernière, après que Miles m'a forcé à participer à votre émission. J'avais mentionné au cours de l'interview que je m'intéressais à Archimède. Orr s'est fait passer pour un collectionneur privé et m'a montré la traduction d'un texte grec antique donnant des instructions pour fabriquer un objet appelé un géolabe. C'était un boulot qui titillait ma curiosité, aussi ai-je accepté de le fabriquer pour lui.

— Et vous n'avez eu aucun soupçon face à une requête aussi étrange ?

— Quelques-uns, si, admit Tyler, mais le projet en lui-même semblait inoffensif. J'avais demandé à un de mes employés, Aiden MacKenna, de faire des recherches sur les documents qu'Orr m'avait confiés, mais il n'en était rien ressorti. Ce n'est qu'un mois après que j'ai remis à Orr l'objet fini que Scotland Yard a diffusé la vieille photo d'une page de manuscrit qui correspondait en tout point au document que j'avais eu entre les mains. Ce n'est qu'alors que j'ai compris que le manuscrit avait été volé.

— Et vous l'avez signalé à la police ?

— Oui, mais à ce moment-là Orr avait déjà disparu de la circulation.

— Combien de temps vous a-t-il fallu pour fabriquer le géolabe ?

— Environ trois mois, répondit Tyler. Sans les ressources de la Gordian dans le domaine de l'ingénierie, il m'aurait fallu beaucoup plus de temps pour décrypter les schémas de fabrication.

— Mais ça n'a aucun sens, remarqua-t-elle.

— Pourquoi ça ?

— Si Orr avait fait exploser le ferry, le géolabe aurait été détruit lui aussi. Pourquoi aurait-il risqué de perdre une chose qui avait été si longue à fabriquer dans le cas où nous aurions échoué ?

Tyler frissonna en repensant qu'il s'en était fallu d'un cheveu qu'ils ne deviennent des résidents permanents des fonds marins du détroit de Puget.

— Orr a dû se convaincre que vous et moi étions les seules personnes au monde capables de trouver la solution du puzzle d'Archimède et que, si nous échouions, le géolabe ne lui serait plus d'aucune utilité. À présent qu'il sait que nous pouvons le faire fonctionner, nous lui sommes devenus indispensables. Le géolabe n'a d'intérêt que si nous sommes là pour l'activer.

— C'est complètement dingue, s'exclama Stacy.

Tyler acquiesça vigoureusement.

— Quelle partie de l'histoire ? Le fait qu'Orr pense que le pouvoir de Midas existe ou qu'il croit qu'Archimède a conçu un appareil permettant de le retrouver ?

Chapitre 11

Le fourgon ralentit mais, à cause du bandeau qui lui couvrait les yeux, Sherman Locke était incapable de dire si c'était parce qu'il s'approchait d'un carrefour ou parce qu'il était arrivé à sa destination.

Ils avaient voyagé un peu plus d'une heure, la plupart du temps à des vitesses correspondant à celles d'un trajet sur l'autoroute, ce qui signifiait qu'ils pouvaient être à Washington, en Virginie, dans le Maryland, en Pennsylvanie ou en Virginie de l'Ouest. Après avoir reçu la décharge de Taser, Sherman avait été bâillonné et ligoté aux poignets et aux chevilles. Il avait ensuite été jeté à l'arrière d'un fourgon et le faux employé de l'hôtel s'était installé au volant, tandis que le prétendu capitaine montait à l'arrière avec lui. Ce dernier l'avait fouillé consciencieusement et récupéré ses clefs de voiture, son portefeuille et son téléphone.

Avant que l'homme lui mette un bandeau sur les yeux, Sherman avait aperçu une jeune fille qui gisait inconsciente sur le sol du fourgon. Elle ne présentait ni hématomes ni traces de sang, ce qui lui laissait penser qu'elle avait été droguée. Il ne la connaissait pas, et ne pouvait donc deviner la raison pour laquelle elle aussi avait été kidnappée. Elle était blonde, dans les vingt-cinq ans, avec un physique de joggeuse : cela ne pourrait que les aider quand viendrait le temps d'essayer de s'échapper.

Le bâillon avait fini par glisser de sa bouche avec les cahots de la route, mais Sherman n'avait rien pu apprendre de son ravisseur taciturne, qui ne répondait à ses questions que pour lui dire de la fermer en le menaçant de lui remettre son bâillon. Ce gars pouvait toujours se brosser s'il croyait réussir à intimider Sherman Locke.

En tant qu'ancien pilote de chasse, Sherman avait suivi le programme SERE de l'Air Force, une formation de survie en milieu hostile et en techniques d'évasion, mais cela remontait déjà à plusieurs décennies. Pour l'heure, il regrettait de n'avoir pas pris le temps d'une petite session de rattrapage. Peut-être cela lui aurait-il évité de se faire capturer aussi facilement. Il était pour le moment plus vexé qu'autre chose.

La façon dont il pourrait gérer cette situation dépendait des motivations de ses kidnappeurs. Cherchaient-ils simplement à se faire de l'argent facile ? À moins que la jeune femme n'ait des accointances avec le Pentagone et que les kidnappeurs envisagent de les torturer pour leur soutirer des informations. La qualité d'exécution de l'enlèvement suggérait qu'il ne s'agissait pas de simples malfrats qui avaient monté leur plan dans un taudis des quartiers mal famés. Le fait qu'ils aient enlevé Sherman en plein jour en exposant leurs visages à des centaines de témoins signifiait qu'ils n'avaient plus rien à perdre ou au contraire qu'ils suivaient un plan soigneusement élaboré. Sherman penchait plutôt pour la deuxième solution.

Le fourgon s'arrêta. Sherman entendit le grincement d'une porte de garage qui s'ouvrait. Le bruit faisait penser à la porte d'un site industriel : elle semblait trop imposante et trop bruyante pour être celle d'un garage résidentiel.

Le fourgon avança sur quelques mètres puis s'immobilisa pour de bon, moteur coupé. Le kidnappeur attendit que la porte du garage se soit complètement refermée avant d'ôter à Sherman son bandeau.

Le Taser était pointé sur lui en une menace parfaitement claire. Il s'agissait d'un modèle à double fonction, pouvant être chargé d'une cartouche à usage unique projetant les électrodes à dix mètres ou utilisé sans cartouche en contact direct avec la cible. Comme Sherman était menotté, la cartouche avait été enlevée du Taser.

La porte du fourgon s'ouvrit, et l'homme qui se faisait appeler Wilson indiqua à Sherman de descendre d'un geste de son Taser.

Gêné par les menottes, Sherman se releva péniblement et sauta du fourgon. Le claquement de ses chaussures sur le sol résonna à travers un entrepôt gigantesque, assez grand pour accueillir vingt semi-remorques. Des néons clignotaient au plafond du hangar, qui ne comportait aucune fenêtre. Puisqu'il y avait de l'électricité, les kidnappeurs ne pouvaient pas être des squatteurs. Le bâtiment semblait en bon état et se trouvait probablement dans un quartier d'entrepôts. Si Sherman réussissait à sortir du bâtiment, il devrait pouvoir trouver rapidement de l'aide.

L'entrepôt était vide, sans rangées d'étagères ni piles de caisses. Il n'y avait que quelques éléments de mobilier, installés près du fourgon : quatre lits de camp, six grandes tables, quatre chaises et une poubelle qui avait bien besoin d'être vidée. Des cartons de pizza et des boîtes de plats chinois s'empilaient sur les tables où se trouvaient également une télévision, deux ordinateurs portables et un routeur sans fil, ainsi que du matériel de ferronnerie : des foreuses, des fers à souder, un soudeur à arc et une grosse caisse à outils. Des copeaux et des morceaux de métal jonchaient le sol.

Derrière le mobilier frustre s'alignaient douze barils d'acier. Des caisses en bois étaient stockées derrière les fûts, mais Sherman ne distingua aucune inscription permettant de deviner leur contenu.

Sur un côté de l'entrepôt, une péninsule de quatre pièces aveugles saillait du mur en parpaings, avec deux portes faisant face à l'avant de l'entrepôt et deux autres donnant sur l'arrière. Chaque porte comportait un judas de quinze centimètres sur quinze, dont on avait enlevé le vitrage, remplacé par un grossier panneau métallique monté sur glissières. Sherman repéra les vitres des judas, abandonnées sur le sol. Elles étaient craquelées mais intactes, ce qui signifiait qu'il s'agissait de verre de sécurité feuilleté et que ces salles devaient à l'origine servir au stockage de marchandises de valeur.

Sherman paria que c'était là que ses ravisseurs allaient l'enfermer.

— Et maintenant, pseudo-capitaine Wilson ? demanda-t-il.

— Appelez-moi Gaul, répondit l'homme, sans réagir au sarcasme de Sherman. Mais avant que je vous montre votre chambre, il faut que l'on s'occupe d'une petite chose. (Il entraîna Sherman jusqu'à une chaise installée devant un mur de béton nu.) Assis.

— Vous me prenez pour votre chien ?

— Très drôle. Asseyez-vous.

— Pourquoi ?

— Parce que sinon je vous envoie une nouvelle décharge de Taser et vous finirez bien par vous asseoir.

Sherman se traîna jusqu'à la chaise et s'assit.

— Que voulez-vous ?

— De vous ? Rien. Je dois juste préparer une petite preuve de vie pour votre fils, afin qu'il soit sûr que vous respirez encore.

C'était donc une affaire de rançon. Si Tyler allait recevoir des images de lui, Sherman devait essayer de lui transmettre autant d'informations que possible.

Gaul alla jusqu'au fourgon et y récupéra un sac de marin. Puis il prit sur une des tables un masque de ski, un journal et une caméra vidéo.

— Phillips, appela-t-il.

L'autre homme, qui s'était changé et avait passé un pull noir, prit le masque de ski et le journal que lui tendait Gaul.

Phillips vint se placer derrière Sherman et lui remit le bandeau sur les yeux.

— Nous allons quelque part ? demanda ce dernier.

— Nous savons que vous étiez dans l'Air Force, expliqua Gaul en réglant la caméra, et nous ne voulons pas que vous vous amusiez à cligner des paupières pour passer un message en morse. Vous n'avez rien d'autre à faire que de répondre à la question que je vais vous poser. Les images ne sont pas diffusées en direct, donc inutile de tenter de dire quelque chose. Phillips, viens te mettre là, on va commencer par un gros plan sur le journal. (Un instant passa.) Parfait. Recule vers le général maintenant, que l'on puisse voir le journal en même temps que lui.

Phillips s'exécuta jusqu'à ce qu'il se retrouve de nouveau derrière le général.

— Quel est votre nom ? demanda Gaul.

— C'est à Phillips ou à moi que vous posez la question ? dit Sherman.

Il entendit Gaul grommeler avec irritation.

— Apparemment, je n'ai pas été assez clair. Envoie la sauce.

Sherman sursauta sous le coup de la décharge électrique. Ses mains se crispèrent de douleur, puis le choc passa et il s'effondra sur sa chaise.

— Bien, reprenons. Je couperai ce petit intermède au montage. Votre nom ?

— Sherman Locke, répondit le général entre ses dents serrées.

— Vous voyez, ce n'était pas si difficile. C'est tout ce dont j'avais besoin.

Phillips lui enleva le bandeau et le remit sur ses pieds pour le pousser en direction d'une pièce qui donnait sur l'arrière de l'entrepôt. Gaul ouvrit la porte et fit entrer Sherman sans lui enlever ses menottes. Il referma la porte et tourna un verrou, qui ne comportait pas de serrure côté intérieur.

La pièce avait la taille d'une cellule de prison. Le plafond et les murs étaient en parpaings et l'endroit était vide à l'exception d'un lit de camp et d'un seau. Une ampoule pendait du plafond, hors d'atteinte. Sherman avait connu des conditions pires que celles-ci, mais jamais longtemps.

— Voilà comment les choses vont se passer, lui dit Gaul en l'observant à travers l'ouverture dans la porte. Vous allez rester dans cette pièce le temps que dure l'opération.

— Combien de temps ?

— Ça dépendra de votre fils.

— Et vous n'allez même pas m'enlever mes menottes ?

Gaul lui jeta les clefs par l'ouverture et Sherman dut s'accroupir pour les récupérer. Après qu'il se fut libéré des menottes, Gaul lui demanda de les lui faire passer, ainsi que les clefs.

— Quand nous voudrons vous faire sortir, expliqua Gaul, vous devrez d'abord remettre vos menottes. Si vous refusez de le faire, vous recevrez une autre décharge. Vous pouvez beugler tant que vous voulez, cela ne servira à rien. Il n'y a aucun bâtiment occupé dans les environs. Quand nous mangeons, vous mangez. Des questions ? Non ? Parfait.

La trappe de métal couvrant le judas se referma.

— Au tour de Carol, entendit-il dire Gaul, alors que le bruit de ses pas s'éloignait.

Massant ses poignets endoloris, Sherman commença à réfléchir au moyen de s'évader.

Chapitre 12

Stacy était d'accord avec Tyler que l'exigence d'Orr qu'ils viennent seuls au rendez-vous devait être prise au sérieux. Après avoir laissé Grant à la base navale afin qu'il puisse régler quelques derniers détails sur le chantier de construction du dépôt de munitions et récupérer sa voiture, Tyler et elle retournèrent au quai où ils arrivèrent à temps pour embarquer sur le ferry de 11 h 10. Tyler laissa le moteur tourner, tandis qu'ils attendaient sous la pluie que les derniers véhicules aient débarqué. Le battement régulier des essuie-glaces eut un effet apaisant sur Stacy, lui rappelant son enfance, quand son père ramenait ses filles ensommeillées dans son pick-up, par une soirée pluvieuse, après les avoir emmenées au cinéma.

— C'est un peu plus confortable comme ça, non ? remarqua Tyler.

Lors du voyage de retour depuis la carrière, Stacy avait dû s'asseoir sur les genoux de Tyler. Il avait respectueusement gardé les mains le long du corps mais elle s'était quand même sentie comme enveloppée par ses bras – il était tellement plus grand qu'elle – et se retrouver ainsi lovée contre son torse lui avait donné un sentiment de sécurité réconfortant.

Si les gens qui travaillaient avec elle sur son émission de télévision avaient entendu ça, ils n'en auraient pas cru leurs oreilles. L'aventurière globe-trotteuse qui n'hésitait pas à ramper dans des tombes obscures infestées d'araignées avait eu besoin d'un câlin !

— J'ai dû vous paraître stupide tout à l'heure, s'excusa-t-elle.

— Quand ça ?

— Quand je vous ai demandé de me promettre qu'il n'arriverait rien à Carol. C'est juste que je n'avais encore jamais été confrontée à la pensée que je pourrais la perdre.

— Je comprends ce que vous ressentez, lui dit Tyler. J'ai une sœur moi aussi.

— Pourquoi a-t-il enlevé votre père et non votre sœur ?

— À l'heure actuelle, elle fait une randonnée en Patagonie. Je ne sais même pas si je pourrais moi-même la retrouver.

— Vous n'allez donc pas essayer de la contacter pour lui dire que votre père a été enlevé ?

Tyler secoua la tête.

— Elle voudrait que nous prévenions le FBI. Orr nous a déconseillé de le faire.

— Vous pensez vraiment qu'Orr les tuerait si nous impliquions le FBI ?

— Jusqu'ici, il s'est montré totalement imprévisible. Je préfère ne pas tenter le diable.

— Mais le FBI pourrait sans doute les retrouver.

— Il pourrait aussi les retrouver morts. Nous pouvons continuer un moment sans prévenir personne. Ma compagnie, la Gordian, dispose d'importants moyens et Grant pourra nous aider. Si nous prévenons le FBI, nous perdons le contrôle. Les fédéraux voudront prendre les choses en main. S'il s'agissait d'une simple demande de rançon, je les préviendrais. Mais la situation est bien plus complexe. Et il serait quasiment impossible d'empêcher Orr de découvrir que le FBI a été prévenu. Ce serait prendre un gros risque et, une fois les fédéraux prévenus, nous ne pourrions plus faire machine arrière.

— Je n'aime pas l'idée de perdre le contrôle. Et si jamais la presse a vent de cette histoire, cela fera la une des médias. C'est un des inconvénients de la célébrité.

— Dans ce cas, on continue comme ça. Au moins pour le moment. C'est d'accord pour vous ? Parce que, si nous voulons nous sortir de là, nous allons devoir travailler en équipe.

Stacy acquiesça.

— On continue comme ça pour le moment.

Les voitures commencèrent à embarquer sur le ferry et Tyler prit place dans la file. Ils laissèrent la Viper sur le pont des véhicules et Stacy en profita pour faire un tour aux toilettes du pont passager.

Alors qu'elle se lavait les mains, Stacy se regarda dans le miroir et n'apprécia pas le visage défait que lui renvoya son reflet. Ce n'était pas ses cheveux humides et décoiffés ni l'absence de maquillage qui la gênaient. Dans de nombreux épisodes de son émission, elle s'était montrée dans un état encore pire que celui-là, et les téléspectateurs semblaient apprécier de voir que les vedettes de la télé pouvaient elles aussi transpirer et se salir. Mais elle se faisait un devoir de toujours montrer une attitude positive face à la caméra, et ce n'était pas ce que son reflet lui renvoyait aujourd'hui.

Elle prit une grande inspiration et redressa le dos. Orr ne la mettrait pas à genoux si facilement. Elle reprit le contrôle d'elle-même et rejoignit Tyler à leurs sièges alors qu'il raccrochait son téléphone.

— Des nouvelles ? demanda Stacy.

— C'était Miles Benson, le président de la Gordian, lui répondit Tyler. Il a déjeuné avec mon père.

— Aujourd'hui ? À quel moment votre père a-t-il été kidnappé ?

— Cela a dû se passer juste après. J'ai demandé à Miles s'il s'était passé quelque chose d'inhabituel. Il m'a dit qu'un officier était venu chercher mon père pour quelque affaire urgente, mais il n'a pas bien vu de qui il s'agissait. Il va poser quelques questions discrètes avant de revenir à Seattle ce soir.

Stacy se pencha vers lui, les coudes posés sur les genoux, une pause qu'elle affectionnait quand elle réfléchissait avec son équipe de production à des sujets pour les prochaines émissions.

— La vraie question est : comment allons-nous faire pour manipuler Orr ? réfléchit-elle. L'histoire de Midas est une fable grecque. Il est absurde de croire qu'il s'agit d'une réalité.

— Parfois les légendes reposent sur un fond de vérité, objecta Tyler, le regard perdu dans le lointain.

— Vous avez raison. Certains savants pensent que Midas a réellement existé et qu'il était roi de Phrygie, une région de la Turquie moderne, bien qu'il n'en était pas originaire.

— Où était-il né ?

— Certaines histoires racontent qu'il était originaire de Macédoine, d'autres d'un pays encore plus lointain. Personne ne sait vraiment. Mais on raconte que Midas, qui était le fils d'un paysan, arriva en Phrygie avec son père au moment même où un oracle annonçait que le prochain maître du pays apparaîtrait monté sur un humble chariot. Et c'est ainsi que le père de Midas fut couronné roi.

— Un sacré coup de chance.

— Et vous allez aimer la suite : le nom de ce roi était Gordias. Quand Midas succéda à son père sur le trône, il dédia le chariot à Zeus pour le remercier de sa bonne fortune et déclara que celui qui réussirait à délier le nœud inextricable de la corde enroulée autour du joug deviendrait le maître de l'Asie tout entière.

— Vous êtes en train de parler du nœud gordien. C'est Alexandre le Grand qui a résolu ce casse-tête, en tranchant le nœud au lieu d'essayer de le défaire.

— Et je suppose que votre compagnie, la Gordian Engineering, tire son nom de ce fameux nœud gordien, dit Stacy avec un sourire.

— Tout à fait. Un problème apparemment insoluble résolu grâce à une solution audacieuse. Mais j'ignorais que c'était Midas qui avait fait le nœud.

— On en apprend tous les jours. C'est bien pour ça que j'adore mon métier.

— Qu'est-il arrivé à Midas ?

— Personne ne le sait, mais il existe plusieurs théories. L'une d'elle dit qu'il a été enterré en Turquie et on a même affirmé avoir retrouvé son tombeau. Une autre théorie prétend qu'il a été chassé du pouvoir par une invasion des Perses. Le mythe raconte quant à lui que Midas offensa un dieu, qui l'affligea d'oreilles d'âne en punition de son sacrilège. Couvert de honte, il fuit la Phrygie et nul ne le revit plus jamais.

— Tout cela fait une bien belle histoire, dit Tyler, mais vous avez raison de dire que la partie concernant le pouvoir de Midas est une absurdité. Les alchimistes ont essayé pendant des siècles d'en créer leur propre version par la transmutation du plomb en or. Ils ont toujours échoué, pour la simple et bonne raison que c'est physiquement impossible.

Stacy n'avait plus suivi de cours de science depuis le lycée, et ses connaissances en chimie étaient pour le moins rudimentaires.

— Pourquoi est-ce impossible ? demanda-t-elle. Il existe peut-être une formule secrète qui n'a jamais été découverte ?

Tyler rit.

— À moins que cette formule secrète n'implique une réaction de fission, elle ne donnera aucun résultat.

— Par fission, vous voulez dire fission nucléaire ?

— Le plomb possède un poids atomique supérieur à celui de l'or, ce qui signifie qu'il contient davantage de protons. La seule manière pour que du plomb puisse devenir de l'or serait qu'il perde des protons. Et enlever des protons du noyau d'un atome est la définition même d'une réaction nucléaire. Je suppose qu'il serait possible de le faire dans un réacteur nucléaire, mais la méthode serait si coûteuse qu'elle n'en vaudrait même pas la peine.

— Vous pensez donc qu'Orr est dingue ?

— Fou à lier s'il croit à la magie.

— Je comprends pourquoi il a voulu vous impliquer. Vous avez fabriqué le géolabe. Mais pourquoi moi ? Il existe des milliers d'autres docteurs en lettres classiques.

— Les matières littéraires n'étaient pas ma priorité au lycée, dit Tyler. En quoi consistent les études de lettres classiques, exactement ?

— Elles se consacrent à la Grèce et à la Rome antiques.

— Ce qui explique que vous connaissiez le grec. Et le latin aussi ?

— J'ai commencé par une licence en linguistique. Je maîtrise le grec, le latin, l'italien, le français et l'allemand.

Tyler émit un sifflement admiratif.

— Voilà qui est impressionnant. J'aurais bien aimé parler d'autres langues, mais je ne suis vraiment pas doué pour ça. À part si vous comptez la langue des signes. Ma grand-mère était sourde. Et je l'ai apprise à Grant, d'ailleurs.

— La langue des signes compte, bien sûr, dit Stacy. Mais je n'en ai pas l'usage, je ne connais que des langues verbales.

— Et pourquoi avez-vous entrepris des études en lettres classiques ?

— J'ai grandi dans une ferme aux environs de Des Moines. Mes parents n'étaient pas très riches et nous n'avons jamais voyagé, à part pour aller camper dans le Minnesota. J'ai toujours voulu voir ces merveilleuses villes d'Europe, et j'ai pensé qu'une licence en lettres classiques pourrait m'y aider. Et, à mi-chemin de mon cursus universitaire, j'ai compris que la recherche était ma vocation. Je me suis forcée à terminer mon diplôme, mais il me restait des centaines de milliers de dollars de prêt étudiant à rembourser et, quand j'ai entendu parler des auditions pour l'émission *À la recherche du passé*, j'ai postulé. Je ne suis pas une actrice, mais ils voulaient plutôt quelqu'un avec un solide bagage universitaire qu'une potiche lisant un prompteur, et j'ai eu le poste. J'ai fini de rembourser mon prêt étudiant en une seule année.

— Vos parents doivent être très fiers. Ils sont toujours dans l'Iowa ?

— Ils sont décédés. C'étaient tous les deux des fumeurs. Ils ont été emportés par le cancer.

— Je suis navré.

— Il ne reste plus que ma sœur et moi. Elle était à la fac de droit. Pourquoi je parle au passé, bon sang ! Elle est à la fac de droit.

Tyler posa la main sur le genou de Stacy et le serra amicalement. Ce n'était qu'un petit geste de sympathie, mais elle lui en fut reconnaissante.

Le téléphone de Tyler bipa.

— Sûrement Grant, dit-il, mais quand il lut le message son visage se crispa.

— Quoi ?

— C'est Orr. Il veut que je regarde mes e-mails.

Il tapota un instant son téléphone puis afficha une fenêtre vidéo sur l'écran. Stacy entendit des paroles, mais sans parvenir à les comprendre.

Tyler tint le téléphone de façon que Stacy puisse voir l'écran et relança la vidéo. La première image montrait un journal portant la date du jour. Puis le journal recula jusqu'à ce qu'ils puissent voir qu'il était tenu par un homme portant un masque de ski noir, qui vint se placer à côté d'un autre homme assis sur une chaise. Celui-ci semblait avoir la soixantaine et portait un costume. Ses poignets et ses chevilles étaient menottés, mais il ne paraissait pas blessé. À vrai dire, il paraissait même incroyablement en forme, et pas seulement pour son âge. Il avait un bandeau sur les yeux mais sa mâchoire aux lignes prononcées et ses cheveux bruns coupés en brosse ne laissèrent aucun doute à Stacy : elle avait devant elle le père de Tyler.

Une voix dans la vidéo dit : « Votre nom ? » L'image changea légèrement, comme s'il y avait eu un montage. Puis l'homme assis confirma sa supposition en répondant : « Sherman Locke » d'une voix sonore de baryton, qui rappelait celle de Tyler mais avec un timbre plus profond lié à la différence d'âge.

La vidéo s'arrêta brusquement. Stacy ferma les yeux, revoyant en esprit la vidéo similaire qu'elle avait reçu le matin même et montrant Carol ligotée et inconsciente.

Elle chassa cette image de sa tête et leva les yeux vers Tyler, s'attendant à le voir furieux. À sa grande surprise, celui-ci souriait.

— Quel vieux renard, s'esclaffa-t-il. Quelque chose me dit qu'il ne va pas se rendre sans combattre.

Chapitre 13

À voir le lieu de rendez-vous choisi par Orr, Tyler pouvait dire que ce dernier savait ce qu'il faisait. Le match de base-ball du mercredi après-midi commençait quinze minutes plus tard et une foule de fans se massait devant l'entrée sud-ouest du stade pour voir les Mariners de Seattle écraser les Angels. Des vendeurs ambulants hurlaient « Programme, demandez le programme ! » toutes les dix secondes et l'odeur douceâtre du pop-corn flottait jusqu'à eux. La pluie avait diminué, mais le toit du stade de briques et d'acier de Safeco Field était tout de même fermé pour protéger les spectateurs du crachin.

Le trajet du quai du ferry jusqu'au stade ne prenait normalement guère plus d'une minute, mais les embouteillages d'un jour de match multipliaient ce temps par quinze. Quand Tyler gara la Viper sur le parking du stade, il était déjà 12 h 30. Il acheta des hot-dogs et des boissons à un vendeur ambulant afin que Stacy et lui mangent quelque chose en attendant l'heure du rendez-vous. Aucun d'eux n'avait vraiment faim, mais Tyler avait appris à l'armée qu'il fallait savoir préserver ses forces, surtout lorsqu'on se trouvait en situation de stress.

— À quoi ressemble Orr ? demanda Stacy entre deux bouchées.

— Il est brun, la peau mate, des yeux marron. Il est un peu plus petit que moi. Un nez busqué qui a dû être cassé et s'est mal ressoudé. Et il lui manque une phalange au petit doigt gauche. Ce n'est pas un premier prix de beauté.

— Je brûle d'impatience, dit-elle sur un ton ironique.

Vingt minutes passèrent. Ils s'étaient adossés au mur près du guichet, et Stacy regardait d'un côté tandis que Tyler surveillait l'autre direction. Par deux fois Stacy lui désigna un homme qui ressemblait à la description d'Orr, mais ce n'était pas lui.

Pile à l'heure, Tyler vit Orr tourner au coin du stade et s'avancer vers eux, les mains dans les poches. Il était tel que Tyler se le rappelait, vêtu d'un gros blouson et d'une casquette des Mariners, un sac à dos sur l'épaule. Il se fondait parfaitement dans le flot de spectateurs qui continuait à entrer dans le stade.

Orr était seul. Il s'arrêta à un pas de Tyler et ils se dévisagèrent un moment. Tyler réprima l'envie furieuse de se jeter sur lui et de l'étrangler jusqu'à faire disparaître la lueur suffisante de son regard.

— Nous sommes seuls, dit Tyler.

— Je le sais, affirma Orr avec un sourire. Je vous ai surveillés. Vous ne devriez pas manger aussi vite, d'ailleurs. (Il tourna son regard vers Stacy.) Vous êtes encore plus sexy qu'à la télé.

— Allez vous faire foutre, rétorqua-t-elle.

— Serait-ce une proposition ?

— Si nous passions un accord ? intervint Tyler. Vous libérez mon père et la sœur de Stacy sur-le-champ, et je ne vous tuerai pas.

— Je vais malheureusement décliner cette offre généreuse.

— Ou nous pourrions procéder à un échange. (Tyler désigna du menton deux policiers surveillant le carrefour.) Je parie que ces officiers là-bas seraient prêts à m'aider.

Orr secoua un doigt en direction de Tyler.

— Allons, vous savez bien que je ne serais pas venu à ce rendez-vous sans avoir pensé à cela. Vous vous rappelez l'explosif binaire ? J'en ai bien cinq kilos sous ce blouson et je tiens le détonateur dans ma poche. Ce qui est arrivé au camion pourrait se reproduire ici si jamais vous tentez quelque chose de stupide.

Stacy hoqueta et observa autour d'elle les familles qui se pressaient pour entrer dans le stade.

— Vous bluffez.

— Chérie, vous n'avez aucune idée de ce dont je suis capable.

— Je suis d'accord avec elle, objecta Tyler. Si j'avais passé autant de temps que vous à planifier cette opération, je n'irais pas tout foutre en l'air, au sens littéral du terme.

— Je ne vous connais pas très bien, Locke, dit Orr avec une moue réprobatrice, mais je peux déjà voir quelle est votre faiblesse.

— Oh ! vraiment ? Et c'est ?

— Vous pensez que tout le monde est aussi sensé et logique que vous.

— Vous voulez dire que vous ne l'êtes pas ?

— Les courageux font ce qu'ils peuvent, les désespérés ce qu'ils doivent, et les fous ce à quoi on s'attend le moins. À quelle catégorie pensez-vous que j'appartienne ?

Tyler y réfléchit un instant. Orr semblait intelligent, sain d'esprit et rationnel, mais il voulait cependant les envoyer à la poursuite d'une chimère. Tyler n'avait aucune idée de ce qui allait se passer et la main qu'Orr gardait dans sa poche le rendait nerveux. Il ne pouvait prendre le risque d'agir.

— Très bien, finit-il par dire. Nous nous contenterons de parler. Vous nous avez dit que vous aviez une preuve de l'existence du pouvoir de Midas ?

Tyler brûlait de découvrir la prétendue preuve d'Orr.

— C'est exact, répondit Orr. Mais, avant, je dois vous raconter une histoire.

— Une histoire ? intervint Stacy. Nous connaissons la légende de Midas.

— Ce n'est pas de cette histoire-là que je parle.

— Mon opinion est que vous voulez nous confier une quête impossible, dit Stacy. Le pouvoir de Midas n'existe pas.

— Je regrette d'avoir à vous contredire, et ce pour une bonne raison : je l'ai vu en action, de mes propres yeux.

Tyler ne put s'empêcher d'éclater de rire.

— Vous avez vu le pouvoir de Midas ? Quoi, vous voulez dire que vous avez rencontré ce vieux Midas lui-même ?

— D'une certaine façon, oui.

— Comment ça ?

Orr fit glisser le sac de son épaule et le posa lentement sur le sol. Au mouvement du sac, Tyler estima que celui-ci devait contenir un seul objet, de la taille d'un gros pain.

— À l'âge de neuf ans, reprit Orr, mes parents m'ont emmené en voyage en Italie, à Naples plus exactement. Ma terre d'origine, si vous ne l'avez pas encore déduit de mon apparence. Quand j'étais là-bas, j'ai passé beaucoup de temps à flâner dans les rues en compagnie d'une fillette nommée Gia. Nous l'avons trouvé en explorant les tunnels.

— Quels tunnels ? demanda Tyler.

— Naples est bâtie sur du tuf volcanique. Les Grecs, qui ont fondé la cité, ont découvert à quel point le tuf était facile à creuser. Ils ont commencé par en extraire les matériaux pour bâtir leur ville, mais comprirent rapidement qu'ils pouvaient également creuser des citernes et les relier aux aqueducs transportant jusqu'à la cité l'eau des lacs et des nappes aquifères des environs. Des kilomètres de tunnels antiques sillonnent le sous-sol de Naples, dont bon nombre n'ont jamais été explorés.

— Et c'est là que vous avez trouvé Midas ? demanda Stacy d'une voix méprisante.

Orr acquiesça et une lueur s'alluma dans son regard.

— Je m'en souviendrai jusqu'au jour de ma mort. Nous avons découvert une chambre souterraine entièrement faite d'or, au milieu de laquelle se trouvait un cube d'or d'au moins un mètre quatre-vingts de côté, la statue dorée d'une jeune fille posée à son sommet. Elle était parfaitement conservée, à ceci près qu'il lui manquait une main.

Tyler ne doutait plus désormais que ce type était fou. Pourquoi aurait-il quitté un endroit pareil sans rien emporter, ni rien dire à personne ?

— Bien, quelle est votre preuve ? lui demanda-t-il. J'imagine que vous n'avez pas pris de photos ?

Et quand bien même, quelle preuve cela aurait pu fournir à l'époque de Photoshop et des effets spéciaux ?

— J'ai mieux que ça. Depuis ce matin j'attends avec impatience de vous la montrer. (Orr souleva le sac et le tendit à Tyler.) Faites bien attention. Et ne la sortez pas du sac.

Le sac était plus lourd que ce à quoi s'attendait Tyler. Il le posa délicatement au sol et ouvrit la fermeture Éclair. Stacy et lui s'agenouillèrent pour examiner son contenu.

Ils manquaient de lumière et Tyler inclina le sac pour en éclairer l'intérieur. Il sentit dans le mouvement la souplesse du polystyrène extrudé sous ses doigts au lieu de la rigidité qu'il attendait d'un objet aussi lourd. Puis quelque chose refléta la lumière du ciel nuageux avec un éclat doré et Tyler comprit ce qu'il avait sous les yeux.

Stacy hoqueta. Le sac contenait une main en or, soigneusement emballée dans du polystyrène.

Chapitre 14

Stacy n'en croyait pas ses yeux. La main en or était sectionnée au niveau du poignet, mais cela la rendait encore plus remarquable, car la coupe permettait de voir qu'elle n'était pas façonnée dans un bloc d'or d'un seul tenant.

Tyler souleva un peu le polystyrène afin de mieux voir. La partie sectionnée du poignet laissait voir les veines, les ligaments, les muscles et les os, jusqu'au moindre vaisseau capillaire, avec un luxe incroyable de détails. À la surface de la main, chaque pore et pli de la peau étaient reproduits. Même la dentelle délicate de la moelle des os du poignet était représentée. C'était comme de regarder le dessin en coupe d'une planche anatomique.

— La main manquante de la fille de Midas, annonça Orr avec fierté. Je l'ai acquise il y a un an. Elle correspond parfaitement à la statue que j'ai vue il y a si longtemps.

— C'est impossible, dit Tyler.

Stacy secoua lentement la tête.

— J'ai déjà vu cette main quelque part.

Tyler la regarda avec surprise.

— Vraiment ?

— Cela avait fait la une des journaux l'année dernière, expliqua-t-elle. Quelqu'un avait cambriolé une salle des ventes à Londres et raflé tout le contenu de la chambre forte. Parmi les objets dérobés, le plus précieux était une main en or.

Elle se rappelait ce vol parce que les experts qui avaient estimé les objets de la vente étaient restés déconcertés par la main, incapables de déterminer comme elle avait été fabriquée.

— Je vous ai dit qu'il ne s'agissait pas d'une quête chimérique, fit remarquer Orr.

— Vous avez aussi tué deux gardiens durant ce cambriolage.

— Ils étaient en travers de mon chemin, répliqua-t-il avec un haussement d'épaules.

Stacy grimaça de dégoût devant autant d'indifférence vis-à-vis d'un meurtre.

— Mais il est impossible qu'il s'agisse d'une véritable main humaine, objecta Tyler. Ce n'est qu'une sculpture.

— Si vous l'examinez plus attentivement, vous vous rendrez compte qu'il est impossible de sculpter quelque chose d'aussi détaillé, ni de le produire à l'aide d'un moule.

Stacy reprit son examen de la main et constata qu'Orr avait raison. La façon dont les structures se chevauchaient et disparaissaient à l'intérieur du poignet défiait les talents du meilleur artisan.

— Combien peut valoir un tel objet ? se demanda Stacy à haute voix.

— Environ quatre-vingt mille dollars au prix actuel du marché, répondit Orr, si l'on considère uniquement son poids en or. Mais j'imagine que la main elle-même pourrait se vendre plusieurs millions de dollars. Enfin, en arrivant à trouver un acheteur, bien sûr. Les œuvres volées sont toujours si difficiles à écouler.

— Pourquoi nous montrer la main ? lui demanda Tyler.

— Parce que je veux que vous sachiez que ce que vous cherchez existe réellement. Sinon, je ne serais pour vous qu'un cinglé vous confiant une mission stupide, impossible à accomplir. Vous vous contenteriez alors de jouer le jeu, en espérant trouver un moyen de localiser votre père, ce qui n'arrivera pas, j'en profite pour vous le dire.

— Vous avez tout prévu, n'est-ce pas ?

— Pas tout, répondit Orr en souriant de nouveau. C'est pourquoi j'ai besoin de vous deux.

— Entendu. Nous ferons à votre façon.

— Je vais reprendre mon sac, dit Orr en tendant la main.

Tyler referma le sac et le lui rendit.

— Et maintenant ? demanda Stacy.

— Supposons que nous croyons à votre histoire, dit Tyler. Le pouvoir de Midas a existé, et il y a un trésor enterré quelque part sous Naples. Vous l'avez vu. Vous savez où il est. Pourquoi n'allez-vous pas le chercher vous-même ? Pourquoi vous donner tout ce mal ?

— Ce n'est pas parce que je l'ai vu que je sais où il se trouve exactement.

— Que voulez-vous dire ? s'étonna Stacy.

— C'est une histoire longue et compliquée, mais qui en gros se résume à ça : il y a deux manières d'accéder au trésor. Je ne peux plus passer par le chemin que j'ai emprunté la première fois pour des raisons que vous n'avez pas besoin de connaître, ce qui signifie que je dois m'en remettre à la deuxième manière, c'est-à-dire celle d'Archimède. En utilisant la carte qu'il a tracée.

— Archimède a vécu il y a plus de deux mille deux cents ans. Vous croyez vraiment que cette carte existe encore ? ou même qu'elle est encore d'actualité ? Naples n'a cessé de se couvrir de bâtiments construits par les Grecs, les Syracusains, les Romains, les Italiens. Sans parler des éruptions épisodiques du Vésuve, recouvrant tout sous les cendres.

— Quand Gia et moi sommes allés dans ces tunnels, nous avons traversé une citerne où j'ai pu voir la lumière descendre d'un puits perçant la voûte du plafond. C'est ce point d'entrée que je cherche à localiser. Mais il existe des milliers de puits à Naples : tous ne sont pas recensés et beaucoup ont été bouchés.

— Pourquoi le test de la bombe sur le ferry ? demanda Tyler.

— Je ne pouvais pas espérer vous embaucher, n'est-ce pas ? répondit Orr. Vous m'auriez dénoncé aux autorités. Maintenant que je sais que vous êtes capables de résoudre le puzzle d'Archimède, je crois que vous devriez réussir à trouver cette carte. Et le temps m'est compté.

— Sur quelle durée allez-vous régler le minuteur cette fois-ci ? demanda Stacy.

— Vous êtes amusante, sourit Orr. Je dois entrer en possession de cette carte dimanche soir, à Naples.

— Vous plaisantez ? s'exclama Tyler. On est mercredi. Vous exigez de nous que nous trouvions la réponse à une énigme vieille de plus de deux mille ans en seulement quatre jours ?

— Je n'ai pas le choix. Si je n'ai pas trouvé la tombe de Midas d'ici là, la Renarde la trouvera.

— Qui est la Renarde ? demanda Stacy.

— C'est le surnom de Gia. Nous sommes à la lutte pour retrouver la tombe. Elle vous tuera sans hésiter si elle découvre que vous la cherchez vous aussi, alors je vous conseille donc de faire preuve de prudence.

— Mais nous ne savons même pas par où commencer !

— Je vous le dirai. La nuit où j'ai récupéré la main en or, j'ai également dérobé un ancien manuscrit écrit par Archimède lui-même. Fort heureusement, j'ai pu m'en emparer avant qu'il ait été photographié et estimé pour figurer au catalogue de la vente aux enchères.

— C'est là que vous avez trouvé les instructions pour la fabrication du géolabe, hasarda Tyler.

— Exact. Je l'ai fait traduire par un professeur à la retraite, mais c'était un octogénaire. Pas vraiment le candidat idéal pour une mission comme celle-ci.

— De qui s'agit-il ?

— Cela n'a guère d'importance. Il est mort.

À voir l'expression sur le visage d'Orr, Stacy doutait que le professeur soit mort de vieillesse.

— Je vous enverrai par e-mail un dossier de photographies du manuscrit d'Archimède, accompagné d'une traduction, poursuivit Orr. Cela vous donnera un point de départ pour vos investigations, mais je suis sûr que nous avons manqué quelque chose. Votre travail consiste à trouver quoi. Je veux des rapports quotidiens sur vos progrès. Si vous négligez de me faire votre rapport ou si j'ai l'impression que vous me cachez des choses, je couperai une oreille à Sherman ainsi qu'à Carol. C'est bien clair ?

Stacy déglutit péniblement.

— Nous vous tiendrons informé de nos progrès, répondit Tyler, mais nous voulons une preuve que mon père et la sœur de Stacy vont bien.

— Je vous ai déjà envoyé des vidéos montrant qu'ils sont en vie.

— Je veux en recevoir une chaque jour, et constater moi-même qu'ils ont encore leurs deux oreilles. Si nous restons une journée sans recevoir de vidéo, le marché sera rompu.

Orr réfléchit un instant, puis hocha la tête.

— C'est de bonne guerre. Entendu, vous recevrez une preuve de vie chaque jour. (Il regarda autour de lui la foule se dépêchant de rejoindre l'une des quatre entrées du stade pour assister au match qui venait juste de commencer.) Je crois qu'il est temps que je prenne congé. Je vous recontacterai.

Orr chargea le sac sur son épaule.

— C'est tout ? s'étonna Stacy.

— Comprenez bien qu'il s'agit pour moi d'une chance qui ne se présente qu'une fois dans une vie, aussi je prends cette affaire très au sérieux. Je vous conseille d'en faire autant. Je serai à Naples dimanche. Si vous ne pouvez pas m'y retrouver avec la solution à mon problème, ne vous donnez pas la peine de venir.

Alors que les cieux s'ouvraient pour libérer une nouvelle averse, Orr disparut dans la marée humaine. Stacy avait envie de lui courir après et de lui écraser le crâne sur le bitume, mais ça n'aiderait pas sa sœur et elle mourrait dans l'explosion de la bombe qu'il portait.

— Je veux tuer cet homme, gronda-t-elle. C'est la première fois que je dis ça en le pensant vraiment.

Tyler, qui avait lui aussi les yeux rivés sur Orr qui s'éloignait, se contenta de hocher la tête.

Ils continuèrent à regarder Orr jusqu'à ce qu'il tourne au coin du bâtiment et disparaisse.

Chapitre 15

Tyler était impatient de consulter les documents qu'Orr leur avait envoyés, mais Stacy insista pour passer d'abord à son hôtel du centre-ville afin d'enfiler des vêtements secs. Ils prévoyaient ensuite d'aller chez Tyler, où ils auraient davantage de place pour travailler. Pendant que Stacy se changeait, Tyler se rendit au siège de la Gordian afin d'imprimer les documents et vérifier une intuition au sujet du géolabe. Une heure plus tard, il était de retour à l'hôtel de Stacy, qui le rejoignit devant l'entrée.

Stacy avait gardé son blouson et ses bottes, mais passé un jean et une chemise propres. Tyler s'attendait à ce qu'elle n'ait avec elle qu'un porte-documents et fut surpris de la voir sortir de l'hôtel en traînant sa valise à roulettes.

— Ouvrez le coffre, lui demanda-t-elle en se dirigeant vers l'arrière de la Viper.

— Que faites-vous ? demanda Tyler en se retournant sur son siège.

— Si nous devons travailler là-dessus toute la soirée, il serait absurde d'avoir à me ramener à l'hôtel. Ce serait une perte de temps.

— Donc vous vous invitez chez moi, si je comprends bien ?

— Du calme. Ce n'est pas comme si je prévoyais de me jeter sur vous. J'essaie juste d'être pragmatique. Et puis vous n'êtes pas marié que je sache.

Tyler baissa les yeux sur l'annulaire de sa main gauche. Il avait été marié autrefois et avait gardé son alliance longtemps après la mort de son épouse, mais il la conservait désormais dans le tiroir de sa table de nuit. Son amour pour Karen ne s'éteindrait jamais, mais il avait décidé de chérir son souvenir en reprenant le cours de sa vie.

Ses yeux revinrent sur Stacy.

— Et comment savez-vous que je n'ai pas de fiancée ?

Cela ne le gênait pas que Stacy loge chez lui, mais il était amusé par son culot.

— Oh ! s'étonna Stacy comme si elle n'avait jamais envisagé cette éventualité. C'est le cas ?

Tyler n'avait eu qu'une seule liaison depuis qu'il était veuf. Il aurait vraiment aimé que sa relation longue distance avec Dilara fonctionne, mais il avait été difficile de maintenir la flamme quand leurs échanges se limitaient à des coups de téléphone et des e-mails. Elle passait l'essentiel de son temps en Turquie sur le site de fouilles de l'arche de Noé, tandis que lui vadrouillait de par le monde. Ils étaient restés en contact, mais développer une véritable relation relevait de l'impossible en étant séparés toute l'année ou presque par des dizaines de milliers de kilomètres.

— Non, mais inutile d'avoir l'air aussi surprise, répondit-il avec une indignation feinte tout en appuyant sur le bouton d'ouverture du coffre.

— Désolée, s'excusa Stacy en posant sa valise. J'ai pensé que vous étiez comme moi. Un accro du boulot qui n'a pas de temps pour les complications romantiques.

— C'est à peu près ça.

Elle ramassa l'épaisse liasse de documents posée sur le siège passager et s'assit.

— Ce sont les pages envoyées par Orr ?

Tyler hocha la tête et démarra.

— J'ai fait deux copies de la traduction pour nous, plus une de l'original grec à votre intention.

Dix minutes plus tard, ils entraient dans le quartier Magnolia. Tyler tourna dans l'allée de sa villa de style méditerranéen, perchée sur une falaise surplombant le détroit de Puget et le centre de Seattle. Il gara la Viper dans l'emplacement central du garage trois places, occupé par une moto Ducati et un établi sur la droite, et un 4 × 4 Porsche sur la gauche.

Tyler montra du doigt le pneu de la Porsche.

— Voilà la raison pour laquelle nous avons dû nous serrer dans la Viper. Normalement, je ne la prends pas quand il pleut.

Une fois à l'intérieur de la maison, Stacy se dirigea immédiatement vers les fenêtres.

— Carol adorerait cette vue.

Tyler posa le sac de Stacy dans le couloir.

— Vous pouvez vous installer dans la chambre d'ami, à droite. Les draps doivent être raisonnablement propres.

Stacy lui lança un regard incertain.

— Je plaisante, dit Tyler. Je les lave tous les jours.

— J'imagine que la vérité est à mi-chemin.

Stacy fit le tour du salon, puis examina la cuisine, en passant une main sur le plan de travail en granit et les armoires en merisier.

— C'est une sacrée maison que vous avez là. La Gordian doit bien payer.

Tyler s'installa dans un fauteuil et s'empara des liasses de documents.

— Vous êtes du genre direct.

— Je dis juste que vous ne cachez pas le fait que vous gagnez bien votre vie. Une grande villa, une voiture de sport rouge, une Porsche, une moto.

— En tant qu'associé dans la société, je suis confortablement rémunéré et je profite des fruits de mon labeur.

— Tant mieux pour vous, docteur Locke.

— Et si nous nous y mettions, docteur Benedict ?

— Vous auriez quelque chose à boire ?

Tyler lui indiqua le réfrigérateur d'un signe de tête.

— Servez-vous. Je veux bien un Coca light.

Son verre à la main, Tyler commença par montrer à Stacy l'autre face du géolabe, qu'elle n'avait pas pu voir quand celui-ci était connecté à la bombe. Alors que la façade arborait deux cadrans dont chaque section comprenait une inscription en grec, l'arrière disposait d'un seul cadran, divisé en trois cent soixante crans égaux numérotés tous les trente crans, comme les points d'un compas. Tyler ignorait à quoi ils servaient et Stacy émit l'hypothèse que la réponse se trouvait peut-être dans le manuscrit.

Ils passèrent le reste de l'après-midi à lire la traduction du texte d'Archimède, Stacy se référant à de nombreuses reprises à la photocopie de l'original en grec. Tyler avait eu accès à une partie du document pour fabriquer le géolabe, mais le reste était nouveau pour lui.

Les lignes resserrées du texte s'émaillaient de dessins et de démonstrations mathématiques. Le document original faisait deux cent quarante-sept folios et chacun était en lui-même un trésor, révélant le génie du plus grand ingénieur de l'Antiquité. Tyler aurait aimé avoir le loisir d'étudier chaque page en détail, mais seules trente-huit se référaient à Midas et au géolabe, un nom inventé par Archimède. À un endroit du manuscrit, Archimède racontait même qu'il avait vu la main en or, ce qui venait confirmer l'idée que ce manuscrit avait été écrit comme un guide pour retrouver le trésor de Midas. Mais Tyler ne trouva dans sa lecture aucune explication sur la fonction des crans du cadran arrière du géolabe.

Après avoir parcouru la copie du document original, Stacy expliqua à Tyler que le texte se terminait de manière abrupte, comme si des pages manquaient ou qu'Archimède ne l'avait pas achevé. La lecture était laborieuse, Tyler s'interrompant souvent pour poser des questions à Stacy, mais à 19 heures il avait enfin fini de lire le texte. Après que Stacy eut passé quelques coups de fil, la prochaine étape leur apparut clairement.

À 19 heures pile, on frappa à la porte, ce qui fit sursauter Stacy. Tyler, qui avait reconnu la cadence des coups, cria : « Entre ! »

La serrure de la porte d'entrée cliqueta alors que quelqu'un y introduisait une clef, puis Grant ouvrit la porte. Il était seul.

— Où est Aiden ? lui demanda Tyler.

— Il était avec Miles à Washington. Ils devraient arriver d'ici à une heure.

— Tu m'as excusé auprès de l'équipe à la base navale de Bremerton ?

— Je leur ai dit que tu étais malheureusement retenu par un problème urgent.

— Bien.

Le projet n'en était pas à un stade critique, ils pouvaient se passer de Tyler durant cinq jours. Quant à l'émission de Stacy, elle s'interrompait durant l'été, et il était donc facile pour elle de se rendre disponible.

— As-tu eu des nouvelles de ton père ? demanda Grant.

Tyler lui montra la vidéo et Grant laissa échapper un sourire.

— Quel sacré gaillard ! commenta-t-il.

— C'est parfait pour l'armée, mais essaie un peu d'être son fils.

Tyler s'efforça de sourire à sa propre plaisanterie, mais il n'arrivait pas à se débarrasser de l'image de son père, les yeux bandés comme un prisonnier de guerre.

— Il va s'en tirer, le réconforta Grant en lui tapant sur l'épaule. Bon, qu'y a-t-il pour le dîner ? J'ai tellement faim que je pourrais avaler un bœuf.

— Il faudra se faire livrer, dit Stacy. À part quelques sodas, le frigo est vide. La cuisine, c'est pas votre truc, on dirait ?

— Si, j'aime bien cuisiner, répondit Tyler, c'est juste que je n'ai pas fait de courses ces derniers temps.

Grant s'esclaffa.

— Quand il dit qu'il aime cuisiner, il veut dire qu'il est capable de faire griller un poisson, pas besoin d'être un génie pour ça. On dirait qu'il parle de neurochirurgie. Bon, je vais nous commander des pizzas.

Une heure plus tard, rassasiés d'une pizza au pepperoni et poivron vert, il finissait de raconter à Grant ce qui s'était passé à Safeco Field.

À 20 h 15, on frappa de nouveau à la porte. Cette fois, Tyler alla ouvrir. Miles Benson et Aiden MacKenna entrèrent. Miles était dans son fauteuil roulant iBOT, mais celui-ci était en position normale, et non en équilibre sur deux roues.

Aiden était un Irlandais aux sourcils noirs broussailleux et portant des lunettes. Tyler ne l'avait pas encore vu avec son nouveau joujou, un appareil noir fixé à son crâne et relié par un fil à un objet en plastique implanté derrière son oreille.

— Comment ça va avec l'implant cochléaire ? lui demanda Tyler.

— Hein ?

Tyler éleva la voix.

— Je disais : quand vas-tu cesser de faire cette blague ?

— Jamais.

Tyler les fit entrer. Aiden fila droit sur Stacy.

— Et qui est donc cette ravissante blonde ? demanda-t-il en prenant la main de Stacy entre les siennes.

— Stacy Benedict, répondit-elle. J'adore votre accent.

— C'est très aimable de votre part. Et je suis ravi d'entendre le vôtre. Je dois encore m'habituer à ce vilain machin sur ma caboche, mais puisqu'il me permet d'entendre des sons aussi délicieux…

— C'est bon, Aiden, s'interposa Tyler avec une pointe de jalousie. Arrête ton numéro. Stacy, vous avez donc fait la connaissance d'Aiden MacKenna, notre expert en logiciels et grand maître des bases de données. Laissez-moi vous présenter le président de la Gordian, Miles Benson.

Ils échangèrent une poignée de main puis en vinrent immédiatement aux choses sérieuses. Miles n'avait rien trouvé sur les ravisseurs de Sherman avant de reprendre son vol pour Seattle dans l'après-midi. Tyler leur parla de son père, de Carol, d'Orr, et de leur mission consistant à retrouver le pouvoir de Midas. Miles et Aiden manifestèrent la même incrédulité que Tyler au début, mais leurs doutes s'envolèrent quand il leur montra la vidéo de son père.

— Nous devons rester parfaitement discrets, expliqua Tyler. Ni police, ni FBI. Ni même une implication officielle de la Gordian. C'est la raison pour laquelle je vous ai demandé de venir ici plutôt que de se retrouver au siège de l'entreprise. Mais j'ai néanmoins besoin des ressources dont dispose la société pour retrouver mon père.

— Tu es sûr que c'est une bonne idée ? demanda Miles.

— Stacy et moi en avons longuement discuté, et nous pensons qu'Orr mettra ses menaces à exécution s'il découvre que nous avons averti les fédéraux.

Miles se tourna vers Stacy, qui acquiesça d'un signe de tête.

— Très bien, dit-il. Nous garderons ça pour nous. Toutes les ressources de la Gordian sont à votre disposition.

— Comptez sur moi également, dit Aiden. Je suis là si vous avez besoin de moi.

— Merci, les gars.

Tyler n'avait pas besoin de poser la question à Grant. Cela aurait même été insultant. Tyler savait que son meilleur ami serait toujours là pour couvrir ses arrières, comme au temps de l'armée.

— Je ne comprends pas pourquoi Orr est prêt à vous laisser mener seuls cette chasse au trésor de Midas, s'étonna Miles.

Pour moi, il prend un sacré risque en vous remettant le géolabe et en vous laissant agir à votre guise.

— J'y ai réfléchi aussi, dit Tyler. Et j'ai aussi trouvé que l'explosion du camion s'était produite pile au bon moment. Il n'a pas déclenché la bombe avant que nous ne soyons hors de portée.

Grant plissa les yeux alors qu'il comprenait ce que cela impliquait.

— Il savait où nous étions.

— J'en suis arrivé à la même conclusion, c'est pourquoi j'ai apporté le géolabe, à la Gordian dans la salle d'isolation des radiofréquences.

— De quoi s'agit-il ? demanda Stacy.

— Il s'agit d'une salle destinée à tester les émissions électroniques des téléphones portables et autres appareils de télécommunication. Elle est complètement hermétique aux sources de radiofréquences extérieures.

— Et tu as repéré un signal émis par le géolabe, conclut Grant.

Tyler acquiesça.

— Il est équipé d'un traceur GPS. C'est comme ça qu'Orr compte nous garder à l'œil.

— Tu as pu décoder le signal ? demanda Miles.

— Pas encore, mais j'ai enregistré deux salves de transmission avec tous les détecteurs dont nous disposons là-bas.

— Je vais mettre les gars du département des télécoms là-dessus. Avec un peu de chance, nous pourrons remonter le signal jusqu'à Orr.

Miles commença à rédiger un message sur son téléphone.

— Que puis-je faire ? demanda Aiden.

— Déniche tout ce que tu peux sur Jordan Orr. Si nous trouvons une piste qui paraît solide, nous avertirons le FBI.

— Compte sur moi.

— Parfait, dit Tyler. Maintenant, Stacy a une théorie sur le géolabe, l'appareil inventé par Archimède. Avant que le manuscrit atterrisse à la salle des ventes, il avait été séparé d'une tablette de cire retrouvée en même temps que lui. Stacy pense que la tablette pourrait contenir un message qui serait la clef permettant de révéler la fonction du géolabe.

— Comment le savez-vous ? s'étonna Grant.

— Nous t'expliquerons tout ça dans l'avion.

— Ah bon ? dit Grant. On va quelque part ?

Tyler se tourna vers Miles.

— Je suis heureux que tu aies dit que les ressources de la Gordian étaient à notre disposition, parce que nous aurions besoin d'un des jets de la compagnie. Nous devons nous rendre en Angleterre.

Chapitre 16

Au volant du fourgon qui s'avançait sur le parking désert du Baltimore Harbor, Orr avala une autre gorgée de café et réprima un bâillement. Avec Crenshaw ronflant à côté de lui durant les cinq heures qu'avait duré le vol depuis Seattle pour rejoindre l'aéroport Baltimore Washington International, il n'avait réussi qu'à grappiller quelques instants de sommeil. Il était 2 h 15 et Crenshaw, installé dans le siège passager du fourgon, était désormais parfaitement réveillé. Orr avait hâte de renter à l'entrepôt mais cette étape était essentielle à l'opération et devait être accomplie cette nuit-là.

Un semi-remorque les attendait sur le parking. Un Afro-Américain solidement charpenté et vêtu d'un bleu de travail était adossé à l'arrière de la remorque et épongeait la sueur sur son front malgré la brise fraîche qui soufflait depuis la mer. Cela faisait trois ans que Greg Forcet sortait en fraude des marchandises d'un entrepôt des douanes pour le compte d'Orr, mais la nature particulièrement délicate de ce projet exigeait qu'ils ne travaillent plus ensemble à l'avenir.

Orr gara le fourgon et jeta un coup d'œil alentour. Satisfait de constater qu'ils étaient bien seuls, il sortit du véhicule, imité par Crenshaw. Alors qu'ils approchaient du camion, Forcet dévisagea Crenshaw.

— Qui c'est, lui ? demanda-t-il.

— Un ami.

— C'est la première fois que tu amènes quelqu'un.

— Il est clean.

Crenshaw salua Forcet d'un signe de tête, mais resta muet.

— Si tu le dis.

— Le paquet est prêt ?

Forcet s'épongea le front.

— Selon tes instructions. Ça a été un beau merdier à démonter. Il m'a fallu au moins deux heures. Il t'en coûtera deux mille de plus.

— C'est d'accord. Pas de problème particulier ?

— Non, mais je suis content que tu m'aies averti de porter des gants contre la chaleur. Les capsules étaient incroyablement brûlantes.

— C'est à cause de la réaction chimique dont je t'ai parlé. Ce genre de batterie peut surchauffer si l'on n'y prend pas garde. C'est pourquoi je t'ai demandé de les placer dans le conteneur à isolation thermique que je t'ai fourni. Tu l'as bien refermé ?

— Tout est en ordre.

— Bien, jetons un œil, dit Orr.

Forcet souleva le hayon de la remorque pour montrer son travail de la nuit. Une caisse métallique noire était posée à l'arrière, ce qu'Orr avait appelé le conteneur à isolation thermique. Ce dernier constata avec satisfaction que le couvercle était convenablement verrouillé. Derrière la caisse s'apercevait un objet cylindrique vert citron que Forcet avait démonté pour en extirper les capsules. Le cylindre, équipé d'ailettes de refroidissement, faisait environ un mètre vingt de hauteur et portait sur sa base une inscription en caractères cyrilliques. Des morceaux de métal et des outils jonchaient le sol. Les parois de la caisse qui avait contenu le cylindre reposaient contre la cloison arrière de la remorque.

Crenshaw se munit d'un boîtier électronique et agita une sorte de microphone devant la porte ouverte du camion.

— Qu'est-ce que tu fais ? demanda Forcet.

— Euh… je contrôle la température, répondit Crenshaw. Pour être sûr que les capsules ne surchauffent pas.

— Et alors ? Comment je m'en suis sorti ?

Forcet n'avait jamais aimé qu'on vienne remettre en question la qualité de son travail.

Après quelques passes, l'appareil bipa et Crenshaw hocha la tête.

— Nous sommes au-dessous du seuil de sécurité.

— Il nous faudrait un coup de main pour charger tout ça dans le fourgon, dit Orr.

— Compte sur moi. C'est prévu dans le forfait, répondit Forcet.

Les trois hommes s'occupèrent d'abord de charger le conteneur à isolation thermique dans le fourgon.

— Bon sang, elle est en plomb ou quoi, cette caisse ? grommela Forcet sous l'effort.

Orr s'esclaffa, non parce que Forcet était drôle, mais parce qu'il avait parfaitement raison. Le conteneur possédait des parois en plomb de huit centimètres d'épaisseur.

Ils s'occupèrent ensuite du cylindre à ailettes.

Une fois le chargement terminé, Forcet s'essuya de nouveau le front.

— On crève de chaud, dit-il. C'est quoi ce truc, au fait ? Une sorte de moteur ?

Normalement, Forcet ne posait jamais de questions, mais c'était la première fois qu'il voyait le contenu d'une caisse qu'il livrait à Orr. Ce dernier se dit qu'il pouvait bien lui répondre, puisque cela n'avait plus aucune importance désormais.

— Il s'agit d'un générateur thermoélectrique à radio-isotope, lui répondit Orr.

— Ça en jette comme nom. Et à quoi ça sert ?

— À alimenter en électricité des phares dans des endroits particulièrement isolés. Ce générateur est entièrement automatisé : il peut fonctionner pendant vingt ans sans le moindre entretien. (Orr tapota le cylindre du GTR sur lequel ne restaient plus que les traces de l'étiquette jaune avertissant d'un risque nucléaire.) Celui-ci provient d'une petite péninsule dans l'océan Arctique. Il m'a fallu plusieurs mois pour le dénicher.

Moins de temps qu'il ne l'avait cru, d'ailleurs. Le recul estival de plus en plus prononcé de la banquise sur la côte nord de la Russie facilitait désormais l'accès à ces reliques de l'Union soviétique.

— Il m'a l'air bien vieux.

— Il a probablement une trentaine d'années.

— Je ne sais pas ce que tu espères faire avec la batterie d'un générateur aussi vieux, s'esclaffa Forcet, et je ne veux pas le savoir. (Il se massa l'estomac en grimaçant.) Hum, je vais me prendre du Pepto-Bismol en rentrant chez moi.

Il se tourna pour remonter dans son camion. Orr plongea la main dans sa veste pour sortir son pistolet et tira à deux reprises dans le dos de Forcet, tandis que Crenshaw reculait en s'exclamant, pris par surprise. Forcet s'effondra au sol, cracha du sang dans un gargouillis pendant quelques secondes, puis cessa de respirer.

— Nom de Dieu ! s'exclama Crenshaw. Tu aurais pu me prévenir !

— Ne sois pas idiot, lui fit remarquer Orr. Je ne pouvais pas te prévenir toi sans le prévenir lui.

Orr rangea son arme et sortit de sa veste une petite fiole de cocaïne qu'il fourra dans une poche de Forcet. Cela ressemblerait à un trafic de drogue qui aurait mal tourné.

— Je n'avais encore jamais vu quelqu'un se faire tuer, marmonna Crenshaw en s'éloignant du cadavre.

— Eh bien c'est fait. Toutes mes félicitations.

Les seuls objets pesants qu'il restait à transporter étaient les pièces du blindage en uranium appauvri que Forcet avait démontées du GTR, mais Orr et Crenshaw pouvaient les porter à eux deux sans aucune difficulté. En dix minutes, ils transbordèrent le reste du contenu du semi-remorque dans le fourgon, sans rien laisser qui puisse les relier à Forcet.

Avant qu'ils remontent dans leur véhicule, Crenshaw alluma de nouveau son compteur Geiger.

— Qu'est-ce que ça dit, maintenant ? demanda Orr.

Il n'était pas très chaud à l'idée de monter dans un véhicule bourré de matière radioactive.

— Environ deux millirads par heure, répondit Crenshaw. Le temps qu'on retourne à l'entrepôt, ça ne représente même pas la dose d'une radio chez le médecin.

Ils grimpèrent dans le fourgon. Orr tourna la tête pour regarder le conteneur en plomb. Les pastilles de strontium 90 à l'intérieur devaient chauffer à environ deux cents degrés Celsius.

— Que penses-tu que le compteur afficherait si nous soulevions le couvercle ?

— Il devrait monter dans les deux mille rads par heure.

— Parfait.

Alors qu'il faisait démarrer le fourgon, Orr jeta un dernier regard au corps de Forcet gisant près du camion, mais il ne ressentit aucune culpabilité. L'empoisonnement par radiation était une façon horrible de mourir. La transpiration et la nausée n'étaient que les premiers symptômes. Des vomissements, des diarrhées, la chute des cheveux et des hémorragies incontrôlables auraient bientôt suivi.

Tel qu'Orr considérait les choses, il avait fait une faveur à cet homme avec qui il travaillait depuis longtemps. Après avoir passé plus de deux heures à manipuler les pastilles radioactives sans protection, Forcet serait de toute façon mort en moins d'une semaine.

Chapitre 17

Quand Stacy et Tyler avaient décidé de se rendre en Angleterre, elle avait imaginé qu'ils partiraient pour l'aéroport international de Seattle-Tacoma et endureraient un vol commercial de huit heures avant d'atterrir à Heathrow. Au lieu de cela, à peine une heure et demie après que Tyler eut expliqué à Miles pourquoi ils avaient besoin d'un avion, elle décollait de Seattle à bord d'un jet privé, confortablement installée dans un siège spacieux en cuir, et en compagnie de deux autres passagers seulement, Tyler et Grant.

Malgré le fait d'avoir échappé récemment à la mort sur le ferry – ou à cause de cela, peut-être –, Stacy se délecta du luxe de l'avion. Voilà quelque chose auquel elle pourrait s'habituer aisément.

— Vous faites tous vos voyages dans ces conditions ? demanda-t-elle à Tyler alors que les réacteurs montaient en puissance et que l'avion entamait son décollage.

— Non, répondit-il. D'habitude, je suis dans le cockpit.

— Vous êtes pilote, par-dessus le marché ? Je ne me souviens pas d'avoir lu ça quand je préparais votre interview.

Il haussa les épaules comme s'il pensait que cela n'avait guère d'importance.

— C'était sans rapport avec le sujet traité.

— Vous plaisantez ? Un séduisant ingénieur qui est également pilote d'avion ? Mon public aurait adoré ce genre de détail.

Grant se pencha vers Stacy.

— Il a peut-être un doctorat en ingénierie mécanique et est capable de désamorcer des bombes aussi bien que de piloter un jet, mais ne vous laissez pas abuser. En secret, c'est un fan absolu de *Star Trek*.

— Et si on parlait un peu de vous ? dit Stacy. Je suppose qu'en plus d'être un ancien catcheur professionnel, un ingénieur électricien formé à l'université de Washington et un membre des SEAL…

— Attention, attention. Ne mélangez pas les torchons et les serviettes. Les SEAL, c'est les commandos de la marine. Moi j'ai été ingénieur de combat, puis ranger dans l'armée de terre.

— Toutes mes excuses. En plus de tout cela donc, je suppose que vous aussi vous êtes pilote d'avion ?

— Moi ? Pas du tout.

— Dieu merci ! J'ai cru que je me retrouvais à une réunion des Surdoués anonymes.

— Par contre, j'ai mon brevet de pilote d'hélicoptère.

Stacy leva les yeux au ciel.

— La prochaine fois, c'est vous que je devrais inviter à mon émission.

Le jet décolla et grimpa jusqu'à son altitude de croisière. Tyler s'éclaircit la voix.

— J'adorerais compléter le portrait de Grant en vous expliquant tout sur son addiction aux émissions de téléréalité les plus bas de gamme…

— Hé ! protesta Grant.

— … mais nous ferions mieux de réfléchir à ce que nous ferons une fois à Londres, avant de prendre un peu de repos.

Stacy, Grant et Tyler détachèrent leurs ceintures et se réunirent autour d'une table. Ils ouvrirent un ordinateur portable afin de consulter la traduction du codex d'Archimède.

— À quelle heure devons-nous atterrir ? demanda Stacy.

— Vers 14 heures, heure locale, répondit Tyler. Cela nous laisse du temps pour pousser nos réflexions.

— Je savais bien que vous étiez un drogué du travail.

— Je m'efforce juste d'être efficace. D'ailleurs, je pense que nous devrions nous séparer une fois là-bas.

— Oh ! intervint Grant. On peut revenir un instant en arrière, parce que moi j'ai pris le train en marche. Pourquoi allons-nous en l'Angleterre exactement ?

— Vous voulez la réponse longue ou la réponse courte ? lui demanda Stacy.

— Vu que je n'arriverai pas à dormir avant plusieurs heures, je choisis la réponse longue.

— Avez-vous déjà entendu parler du mécanisme d'Anticythère ?

— Tyler l'a mentionné quand il fabriquait le géolabe.

Grâce à la connexion Internet de l'avion, Stacy fit apparaître sur l'écran de l'ordinateur la photo de trois pièces de bronze corrodées, dont la plus grosse avait le diamètre d'un pamplemousse. Un système d'engrenages élaboré s'apercevait à l'intérieur des trois éléments.

— On dirait que quelqu'un a laissé son horloge sous la pluie pendant un bon millier d'années, plaisanta Grant.

— Plutôt deux milliers d'années, précisa Tyler.

Quand il en avait parlé précédemment avec Stacy, il lui avait expliqué qu'il s'était intéressé au mécanisme d'Anticythère quand il avait remarqué à quel point celui-ci présentait des similitudes avec le géolabe qu'Orr lui avait demandé de fabriquer.

— Ces vestiges ont été retrouvés en 1900 dans une épave au large de l'île grecque d'Anticythère, reprit Stacy. Pendant des années, personne ne leur accorda d'attention jusqu'à ce qu'un archéologue comprenne que ces engrenages formaient un mécanisme d'une complexité qu'on ne rencontrait que dans des dispositifs bien plus récents, inventés mille cinq cents ans plus tard que celui-ci. Certains savants en parlent comme du premier calculateur analogique au monde. Ce serait comme découvrir un IBM caché dans un donjon médiéval.

— Et qu'est-ce qu'il calcule ? demanda Grant.

— Les débats ont fait rage pendant des années, mais la plupart des scientifiques pensent désormais qu'il servait à effectuer des prédictions astronomiques, comme déterminer les mouvements des planètes, la date des solstices et des équinoxes, et même celle des éclipses de soleil. Les calendriers agricoles et religieux de l'Antiquité dépendaient souvent de la connaissance d'événements astronomiques cycliques, et ce mécanisme avait sans doute été conçu pour les prévoir.

Stacy fit apparaître une autre photo sur l'écran, montrant cette fois-ci un mécanisme de bronze rutilant, protégé derrière une paroi de verre. La façade du mécanisme possédait deux cadrans circulaires similaires à ceux d'une horloge, ainsi qu'une manivelle. Les côtés étaient transparents, de façon à permettre de voir les engrenages internes du mécanisme. Certains points des cadrans étaient marqués de lettres grecques.

— Il s'agit de la réplique exposée au Musée archéologique national d'Athènes, dit Tyler. Elle a été fabriquée d'après les informations glanées en examinant les vestiges aux rayons X.

— Ça ressemble à ton géolabe, remarqua Grant.

— Les deux dispositifs sont assez similaires, oui, mais les inscriptions en façade du mien sont complètes et il possède deux manivelles au lieu d'une seule.

— Le codex semble donc contenir un manuel d'instructions pour fabriquer un mécanisme d'Anticythère, dit Stacy.

— Ou quelque chose d'approchant, précisa Tyler. Mais le plus passionnant est que le manuscrit apporte la preuve qu'Archimède en est sans doute le concepteur.

Grant sourit.

— Tu veux parler du gars qui a crié « Eurêka ! » quand il a inventé le rayon de la mort d'Archimède ?

Stacy voyait à l'expression malicieuse de Grant que celui-ci savait parfaitement qu'il mélangeait deux légendes fameuses concernant ce savant qui était à la fois inventeur, ingénieur et mathématicien.

— C'est presque ça, rit-elle.

Selon la légende, Archimède était dans son bain à réfléchir à un problème pour le roi de Syracuse, son mécène. Le roi avait reçu une couronne faite d'or pur, lui avait-on dit, et il souhaitait vérifier cette assertion sans endommager ce précieux présent. Quand Archimède comprit qu'il pouvait vérifier la densité de la couronne en la plongeant dans l'eau et en observant la montée du niveau, il se précipita dans la rue dans le plus simple appareil en criant « Eurêka ! », ce qui veut dire « J'ai trouvé ! » en grec.

Le roi demanda aussi à Archimède de concevoir des armes de guerre pour repousser les Romains qui assiégeaient la cité en 214 avant J.-C., durant la deuxième guerre punique. Les historiens antiques parlent d'un rayon de la mort inventé par Archimède en concentrant les rayons du soleil dans des miroirs et capable de mettre le feu aux navires ennemis dans le port de Syracuse. Mais cet exploit n'avait jamais pu être reproduit malgré de nombreuses tentatives, dont celle d'étudiants du MIT, l'école de Tyler, ou celle du fameux *MythBusters* de la télévision, et il était généralement admis que les récits antiques exagéraient.

Mais la réputation d'Archimède comme inventeur et scientifique était telle que même les assertions les plus invraisemblables devenaient crédibles quand elles le concernaient.

— Non seulement le codex indique comment fabriquer un géolabe, reprit Tyler dont l'enthousiasme était palpable, mais il pourrait s'agir de la seule copie connue de son traité perdu, *La Sphéropée*. Il contient les plans de dizaines de mécanismes, pas seulement celui du géolabe.

Stacy aurait aimé se sentir aussi exaltée que lui, mais elle était trop soucieuse de découvrir comment utiliser le géolabe pour sauver sa sœur.

— Tout ça est passionnant, remarqua Grant, mais quel est le rapport avec ce bon vieux roi Midas ?

Tyler regarda Stacy qui, d'un haussement d'épaules, lui laissa le soin de répondre.

— Nous pensons que le géolabe doit conduire à une carte, qui nous indiquera où le trésor de Midas a été enterré.

Stacy pointa le doigt sur l'écran de l'ordinateur.

— Cette ligne dit : « Celui qui saura maîtriser la carte obtiendra les richesses de Midas. »

— Ah, un trésor ! s'exclama Grant en se frottant les mains. Voilà qui devient enfin intéressant. Comment ça marche ?

Stacy s'adossa et croisa les mains derrière la nuque.

— Nous ne savons pas. Les instructions sont en trois parties, et nous n'en possédons qu'une seule.

— Tu te rappelles quand nous avons monté ce meuble multimédia suédois que tu avais acheté ? lui demanda Tyler. Celui où il manquait une page des instructions de montage ? C'est le même problème.

— Heureusement que nous sommes des ingénieurs, sinon il nous aurait fallu au moins une demi-heure avant de comprendre que nous l'avions monté à l'envers.

— Ici, les parties manquantes expliquent comment utiliser l'appareil, dit Stacy. La première étape consistait à faire pointer les trois cadrans sur midi, un peu comme on étalonnerait une balance avant de s'en servir. Le puzzle du Stomachion nous a appris à le faire, mais nous ne savons pas comment procéder ensuite. Le manuscrit explique qu'il faut trois clefs pour percer le secret du géolabe et qu'elles constituent une sorte de sécurité, empêchant celui en possession du texte de trouver la carte sans les deux autres clefs.

— Comme un mot de passe et un scanner palmaire sur un même système de sécurité, ajouta Tyler.

— Donc, la première clef est le manuel d'instructions pour fabriquer et calibrer le géolabe qui, selon vous, pourrait être une sorte de déclinaison du mystérieux mécanisme d'Anticythère ? résuma Grant.

Stacy acquiesça.

— Et maintenant que le géolabe a été fabriqué et que nous avons trouvé comment le calibrer, nous devons trouver les deux autres clefs afin de le faire fonctionner.

— Et ces deux autres clefs sont… ? demanda Grant.

Sur l'ordinateur, Stacy surligna une autre partie du texte.

— Ce paragraphe parle d'un message caché. Ce mot, ici, c'est *steganos*, ce qui veut dire « dissimulé », et celui-là, c'est *graphein*, qui veut dire « écriture ».

— Stéganographie.

— Littéralement : « écriture cachée ». Quel que soit ce message, il est dissimulé, et je crois savoir où.

— Dans la tablette de cire qui a été séparée du manuscrit avant la vente aux enchères, intervint Tyler. C'est la deuxième clef.

— Laissez-moi deviner, dit Grant. L'acheteur de la tablette réside en Angleterre.

— Tout à fait. La tablette a été achetée par une société de gestion, VXN Industries, qui loue une propriété dans le Kent.

— Vous croyez que l'acheteur vous laissera l'examiner ?

— Nous l'espérons. Stacy et moi allons le rencontrer pour lui exposer notre requête en personne.

— Pendant que je chercherai des indices dans le plus grand nombre de pubs possible ?

Stacy appréciait vraiment ces deux hommes. Même dans une situation aussi grave que celle-ci, ils parvenaient à détendre l'atmosphère en continuant à plaisanter.

— Dans vos rêves, répondit-elle, pour ne pas rester en reste. (Elle fit défiler le texte jusqu'à un autre paragraphe.) Voici l'endroit où est mentionnée la troisième clef.

— Et cela implique quoi pour moi ?

— Tu vas aller au British Museum, lui expliqua Tyler.

— Un musée ? hésita Grant, comme si on venait de lui demander de fouiller une benne à ordures. Pour quoi faire ?

— Orr a dit que la tombe de Midas se trouvait quelque part dans le sous-sol de Naples, répondit Stacy. Le codex explique que la troisième clef sera révélée par la « salle de l'ancêtre de Néapolis ». Néapolis est le nom grec de Naples.

— Et le British Museum est un bon endroit pour apprendre des choses sur Naples ? s'étonna Grant.

— Pas nécessairement, mais on y trouve en revanche des experts sur les marbres d'Elgin.

— Et ?

— Les marbres d'Elgin sont le nom qu'on donne aux sculptures prélevées sur le Parthénon au début du XIXe siècle par lord Elgin. Elles sont exposées au British Museum.

— Je ne vous suis pas.

— Je pense qu'Archimède brouille les pistes, expliqua Stacy. À l'origine, Néapolis s'appelait Parthénope, ce qui fait de Parthénope son ancêtre. Donc, quand Archimède dit « la salle de l'ancêtre de Néapolis », cela pourrait signifier « la salle de Parthénope ». *Parthénope* veut dire « la cité vierge », nous pouvons donc réduire la formule en « salle de la cité vierge », ou plus simplement « salle de la vierge ».

— Je crois que j'ai compris, dit Grant. Ça donnerait : « La troisième clef sera révélée par "la salle de la vierge". » (Il resta un instant pensif, puis secoua la tête.) Non, en fait, je ne comprends toujours pas.

— Le mot grec pour « salle de la vierge » est *Parthenon*.

Grant laissa échapper un éclat de rire incrédule.

— Comme le temple au sommet de l'Acropole d'Athènes ?

Stacy montra le texte du manuscrit.

— Pour résumer, le texte dit : « Emmenez le géolabe au Parthénon. Le siège d'Héraclès et les pieds d'Aphrodite montreront le chemin. »

— Mais qu'est-ce que cela signifie ?

Elle haussa les épaules, à la fois frustrée et embarrassée de ne pas connaître la réponse, surtout quand la vie de sa sœur en dépendait.

— Ma spécialité était la littérature antique, pas l'architecture. C'est pour cette raison que nous avons besoin d'un expert. Je ne sais ni comment ni pourquoi, mais la troisième clef pour trouver la carte d'Archimède se trouve au Parthénon.

Chapitre 18

La montre de Sherman Locke lui avait été confisquée et il n'avait aucune idée de l'heure qu'il était au moment où l'ouverture de la porte de l'entrepôt le réveilla. Il se sentait encore rassasié du sandwich que ses ravisseurs lui avaient donné pour dîner, il supposa donc que ce devait être le milieu de la nuit. Il abandonna son lit de camp et alla jusqu'à la porte. L'ampoule du plafonnier avait été éteinte pour la nuit, mais le volet du judas laissait un petit jour par lequel un rayon de lumière filtrait dans la pièce. Sherman se rapprocha et découvrit que cette fente lui offrait également une vue partielle sur l'entrepôt.

Il ne savait pas ce que ces hommes voulaient l'empêcher de voir, mais ce n'était pas leurs visages. Il avait eu le temps de bien regarder ses deux ravisseurs, ce qui n'était guère rassurant : cela signifiait qu'ils n'avaient pas l'intention de le laisser sortir vivant de là.

Ce qui faisait de l'évasion sa priorité première, à la fois pour lui et pour cette fille appelée Carol. Il l'avait entendue interpeller leurs geôliers à grands cris à une ou deux reprises, mais le son de sa voix était comme étouffé, ce qui signifiait qu'elle devait être enfermée dans la pièce la plus éloignée de celle où il se trouvait. Il avait essayé plusieurs fois de tambouriner sur le mur, mais elle n'avait pas répondu. Il était inutile de tenter de lui parler à travers la paroi de parpaings. Il aurait dû hurler si fort que Gaul l'aurait entendu lui aussi.

Alors que Sherman jetait un coup d'œil par la fente du judas, il constata qu'un autre fourgon venait de se garer à côté de celui dans lequel il avait été enlevé. Il vit deux hommes descendre : le conducteur était athlétique et brun, tandis que le passager avait un teint terreux et un physique empâté. Ils ouvrirent les portes arrière du fourgon, rejoints par Gaul et Phillips, qui s'étaient levés de leurs lits de camp en se frottant les yeux. Les quatre hommes regardèrent quelque chose qui se trouvait dans le fourgon.

— Tu es sûr qu'on peut le manipuler sans risque, Orr ? demanda Gaul.

Il parlait au conducteur. Sherman entendait à peine leurs voix.

— Crenshaw, dit Orr au passager. Montre-leur les relevés du compteur.

Crenshaw tournait le dos à Sherman, qui ne put voir ce qu'il tenait dans ses mains. Crenshaw agita le bras d'avant en arrière à plusieurs reprises puis montra aux autres un boîtier qui ressemblait à un voltmètre.

— Vous voyez ? dit ce dernier. Aucun problème.

— Je n'aime toujours pas ça.

— Et deux millions de dollars, tu aimes ? intervint Orr.

Au ton autoritaire de sa voix, Sherman pouvait dire avec certitude qu'il s'agissait du chef.

— Deux millions de dollars, j'adore, dit Phillips.

Deux millions de dollars chacun ? pensa Sherman. *Jamais mon enlèvement ne pourrait leur rapporter autant.*

— Considérez cela comme une prime de risques, dit Orr. Et maintenant aidez-nous à l'apporter près de la table.

Les quatre hommes soulevèrent quelque chose dans le fourgon et, avant qu'ils disparaissent hors de vue, Sherman aperçut une caisse de métal noir qui ne devait pas faire plus de trente centimètres de côté. Malgré la taille de la caisse, les hommes semblaient ployer sous son poids. Ce qu'elle contenait devait être particulièrement lourd.

Une fois cela fait, ils revinrent au fourgon.

— Comment se portent nos hôtes ? demanda Orr.

— Le général a fait quelques histoires, mais on a géré la situation. La fille est toujours un peu dans les vapes à cause du Rohypnol.

Sherman vit Orr se tourner vers la porte de sa cellule, mais à cette distance ce dernier ne pouvait pas remarquer qu'il les observait.

— Et pour le reste de ces trucs ? demanda Gaul.

— Conduisez le fourgon à l'autre bout de l'entrepôt et videz-le là-bas. Dans une décharge, quelqu'un pourrait toujours tomber dessus et alerter le FBI.

Gaul et Phillips firent ce qu'Orr leur demandait et conduisirent le fourgon jusqu'au mur opposé, à cinquante mètres de là. Avec l'avant du fourgon tourné vers lui, Sherman ne pouvait pas voir ce que les deux hommes déchargeaient, mais il entendit des morceaux de métal tomber sur le sol en béton, certains impacts résonnant plus forts que d'autres.

Orr et Crenshaw avaient baissé la voix et Sherman n'arrivait à saisir que des bribes de leur conversation.

— … camion… d'ici lundi… assez de poussière… La banque… trente ans…

Il ne parvint pas à en entendre davantage avant que le fourgon ne revienne se garer près de l'autre.

Une fois le véhicule hors de son champ de vision, Sherman put apercevoir ce que Gaul et Phillips avaient déchargé. Ancien pilote de chasse, Sherman jouissait d'une excellente vue et, même s'il portait désormais des lunettes pour lire, sa vision de loin n'avait rien perdu de son acuité.

Son regard fut attiré par un cylindre vert couché sur le flanc, équipé d'ailettes en son milieu. Celui-ci avait quelque chose de familier. Il pensa au début qu'il s'agissait d'une sorte de compresseur à la forme inhabituelle, mais il distingua ensuite les inscriptions cyrilliques au pochoir sur la base du cylindre et se rappela soudain où il avait vu une photo de cet engin.

Durant ses trois dernières années dans l'Air Force, Sherman avait occupé le poste de directeur adjoint de l'Agence de répression des armes de destruction massive, dont la mission consistait à étudier les moyens de contrer ce genre d'attaques. En tant qu'officier militaire le plus haut gradé de l'agence, il avait été informé de tous les risques majeurs de sécurité nationale posés par les armes nucléaires, biologiques et chimiques. D'ailleurs, le discours d'ouverture qu'il avait prononcé au congrès la veille traitait des tactiques non conventionnelles susceptibles d'augmenter l'impact et la létalité de ce genre de bombes.

Deux ans plus tôt, il avait fait partie d'une délégation envoyée à Moscou pour discuter des problèmes de sécurité liés aux armes et équipements nucléaires non contrôlés. La crainte était que des terroristes puissent mettre la main sur de l'uranium ou du plutonium pour fabriquer leur propre bombe atomique et réussir à l'introduire aux États-Unis.

Au cours des discussions, ils avaient également abordé le sujet des autres sources de matière radioactive. Un des dangers potentiels provenait des générateurs thermoélectriques à radio-isotopes, similaires à ceux utilisés sur les sondes spatiales américaines comme *Voyager*. La Russie comptait des centaines de phares et de stations relais automatisés répartis sur les côtes du pays, dans des endroits si reculés que leur coût de maintenance en devenait rédhibitoire. Aussi, au lieu de les équiper de générateurs diesel conventionnels nécessitant d'être approvisionnés et entretenus régulièrement, les Soviétiques avaient choisi de recourir à des GTR pour assurer leur alimentation en énergie. Puis ils cessèrent de s'en préoccuper.

Avec l'effondrement de l'Union soviétique et les diminutions consécutives des budgets militaires, rien ne fut fait pour assurer la surveillance de ces générateurs, abandonnés à leur sort. Comme ceux-ci se trouvaient dans des stations sans personnel, ils devinrent des cibles tentantes pour des voleurs espérant revendre le métal des équipements. Mais, en les mettant en pièces, ces voleurs exposaient parfois les capsules du cœur du générateur, qui contenaient le strontium 90 radioactif.

Dans l'ancienne république soviétique de Géorgie, trois villageois avaient volé ou trouvé deux de ces capsules contenant cinq kilogrammes de cette substance nucléaire extrêmement dangereuse. Les capsules émettant de la chaleur, ces hommes avaient pensé qu'elles pourraient remplacer un bon feu pour lutter contre le froid de l'hiver.

En quelques heures, les radiations les avaient empoisonnés et ils seraient morts sans soins médicaux immédiats. Deux d'entre eux furent hospitalisés pendant plusieurs mois et ne se remirent jamais totalement. La seule raison pour laquelle ils n'étaient pas morts en quelques jours, c'était que les capsules se trouvaient encore partiellement enchâssées dans leur coffrage de plomb. Le village de Pripyat, près de Tchernobyl, avait été définitivement évacué à cause d'un taux de radiation inférieur à celui qui pouvait émaner d'une de ces capsules débarrassée de son enveloppe protectrice en plomb.

Le cylindre vert abandonné à une centaine de mètres de là ressemblait exactement à un de ces générateurs que l'on avait montrés à la délégation américaine lors de ce voyage à Moscou. Sherman comprenait à présent pourquoi le conteneur transporté par Orr et ses hommes semblait aussi lourd : il devait être en plomb.

Quelle que soit la raison pour laquelle ils avaient enlevé Sherman et Carol, il ne s'agissait pas d'un simple kidnapping. Leurs ravisseurs avaient un plan bien plus ambitieux. Il devait réussir à faire passer un message à Tyler, lui faire comprendre la gravité du danger qu'ils affrontaient.

S'enfuir n'était plus la priorité première de Sherman désormais.

Jeudi

La tablette d'Archimède

Chapitre 19

Un fort vent arrière aida le Gulfstream à arriver à Heathrow en avance de dix minutes sur l'horaire. Tyler avait réquisitionné une voiture du parc de véhicules de la branche londonienne de la Gordian afin que Stacy et lui puissent rejoindre la propriété louée par VXN Industries. Il avait passé un coup de fil auparavant pour solliciter un rendez-vous avec le propriétaire ou le résident du domaine, mais l'assistant à qui il avait parlé lui avait signifié que celui-ci était très occupé et n'avait pas le temps de les recevoir. Ce n'est qu'après que Stacy eut repris à son compte la conversation en jouant de sa célébrité et en expliquant que leur requête concernait un puzzle antique conçu par Archimède que l'assistant avait fini par leur dire que le propriétaire consentait à les recevoir s'ils se présentaient à la propriété à 16 heures.

De son côté, Grant devait partir dans la direction opposée pour rejoindre le cœur de Londres en pleine heure de pointe, aussi décida-t-il de prendre le train jusqu'à la gare de Paddington, puis le métro pour descendre à la station la plus proche du British Museum. Son rendez-vous avait été bien plus aisé à obtenir. En laissant échapper quelques éléments soigneusement choisis du texte du codex, Grant avait persuadé un archéologue du nom d'Oswald Lumley de lui offrir ses lumières sur le Parthénon.

Tyler rangea le sac rembourré contenant le géolabe à l'arrière du Range Rover au cas où ils auraient besoin de le consulter une fois là-bas, puis il souhaita bonne chasse à Grant et quitta l'aéroport en compagnie de Stacy.

Durant le trajet, Tyler appela Aiden MacKenna en espérant avoir du nouveau sur Jordan Orr.

La voix ensommeillée d'Aiden résonna dans le haut-parleur du 4×4 : il était un peu plus de 6 heures à Seattle.

— Tu es resté debout toute la nuit ? lui demanda Tyler tandis qu'il conduisait le véhicule sur l'autoroute M 3 en direction de Basingstoke.

— J'ai fait quelques petites pauses entre deux recherches dans les bases de données, répondit Aiden. Je dormirai plus tard.

— Merci, Aiden. (Tyler appréciait vraiment de travailler avec des amis qui ne ménageaient pas leur peine pour l'aider.) Tu as été chanceux ?

— Bien sûr, les références qu'il nous a communiquées quand il t'a embauché pour fabriquer le géolabe sont toutes bidon. Et aujourd'hui on dirait qu'il a disparu de la surface de la terre. Sans ses empreintes, nous n'avons pas grand-chose sur quoi travailler.

Avant de quitter Seattle, Tyler avait fait rechercher les empreintes sur le géolabe mais, comme il s'en doutait, Orr n'avait pas commis une erreur aussi grossière.

— Et concernant le cambriolage de la salle des ventes ? intervint Stacy.

— Scotland Yard est dans l'impasse. Aucun des auteurs du délit n'a été retrouvé, et aucun des objets d'art n'est réapparu sur le marché noir.

— On aurait pu croire qu'après un coup pareil il aurait eu assez d'argent pour aller se planquer aux îles Fidji et y mener la grande vie.

— Peut-être que ce n'était pas encore suffisant pour Orr. Durant mes recherches, j'ai fait quelques calculs fondés sur la taille du bloc d'or qu'il vous a dit avoir vu dans la crypte de

Midas. Tu m'as bien dit que la statue de la jeune fille se trouvait sur un socle carré d'un mètre quatre-vingts de côté, c'est ça ?

— Et que les murs de la chambre souterraine étaient eux aussi en or, ajouta Tyler.

— Et qui sait leur épaisseur… Mais considère uniquement le piédestal et rappelle-toi la densité de l'or. Si c'est de l'or à vingt-quatre carats, il devrait peser environ cent dix-huit mille kilos, soit près de quatre millions d'onces. Fondu et vendu sur le marché légal, ce cube seul vaudrait dans les quatre milliards de dollars.

Stacy s'étrangla.

— Quatre milliards ? Vous avez bien dit « milliards » ?

— Dans ces eaux-là, selon les fluctuations des cours de l'or.

Tyler avait été tellement occupé à s'inquiéter pour son père et à déchiffrer les indices du codex d'Archimède qu'il n'avait pas réfléchi aux sommes impliquées, mais ce chiffre astronomique lui fit soudain prendre conscience des enjeux. Des criminels tueraient leur famille pour un centième de cette somme. Pas étonnant qu'Orr soit prêt à mettre au point des plans aussi tortueux pour s'emparer d'un tel trésor.

Un chasseur de trésors qui n'agirait pas dans l'illégalité n'obtiendrait qu'un petit pourcentage du butin une fois le gouvernement italien averti de sa découverte. C'était la raison pour laquelle Orr voulait à ce point garder le secret.

— Et concernant le traceur ? demanda Tyler. Miles a réussi à décoder le signal ?

— Il travaille encore dessus. Je te recontacte dès que c'est fait.

— OK. Et tiens-moi informé à la minute où tu trouves quelque chose sur Orr.

— Compte sur moi, répondit Aiden avant de raccrocher.

S'il existait un quelconque moyen de débusquer Orr, Tyler était sûr qu'Aiden le trouverait.

—Si Orr en a vraiment après l'or de cette crypte, s'interrogea Tyler, pourquoi avoir inventé cette histoire à propos du pouvoir de Midas ?

—Parce qu'il cherche à nous embrouiller, dit Stacy. J'ai déjà rencontré des gens comme lui. Ils aiment manipuler les autres, c'est ça qui les excite.

—J'essaie juste de comprendre comment il fonctionne. Et pour la main ?

Stacy secoua la tête.

—Alors là… Archimède parle effectivement de la main dans le codex. Il l'a vue de ses yeux, ce qui signifie que cette main en or est vieille d'au moins deux mille deux cents ans.

—Je sais. C'est bien ce qui me chiffonne.

—Que la main soit aussi ancienne ou qu'elle semble bien être ce qu'Orr prétend ?

—Les deux.

—Comme je l'ai déjà dit, je n'ai pas de formation scientifique, mais la main m'a semblé vraiment convaincante.

—Quelle que soit la manière dont elle a été fabriquée, il ne s'agit pas d'une transformation magique.

Tyler refusait tout simplement de croire à l'existence d'un pouvoir capable d'opérer une transmutation alchimique en violation de toutes les lois connues de la chimie.

—Vous seriez prêt à parier la vie de votre père et de ma sœur là-dessus ?

Tyler ne répondit pas. Ce qu'il croyait ou pas n'entrait pas en ligne de compte, au final. L'important était de retrouver la carte laissée par Archimède afin de sauver son père.

Ils restèrent silencieux le reste du trajet. Quand ils atteignirent le portail de la propriété trente minutes plus tard, Tyler sonna à l'interphone.

—Que voulez-vous ? demanda une voix d'homme avec un fort accent italien.

—Je m'appelle Tyler Locke. Nous avons rendez-vous.

— Entendu. Suivez l'allée jusqu'à la maison.

Les grilles du portail de trois mètres de large s'ouvrirent lentement. Tyler engagea le Range Rover sur une allée sinueuse pavée de briques qui aboutissait cinq cents mètres plus loin à un manoir de pierre grise.

À mesure qu'ils se rapprochaient, Tyler et Stacy prirent conscience de la taille gigantesque de la demeure. La façade seule s'étendait sur près de trente mètres. Tyler s'imagina le propriétaire d'origine, régnant sur un vaste fief peuplé de vassaux.

Plusieurs voitures étaient garées devant le manoir, mais l'une d'elles attirait particulièrement le regard. Il s'agissait d'une Ferrari 458 Italia rouge, un bolide pouvant monter jusqu'à trois cent vingt kilomètres à l'heure. Tyler était un connaisseur : il conduisait souvent des véhicules confiés pour étude à la Gordian par des fabricants automobiles ou des compagnies d'assurances, mais il n'avait encore jamais eu l'occasion de prendre le volant d'une Italia.

Il gara le Range Rover à côté de la Ferrari et ne résista pas à l'envie d'y jeter un petit coup d'œil avant de frapper à la porte. L'espace d'un instant, il s'imagina au volant, le moteur V8 arrière rugissant derrière sa tête.

Le claquement des sabots d'un cheval se rapprochant le fit se retourner.

Un alezan trottait dans leur direction. Tyler eut un mouvement de recul.

— Qu'avez-vous ? s'étonna Stacy.

— Je n'aime pas les chevaux, répondit Tyler en jetant un regard méfiant à l'animal.

Stacy le dévisagea comme s'il avait dit qu'il n'aimait pas les arcs-en-ciel.

— Qui n'aime pas les chevaux ?

— Moi.

— Pourquoi donc ?

— Ils sont gros et imprévisibles.

— Ils sont amicaux.

— J'oubliais, vous avez grandi dans une ferme.

— Adolescente, je passais pour ainsi dire toutes mes journées sur mon cheval Chanterelle. Vous n'avez jamais monté ?

— Si, répondit laconiquement Tyler, sans s'étendre sur le sujet.

La cavalière tira sur les rênes et arrêta sa monture d'une main experte. C'était une femme magnifique dans la trentaine, vêtue d'une tenue d'équitation anglaise traditionnelle et coiffée d'une bombe, ses cheveux bruns ramenés en une queue-de-cheval qui oscillait à chaque mouvement de sa tête.

— Une vraie beauté, n'est-ce pas ? dit la femme en s'adressant à Tyler avec un accent italien moins prononcé que celui du garde qui avait répondu au portail. J'ai vu que vous la regardiez.

Tyler supposa que cette femme était la propriétaire du domaine ou qu'elle lui était liée, et il ne voulait pas faire mauvaise impression en se montrant discourtois.

Il hocha la tête avec précaution.

— Tout à fait. Elle est de quelle race ?

— De quelle race ? (La femme baissa les yeux sur sa monture puis éclata d'un rire rauque.) Vous ne devez pas être un cavalier, vous. (Elle flatta l'encolure du cheval.) Voici Giuseppe, et c'est un mâle. Un cheval arabe. La beauté dont je parlais est ma Ferrari.

Tyler rit à son tour de sa méprise.

— Je m'y connais mieux en cheval cabré, s'excusa-t-il en montrant le logo Ferrari. Cinq cent soixante chevaux de puissance, dans le cas de cette magnifique demoiselle. Ce doit être un plaisir à conduire.

L'Italienne examina Tyler des pieds à la tête, comme elle l'aurait fait d'un cheval qu'elle envisageait d'acheter.

— C'est vrai. Je vous emmènerai faire un tour tout à l'heure.

L'inflexion de sa voix donnait à son invitation un certain sous-entendu.

Elle descendit de selle et se rapprocha d'eux en tenant Giuseppe par les rênes. Tyler se força à ne pas reculer, tandis que Stacy avançait la main pour flatter le nez du cheval, qu'il frotta contre sa paume.

— Vous voyez ? dit-elle à Tyler. C'est un amour.

Tyler se demanda décidément ce que les femmes pouvaient bien trouver aux chevaux.

— Il n'apprécie pas nos amis les équidés ? demanda la femme.

— Je suis plutôt porté sur les chevaux mécaniques, répondit Tyler avant de lui tendre la main. Je suis Tyler Locke, et voici Stacy Benedict. Nous avons appelé tout à l'heure pour solliciter un entretien.

La femme lui serra la main avec une poigne ferme, avant de saluer Stacy.

— Quand j'ai entendu de quoi vous souhaitiez me parler, je n'ai pas résisté à l'envie de vous rencontrer. Bienvenue chez moi. Je m'appelle Gia Cavano.

Stacy échoua à réprimer un petit hoquet de surprise en entendant ce nom, mais Tyler parvint à masquer son étonnement. Il ne pouvait s'agir d'une coïncidence que la femme en possession de la deuxième clef du puzzle d'Archimède porte le même prénom que l'amie d'enfance dont Orr leur avait parlé la veille.

Orr leur avait dit deux choses au sujet de Gia. D'abord, qu'ils avaient découvert ensemble la crypte de Midas en explorant les tunnels sous Naples. Et ensuite que si Gia découvrait qu'ils étaient à la recherche du trésor elle n'hésiterait pas à les tuer.

Chapitre 20

Alors qu'il sortait du métro à la station d'Holborn, bondée à cette heure de pointe, Grant se félicita de posséder un physique comme le sien. Sa carrure incitait le flot des voyageurs à glisser autour de lui ou à s'écarter à son approche. Il traversa le quai d'un bon pas pour rattraper son retard, la traduction du texte d'Archimède rangée dans le sac à dos qu'il portait à l'épaule.

Le trajet en métro avait pris plus longtemps que prévu et il ne lui restait plus que quinze minutes avant son rendez-vous avec le docteur Lumley. Grant ne s'arrêta sur les trottoirs que le temps de se rappeler qu'il devait regarder à droite et non à gauche avant de traverser s'il ne voulait pas finir sous les roues d'une voiture. Sa dernière visite en Angleterre remontait à des années, et il aurait adoré prendre le temps d'explorer la ville pour voir ce qui avait changé, mais ce serait pour une autre fois.

Malgré l'optimisme volontariste de Tyler, Grant savait que son ami s'inquiétait pour son père. Tyler et le général n'étaient pas toujours en très bons termes, mais ces derniers temps Grant avait senti que les choses s'amélioraient. Ils avaient recommencé à se parler, même si ce n'était pas très régulier. Mais, quand on menaçait un membre de votre famille, cela n'importait peu de savoir si l'on était réellement proches ou pas.

Grant et Tyler n'étaient pas du même sang mais c'était tout comme et, s'il pouvait aider son ami en trouvant la solution de cette énigme insensée, il ferait tout ce qui était nécessaire.

Cinq minutes plus tard, Grant traversait la cour du British Museum et pénétrait dans le musée. L'entrée était gratuite, mais un petit panneau sollicitait un don de la part des visiteurs. Grant n'avait pas eu le temps de récupérer des livres sterling et glissa un billet de vingt dollars dans la fente avant de se diriger vers la Grande Cour.

Le dôme altier qui couvrait la Grande Cour donnait un sentiment d'espace malgré la foule des touristes qui arpentaient le sol de marbre beige pour aller contempler les joyaux des collections du musée, comme la pierre de Rosette. Les impressionnants panneaux de verre qui composaient le dôme reposaient sur un maillage de poutrelles d'acier qui se déployait autour du bâtiment central de la salle de lecture.

Grant patienta au comptoir des renseignements le temps que l'Américain devant lui comprenne enfin, dépité, que le musée ne possédait pas de réplique du balai de Quidditch d'Harry Potter.

— Je cherche le bureau de l'archéologue Oswald Lumley, demanda-il.

Après un rapide coup de fil, une conservatrice adjointe se présenta afin de guider Grant jusqu'au bureau du docteur Lumley. Elle le conduisit à travers un dédale de couloirs et d'escaliers avant de l'introduire dans un bureau exigu aux murs couverts de livres. On était bien loin des bureaux modernes débarrassés de la paperasse.

Un petit homme chauve qui devait avoir une soixantaine d'années fit le tour de son bureau pour accueillir Grant alors que l'assistante quittait la pièce. La chemise rayée de Lumley avait connu des jours meilleurs et peinait à masquer son embonpoint. Comme la plupart des archéologues, Lumley n'avait rien d'un Indiana Jones.

— Docteur Lumley.

— Vous devez être Grant Westfield, le salua Lumley. (Il ne fit aucune remarque, mais son regard étonné disait clairement qu'il ne s'attendait pas à se retrouver en face d'un ancien catcheur tout en muscles.) Je suis heureux que vous ayez réussi à me trouver.

— Et j'apprécie que vous ayez accepté de me recevoir aussi vite.

— Ce n'est rien, vraiment. Après avoir vu un extrait de votre manuscrit, je suis impatient d'en savoir plus.

Quand Grant avait appelé le musée, il s'était servi de la célébrité de Stacy en espérant que celle-ci lui permettrait d'obtenir un rendez-vous. Il avait raconté qu'il était consultant pour l'émission de télévision *À la recherche du passé* et menait une enquête sur un ancien manuscrit appartenant à un collectionneur privé. Après avoir été mis en rapport avec plusieurs archéologues, son appel avait finalement abouti à Lumley.

Pour être certain de susciter son intérêt, Grant lui avait faxé une page de la partie du texte original en grec qu'il souhaitait lui faire examiner. Il n'y avait ni mention d'Archimède ou de Midas, juste l'allusion à Aphrodite et Héraclès. Comme le codex d'Archimède avait été dérobé avant que la salle des ventes ait pu l'examiner en détail, il était impossible que Lumley puisse suspecter que le manuscrit dont parlait Grant était celui-là même.

— Je vous en prie, asseyez-vous, l'invita Lumley en lui indiquant une chaise.

Ils s'assirent tous deux et Grant expliqua brièvement à Lumley les questions soulevées par ce texte, et notamment la référence au siège d'Héraclès et aux pieds d'Aphrodite. Puis il montra à ce dernier la traduction complète de ce passage du texte. Lumley passa dix minutes à le lire, écarquillant les yeux d'étonnement à chaque nouveau paragraphe.

— Remarquable, dit-il finalement en relevant les yeux.

— Pouvez-vous nous aider à comprendre ce texte ?

— Je pense en être capable. Au moins pour une partie du texte. Mais j'aurais besoin d'aller revoir les frises du Parthénon avant de tirer la moindre conclusion.

— Très bien, dit Grant en se levant. Allons jeter un coup d'œil aux sculptures.

Lumley leva une main.

— Pardonnez-moi, mais je dois d'abord passer un coup de téléphone à un collègue avant qu'il quitte le musée.

— Bien sûr. Je n'ai qu'à vous précéder.

— Parfait. Si vous reprenez le chemin que vous avez emprunté pour arriver à mon bureau, vous verrez des écriteaux qui vous guideront directement à la salle d'exposition des marbres d'Elgin. Je vous retrouverai là-bas dans un petit moment.

Exalté à l'idée d'avoir trouvé de nouvelles informations, Grant grimpa les escaliers quatre à quatre. Il avait hâte de voir quel indice pouvait bien recéler les marbres d'Elgin et espérait que l'archéologue ne serait pas trop long.

Quand Grant Westfield eut quitté son bureau, Lumley prit son téléphone portable. Il ne voulait pas que son appel passe par le standard du musée. Il choisit dans la liste des contacts celui qui n'avait pas de nom, seulement le numéro qui lui avait été donné si jamais des documents grecs en rapport avec le Parthénon venaient à sa connaissance. En tant qu'archéologue en chef au British Museum, Lumley avait pu s'arranger pour recevoir Westfield lui-même, plutôt que de le laisser rencontrer d'autres membres de son département.

On décrocha à la deuxième sonnerie. Lumley n'avait pas besoin de se présenter. Sa voix trembla légèrement quand il parla.

— Je crois que j'ai trouvé ce que vous cherchez.

Chapitre 21

Si Tyler avait pensé qu'on les aurait laissés faire, Stacy et lui seraient partis de la propriété de Gia Cavano sur-le-champ au lieu d'aller s'asseoir dans son cabinet de travail. La pièce aux murs revêtus de boiseries offrait une vue spectaculaire sur les écuries et les centaines d'acres de pâture qui s'étendaient au-delà. Le feu dans la cheminée en briques luttait efficacement contre la fraîcheur qui s'insinuait par les fenêtres.

Un « assistant » musclé au teint méditerranéen et aux cheveux luisants de brillantine les escorta jusqu'au bureau tandis que Gia Cavano s'excusait, le temps de mener son cheval à l'écurie et de se changer. La porte se referma derrière eux, mais Tyler se dit que l'homme devait monter la garde dans le couloir. Il était également possible que quelqu'un épie leur conversation.

— Vous pensez qu'Orr savait que sa vieille amie Gia était en possession de la tablette ? s'enquit Stacy dans un murmure.

Elle s'était penchée si près de Tyler que ses lèvres effleurèrent son oreille. Ce contact infime lui déclencha un frisson.

— Non, mais nous aurions dû anticiper cette situation, chuchota-t-il en retour. VXN Industries. *Vixen*, « renarde » en anglais.

— Bien sûr. C'est le surnom que lui a donné Orr.

Ils n'avaient pas imaginé un seul instant que leur ennemie pourrait détenir un des indices qui leur manquaient.

— Pensez-vous qu'elle sait pourquoi nous sommes là ? demanda Stacy.

— Si ce n'est pas le cas, nous jetons un coup d'œil à la tablette puis nous filons d'ici.

— Et si elle sait ?

Tyler haussa un sourcil.

— Alors nous sommes dans la panade.

Tyler n'aimait déjà pas la coïncidence de tomber sur celle-là même qu'Orr leur avait conseillé d'éviter, mais sa première impression de Cavano lui avait fait penser au chat d'Alice au pays des merveilles, dont le sourire et le ronronnement dissimulaient habilement la malice.

La porte s'ouvrit derrière eux. Ils se levèrent alors que Cavano faisait son entrée, vêtue d'un tailleur gris élégant qui mettait en valeur sa silhouette gracieuse. Ses cheveux noir de jais retombaient sur ses épaules, encadrant ses pommettes saillantes et ses yeux aux reflets acajou.

Elle gagna son bureau, sans quitter Tyler des yeux.

— Pardon de vous avoir fait attendre, dit-elle, mais je ne voulais pas rester en tenue d'équitation.

Elle s'assit et d'un geste invita ses hôtes à faire de même.

— Nous vous remercions de prendre le temps de nous recevoir, commença Tyler.

— J'ai cru comprendre que vous souhaitiez me parler d'une tablette antique que j'ai achetée il y a un an ? Puis-je vous demander en quoi celle-ci vous intéresse ?

Avant que Tyler ait pu répondre, Stacy s'éclaircit la voix et prit la parole.

— Je suis la présentatrice d'une émission de télévision intitulée *À la recherche du passé*, et nous aimerions la faire figurer dans un de nos prochains épisodes.

Pas mal. Utiliser son statut de vedette de la télévision pouvait marcher. Même si Tyler ne comprenait pas ce besoin de célébrité, il savait que la plupart des gens étaient prêts à tout pour leurs quinze minutes de gloire.

— Et vous en êtes le producteur ? demanda Cavano à Tyler.

— Non, je suis conseiller pour l'émission.

— Et pourquoi cette tablette vous intéresse-t-elle, mademoiselle Benedict ?

— Nous pensons qu'elle pourrait représenter un exemple fascinant de la culture grecque de l'époque de la deuxième guerre punique, ce qui serait d'un grand intérêt pour nos téléspectateurs.

— Je vois. Vous êtes donc archéologue ?

— Non, j'ai fait des études de lettres classiques, avec une spécialisation en civilisation grecque. Je suis titulaire d'un doctorat de l'université de Duke.

— Impressionnant. Et vous souhaitez filmer ma tablette ?

— Pas aujourd'hui. Nous voudrions juste l'examiner afin de voir s'il s'agit bien de ce que nous pensons.

— Cela ne devrait pas poser de problème. En fait, la tablette se trouve ici même.

Cavano ouvrit un tiroir et pressa un bouton. Deux panneaux du mur s'écartèrent en coulissant pour révéler une vitrine où étaient exposés plusieurs objets anciens, dont deux manuscrits enluminés, un glaive de bronze et une tablette de cire dont les deux panneaux dépliés avaient la taille de romans grand format.

Stacy bondit littéralement de son fauteuil et s'approcha avec révérence de la vitrine, bientôt suivie par Tyler. Cavano se leva pour les rejoindre et posa une main sur le bras de Tyler. Apparemment, la subtilité n'était pas son fort.

— Je la trouve absolument exquise, dit-elle. Pouvez-vous la lire ?

— Oui, répondit Stacy sans la moindre hésitation.

Elle se concentra sur la tablette, qui se composait de deux panneaux de bois rectangulaires reliés par des charnières et recouverts d'une couche de cire beige. Les mots grecs étaient bien lisibles, comme s'ils avaient été tracés dans la cire une semaine auparavant et non deux mille ans en arrière.

Malgré le danger qui les menaçait, Tyler ne put s'empêcher de ressentir une bouffée d'enthousiasme face à la tablette. Si les suppositions de Stacy étaient exactes, il se trouvait devant l'écriture d'Archimède lui-même.

— Cela dit : « Celui qui aspire à la vérité découvrira le plus grand des trésors. Ne cherchez pas autour de vous, mais en vous. Les cieux, les étoiles, la lune, le soleil et les planètes seront à jamais vôtres. Le Parthénon donne la clef. »

Cavano applaudit.

— Toutes mes félicitations. C'est exactement la traduction qu'en a faite mon expert, mais il lui a fallu bien plus de temps qu'à vous. Avez-vous une idée de ce que cela signifie ?

Stacy lança un regard à Tyler et secoua la tête.

— C'est assez mystérieux. Tout à fait le genre de choses que nous aimons montrer dans notre émission.

Cavano émit un petit rire et regagna son siège.

— Je vous en prie, docteur Benedict. Inutile de poursuivre plus longtemps cette comédie. Si vous voulez bien vous asseoir, j'ai quelque chose à vous dire qui devrait vous intéresser.

Un éclair d'inquiétude illumina le regard de Stacy. Tyler partageait son sentiment. Les choses tournaient au vinaigre, mais ils n'avaient plus guère le choix. Autant écouter ce que Cavano avait à dire. Stacy et Tyler revinrent s'asseoir.

— Vous avez eu sous les yeux un document qui a été volé avant que je puisse l'acheter, dit Cavano. Un manuscrit évoquant une carte qui conduit au trésor du roi Midas.

— Qu'est-ce qui vous fait croire une telle chose ? s'étonna Tyler.

— Le docteur Benedict a appelé pour poser des questions sur un puzzle créé par Archimède. C'est la seule raison pour laquelle vous vouliez voir ma tablette.

— Vous tirez des conclusions hâtives.

— Pas le moins du monde. (Cavano prit une grande inspiration avant de reprendre.) Quand j'avais neuf ans, un garçon et moi avons exploré le sous-sol d'un immeuble d'habitation condamné, dans ma ville natale de Naples. Nous sommes tombés sur une salle secrète qui ouvrait sur un réseau de tunnels. Nous avons entendu les voix de deux hommes résonner derrière le coude d'un tunnel et nous nous sommes glissés jusqu'au coin pour voir de qui il s'agissait. Nous les avons vus qui empilaient des sachets de poudre blanche dans des caisses et compris immédiatement que l'endroit était utilisé pour cacher de la drogue là où la police ne viendrait jamais chercher.

Les yeux de Cavano s'illuminèrent alors qu'elle se replongeait dans ses souvenirs.

— Les hommes ont dû entendre nos chuchotements, ils ont brusquement cessé de parler et se sont jetés à notre poursuite, l'un armé d'une barre à mine et l'autre nous tirant dessus avec son pistolet. Ils ont réussi à nous couper la route pour nous empêcher de ressortir par là où nous étions entrés, et nous nous sommes donc enfuis dans les tunnels, les deux hommes à nos trousses, criant que leur chef les tuerait s'il apprenait qu'ils avaient laissé des gamins découvrir leur planque. Durant cette course éperdue, nous avons fini par nous égarer dans les souterrains, mais sans pour autant réussir à semer les deux trafiquants. Nous avons fui sur ce qui nous sembla des kilomètres jusqu'à ce que nous apercevions quelque chose se refléter dans les rayons de nos lampes torches. Nous avons cru qu'il s'agissait de la lumière du jour et nous avons foncé dans cette direction.

Tyler prit soudain conscience qu'il était assis sur le rebord de son fauteuil, suspendu aux lèvres de Cavano. Son récit était bien plus détaillé que celui d'Orr.

— Nous avons débouché dans une chambre entièrement recouverte d'or. Vous pensez sans doute que j'exagère, mais chaque centimètre de chaque surface de la salle brillait d'un éclat métallique jaune. Au centre se trouvait un piédestal doré sur lequel reposait une statue grandeur nature d'une femme, sculptée dans ses moindres détails, mais à qui il manquait la main gauche. À une extrémité de la salle, une mare d'eau bouillonnait, remplissant l'endroit d'une vapeur chaude. Derrière ce bassin, un sarcophage d'or reposait sur une terrasse : le sarcophage du roi Midas.

— Comment pouvez-vous le savoir ? l'interrompit Stacy.

— À cause de ce qui s'est passé ensuite. Nous nous sommes cachés derrière le piédestal tout en sachant que nos poursuivants finiraient par nous voir, mais la salle n'avait pas d'autre issue que le passage par où nous étions entrés. Nous étions pris au piège. Mais, quand les deux hommes pénétrèrent dans la crypte, ils nous oublièrent complètement.

— J'imagine aisément, remarqua Tyler.

— Après être restés un moment à contempler les lieux d'un air éberlué, les deux hommes ont commencé à discuter de ce qu'ils devaient faire d'une pareille découverte. Aucun d'eux n'avait l'intention d'en parler à leur boss, mais ils se demandaient comment ils pourraient récupérer tout cet or sans se faire repérer. Ils pensèrent qu'il y avait peut-être des lingots ou des pièces dans le sarcophage et l'homme qui portait le pistolet commença à s'en approcher. C'est alors que son complice en profita pour le frapper sur le crâne avec sa barre de fer, le tuant sur le coup. Après avoir récupéré le pistolet et l'avoir glissé dans son pantalon, l'homme entrouvrit le sarcophage afin d'y passer le bras pour vérifier ce qu'il contenait. Mais il retira soudain la main avec un cri, comme s'il avait été mordu, et le couvercle du sarcophage se referma.

— Qu'était-il arrivé ? demanda Stacy.

— Je l'ignore. L'homme tenait sa main comme si elle était en feu. Il essaya de faire passer la douleur en l'essuyant sur son pantalon, mais ça ne fit qu'empirer. Puis il porta la main à sa gorge. Alors qu'il chancelait en proie à l'agonie, il s'effondra et tomba dans la mare d'eau.

Les yeux de Cavano brillaient d'excitation, sans la moindre trace de compassion.

— Puis une chose absolument incroyable se produisit, poursuivit-elle. Quand nous sommes sortis de notre cachette, nous avons vu que sa main avait commencé à se transformer en or. Cela commença par les doigts et gagna lentement la paume. En l'espace de cinq minutes, sa main entière s'était changée en or. Il avait été victime du pouvoir de Midas. Il n'y a aucune autre explication possible.

Tyler lutta pour ne pas prendre un air sceptique devant une pareille fable, sans doute sortie de l'imagination enfiévrée de deux enfants effrayés.

— Et pourquoi ne retournez-vous pas là-bas pour récupérer le trésor ? demanda-t-il.

— Croyez-moi, je n'ai cessé d'essayer depuis ce jour. Nous avons parlé à nos parents de la crypte dorée sans mentionner les deux trafiquants morts, mais ils étaient malades d'inquiétude après notre disparition qui avait duré toute la nuit et ils pensèrent que nous avions inventé cette histoire pour éviter d'être punis. L'immeuble fut détruit peu après, et un bâtiment du ministère de la Santé construit à la place. Je me suis aventurée une fois dans ses sous-sols avant que la construction soit achevée, mais les fondations en béton avaient recouvert l'entrée des tunnels.

— C'est une histoire fascinante, releva Tyler, mais je n'en crois pas un mot.

— J'en doute, répliqua Cavano, sinon vous n'auriez pas accepté de chercher le trésor de Midas. Combien vous paie-t-il ?

— Qui ça ? répondit Stacy un peu trop rapidement.

— Celui qui m'a volé le manuscrit.

— Qui vous l'a volé ? s'étonna Tyler.

— Le codex et la main en or – celle-là même qui manquait à la statue dans la crypte de Midas – devaient être mis en vente, et j'avais un plan pour les obtenir avant que quiconque comprenne le secret que cachaient ces deux objets. Ils ont été volés dans la salle des ventes en même temps que d'autres objets précieux, mais pas un seul d'entre eux n'a réapparu depuis. Jusqu'à aujourd'hui, je pensais que l'auteur du cambriolage était mort.

— Pourquoi croyez-vous que nous savons quoi que ce soit à ce sujet ? demanda Tyler.

— Parce que cet après-midi j'ai reçu un appel m'informant que quelqu'un posait des questions à propos d'un ancien texte grec, un texte qui faisait mention du Parthénon, et que le possesseur de ce texte disait travailler pour Stacy Benedict.

Tyler sentit son estomac se nouer. Elle parlait de Grant.

— Vous ne pouvez avoir vu ce manuscrit que si vous travaillez pour la personne qui l'a volé, poursuivit Cavano. Vous voyez, le garçon qui était avec moi cette nuit-là dans les souterrains de Naples n'est autre que le voleur qui s'est emparé du codex d'Archimède. Ce n'était pas seulement mon ami. C'était un cousin à moi, qui habitait aux États-Unis. Il s'appelle Jordan Orr, et j'ai l'intention de le tuer.

Chapitre 22

Grant flâna devant les sculptures exposées de part et d'autre de la galerie Duveen, spécialement construite pour accueillir les marbres du Parthénon. Les panneaux explicatifs qualifiaient ces bas-reliefs carrés de « métopes », et expliquaient qu'elles décoraient la frise extérieure du Parthénon. La plupart avaient été plus ou moins endommagées par l'érosion, par l'explosion qui avait ravagé l'édifice en 1687, ou lorsqu'elles avaient été prélevées sur le monument.

À chaque extrémité de la galerie trônaient les grandes sculptures en ronde-bosse qui ornaient autrefois les frontons du Parthénon. Comme bien des sculptures que Grant avait vues dans des musées, celles des marbres d'Elgin étaient souvent amputées d'une tête ou d'un membre.

— Elles sont magnifiques, n'est-ce pas ? fit remarquer le docteur Lumley derrière lui.

Le conservateur était entré dans la galerie en même temps qu'un groupe de touristes et Grant ne l'avait pas vu arriver.

— C'est rien de le dire, répondit Grant, même si les sculptures ne l'impressionnaient pas vraiment ; leur beauté lui échappait sans doute. Les descriptifs mentionnent une explosion qu'aurait subie le Parthénon. Que s'est-il passé ?

— Ce fut une véritable tragédie. Pendant les deux mille premières années de son existence, le Parthénon a certes subi des dommages quand il fut transformé en église puis en mosquée, mais il avait encore l'apparence reconnaissable d'un temple d'Athéna. En 1687, les Vénitiens assiégèrent Athènes, alors occupée par les Ottomans. Ces derniers avaient pensé, allez savoir pourquoi, que l'Acropole était le meilleur endroit pour installer une poudrière. Un boulet vénitien toucha le dépôt de munitions et l'édifice entier fut ébranlé par l'explosion, qui détruisit un grand nombre de colonnes et de sculptures.

Grant hocha la tête d'un air entendu. Tyler et lui travaillaient en ce moment sur une version moderne d'une poudrière, à la base navale de Bremerton. Durant la phase de conception, ils avaient analysé plusieurs cas d'école où le stockage et le transport de munitions s'étaient terminés en catastrophe, comme quand le navire de transport SS *Mont-Blanc* était entré en collision avec un autre bâtiment et avait explosé dans le port d'Halifax, durant la Première Guerre mondiale. Le navire transportait l'équivalent de trois mille tonnes de TNT quand il prit feu et explosa. Il y eut près de deux mille victimes et la ville fut ravagée sur deux cent cinquante hectares par le souffle de l'explosion et par le raz-de-marée de dix-huit mètres de haut provoqué par l'onde de choc. Cette catastrophe resta la plus puissante explosion provoquée par l'homme jusqu'à ce que la bombe nucléaire Little Boy ne raie Hiroshima de la carte.

L'explosion du Parthénon ne faisait pas partie des cas qu'ils avaient étudiés, probablement parce qu'elle était trop ancienne. Mais Grant n'était pas surpris d'apprendre que celle-ci avait provoqué autant de dégâts. Ce qui l'étonnait le plus, c'était que l'édifice n'ait pas été totalement détruit.

— Quel drame, déplora Grant.

— Je ne vous le fais pas dire.

— Toutes les sculptures du Parthénon sont ici ?

Lumley laissa échapper un petit rire.

— Grand Dieu, non ! Lord Elgin n'a rapporté que la moitié des marbres. Le reste est exposé au nouveau musée de l'Acropole, à Athènes. Bien sûr, les Grecs aimeraient récupérer les sculptures que nous possédons, mais nous laissons nos gouvernements se disputer sur la question.

— Que voulez-vous dire ?

— Oh ! les Grecs continuent à affirmer que les Turcs ont vendu illégalement les marbres du Parthénon à lord Elgin, qui les a cédés à son tour au British Museum. Pendant des années, le musée a argué du fait que les marbres étaient plus en sécurité ici, mais à présent que le nouveau musée de l'Acropole dispose d'installations dernier cri pour assurer la bonne conservation des sculptures, les Grecs sont impatients de les récupérer.

— Et vous, qu'en pensez-vous ?

— Il y a toujours un risque à déplacer des œuvres pareilles, mais je préfère rester neutre. Je suis un archéologue, pas un politicien.

— Et les sculptures auxquelles le manuscrit fait allusion se trouvent ici ?

— Je crois, oui. Vous voyez, le texte parle du « siège d'Héraclès » et des « pieds d'Aphrodite ». Vous connaissez sans doute Héraclès sous son nom romain d'Hercule.

Bien que les connaissances de Grant en mythologie se limitent à ce qu'il avait appris dans les dessins animés de Disney que regardaient ses nièces, il hocha la tête.

— Bien sûr. Héraclès.

Lumley lui montra du doigt une sculpture provenant du fronton est et représentant un homme en position allongé. Sa tête était intacte, mais il n'avait plus ses mains.

— Vous voyez cette patte d'animal, juste là ?

Grant plissa les yeux et acquiesça. La forme stylisée d'une patte de félin dépassait des robes sur lesquelles l'homme était couché.

— Nous pensons qu'il s'agit d'une patte de lion, ce qui identifierait le personnage comme étant Héraclès. (Lumley gagna le mur d'en face et montra à Grant deux torses de femmes, couchées l'une contre l'autre.) Personne n'a pu identifier avec certitude ces deux personnages, mais je suis partisan de l'hypothèse qu'il s'agit d'Aphrodite se reposant sur le sein de sa mère, Dioné.

« Le siège d'Héraclès et les pieds d'Aphrodite montreront le chemin. »

Grant regarda au bas des statues et constata qu'elles reposaient sur une base en marbre.

— Qu'y avait-il sous les statues ?

— Elles étaient placées sur le fronton lui-même, la partie qui se situe au-dessus de la colonnade.

— Donc le siège d'Héraclès et les pieds d'Aphrodite sont des points de référence. Mais pour quoi ?

— Cela aiderait si je savais ce que vous cherchez.

Grant ne pouvait pas lui parler de Midas, mais il savait aussi que s'il se montrait trop évasif il ne ferait que susciter de nouvelles questions. Il hésita un instant, le temps de décider ce qu'il pouvait révéler.

— Nous pensons qu'il pourrait s'agir d'un indice permettant de trouver une carte, dit-il enfin. Il s'agit peut-être de quelque chose en rapport avec l'architecture du Parthénon.

— Une carte ? Voilà qui est très intéressant. Dans ce cas, il se peut que le rectangle d'or ait son importance.

— Comment ça ?

— Les architectes le considèrent comme le rectangle le plus parfait parce que ses proportions sont agréables à l'œil. Le rectangle d'or est un élément prédominant de l'architecture du Parthénon. Le symbole phi, qui représente le nombre d'or, vient du nom de l'un des architectes du Parthénon, Phidias. Laissez-moi vous montrer.

Lumley sortit un calepin de sa poche et traça une droite, qu'il marqua d'un point aux deux tiers de sa longueur. Il baptisa « A » la partie de la plus longue et « B » la plus petite.

— Le nombre d'or est déterminé par une proportion : A divisé par B est équivalent à la somme de A plus B divisé par A. (Il dessina un rectangle dont les petits côtés avaient la même taille que A et les grands côtés la même taille que A plus B.) Un rectangle d'or a des proportions correspondant au nombre d'or, ce qui le rend harmonieux sur le plan esthétique.

— Et le Parthénon a été édifié sur ce modèle ?

— Non, mais les façades du Parthénon ont la forme d'un rectangle d'or, et on le retrouve également dans l'espacement des colonnes du portique.

Grant rapporterait les spéculations de Lumley à Tyler et Stacy, mais il ne savait pas en quoi cela pourrait les aider à trouver la carte.

— Merci mille fois, docteur Lumley, dit-il en lui serrant la main. Si j'ai d'autres questions, puis-je me permettre de vous appeler ?

— Bien sûr. (Il donna à Grant le numéro de son téléphone portable). À toute heure du jour ou de la nuit.

Grant s'apprêtait à prendre congé, mais Lumley posa une main sur son bras pour l'arrêter.

— Monsieur Westfield, puis-je vous demander si votre manuscrit sera exposé quelque part dans un avenir proche ? Il contribuerait de manière fascinante à notre connaissance de la culture grecque antique.

— J'ignore ce qui a été prévu pour lui.

— Il serait vraiment dommage qu'un document historique aussi important ne soit pas étudié par des spécialistes. Notre musée en prendrait le plus grand soin.

— Je suis certain qu'il sera accueilli dans un lieu digne de lui.

— D'un autre côté, si vous envisagez de le vendre, je connais un acheteur qui brûle de l'acquérir.

— Que voulez-vous dire ?

— Sauf, bien sûr, si vous aviez l'intention de le prêter ou d'en faire don au musée.

Comment Lumley pourrait-il avoir déjà un acheteur pour ce manuscrit ? À moins que...

Grant saisit Lumley par le bras.

— Vous n'avez parlé à personne de tout cela, n'est-ce pas ?

Lumley grimaça sous la poigne de Grant, qui relâcha son bras.

— Je suis sincèrement navré, expliqua Lumley, mais mon contact cherche ce codex depuis un certain temps déjà. Elle m'a indiqué qu'elle serait prête à récompenser généreusement celui qui lui permettrait de l'acquérir.

— Vous seriez prêt à le vendre ? s'offusqua Grant.

Lumley baissa les yeux, embarrassé, comme un adolescent surpris en train de faire le mur.

— Plus exactement, à jouer les intermédiaires, admit Lumley. Le poste de conservateur n'est pas très bien payé et mon divorce a été houleux et particulièrement ruineux. Je me suis dit que cela ne nuirait à personne...

— Quand avez-vous parlé à cette acheteuse ?

— C'est à elle que j'ai téléphoné, en fait. Mais je vous assure que j'ai les meilleures intentions du monde.

Ce qui n'est sans doute pas son cas à elle, pensa Grant en balayant du regard la galerie pour voir si personne ne les surveillait.

— Qui est cette acheteuse ?

Lumley se mordilla la lèvre.

— Elle s'appelle Gia Cavano. Elle m'a payé pour l'informer au cas où un document de ce genre faisait surface. J'espère vraiment ne pas vous avoir causé de désagrément.

Grant reconnut immédiatement le prénom : Gia, l'amie d'enfance d'Orr.

Alors que Grant s'emparait de son téléphone pour prévenir Tyler par SMS que Cavano était désormais sur leur piste, il repéra un homme massif vêtu d'un costume gris, occupé à lire avec application un dépliant du musée. Par deux fois en moins d'une minute, l'homme leva les yeux pour examiner les visages des gens dans la galerie, et ses yeux restèrent sur

Grant une demi-seconde de trop. Parmi les touristes en short et en veste de pluie, ce Monsieur Muscles aux cheveux noirs semblait aussi peu à sa place qu'un loup dans une bergerie.

Grant se dit qu'il devenait paranoïaque jusqu'à ce qu'un troisième regard discret dans sa direction achève de le convaincre que l'homme en avait après lui.

Et qu'il travaillait pour Gia Cavano, Grant en aurait mis la main au feu.

Chapitre 23

Tyler et Stacy avaient passé les dix dernières minutes à écouter Cavano leur raconter son histoire avec Orr, et Tyler n'aimait pas ce qu'il avait entendu, parce que cela disait à quel point la rancune qui les opposait était profonde.

Jordan Orr était le cousin issu de germain de Gia Cavano du côté de sa mère. Quand Jordan n'était qu'un petit garçon, sa famille décida de faire un voyage pour revoir la maison de ses grands-parents, en Campanie. Les parents de Gia les accueillirent chez eux pendant deux semaines, car les Orr voulaient visiter Naples. C'est lors de ce séjour que Gia et Jordan explorèrent les tunnels et tombèrent sur le trésor de Midas.

Les Orr rentrèrent aux États-Unis avec l'intention de revenir régulièrement passer leurs vacances en Italie mais, après le décès des parents de Jordan, Gia n'entendit plus parler de lui pendant de nombreuses années. Apparemment, les autorités n'avaient jamais pensé à l'envoyer en Italie pour vivre avec cette branche éloignée de sa famille. Arrivée à l'âge adulte, Gia se mit évidemment en tête de retrouver le trésor qu'elle avait vu dans les tunnels et chercha à recontacter Jordan, sans succès.

Il y avait cinq ans, Jordan était revenu en Italie et avait repris contact avec Gia. Ce ne fut qu'à ce moment-là qu'il apprit qu'un immeuble du ministère de la Santé avait été construit au-dessus de l'entrée des tunnels qu'ils avaient découverts enfants. Il aurait fallu entreprendre de véritables démolitions pour percer les fondations et des jours entiers d'exploration pour retrouver la crypte dans le dédale des tunnels. Mais Jordan et Gia se rappelaient bien de cette ouverture de puits qu'ils avaient vue, et ils comprirent qu'il y avait peut-être un autre moyen d'entrer dans les tunnels. Jordan proposa donc qu'ils cherchent cet autre passage vers la crypte.

Pendant trois ans, ils examinèrent le moindre document historique existant qui mentionnait ou faisait simplement allusion à Midas ou à son trésor, mais sans découvrir aucune mention de la crypte.

Puis le manuscrit d'Archimède et la main en or furent retrouvés dans le grenier d'un manoir anglais et firent les gros titres dans le monde entier. Quand Jordan et Gia virent la main en or, qui correspondait à la statue de la crypte de Midas, ils surent que la ligne du manuscrit qui avait été communiquée au public n'était pas qu'une simple fable.

Celui qui saura maîtriser la carte obtiendra les richesses de Midas.

Le manuscrit les conduirait à la carte au trésor. Jordan et Gia comprirent qu'ils n'auraient aucune chance de mettre la main sur le manuscrit une fois que l'estimation et l'expertise de la salle des ventes seraient terminées et que le contenu complet du document serait révélé. Ils décidèrent donc de le voler avant qu'il soit expertisé.

Le casse se déroula sans accroc, puis… plus de nouvelles. Gia avait fourni les complices, dont deux hommes qui lui étaient loyaux et lui rapportaient les moindres faits et gestes de Jordan, mais toute l'équipe du casse avait disparu sans laisser de trace. Elle avait supposé que le bateau sur lequel ils avaient pris la fuite avait fait naufrage.

—J'ai acheté la tablette plusieurs mois après, poursuivit Cavano, arrivant au bout de son histoire. Elle avait été retrouvée en compagnie de la main et du manuscrit, mais n'avait pas été incluse dans la vente aux enchères. Après le vol, le vendeur ne voulait plus passer par la salle des ventes et j'ai donc été en mesure de lui faire directement une offre généreuse. Je pensais que la tablette pouvait avoir un rapport avec le trésor de Midas, mais je n'ai pas réussi à comprendre son rôle. Et je ne pensais pas y parvenir un jour, jusqu'à aujourd'hui.

—Et pourquoi croyez-vous que nous savons quoi que ce soit à propos de ce trésor de Midas ? lui demanda Stacy.

—Je pense que Jordan doit être en vie et en possession du manuscrit. Il sait que je suis loin de pouvoir retrouver la crypte de Midas moi-même, et il essaie de me prendre de vitesse. La loyauté est une vertu placée au-dessus de toutes les autres dans ma culture. Jordan m'a trahie et je compte bien le lui faire payer.

Elle pressa un bouton et son garde du corps ouvrit la porte. Il entra dans le bureau, portant le sac que Tyler avait rangé dans le coffre du Range Rover, et le posa sur le bureau. Cavano ouvrit le sac et sortit l'objet qu'il contenait.

Le géolabe. Les yeux de Cavano flamboyèrent alors qu'elle l'admirait.

—Quel appareil fascinant. Vous m'expliquerez tout à l'heure sa fonction.

Elle le remit dans le sac et s'adressa au garde en italien. Leur discussion dura une minute, puis se conclut par un *« Si »* de l'homme, qui quitta le bureau en remportant le sac.

—Que voulez-vous ? demanda Tyler.

—Je veux que vous m'aidiez à retrouver Jordan.

—Nous aimerions bien le retrouver nous aussi, dit Stacy, mais nous ne savons pas où est votre cousin.

—Vous n'êtes pas très douée pour mentir, docteur Benedict. (Cavano tambourina du bout des doigts sur le bureau.) Bien. Combien voulez-vous pour laisser tomber vos recherches et me dire où il se trouve ?

—Comment ça, combien ?

— Je vous donnerai une part de l'or.

Tyler et Stacy se regardèrent comme s'ils étaient en train de réfléchir à sa proposition. Tyler savait que cette offre ne serait pas renouvelée. S'ils la déclinaient, Cavano les forcerait de toute façon à faire ce qu'elle voulait. Tyler envisagea un instant de s'allier avec Cavano contre Orr, mais c'était trop risqué. Si Stacy et lui ne remplissaient pas leur part de marché, Orr le saurait et Sherman, ainsi que Carol, mourraient.

— Supposons que nous soyons effectivement dans le coup, lança Tyler. Comment être sûrs que vous serez effectivement en mesure de nous donner notre part du trésor une fois que nous vous aurons livré Orr ?

Cavano sourit.

— Vous vous rappelez ce bâtiment du ministère de la Santé dont je vous ai parlé ? J'en suis la propriétaire. Ou plutôt je le serai lundi. Les mesures d'austérité que doit s'imposer le gouvernement italien l'ont contraint à le vendre. Dès que j'en aurai pris possession, mon équipe de démolition creusera les fondations jusqu'à retrouver le tunnel. Une fois cela fait, ce ne sera plus qu'une question de temps avant que je retrouve la crypte. Soit vous restez avec Jordan et vous n'aurez rien, soit vous me donnez votre prix et vous travaillez pour moi.

— Et si nous ne connaissons pas de Jordan Orr ?

— Je trouverai bien un moyen de découvrir la vérité si vous refusez de coopérer.

La menace de torture était à peine voilée.

Tyler marqua une pause.

— Trois millions de dollars, dit-il finalement. Chacun.

Stacy tourna la tête vers lui avec brusquerie.

— Qu'est-ce qui vous prend ?

Tyler posa la main sur le bras de Stacy.

— C'est bon. Si elle est prête à tripler le million qu'Orr a promis à chacun de nous, je ne vois pas pourquoi on n'irait pas du côté qui paie le mieux.

Tyler ne quitta pas Stacy des yeux, et celle-ci finit par hocher la tête.

Cavano les dévisagea en haussant les sourcils.

— Marché conclu. Trois millions.

Elle appuya de nouveau sur le bouton et le garde du corps réapparut, une arme au poing. Il fouilla Tyler et lui prit son couteau multifonctions Leatherman ainsi que son téléphone portable. Stacy lui remit le sien à son tour.

— À quoi rime tout cela ? demanda Tyler. Et notre accord ?

— Je suis désolée, répondit Cavano, mais je vais devoir vous garder enfermés jusqu'à ce que notre affaire soit terminée. Si vous remplissez votre part du contrat, vous aurez vos trois millions de dollars chacun, mais d'ici là vous devrez rester ici et profiter de mon hospitalité.

Elle parla de nouveau en italien. Tyler supposa qu'elle indiquait au garde dans quelle pièce il devait les enfermer.

— Je suis attendue ailleurs, Pietro va vous montrer où vous résiderez. Je suppose que vous n'aurez pas d'objection à partager la même chambre.

Elle sourit de son insinuation et quitta le bureau.

Pietro leur fit signe de se lever d'un geste de son pistolet. Apparemment, l'anglais n'était pas son fort.

Tyler et Stacy se levèrent.

— Vous savez, dit Tyler, à agiter votre pistolet comme ça, vous risquez de finir par vous crever un œil.

Rien. Le visage du garde du corps resta de marbre. La plaisanterie de Tyler n'était pas drôle, mais si l'homme comprenait un minimum l'anglais, il aurait au moins eu une réaction quelconque, ne serait-ce que d'agacement.

Ils s'engagèrent dans le couloir, certains désormais de pouvoir se parler sans être compris du garde.

— On fait quoi maintenant ? demanda Stacy.

— On se tire d'ici.

— Comment ?

— J'y travaille.

— Dans ce cas, travaillez plus vite.

Le garde leur dit quelque chose en italien et leur indiqua de monter le vaste escalier de marbre qui montait après un palier jusqu'à la galerie du premier étage.

Le palier était décoré d'un énorme vase en porcelaine perché sur un piédestal en bois.

D'un signe de tête, Tyler montra le vase à Stacy.

— Faites attention.

Stacy lui lança un regard courroucé.

— Vous vous préoccupez d'un stupide vase alors que…

D'un brusque coup de hanche, Tyler poussa Stacy contre le vase.

Stacy vint buter contre le piédestal et le vase vacilla. Son premier instinct fut de tenter de retenir la délicate porcelaine, et le garde du corps réagit exactement comme elle.

Pietro ne fut distrait qu'un instant, mais cela suffit. Alors qu'il tendait la main pour rattraper le vase, Tyler le plaqua violemment contre le mur. La tête de Pietro tapa brutalement contre les boiseries et Tyler lui écrasa le poignet contre la paroi dans le même mouvement. Le pistolet tomba dans l'escalier, immédiatement suivi par Pietro, qui se cogna de nouveau la tête sur le sol de marbre. Il dégringola les marches de l'escalier, vivant mais inconscient.

Tyler ramassa le pistolet et récupéra son Leatherman ainsi que son téléphone. Il prit également celui de Pietro et rendit le sien à Stacy.

— C'était assez vite pour vous ?

Tout s'était passé si rapidement que Stacy tenait encore le vase.

— Que… je…, balbutia-t-elle en replaçant le vase sur son piédestal.

— Venez.

Tyler lui attrapa le bras, dévala l'escalier et tourna en direction du bureau.

— On n'était pas censés décamper ? s'étonna Stacy en regardant par-dessus son épaule.

— Pas sans la tablette.

Ils coururent jusqu'au bureau et fermèrent la porte. Tyler prit le pistolet par le canon et se servit de la crosse pour briser la vitre derrière laquelle se trouvait la tablette.

— Laissez-moi la prendre, intervint Stacy. Elle est très fragile.

Elle récupéra la tablette de bois et la referma soigneusement. Tyler était sur le point d'ouvrir la porte pour foncer jusqu'à leur voiture quand des cris dans la maison l'interrompirent dans son mouvement.

— Merde ! jura Stacy. Qu'est-ce qu'on fait maintenant ?

Tyler montra la prairie à l'extérieur.

— On passe par la fenêtre.

Il prit le téléphone de Pietro et composa un numéro le plus vite possible. Il soupira de soulagement en entendant décrocher à la première sonnerie.

— Aiden MacKenna.

— C'est Tyler.

— Sur quel téléphone tu..., commença Aiden, avant que Tyler l'interrompe.

— Aiden, commence à enregistrer cet appel et quoi que tu fasses, surtout ne raccroche pas.

Tyler tendit le bras aussi haut qu'il le pouvait pour poser le téléphone sur une rangée de livres de la bibliothèque, hors de vue.

Stacy agita le bras vers Tyler pour lui signifier de se dépêcher.

— Allons-y !

Tyler ouvrit la fenêtre. L'alerte avait dû à présent être donnée dans toute la propriété. Tyler ne savait pas de combien d'autres Pietro leur hôtesse disposait, mais il n'aurait pas été surpris de voir débarquer une vraie petite armée.

Il souleva Stacy pour lui faire franchir la fenêtre, puis sauta dehors à son tour. Stacy commença à longer la maison pour en faire le tour, mais Tyler l'entraîna dans la direction opposée.

— Mais les voitures sont là-bas, protesta-t-elle.

— C'est ce qu'ils s'attendent à ce que nous fassions.

— Et le géolabe ? Nous n'essayons pas de le récupérer ?

— On ne peut pas maintenant. Par ici.

Ils coururent en direction des écuries. Tyler espérait y trouver la voiture d'un employé parce qu'il ne faudrait pas longtemps aux hommes de Cavano pour comprendre par où ils étaient partis.

En une trentaine de secondes, ils avaient traversé la prairie et atteint les écuries. Tyler fit passer Stacy derrière lui et, le pistolet en main, ouvrit la porte. Il balaya les lieux du regard : personne, aucun garçon d'écurie. Le bâtiment était plongé dans le silence, à l'exception du souffle des chevaux dans leurs stalles et de leurs piaffements sur le sol couvert de paille.

Mais aucune voiture.

— Pas de chance, grogna Tyler. J'espérais qu'il y aurait un pick-up ou quelque chose du genre. Sans un véhicule, nous sommes faits comme des rats.

— Qu'est-ce que vous racontez, s'exclama Stacy en montrant du doigt les stalles. Nous avons mieux qu'une voiture.

Tyler pâlit quand il comprit ce que Stacy suggérait. Elle voulait le faire monter sur un cheval.

CHAPITRE 24

Après s'être encore confondu en excuses, Lumley quitta Grant et regagna son bureau. Alors que ce dernier traversait la galerie des vases et des statues grecques, il envoya un texto à Tyler pour l'informer que quelqu'un avait trouvé la piste du manuscrit et l'avertir de rester sur ses gardes. Tyler lui répondit immédiatement.

Trop tard. Pb déjà là. Rdv à Heathrow.

Cela n'augurait rien de bon, mais pour l'instant Grant avait ses propres problèmes à régler. Il ne doutait pas de pouvoir venir à bout de l'homme qui le suivait, mais une altercation risquait d'alerter la police, ce qui compliquerait les choses. S'il y était forcé, Grant se servirait de ses connaissances en *krav maga*, une technique de combat mise au point par les commandos israéliens, mais il se rappelait un vieil adage sur les mérites des arts martiaux. À un vieil homme à qui on expliquait que le karaté était la plus ancienne technique d'autodéfense, celui-ci avait répliqué : « Pas plus ancienne que de prendre ses jambes à son cou. »

Grant n'employait pas souvent la fuite, parce que la vitesse n'était pas son fort. Son fort, c'était justement la force. Il passa l'autre bretelle du sac à dos afin de garder ses deux mains libres et consulta son plan du musée. Il se trouvait dans la salle qui succédait à la galerie des marbres d'Elgin. Il n'y avait que deux sorties : soit il revenait sur ses pas pour sortir par la

Grande Cour, soit il continuait à avancer, ce qui l'amènerait à la boutique du musée.

Il n'aimait pas l'idée de revenir en arrière et continua à avancer. Une fois qu'il serait sorti du musée, il regagnerait la station de métro la plus proche et se perdrait dans le dédale de ses couloirs souterrains.

L'homme continua à le suivre à une dizaine de mètres de distance. Grant le surveilla grâce au reflet dans les vitrines d'exposition.

Avec ses joues piquetées de cicatrices d'acné et ses sourcils noirs broussailleux, ce type ne risquait pas de gagner un concours de sosies de Brad Pitt. Mais il compensait son manque d'attrait par une taille hors norme. Il faisait bien dix centimètres de plus que Grant et avait la carrure d'un grizzly. Le vestiaire d'une équipe professionnelle de football américain était certainement le seul endroit au monde où ce gars pouvait pénétrer sans se faire remarquer.

Il avançait avec l'attitude de quelqu'un qui sait que personne n'osera tenter de l'arrêter. Il ressemblait plus à une grosse brute adepte de l'intimidation qu'à un combattant aguerri, ce qui signifiait qu'il ne représentait pas un grand danger pour Grant si les choses s'envenimaient. Il ne lui restait plus qu'à le semer avant qu'il reçoive des renforts.

Grant franchit une nouvelle arcade, bifurqua à gauche et accéléra le pas. Il traversa deux nouvelles galeries et passa devant la boutique de souvenirs pour continuer vers l'entrée principale du musée. Une fois dehors, il n'avait qu'à traverser la cour jusqu'au portail d'entrée. Ensuite, la station de métro ne se trouvait plus qu'à trois pâtés de maisons.

Arrivé à la sortie de la cour, Grant comprit qu'il n'irait pas jusque-là. Alors qu'il franchissait le portail, deux hommes sortirent d'une BMW et vinrent lui bloquer la route. On aurait dit deux vilains cousins du mastodonte qui le suivait. L'un d'eux portait une petite moustache si finement taillée qu'elle devait exiger une heure d'entretien quotidien, tandis que l'autre avait les cheveux rabattus sur le front en une mèche assez pointue pour mériter d'être enregistrée comme arme blanche.

Grant tourna la tête : l'homme qui le suivait avait réduit la distance et n'était plus qu'à quelques mètres de lui.

L'homme à la moustache s'adressa à celui-ci en l'appelant « Sal » et en lui parlant en italien.

— *Si*, lui répondit Sal. Monsieur Westfield, vous venez avec nous.

Grant dévisagea les trois hommes, qui l'encerclaient à présent.

— Et si je n'en ai pas envie ?

Sal entrouvrit sa veste pour montrer à Grant le pistolet dans son holster d'épaule, suggérant clairement qu'il ne ferait pas dix mètres avant d'être abattu.

— Vous savez que c'est illégal de porter une arme à Londres, lui fit remarquer Grant. Vous risquez de gros ennuis si des policiers vous attrapent avec ça sur vous.

— C'est vous qui avez de gros ennuis.

— C'est Gia Cavano qui vous envoie, n'est-ce pas ?

La surprise s'alluma un instant dans le regard de Sal en entendant ce nom.

— Montez dans la voiture.

— Vous voulez vraiment causer un esclandre ici ?

Sal fronça les sourcils d'un air indécis. Il ne comprenait probablement pas ce mot.

— Montez dans la voiture, répéta-t-il.

Les trois hommes se resserrèrent autour de Grant.

Grant resta immobile, tous les muscles du corps tendus.

— Vous voulez que je monte dans cette voiture, c'est ça ?

— Tout de suite.

Les hommes l'entouraient, à moins d'un mètre cinquante de lui.

— Je vais plutôt vous dire d'aller vous faire foutre.

Sa réponse déclencha exactement la réaction qu'il souhaitait. Sal adressa un signe de tête à ses comparses, qui s'avancèrent pour saisir Grant par les bras.

Ces hommes étaient des bagarreurs des rues, pas des hommes entraînés au combat au corps à corps comme Grant. Sinon, ils ne l'auraient jamais approché en lui laissant autant d'ouverture.

D'un ample mouvement du bras, Grant cueillit l'homme à la moustache d'une brutale manchette sur la nuque puis projeta son coude en arrière, qui frappa le deuxième malfrat à la tempe avant même que celui-ci ait le temps de réagir. Les deux hommes s'affalèrent l'un sur l'autre.

Le temps que Grant se soit débarrassé des deux hommes, Sal avait dégainé son arme, mais il avait commis l'erreur de se tenir trop près de lui. Grant le désarma en le frappant violemment au poignet, puis enchaîna par un coup de genou dans l'aine : simple, mais efficace. Sal tomba à genoux, les mains sur l'entrejambe, et se plia en deux en laissant échapper un cri de douleur.

Comme la plupart des vrais combats auxquels Grant avait eu l'occasion de participer, celui-ci n'avait pas duré plus de cinq secondes. Il secoua la tête, étonné de la facilité avec laquelle il avait mis hors de combat trois hommes et fouilla leurs vestes pour les désarmer. Il ôta les chargeurs de leurs armes avant de les jeter sur le sol et, ne voulant pas leur laisser le moyen de le poursuivre, courut jusqu'au siège conducteur de la BMW dont le moteur tournait, se débarrassa de son sac à dos et s'installa au volant. Il allait rejoindre en voiture la station de métro et l'abandonner là-bas.

Grant démarra en souriant aux hommes toujours affalés sur le sol.

— Un petit conseil, Sal, appela-t-il par la vitre baissée. La prochaine fois, amène plus d'hommes.

Puis il appuya sur l'accélérateur et s'éloigna tandis que Sal, toujours à genoux, le couvrait d'injures. Grant n'avait pas la moindre idée de ce qu'il disait, mais il fallait reconnaître que l'italien donnait aux jurons une certaine classe.

Chapitre 25

— Je ne vais sûrement pas monter sur un de ces dangers ambulants, protesta Tyler.

Posté à la porte de l'écurie, il montait la garde tandis que Stacy se dépêchait de boucler les sangles de la selle sur le deuxième cheval. Du coin de l'œil, Stacy le vit serrer nerveusement la crosse du pistolet et comprit qu'il était encore plus effrayé qu'elle. Elle était restée estomaquée de voir avec quelle assurance il avait désamorcé la bombe, fait face à Orr et éliminé le garde sans effort apparent. Et, à présent, c'était elle qui devait le rassurer.

— Allez, espèce de gros bébé, le taquina-t-elle. C'est juste un cheval. Vous avez une autre solution pour filer d'ici ?

Cavano et ses hommes ne tarderaient pas à découvrir où ils s'étaient réfugiés.

— Allez-y, vous. Moi j'essaierai d'atteindre la voiture.

— Ne soyez pas ridicule, vous allez vous faire tuer. Ne me dites pas que vous n'avez jamais fait d'équitation ?

— Je suis déjà monté sur un cheval, il y a vingt-cinq ans. Et c'est pour ça que je préfère tenter ma chance avec Cavano, répondit-il sans regarder Stacy.

Ils avaient déjà passé en revue leurs options et conclu qu'ils n'en avaient aucune autre. Les voitures garées devant la maison étaient impossibles à atteindre sans se faire prendre. Appeler la police ne leur serait d'aucune aide non plus. Au mieux, Cavano dirait qu'ils avaient attaqué son garde du corps et cambriolé sa propriété. Tyler et Stacy se retrouveraient sous les verrous, ce qui risquait de compromettre leur chance de rejoindre Orr à Naples le dimanche.

Certains des meilleurs souvenirs de Stacy étaient liés à son cheval Chanterelle. Le dressage et les concours de saut d'obstacles avaient occupé une grande partie de son enfance, sans parler de courser les lapins autour des champs après la moisson. Elle n'avait plus eu l'occasion de monter ces derniers temps, mais le fait de seller les chevaux faisait resurgir en elle tous ces souvenirs d'enfance. Elle retrouva rapidement ses vieux réflexes et termina de harnacher les montures en un temps record.

— Nous sommes parés, dit-elle. Vous vous décidez ou quoi ?

— Non.

— Vous voulez bien monter sur une moto mais pas sur un cheval ?

— Une moto fait ce que je lui dis de faire.

Stacy comprit ce qui clochait. Tyler était un pur produit de l'ère industrielle et il détestait l'idée qu'un cheval pense par lui-même. Quelque chose avait éveillé en lui une peur irrationnelle, mais elle n'avait pas le temps de creuser la question.

Elle le rejoignit et le saisit par les bras.

— Vous allez monter sur ce fichu cheval et nous allons foutre le camp d'ici, est-ce que je suis assez claire ?

Des balles ricochèrent sur la porte de l'écurie, et Tyler et Stacy plongèrent au sol. À travers l'embrasure de la porte, Stacy aperçut quatre hommes qui se précipitaient vers eux en faisant feu de leurs armes.

— Très bien, maugréa Tyler en se remettant sur ses pieds, faisons à votre idée.

Stacy se releva et tendit les rênes d'un cheval à Tyler qui les prit du bout des doigts, comme si elle lui avait tendu un vieux Kleenex. Il observa le cheval d'un œil mauvais, mais de nouveaux tirs le décidèrent à agir. Il plaça un pied dans l'étrier et grimpa en selle dans la pire démonstration d'équitation que Stacy ait jamais vue. Il passa une main hésitante sur le devant de la selle.

— Où est l'espèce de poignée ?

Il parlait du pommeau qui équipait les selles western.

— C'est une selle anglaise, répondit Stacy en grimpant à son tour à cheval, elle n'en a pas. Gardez bien les pieds dans les étriers et ne lâchez pas les rênes. Suivez-moi, et votre cheval fera le reste.

Stacy trotta en direction de la grande porte ouverte à l'autre extrémité de l'écurie. Elle éperonna son cheval d'un coup de talons ferme et celui-ci partit au galop.

Elle regarda par-dessus son épaule et vit le cheval de Tyler se mettre au trot, son cavalier rebondissant en selle comme une balle de caoutchouc.

— Dites « au galop ! », lui cria-t-elle.

— Au galop, bon sang ! s'époumona Tyler et son cheval accéléra l'allure, manquant de le désarçonner.

Il avait l'air parfaitement ridicule, mais au moins il avançait.

Ils avaient parcouru cinquante mètres quand les hommes de Cavano surgirent de l'écurie. L'un d'eux leva son arme pour faire feu, mais Cavano se précipita sur lui et le poussa, faisant dévier son tir.

— Ils sont plus précieux que tu ne l'es, hurla Cavano en italien, si fort qu'ils l'entendirent malgré la distance.

Stacy ne savait pas si Cavano parlait d'eux ou des chevaux.

Deux Range Rover arrivèrent en trombe par l'allée et s'arrêtèrent pour embarquer Cavano et ses hommes. Elle n'abandonnait pas la poursuite, mais voulait se rapprocher suffisamment pour ne pas risquer de blesser ses précieux chevaux. Les Range Rover se lancèrent à leur poursuite en projetant un panache de graviers sous la poussée de leurs quatre roues motrices.

Stacy dirigea son cheval vers un bosquet sur la droite. Si Tyler et elle pouvaient passer sous les arbres, cela leur donnerait un peu de répit pendant que Cavano et ses hommes seraient contraints de contourner le bosquet.

Tyler ne cessait de lever les yeux vers Stacy pour aussitôt les rabaisser sur sa monture. Il n'avait pas l'air terrifié, mais n'affichait pas non plus une mine réjouie.

Stacy ralentit au trot pour pénétrer dans le sous-bois buissonneux dominé par les troncs des chênes. Ils se frayèrent un chemin dans les fourrés, tandis que Tyler ne cessait de jurer à chaque branche qui lui fouettait le visage.

— Vous vous en sortez ?

— Très bien, répondit-il, même si le ton de sa voix disait le contraire.

Après quelques dizaines de secondes, ils débouchèrent dans un autre pré. Stacy lança sa monture au petit galop. Pour elle, tout cela était parfaitement naturel. Tyler quant à lui était affalé sur sa selle au lieu de se tenir en équilibre sur les étriers, une technique de monte plus adaptée au galop. Elle ne pouvait qu'imaginer la douleur que devait lui renvoyer son entrejambe. D'après la grimace sur son visage, l'expérience n'avait rien d'agréable.

Ils avaient mis une centaine de mètres entre Cavano et eux, mais les Range Rover gagnaient rapidement du terrain. Leurs poursuivants finiraient bientôt par se décider à tirer, peu importe les chevaux.

Face à eux, Stacy aperçut un espoir de salut : une rivière, large d'une dizaine de mètres, traversait la prairie. Le seul moyen visible de la traverser était un petit pont de bois juste assez large pour permettre aux moutons qui paissaient de l'autre côté de traverser. Ce ne serait pas sans risque, mais les chevaux devaient pouvoir passer à condition de les mener prudemment.

— Vers le pont ! hurla-t-elle.

— Vous êtes dingue ? cria-t-il en retour.

— Je ne veux pas mourir !

— Moi non plus !

Malgré les protestations de Tyler, Stacy ne se ravisa pas et adopta un trot, laissant le temps au cheval de Tyler de venir se placer juste derrière le sien.

Le cheval de Stacy posa un sabot sur le pont. Elle le poussa à avancer et il s'exécuta. Le bois grinça sous son poids, mais le pont tint bon. Elle était presque de l'autre côté quand elle entendit un gigantesque « plouf ! » derrière elle.

Arrivée de l'autre côté, Stacy fit tourner sa monture pour découvrir que Tyler avait plongé dans la rivière. Son cheval avait dû glisser et sauter dans l'eau. Il n'était certainement pas tombé, parce que Tyler était toujours en selle, trempé de la tête aux pieds.

Son cheval grimpa la berge pour s'extraire de la rivière en déversant un torrent d'eau. Ils continuèrent leur chemin à travers le troupeau de moutons et rejoignirent une petite butte où ils s'arrêtèrent face à une haie d'arbustes qui leur bloquait le passage.

— Vous avez vu ça ? lui cria Tyler. C'est pour ça que je déteste monter à cheval !

— C'est sûr que vous n'êtes pas John Wayne.

— Et cette rosse n'est pas non plus une bête de concours.

Le grondement des 4 × 4 en approche mit fin à la discussion. Hors de portée des armes à feu, ils virent un des Range Rover effectuer un dérapage contrôlé pour éviter de plonger dans la rivière et s'arrêter juste au bord de la berge.

L'autre Range Rover tenta de passer, mais le pont était trop étroit. Il tomba dans la rivière dans une grande gerbe d'eau et s'embourba. Les hommes sortirent du véhicule par les fenêtres et se jetèrent à l'eau pour rejoindre l'autre rive.

La porte passager du deuxième Range Rover s'ouvrit et Cavano en descendit. Elle se tint là, les mains sur les hanches, le regard braqué sur Stacy et Tyler. Elle ne souriait plus cette fois-ci, et son visage affichait une expression de haine farouche.

Stacy éperonna sa monture pour la remettre en mouvement et ils longèrent la haie jusqu'à trouver une ouverture et filer.

— Par où à présent ? demanda-t-elle, complètement perdue.

Tyler lui indiqua une direction sur la gauche.

— Quand nous sommes venus, nous avons passé un village à environ deux kilomètres dans cette direction, je crois. Nous pourrons essayer de trouver une voiture là-bas.

Ils chevauchèrent à vive allure, craignant que Cavano trouve un moyen de les rattraper ou de les intercepter avant qu'ils rejoignent le village.

Quand ils arrivèrent dans le hameau pittoresque, les passants ne leur prêtèrent guère attention, sans doute habitués à voir des cavaliers traverser leur village.

Le son d'un Klaxon de locomotive leur apprit qu'ils n'auraient peut-être pas à chercher de voiture à louer. Ils trouvèrent la gare à deux rues de là et, après avoir tendu les rênes de leurs montures à deux adolescents éberlués, Stacy et Tyler sautèrent dans le train qui quittait déjà le quai.

Stacy demanda à un passager quelle était la destination du train. Après avoir lancé un regard dédaigneux à un Tyler ruisselant, l'homme répondit qu'il arriverait à Victoria Station, à Londres, dans un peu moins d'une heure. Le temps que Cavano retrouve les chevaux et comprenne où ils étaient passés, ils seraient loin.

Stacy se détendit à présent qu'ils étaient hors de danger. Elle sourit à Tyler et lui prit la main pour l'entraîner dans le wagon, comme s'ils étaient un couple dont les vacances avaient connu quelques péripéties.

— Cette promenade à cheval n'était pas si mal que ça, non ? lui lança-t-elle alors qu'ils descendaient l'allée du compartiment.

Tyler la regarda d'un œil noir et resta muet. Il se dandina jusqu'à un siège libre et s'affala. Pendant le reste du trajet, il n'ouvrit pas la bouche, sauf pour demander au contrôleur où il pourrait trouver une poche de glace pour apaiser les douleurs de son postérieur.

Chapitre 26

Le soleil de midi inondait la cabine du semi-remorque de Clarence Gibson, réduisant à néant les efforts de la climatisation poussive du camion. Gibson tapa du plat de la main sur le tableau de bord et lâcha une bordée de jurons à faire rougir le Seigneur. La remorque derrière lui était chargée à ras bord et le camion peinait à grimper la route de campagne sinueuse au milieu des Appalaches de Virginie.

En trente ans de travail pour Dwight Farm Services, Gibson ne s'était jamais plaint, mais il en avait vraiment assez que la compagnie prenne à la légère la question de l'entretien des camions. La semaine dernière encore, alors qu'il effectuait une livraison d'engrais pour une ferme de Blacksburg, les roulements à billes de l'essieu moteur avaient lâché, et il s'était retrouvé coincé trois heures au milieu de nulle part à attendre qu'un camion de remorquage arrive de Roanoke.

Il baissa la vitre mais le vent ne lui fut pas d'un grand secours, vu l'humidité ambiante. La sueur continua à ruisseler le long de sa nuque et à tremper sa chemise. Au moins la radio fonctionnait, même si elle ne recevait qu'une seule station locale.

Cela faisait dix minutes qu'il avait quitté l'autoroute d'État pour rejoindre une ferme à l'ouest de Deerfield. Il avait déjà été doublé deux fois par des automobilistes qui ne voulaient pas rester à la traîne derrière son semi-remorque. L'un d'eux avait même franchi une ligne blanche plutôt que de patienter.

Sans doute des ados drogués qui finiraient par se tuer un jour ou l'autre.

Il vit arriver dans le rétroviseur l'heureux véhicule numéro trois, un fourgon blanc. Le fourgon était en train d'accélérer derrière lui sur la première portion de route plane que Gibson rencontrait depuis qu'il avait quitté l'autoroute. Il n'y avait aucune voiture en face, aussi il passa le bras par la vitre pour faire signe au fourgon de doubler et se déporta sur l'accotement.

Le fourgon dépassa le camion dans un grondement et poursuivit sa route. Gibson ramena son camion sur la chaussée et s'efforça de prendre de la vitesse afin de recevoir un peu plus d'air par la fenêtre ouverte. Il pencha la tête de côté, vers le flot d'air frais qui s'engouffrait dans la cabine, puis se redressa brusquement en voyant le fourgon devant lui zigzaguer à trois reprises avant de s'arrêter au beau milieu de la route, bloquant complètement la voie.

Qu'est-ce que c'est que ce bordel?

Gibson écrasa la pédale de frein et le camion ralentit pour s'arrêter à cinq mètres du fourgon. Bien que trempé de sueur, Gibson fut parcouru d'un frisson. Si le fourgon avait crevé, pourquoi son conducteur ne s'était-il pas simplement rangé sur le bas-côté ? Il y avait quelque chose de bizarre dans tout ça.

La porte du fourgon coulissa et deux hommes habillés en noir des pieds à la tête en jaillirent, armés de fusils d'assaut M4. Ils portaient des passe-montagnes et Gibson ne pouvait voir que leurs yeux. Il se pencha sur le siège pour attraper le revolver Smith & Wesson calibre 38 qu'il gardait dans la boîte à gants au cas où, mais la porte passager de la cabine s'ouvrit avant qu'il ait pu s'emparer de son arme. Gibson contempla le gouffre noir du canon du fusil qui menaçait de l'envoyer rejoindre son Créateur.

— Descends de là, maintenant ! hurla une voix avec un accent.

Gibson leva les mains.

— Descends !

Gibson détacha la ceinture de sécurité et ouvrit la porte. Une main le saisit pour le tirer hors de la cabine et il s'affala sur l'asphalte.

Il entendit la porte passager claquer et l'homme qui l'avait tiré au sol dit quelque chose dans une langue étrangère qu'il ne reconnut pas, même s'il l'avait déjà entendue à la télé. Cela ressemblait à de l'arabe, ou quelque chose du genre.

Des terroristes ? Que lui voulaient-ils ? Il n'était personne, juste un chauffeur routier entre deux âges et un peu obèse.

— Je n'ai pas…, commença-t-il.

— Boucle-la ! hurla l'homme en le frappant dans le dos avec la crosse de son fusil.

Gibson se retrouva à plat ventre, le souffle coupé. Le genou qui vint appuyer dans son dos ne l'aida pas à reprendre sa respiration.

Le plus grand des deux hommes alla jusqu'à la remorque argentée, passa la main sous le châssis et retira un boîtier blanc de la taille d'un paquet de cigarettes qu'il fourra dans sa poche. Voilà pourquoi ils l'avaient attaqué en pleine campagne : ils avaient utilisé une espèce de mouchard pour le suivre à la trace.

L'autre terroriste saisit les mains de Gibson et les ramena dans son dos. Gibson sentit des liens en plastique froids enserrer ses poignets, puis les deux hommes le remirent sur ses pieds et le poussèrent jusqu'au fourgon. Ils le jetèrent à l'intérieur et lui lièrent les chevilles.

— *Allah akbar* ! s'écria le premier homme en levant son fusil au-dessus de sa tête.

— *Allah akbar* ! rugit l'autre en réponse, avant de repartir vers le semi-remorque au pas de course.

La porte du fourgon coulissa et se referma dans un claquement.

Quoi, ils vont voler mon camion ? Cela lui semblait aberrant mais, en entendant le semi-remorque démarrer, Gibson dut se rendre à l'évidence.

Même si la scène lui avait semblé durer une éternité, elle n'avait pas pris plus de trente secondes. Qui que soient ses kidnappeurs, ils avaient planifié leur coup avec soin.

Le fourgon démarra, envoyant Gibson rouler contre les portes arrière. Son téléphone était resté posé sur le siège passager dans son camion, impossible de prévenir la police. Il s'efforça de se redresser pour s'asseoir, mais les virages de la route le renvoyaient au sol chaque fois. Après vingt minutes de ce traitement, il était épuisé. Il cria pour demander où on l'emmenait, mais ne reçut en réponse qu'un silence glacial.

Vingt autres minutes plus tard, le fourgon ralentit et tourna à un embranchement. Le bourdonnement doux de l'asphalte fut remplacé par le crissement des pneus sur un chemin de terre. Gibson pensa qu'il s'agissait d'une sorte d'allée, mais le chemin continua à monter la pente d'une colline et devint de plus en plus cahoteux.

Encore une demi-heure de route, puis le fourgon s'arrêta et le conducteur, toujours caché sous son passe-montagne, ouvrit la porte latérale et pointa un Beretta 9 mm sur Gibson. Il dégaina un couteau de combat, mais se contenta de trancher les liens qui enserraient les chevilles de ce dernier.

— Dehors, ordonna-t-il.

Gibson sortit du fourgon les jambes les premières et vacilla un instant avant de tomber à genoux. Il ne sentait plus ses pieds. Mais cela n'avait plus d'importance. Il voyait à présent où ils étaient. Tout autour d'eux s'élevaient les grands arbres de la forêt nationale George-Washington. Le chemin mal entretenu qu'ils avaient suivi était une piste pour les pompiers.

Il avait été emmené ici pour être exécuté.

— Debout ! lui intima l'homme.

Le cœur de Gibson battait la chamade sous le coup de la peur, mais il n'allait pas faciliter les choses à ce terroriste et resta à genoux.

— Non, rétorqua-t-il d'une voix plus assurée qu'il ne l'était en réalité.

Le terroriste lui assena un coup de pied. Gibson s'effondra et roula dans un fossé. Avant qu'il ait pu se redresser, il entendit le claquement d'un coup de feu et ressentit une douleur cuisante à l'oreille droite. Il retomba au sol et évita de regarder vers le terroriste. La balle qui visait sa tête n'avait fait que l'effleurer. Devait-il se relever et continuer à défier son agresseur ou faire semblant d'être mort ? Gibson retint son souffle.

Il entendit la porte du fourgon se refermer et, après avoir fait demi-tour, celui-ci repartit par où il était venu.

Gibson resta immobile pendant encore une bonne minute avant de se dire qu'il était le plus grand veinard de la terre. Il s'assit et sentit du sang couler sur sa tempe, mais il était en vie. Le terroriste avait dû tirer à un mauvais angle à cause du fossé et, avec tout ce sang, ne s'était pas rendu compte qu'il n'avait fait que le blesser.

Gibson remercia le Seigneur pour sa miséricorde puis chercha un rocher avec un bord tranchant pour cisailler les liens à ses poignets. Une fois ses mains libérées, il déchira le bas de sa chemise et s'en servit pour faire pression sur sa blessure à la tête. Cela permettrait au moins de ralentir le saignement, même si ça ne ferait rien pour son mal de crâne.

Alors qu'il redescendait péniblement le chemin pour retrouver la civilisation et signaler le vol de son camion, il se demanda pourquoi ces terroristes l'avaient ciblé, lui. Évidemment, il imaginait bien des islamistes radicaux s'emparer d'un chargement de nitrate d'ammonium, l'engrais qu'on utilisait pour faire des bombes, comme celle qui avait explosé à Oklahoma City.

Mais il ne comprenait vraiment pas ce qu'ils pourraient bien faire de cent mètres cubes de sciure de bois…

Chapitre 27

Quand Tyler et Stacy étaient arrivés au lieu de rendez-vous convenu avec Grant, l'hôtel Marriott de l'aéroport d'Heathrow, Tyler avait grogné de devoir attendre pour prendre une douche. Par souci de commodité, ils avaient réservé une suite comprenant un salon et deux chambres, une pour Stacy et l'autre, à lits jumeaux, pour Tyler et Grant. À leur arrivée, Grant occupait la salle de bains et Tyler avait dû supporter encore un peu de sentir le cheval et la rivière boueuse. Il avait fait porter leurs bagages depuis l'avion, et ses vêtements propres lui faisaient de l'œil depuis sa valise ouverte. Dès que Grant eut fini, il prit sa place, en remerciant le ciel pour l'invention de l'eau courante.

Après qu'ils eurent commandé à dîner au *room service*, Grant les régala du récit de ses découvertes au musée et de sa confrontation avec Sal. Gia Cavano avait dû envoyer ses hommes à Londres pour mettre la main sur lui dès qu'elle avait reçu le coup de fil du conservateur.

Tyler et Stacy lui racontèrent à leur tour leur visite chez Cavano. Quand Stacy en fut au récit de leur fuite à cheval, elle commença à taquiner Tyler avec une joie malicieuse.

— Et quand nous sommes arrivés à l'écurie, il devint vite évident que notre seul espoir de fuite était les chevaux, mais le docteur Trouillomètre-à-Zéro ici présent a failli tout ficher en l'air parce qu'il a la frousse des chevaux.

— Je n'ai pas peur des chevaux, protesta Tyler. Enfin, plus maintenant. Par contre, je les déteste.

— En tout cas, vous m'aviez l'air effrayé.

— Une minute, dit Grant, un doigt pointé sur Tyler. Vous me dites que vous l'avez fait monter à cheval ?

— Pourquoi est-ce si difficile à croire ? s'étonna-t-elle.

— Tu ne m'avais pas dit que tu avais failli être tué par un cheval quand tu étais enfant ? demanda Grant à Tyler. Je croyais que tu avais juré de ne plus jamais poser tes fesses sur une selle ?

— Je n'avais pas vraiment le choix, concéda Tyler.

— Hé, c'est quoi cette histoire ?

Tyler soupira. Il n'aimait pas raconter cet épisode.

— Quand j'avais dix ans, mon père nous a emmenés ma sœur et moi dans un ranch pour le week-end. J'étais fondu de karts et de moto-cross, pas de chevaux. C'était la première fois de ma vie que je mettais les pieds dans une ferme.

— Je n'arrive même pas à l'imaginer, dit Stacy. Je suis sur le dos d'un cheval depuis l'âge de quatre ans.

— Eh bien, moi, je n'avais jamais approché un cheval jusqu'à ce jour. Au début, j'étais assez intimidé : ils sont encore plus gros quand vous êtes enfant. Nous avons eu droit à quelques heures de leçon – le pas, le trot, le galop – et je me sentais plutôt à l'aise. Je n'étais pas aussi enthousiaste que ma sœur, mais ça allait. Alors que je descendais de selle, je me suis coincé le pied dans l'étrier et, sans aucune raison, le cheval a pris peur.

— Ça arrive parfois.

— Pas avec une voiture en tout cas. Ma Viper n'a jamais décidé de démarrer en trombe alors que j'ouvrais la portière pour sortir. Bref, ce stupide canasson a commencé à galoper en me traînant derrière lui comme une boîte de conserve accrochée à la voiture de jeunes mariés. Après un tour ou deux autour de l'enclos, ma botte s'est enfin dégagée de l'étrier, mais pas avant que je ne me sois assommé à un poteau de la clôture. J'ai passé trois jours à l'hôpital avec une commotion cérébrale et une rupture du ligament croisé antérieur. Inutile de le dire, je n'étais plus remonté sur un cheval jusqu'à aujourd'hui.

—Mais à présent vous voilà guéri de votre phobie, plaisanta Stacy.

—Très drôle. La prochaine fois, j'espère que nous aurons plutôt un ou deux 4×4 sous la main.

—N'empêche, nous ne nous en serions pas sortis sans eux, remarqua Stacy.

—Mon cheval n'avait pas à sauter du pont pour ça.

Tyler expliqua à Grant l'incident à la rivière.

—On dirait que votre journée a été plus amusante que la mienne, dit Grant.

—Pourquoi ne m'avez-vous pas raconté tout cela cet après-midi ? s'étonna Stacy.

—Nous n'avions pas le temps de nous étendre, répondit Tyler. Et puis, de toute façon, qu'est-ce que ça aurait changé ?

Stacy fut dispensée de répondre par des coups à la porte. Tyler vérifia qu'il s'agissait bien de leur dîner avant de laisser entrer les deux garçons d'étage. Leur repas occupait trois dessertes roulantes.

Tout en mangeant, ils passèrent en revue leurs options.

—La priorité des priorités est de récupérer le géolabe, dit Tyler. Sans lui, il nous manquera une des trois clefs de l'énigme d'Archimède pour retrouver la carte.

—Vous ne pouvez pas en faire un autre ? lui demanda Stacy.

—Cela prendrait des semaines de fabriquer tous les engrenages, lui expliqua Grant. Ils nécessitent un usinage délicat. La première fois, Tyler a dû trouver un spécialiste du bronze.

—Et nous n'avons que quatre jours. Nous devons le récupérer. Il faut donc que nous mettions un plan au point pour retourner à la propriété de Cavano et le reprendre.

—Impossible. Elle s'en va ce soir, intervint Stacy.

— Comment savez-vous ça ?

— Cavano a cru que je ne parlais pas italien ou elle ne s'en est pas inquiétée. Quand elle a confié le géolabe au garde, elle lui a dit : « Mets-le dans le coffre de la voiture. Nous l'emmenons à Munich avec nous. »

— Merde ! jura Tyler. (Si Cavano partait, il serait beaucoup plus compliqué de remettre la main sur le géolabe.) Bon. Je vais demander à Aiden de m'envoyer un enregistrement de l'appel du téléphone de Pietro que j'ai caché dans le bureau de Cavano. J'espérais que cela nous permettrait de savoir quand ils quitteraient la propriété, mais peut-être que cela nous en dira plus sur les projets de voyage de Cavano. Notre seule option est de les intercepter durant leur déplacement. Nous devons l'écouter pour voir si nous apprenons quelque chose d'intéressant.

Le téléphone de Tyler avait pris l'eau et était hors-service. Avant de rejoindre l'hôtel, ils avaient fait une étape dans une boutique de téléphones portables et Tyler en avait acheté un neuf, en faisant transférer son numéro ainsi que la liste de ses contacts.

— Et pour le texte sur la tablette ? demanda Stacy.

— Et les informations sur le Parthénon ? enchaîna Grant.

— Tout cela est sans importance si nous ne parvenons pas à récupérer le géolabe. Je vais appeler Aiden et voir s'ils ont réussi à isoler le signal du traceur installé dans le géolabe.

Stacy redressa brusquement la tête.

— Oh, mon Dieu ! Si Orr comprend que nous l'avons perdu, il risque de s'en prendre à Carol et à votre père !

— Il faut donc qu'on se débrouille pour qu'il ne se doute de rien. (Tyler consulta sa montre.) En parlant d'Orr, c'est l'heure de notre vérification quotidienne. Vous êtes prête ?

Il composa le numéro et mit le haut-parleur. Orr répondit immédiatement.

— Pile à l'heure. Comment vont vos recherches ?

Tyler ignora la question.

— Comment vont Carol et mon père ?

— À vous l'honneur. Je vous enverrai ensuite une preuve qu'ils sont en vie.

Tyler lui parla de la tablette et du lien avec le Parthénon, mais sans entrer dans les détails. Tout ce qu'Orr avait besoin de savoir, c'est qu'ils progressaient.

— Où comptez-vous aller ensuite ? demanda Orr, comme s'il interrogeait un ami sur ses projets de vacances.

— À Munich, répondit Tyler. Nous avons retrouvé la piste d'un document dont nous pensons qu'il pourrait se révéler utile.

— Parfait. Faites donc. Nous nous reparlerons demain.

— Et pour votre part du marché ?

— Consultez vos e-mails, répondit Orr avant de raccrocher.

Tyler ouvrit son ordinateur et vérifia ses e-mails. En plus de l'enregistrement audio envoyé par Aiden, il avait un nouveau message d'Orr, qui contenait deux vidéos en pièces jointes.

Stacy plaqua une main sur sa bouche en regardant la première vidéo, montrant Carol assise sur une chaise, les poignets et les chevilles menottées, avec l'homme au masque de ski tenant le journal du jour à côté d'elle. Carol était consciente et ne portait pas de bandeau sur les yeux. Elle semblait terrifiée, mais indemne.

Tyler serra amicalement le bras de Stacy.

— Ça va ?

Stacy hocha la tête mais resta silencieuse.

Tyler redoutait de regarder la vidéo qui le concernait, mais Sherman Locke, assis sur la même chaise, les yeux bandés et une barbe naissante lui assombrissant les joues, avait l'air lui aussi en bonne santé. Tyler vérifia sur le site Web d'*USA Today* pour s'assurer qu'il s'agissait bien de l'édition du jour.

Puis Tyler remarqua quelque chose au niveau des mains de Sherman et repassa la vidéo en effectuant un arrêt sur image à la seconde où son père agençait ses doigts de façon particulière. Il montra à Grant et Stacy ce qu'il avait repéré.

— Un autre message ? dit Grant.

— Je crois, oui.

Stacy fronça les sourcils.

— Comment ça, un autre message ?

Tyler ne lui avait pas parlé du premier message de son père parce qu'il ne voulait pas lui donner de faux espoirs sur le fait que ce dernier pourrait peut-être aider Carol à s'échapper.

— Hier, j'imagine que vous avez été surprise quand j'ai dit que mon père ne se rendrait pas sans se battre, lui dit-il.

— Non, j'ai juste pensé que vous étiez fêlé.

Tyler passa la vidéo de la veille.

— Regardez ses mains. Il m'a envoyé un message.

Stacy regarda attentivement la vidéo et ses yeux s'écarquillèrent.

— La langue des signes.

— Si vous ne savez pas qu'il peut s'agir de ça, vous pensez juste qu'il tire sur ses menottes.

— Qu'a-t-il dit hier ?

— Il ne pouvait pas vraiment faire des signes, cela nécessite de pouvoir bouger librement les mains. Il a juste formé des lettres, deux puis trois. Les deux premières étaient « V » et « B ». Je pense qu'il voulait dire « je vais bien ».

— Et les trois autres ?

— « E », « V » et « S ».

Stacy réfléchit un moment avant de laisser échapper un petit rire.

— Évasion ?

— C'est ça. Pour me dire qu'il compte essayer de s'échapper.

— Et qu'a-t-il dit aujourd'hui ?

Tyler repassa la deuxième vidéo.

— Ce message-là est un peu plus difficile à comprendre. Là aussi, il s'agit de lettres, deux groupes de deux. Enfin, les premiers signes sont des lettres et les deuxièmes des chiffres.

— Il essaie peut-être de vous dire combien il y a de kidnappeurs ? hasarda Stacy.

— J'en doute. Les chiffres sont le neuf et le zéro. Quatre-vingt-dix.

— Et les lettres ?

— « S » et « R ».

— SR 90 ? (Stacy tapa des mains en un geste de triomphe.) State Road 90 ! La route nationale 90 ! Il essaie de vous dire où il se trouve !

Tyler ne partagea pas son enthousiasme.

— Possible. Mais ça ne nous aidera pas à réduire tant que ça le périmètre de recherche. La route nationale 90 s'étend sur des centaines de kilomètres. Ils pourraient être détenus n'importe où sur son trajet.

— Je vais voir ce que Google nous dit, intervint Grant en pianotant sur son ordinateur. (Son visage se figea à la lecture des résultats.) Oh ! ça, c'est pas bon.

— Quoi ? demanda Tyler.

— Le premier résultat d'une recherche sur SR 90 est une page sur le strontium 90.

Tyler sentit un frisson lui remonter l'échine. Son père ayant été à la tête d'une agence qui avait pour mission de lutter contre les armes de destruction massive, il ne faisait guère de doute que c'était bien de strontium 90 qu'il voulait parler. Grant se frotta le front, comme pris d'une migraine soudaine.

— C'est quoi le strontium 90 ? demanda Stacy.

— Un isotope hautement radioactif, répondit Tyler. Mon père a sans doute essayé de nous dire qu'Orr est en possession de strontium 90.

— C'est dangereux à quel point ?

— Le 90Sr un des principaux éléments des retombées radioactives de la catastrophe de Tchernobyl.

— Où Orr aurait-il pu trouver quelque chose comme ça ?

— Des matériaux radioactifs sont disponibles sur le marché noir, répondit Grant. Il est dit ici que le 90Sr se trouve dans le combustible usagé des centrales nucléaires. Il est également utilisé comme source d'énergie dans de vieux générateurs thermoélectriques soviétiques.

— Et si Orr en a en sa possession, enchaîna Tyler, c'est peut-être qu'il prévoit de fabriquer une bombe sale.

— De quoi s'agit-il ? demanda Stacy.

— On parle également de « bombe radiologique ». C'est la bombe nucléaire du pauvre. Il s'agit d'une bombe conventionnelle entourée de matière radioactive, qu'elle pulvérise au moment de l'explosion et dissémine dans un vaste périmètre. Les radiations peuvent être suffisamment dangereuses pour rendre une grande ville inhabitable sur plusieurs décennies. Apparemment, pour une raison qui nous échappe, Orr serait en possession d'une arme de destruction massive.

— Et votre père et ma sœur ont été kidnappés à… (Stacy étouffa un sanglot.) Oh ! mon Dieu.

Tyler hocha lentement la tête. Carol et Sherman avaient tous les deux été enlevés à Washington D.C.

Chapitre 28

Tyler regretta d'avoir autant mangé au dîner. L'idée qu'Orr était en train de préparer une bombe sale lui retournait l'estomac.

— Je déteste avoir à dire ça, hasarda Stacy, mais il est peut-être temps que nous reconsidérions l'idée d'alerter le FBI.

— Et pour leur dire quoi ? demanda Tyler.

— Que Jordan Orr est en possession de strontium 90.

— Vraiment ?

— C'est vous qui venez de le dire !

— Oui, c'est ce que moi je pense. Mais, vous, vous avez émis l'hypothèse qu'il s'agissait d'une route nationale, ce qui pourrait aussi bien être le cas.

— Ou encore une adresse, intervint Grant. Ou les initiales de quelqu'un. Ou tout un tas d'autres choses.

— Puis il y a la question de savoir pourquoi Orr fabriquerait une bombe sale. S'il voulait exercer un chantage sur le gouvernement des États-Unis, il n'avait pas besoin de nous pour ça.

— Il veut peut-être faire sauter sa bombe dans la crypte de Midas une fois qu'il l'aura retrouvée, dit Grant. Ce plan a presque marché pour Goldfinger.

Stacy le regarda d'un air confus.

— Vous savez, ce film de James Bond où le méchant, Goldfinger, veut faire sauter une bombe atomique à Fort Knox.

— Mais Goldfinger avait engrangé une réserve d'or dont la valeur aurait décuplé après l'explosion, remarqua Tyler. Je ne pense pas qu'Orr possède un stock de lingots dont il voudrait faire grimper le prix.

— Mais si le fait d'alerter le FBI permettait de retrouver Carol et votre père ? hésita Stacy.

— Réfléchissons à ce qui va se passer si nous prévenons le FBI maintenant. Je ne dis pas que c'est une mauvaise idée, mais il faut que nous nous montrions plus malins qu'Orr sur ce coup-là. Grant, tu joues le rôle du FBI.

— D'accord, mais hors de question que j'enfile un costard.

Tyler se leva et arpenta le salon.

— Je t'appelle et te raconte que mon père et la sœur de Stacy ont été kidnappés.

— Quand ont-ils été kidnappés ?

— Hier matin.

— Et vous m'appelez seulement maintenant ? Et de Londres, qui plus est ?

— Nous craignions qu'Orr ne les tue.

— Et vous appelez aujourd'hui parce que… ?

— Parce que nous avons une nouvelle info : il est possible que les kidnappeurs soient en possession d'une quantité inconnue de strontium 90.

— Quelles preuves avez-vous ?

— Mon père nous a fait passer le message en utilisant la langue des signes sur une vidéo envoyée par les kidnappeurs.

— Peut-être cherche-t-il à vous indiquer où il est retenu prisonnier. Pourquoi en conclure immédiatement qu'il parle de strontium 90 ?

— Mon père est un général en retraite qui était spécialisé dans la lutte contre les menaces nucléaires.

Grant serra la main de Tyler.

— Merci, docteur Locke. Nous allons nous lancer sur la piste de ce Jordan Orr et alerter toutes les agences du pays d'une possible menace nucléaire. À présent, il faut que vous reveniez aux États-Unis et que nous branchions vos téléphones sur écoute.

Tyler s'immobilisa, un doigt pointé vers Grant.

— Et maintenant Orr découvre qu'il a le FBI sur le dos et tue Carol ainsi que mon père.

— Ou alors il fait sauter sa bombe radiologique en avance sur ses plans, renchérit Grant. Ou il ne fait rien sauter du tout, parce que nous n'avons aucune certitude qu'il soit en possession d'un tel engin. Pour l'instant, il s'agit seulement d'une hypothèse.

Stacy leva les mains dans un geste de soumission.

— Très bien, très bien. J'ai compris. Nous n'appellerons pas le FBI. Mais alors, quelle solution nous reste-t-il ? Nous continuons simplement à faire ce qu'Orr exige de nous ?

— Non, dit Tyler. S'il possède vraiment une bombe sale et que mon père l'a vue, Orr ne le laissera jamais vivre, que nous le conduisions ou pas au trésor de Midas.

— Et Carol ?

Tyler garda un silence éloquent. Stacy croisa les bras et se dirigea vers la fenêtre.

— Je sais que la situation paraît désespérée, lui dit Tyler, mais la bonne nouvelle c'est que, si nous parvenons à récupérer le géolabe, nous pourrons cesser de jouer défensif et passer à l'offensive.

— Que voulez-vous dire ?

— La prochaine fois que nous verrons Orr, nous ne le laisserons pas partir.

— Et pour ton père et la sœur de Stacy ? dit Grant.

Tyler prit une grande inspiration avant de répondre.

— Nous passerons un marché avec Orr. Sa vie contre celle de mon père et de Carol. Puis nous préviendrons enfin le FBI.

— Mais alors nous n'avons qu'à lui dire que nous avons résolu l'énigme d'Archimède et le retrouver à Naples, proposa Stacy. Pourquoi nous donner tout ce mal ?

— Parce que je reste persuadé que si nous mentons à Orr en lui disant que nous avons localisé l'entrée des tunnels il le saura. Il n'aurait pas échafaudé un plan pareil sans s'assurer d'une garantie à ce niveau-là. Il faut que nous ayons quelques bonnes cartes en main, sinon je suis sûr qu'il éventera notre bluff.

— Dans ce cas, quel est le plan ?

— Il faut qu'on trouve un moyen de reprendre le géolabe à Cavano. Écoutons l'enregistrement de son bureau.

Tyler ouvrit le fichier audio. Les voix étaient étouffées et variaient en intensité comme si les personnes se déplaçaient dans la pièce. Tyler espérait que Stacy réussirait à saisir des éléments utiles parmi ces bribes de conversation.

Stacy écouta attentivement, l'oreille collée au haut-parleur de l'ordinateur tout en griffonnant des notes. Tyler admirait la façon dont elle gérait la situation, sans jamais se plaindre et en restant concentrée sur la tâche à accomplir. Mais il pouvait voir que la tension commençait à la miner. Il avait déjà connu cela avec des soldats sous ses ordres, quand l'unité se retrouvait brutalement au plus fort des combats. Ils voulaient rester forts pour leurs camarades, mais leurs regards hantés et leurs fronts plissés disaient assez la peur qui les rongeait.

C'est pour ça que Grant et lui avaient l'habitude de plaisanter quand ils étaient au front et que la guerre se révélait dans toute son horreur. Dans l'ensemble, leurs subordonnés appréciaient cette attitude, même si certains la jugeaient parfois déplacée. En général, c'était pour ces gars-là que Tyler devait se faire le plus de souci. Jusqu'ici en tout cas, il ne s'inquiétait pas pour Stacy.

Après avoir réécouté l'enregistrement deux fois, Stacy appuya sur pause.

— Voilà ce que j'ai réussi à comprendre. Après que Cavano a fini de rager contre le vol de la tablette, un homme lui a demandé si elle voulait toujours partir demain matin à 6 h 20, ce à quoi elle a répondu : « Non, change ma réservation pour celui de 8 h 30 et assure-toi que ma Ferrari arrive en même temps que moi à Bruxelles. J'appellerai Rödel demain matin pour lui dire que je ne serai pas chez Boerst avant 16 heures. La réunion ne devrait pas prendre plus de vingt minutes. » (Stacy leva les yeux de ses notes.) Vous avez une idée de ce que cela signifie ?

— Apparemment, elle prend un avion pour Bruxelles, réfléchit Tyler. Mais vous nous avez dit tout à l'heure qu'elle devait aller à Munich.

— Peut-être fait-elle une étape à Bruxelles en chemin ?

— Je vais voir si je peux trouver son vol, dit Grant en s'affairant devant son clavier d'ordinateur. (Après quelques minutes, il leva les yeux de l'écran.) Elle ne prend pas l'avion, mais l'Eurostar, le train qui passe par le tunnel sous la Manche. Il part de la gare de St Pancras.

— Donc elle prend le train jusqu'à Bruxelles, puis de là rejoint Munich en voiture, conclut Tyler. Voilà pourquoi le géolabe a été rangé dans le coffre de sa Ferrari, qui est envoyée à Bruxelles où elle la retrouvera. Et pour Boerst et Rödel ?

Grant effectua de nouvelles recherches sur Internet.

— Je ne trouve rien sur Rödel, mais Boerst est une maison de courtage allemande spécialisée en immobilier commercial, et dont le siège se trouve à Munich. Rödel travaille peut-être là-bas.

— Nous le découvrirons demain. Autre chose sur cette maison de courtage ?

— Leur site dit qu'ils sont experts en transactions internationales. (Grant fit défiler la page.) Sans intérêt… sans intérêt… sans intérêt… Une minute. Voilà qui est intéressant. Leur nouveau siège social, en plein cœur de Munich, dispose d'un garage robotisé du tout dernier cri.

— D'un quoi ? demanda Stacy.

Une lueur s'alluma dans les yeux de Tyler.

— Vous entrez votre voiture dans un compartiment équipé d'une plate-forme mobile. Vous sortez, prenez votre ticket, et la plate-forme se déplace automatiquement pour aller ranger votre voiture à l'intérieur du bâtiment. Aucun employé ne touche votre véhicule. Le but est d'optimiser l'espace de parking dans des zones denses comme les centres-villes.

— Tu penses à la même chose que moi ? lança Grant.

Tyler acquiesça.

— Si elle laisse le géolabe dans la voiture pendant son rendez-vous, Munich sera notre meilleure chance de le récupérer.

— On part ce soir ou demain ?

— La journée a été longue, répondit Tyler. Reposons-nous histoire de nous éclaircir les idées. (Il se tourna vers Stacy.) Vous aussi. Vous pourrez essayer d'interpréter la tablette demain matin.

Tyler et Grant se levèrent de leurs chaises, mais Stacy resta où elle était.

— Puis-je vous dire un mot ? demanda-t-elle à Tyler.

Grant bâilla.

— Je m'occupe d'appeler le pilote pour lui dire d'être prêt à décoller à 7 heures. Nous devrions arriver à Munich avant 9 heures. Bonne nuit, lança-t-il en refermant la porte de la chambre derrière lui.

Stacy et Tyler s'assirent et se regardèrent en silence. Chaque fois que Stacy semblait sur le point de parler, les mots se bloquaient dans sa gorge. Finalement, Tyler mit fin à ce silence.

— Nous allons attraper Orr. Je vous le promets.

Elle lui adressa un sourire pâle.

— Pas la peine. Vous ne pouvez rien me promettre, en l'état actuel des choses.

— Je sais.

Elle marqua une nouvelle pause.

— J'allais vous dire que je n'avais jamais vécu une telle situation de toute ma vie, reprit-elle, mais je me rends bien compte que c'est stupide.

— Je comprends. Moi non plus, je n'ai jamais connu de situation de ce genre, vous savez.

— Oui, mais vous avez servi dans l'armée. Vous avez déjà eu à affronter la mort.

— Vous aussi.

— Oui, mes parents. Mais les choses sont différentes ici.

— C'est vrai.

Stacy soutint son regard.

— Je voulais juste que vous sachiez que Carol fait des études de droit parce qu'elle veut devenir procureur.

— Si elle vous ressemble un tant soit peu, elle risque de devenir un sacré bon procureur.

— Ce que je veux dire, c'est qu'elle était motivée par l'idée d'arrêter les criminels. Elle ne me pardonnera jamais si nous laissons Orr utiliser une arme nucléaire. Même si elle…

Elle se tut, incapable d'énoncer à haute voix cette éventualité.

— Il en serait de même pour mon père. Mais nous n'en arriverons pas là.

— Je ne vous demanderai pas ce qui vous permet de l'affirmer, mais merci de le dire.

Elle se leva et Tyler l'imita. Avant de rejoindre sa chambre, Stacy surprit Tyler en le prenant dans ses bras, les mains pressées contre son dos. Elle arrivait à peine à hauteur de ses épaules, et il pressa doucement sa tête contre son torse, en appréciant la chaleur douce de son corps contre le sien. Même si cela ne lui avait pas traversé l'esprit jusqu'alors, il comprit soudain combien lui aussi avait besoin de ce moment de réconfort et, avant même de s'en apercevoir, se mit à lui caresser doucement les cheveux.

Ils restèrent ainsi pendant une minute, aucun d'eux n'ayant envie de briser cette étreinte, puis Stacy s'écarta de lui et gagna sa chambre sans ajouter un mot. Une sensation aiguë de solitude envahit Tyler.

Il était également brisé de fatigue, mais avant d'aller au lit il lui fallait passer un dernier coup de fil.

— Salut, Tyler, dit Aiden. Stacy a pu vous traduire le fichier audio que je t'ai envoyé ?

— Tout à fait. Nous avons maintenant une idée de l'endroit où se trouve le géolabe, mais nous avons besoin des données du traceur GPS pour en être certains. Nos gars ont-ils réussi à décrypter le signal émis par le géolabe ?

— J'ai ce qu'il te faut. Les enregistrements que tu as effectués au labo se sont révélés suffisamment complets pour leur permettre de décoder le signal. Il diffuse les coordonnées GPS du géolabe toutes les trente secondes. Il s'agit d'une technologie qu'on trouve dans le commerce. Je t'envoie l'URL où tu pourras télécharger les mises à jour.

— Orr ne risque-t-il pas d'être alerté si nous piratons les données ?

— Tu me connais mieux que ça, quand même. J'ai fait un clone de la page Web où il récupère les données du traceur. Il n'en saura rien.

— C'est du super-boulot.

— Et j'ai encore mieux : je t'ai dégotté des infos sur notre nouvelle amie, Gia Cavano.

Tyler avait envoyé son nom à Aiden dans l'espoir qu'il parviendrait à se renseigner sur elle. Il voulait savoir qui il affrontait, même s'il avait déjà la conviction qu'elle était aussi dangereuse qu'Orr l'affirmait.

— Qu'as-tu sur elle ?

— Tu ne vas pas aimer, je te préviens.

— Pourquoi ?

— Parce que j'ai retrouvé son nom en faisant des recherches inventives, mais pas franchement légales, sur les bases de données d'Interpol. Apparemment, Interpol pense qu'il s'agit d'une étoile montante de la Camorra. J'ai trouvé des photos de ce qu'elle aurait fait subir à certains de ses ennemis. La pire impliquait un broyeur à viande. Mais, pour l'instant, les autorités n'ont jamais réussi à réunir de preuves contre elle.

Aiden avait raison. Tyler n'aimait pas ça.

— C'est quoi la Camorra ? demanda-t-il, même s'il se doutait de la réponse.

— La Camorra est à Naples ce que la Cosa nostra est à la Sicile, mais en encore plus vicieux. En résumé, vous avez la mafia italienne aux fesses.

Vendredi

La Camorrista

Chapitre 29

Confortablement installée dans le compartiment Business Premier de l'Eurostar, Gia Cavano s'octroya un petit-déjeuner léger pendant que ses trois gardes du corps surveillaient les autres passagers. Tandis que le paysage français défilait derrière la vitre à la vitesse de trois cents kilomètres à l'heure, elle tourna à plusieurs reprises les manivelles du mécanisme que Tyler Locke avait laissé dans son véhicule. Les cadrans se mirent à tourner, apparemment de façon aléatoire, sans qu'elle parvienne à comprendre leur fonction.

C'était un magnifique appareil, tant par son apparence que par sa conception. Peut-être Locke l'avait-il fabriqué lui-même. Une fois qu'elle aurait le trésor de Midas, elle le retrouverait et lui poserait la question avant de le tuer.

Cavano avait envisagé de prendre un vol direct pour Munich, mais elle était trop tentée par l'idée de tester son nouveau joujou. Depuis qu'elle avait acquis cette Ferrari 458 Italia auprès d'un acheteur allemand qui la précédait sur la liste d'attente, elle brûlait de lui lâcher la bride sur l'*Autobahn* allemand, le seul réseau autoroutier du monde où la vitesse n'était pas limitée. Les caractéristiques techniques de la Ferrari annonçaient une vitesse de pointe de trois cent vingt-cinq kilomètres à l'heure, et elle avait bien l'intention de vérifier cette assertion.

Comme punition pour avoir laissé Tyler Locke et Stacy Benedict s'échapper, Pietro avait dû embarquer dans le camion transportant la Ferrari et une berline BMW M5 pour un long trajet de nuit jusqu'à Bruxelles. Il se joindrait ensuite aux trois autres gardes qui prendraient place dans la BMW et s'efforceraient de la suivre jusqu'à Munich. Le trajet demandait sept heures en temps normal. S'ils mettaient plus de quatre heures, ce serait à cause de mauvaises conditions de circulation.

Elle surprit le regard d'un homme d'affaires d'âge mûr, sans doute désireux de distraire son jeudi matin en engageant la conversation sur l'objet étonnant posé sur la tablette devant elle, mais il n'oserait jamais l'approcher tant que ses cousins l'entouraient. C'était un des bénéfices d'avoir une famille intimidante : cela lui épargnait de subir les avances pathétiques de quelque gratte-papier ventripotent.

Tyler Locke, en revanche, était tout à fait le genre d'hommes qui l'attirait. Costaud, plutôt bel homme, intelligent, plein de ressources. Piètre cavalier par contre, mais on pouvait toujours remédier à cela. Peu d'hommes osaient lui tenir tête comme il l'avait fait, et c'était une qualité difficile à trouver pour une femme dans sa position.

Depuis six ans qu'elle se trouvait à la tête de la famille Cavano, celle-ci n'avait cessé de gravir les échelons au sein de la Camorra à Naples. Peu de femmes, et encore moins de son âge, étaient à la tête de familles de la Camorra. La tradition machiste de la mafia le tolérait mal, mais Gia était parvenue à assurer sa position par son ingéniosité, ne s'en remettant à la violence que quand il fallait marquer les esprits. Son défunt mari, Antonio, avait été assassiné par le *capo* de la famille rivale des Mezzotta au motif qu'il empiétait sur les affaires de leur cimenterie. En réponse, Cavano avait ordonné la mort de tous les membres du clan Mezzotta et, grâce à un plan soigneusement orchestré, la plupart d'entre eux pourrissaient désormais dans une décharge à la périphérie de San Marco. Les autres cadavres avaient été abandonnés dans des lieux stratégiques, afin de faire savoir que Gia contrôlait désormais les affaires de sa famille.

Incapable d'avoir des enfants à la suite de plusieurs fausses couches, elle avait encouragé ses cousins à fonder une famille, en leur promettant la richesse du moment qu'ils lui restaient loyaux. Ils avaient accepté son autorité parce qu'elle tenait ses promesses, et certains d'entre eux s'étaient mariés avec des Albanaises, des Libyennes ou des Anglaises, étendant les activités du clan dans les secteurs du trafic d'armes, de la drogue et de la finance. Gia avait investi dans des affaires légales qui lui permettaient, ainsi qu'à sa famille, de mener un train de vie bien supérieur à celui de leurs rivaux, obligés de se terrer dans le quartier de Secondigliano, à Naples, véritable forteresse de la Camorra. Une baisse brutale des profits avait toutefois commencé à menacer sa position.

À l'heure actuelle, elle devait faire face à de nouvelles oppositions qui contrariaient la prospérité de ses affaires. Des gangs chinois et russes fournissaient les autres familles en armes et en hommes. À moins d'un changement radical et rapide de la situation, elle ne jouerait bientôt plus qu'un rôle secondaire au sien de la Camorra.

Mais Gia possédait un atout que les autres familles n'avaient pas : elle connaissait l'existence de la crypte de Midas, un trésor si gigantesque qu'il lui permettrait de dominer Naples et de devenir le nouveau « chef des chefs ».

Et c'était ce que ce voyage à Munich allait lui permettre d'accomplir.

Hans Rödel, vice-président de Boerst Properties and Investments, s'occupait de négocier le rachat du bâtiment de la Piazza Cavour qui lui échappait depuis si longtemps. Elle passait par une société allemande afin que les autorités italiennes ignorent que le futur propriétaire était une *camorrista*. Cela faisait six ans qu'elle essayait d'acheter le bâtiment du ministère de la Santé et se trouvait enfin sur le point d'y parvenir, ce qui lui permettrait ensuite de creuser les fondations pour retrouver le tunnel qu'Orr et elle avaient découvert quand ils étaient enfants.

Rödel l'aiderait à écouler l'or sur le marché une fois qu'elle aurait commencé à l'extraire de la crypte. Il faudrait que cela soit fait en toute discrétion, sinon le gouvernement italien viendrait s'emparer de sa découverte en décrétant qu'il s'agissait d'un trésor national. Plutôt mourir que de laisser une telle chose se produire.

Cavano rangea le géolabe dans son sac et réfléchit à ce qu'elle allait faire à propos de Locke et de Benedict, ainsi que de Grant Westfield, dont l'identité lui avait été dévoilée par Oswald Lumley. Orr avait choisi son équipe avec soin, mais manifestement il n'avait pas informé Locke de leurs liens. Ce dernier semblait trop intelligent pour être venu la trouver chez elle si cela avait été le cas. Locke, Benedict et Westfield représentaient un danger mortel. S'ils aidaient Orr à mettre la main sur le trésor de Midas avant elle, cela risquait de causer sa perte.

Ce qui signifiait qu'elle devait les retrouver et les persuader de lui révéler où se trouvait Orr. Sinon, elle n'aurait plus qu'à les tuer tous les trois, ruinant les efforts d'Orr pour s'emparer du trésor qui était légitimement le sien.

Le réseau d'informateurs de Cavano dans les services de police européens lui permettait d'avoir des yeux et des oreilles partout et elle serait informée dès que Locke referait surface. Tout ce qu'elle avait à faire était de déjouer les plans d'Orr jusqu'à la semaine suivante. La démolition commencerait dès lundi, et elle estimait qu'il faudrait deux jours pour percer les fondations jusqu'au tunnel. Une fois l'or en sa possession, la partie serait terminée, et peu importe où Orr et ses amis tenteraient de se cacher. Elle disposerait de fonds illimités pour mener à bien sa vendetta et pourrait bientôt cracher sur leurs tombes.

Les cadavres de ses ennemis prouvaient que ceux qui trahissaient Gia Cavano ne survivaient jamais bien longtemps.

Chapitre 30

Dans l'Audi de location fournie par la Gordian Engineering, Grant sortit de l'aéroport Franz-Josef-Strauss et emprunta l'A92 en direction de Munich. Tyler était assis à côté de lui tandis que Stacy, sur la banquette arrière, relisait la copie papier qu'elle avait faite du texte de la tablette. Le vol avait duré moins de deux heures, ce qui leur laissait largement le temps de rejoindre l'immeuble de la Boerst et de repérer les lieux avant l'arrivée de Cavano. Tyler se félicitait que sa société ait les moyens de financer leur périple, même si Orr avait certainement pris cet élément en compte quand il l'avait choisi comme victime de son chantage.

Stacy avait consacré tout le vol à étudier la tablette d'Archimède et à retirer la cire du mieux qu'elle le pouvait étant donné les circonstances. Elle n'avait cessé de grimacer durant cette opération qui impliquait de détruire le texte gravé dans la cire même, mais la seule autre méthode aurait été de soumettre la tablette à une analyse poussée à l'aide d'un appareil de tomographie numérique ou d'une IRM. Tyler avait réussi à la convaincre qu'ils n'avaient pas le temps pour ça, ce dont elle avait convenu à contrecœur.

Même après deux millénaires, l'écriture sur le bois de la tablette avait été remarquablement préservée par la couche de cire qui la recouvrait. Ils prirent des photos du texte et en envoyèrent des copies à Aiden ainsi qu'à différentes adresses mails afin d'en garder une trace.

Ils avaient débattu pour savoir s'ils devaient emporter la tablette avec eux dans la voiture. Il ne leur avait guère réussi de prendre le géolabe, aussi décidèrent-ils de la laisser au bon soin des pilotes, qui devaient rester dans le jet, prêts à repartir. En n'importe quelle autre occasion, Miles aurait refusé de cautionner une dépense aussi extravagante, mais avec la vie de Sherman Locke en jeu et des soupçons sur l'existence d'une bombe au strontium 90, il n'avait pas soulevé la moindre objection.

— Allez-vous enfin nous dire ce que raconte la tablette ? demanda Tyler à Stacy.

— Encore une minute, lapin, répondit Stacy en griffonnant quelques lignes supplémentaires sur son bloc-notes.

Grant s'esclaffa bruyamment. Quand l'employée de l'agence de location de voitures avait vu le nom de famille de Tyler, elle avait gloussé. Quand il lui en avait demandé la raison, elle lui avait expliqué que la prononciation allemande de « Locke » ressemblait à un nom qu'on donnait souvent à un animal de compagnie. Grant et Stacy avaient passé les vingt dernières minutes à l'asticoter avec ça.

— Très bien, dit-elle. Je suis prête.

— Laissez-moi deviner, l'interrompit Grant. Nous devons retrouver un vieux document planqué quelque part.

— Vous avez tout faux, répondit Stacy, dont les yeux brillaient d'émerveillement.

Elle tendit la traduction du texte à Tyler, qui la lut à haute voix :

> « L'espion du roi Hiéron nous a rapporté un présent qui pourrait nous faire gagner la guerre. Alors qu'il cherchait un passage souterrain pour pénétrer dans la forteresse romaine, l'espion découvrit le trésor du roi Midas, une crypte entièrement en or telle que personne n'en a jamais vu. Comme preuve de sa

découverte, l'espion a rapporté une main en or d'une telle finesse qu'il est impossible qu'elle ait été fabriquée par l'homme.

Trois clefs – cette tablette, un manuscrit et le Parthénon – fournissent la carte permettant de trouver le trésor, qui ne doit surtout pas tomber entre les mains des Romains, si l'on ne veut pas qu'ils gouvernent la terre entière et tous ceux qui y vivent. »

Grant regarda Tyler d'un air hébété.

— Alors, ça serait vrai ?

— Il semble que oui. Et Archimède a créé cette énigme afin de permettre à quelqu'un d'autre que les Romains de découvrir ce trésor. Mais pourquoi les Syracusains ne sont-ils pas allés chercher le trésor eux-mêmes ?

— Parce que, répondit Stacy, pendant deux ans la ville de Syracuse, qui était une cité-État grecque de Sicile, fut assiégée par la flotte romaine. Si la cité tombait – ce qui finit par arriver et entraîna également la mort d'Archimède –, les Romains auraient pu trouver la carte et récupérer le trésor, obtenant de quoi financer leurs campagnes militaires pour une centaine d'années. C'est la raison pour laquelle Archimède s'est servi du Parthénon comme troisième clef. C'était l'édifice le plus renommé du monde antique, mais les Romains n'auraient pas pu s'y rendre à l'époque.

— Et nous savons que les Romains n'ont jamais trouvé le trésor, renchérit Tyler, puisque Orr et Cavano l'ont vu. Il ne nous reste plus qu'à suivre les instructions d'Archimède pour le retrouver.

— Continuez à lire, lui suggéra Stacy. J'ai essayé de traduire le texte aussi clairement que possible.

« Alors que le siège d'Héraclès se trouve sur l'île de Mégaride, les pieds d'Aphrodite sont posés sur l'acropole de Parthénope.

Tous les cadrans doivent avoir leur aiguille pointée vers le haut pour commencer. Face au Parthénon, le géolabe doit être renversé sur le dos, les manivelles orientées vers le haut, de telle sorte qu'il bloque la vue de tout l'édifice à l'exception du fronton. Comme l'ombre avance sur le cadran solaire, tournez la manivelle de gauche afin que son cadran pointe sur le siège d'Héraclès. Le cadran opposé révélera alors la direction depuis Mégaride.

Conservez le géolabe dans la même position et tournez la manivelle de droite afin que son cadran pointe sur les pieds d'Aphrodite. Le cadran opposé révélera alors la direction depuis l'Acropole.

Ainsi, la combinaison des directions vous donnera l'emplacement du puits à partir duquel vous pourrez commencer votre voyage. À partir de ce lieu, marqué du signe du Scorpion, le géolabe vous indiquera la voie. »

Tyler relut le texte pour être sûr de bien comprendre ce qu'Archimède demandait.

— Incroyable, s'étonna-t-il. Il nous dit d'utiliser la triangulation pour localiser l'entrée des tunnels.

— La triangulation ? Comment ça marche ? demanda Stacy.

— On utilise la triangulation pour situer un point en utilisant deux autres points de repère. Il n'y a pas besoin de connaître la distance entre le point à localiser et les deux repères, juste les angles. Une fois que vous avez les angles, vous tracez une droite partant de chaque point et l'endroit recherché se situe à leur intersection. Donc les directions depuis l'île de Mégaride et l'acropole de Parthénope nous indiqueront l'entrée du tunnel. Il ne pourra s'agir que d'une localisation approximative car les angles fournis par le géolabe ne seront pas parfaitement exacts, mais cela nous indiquera la zone où chercher.

— Et nous obtiendrons ces angles du Parthénon ?

— Dans un certain sens, oui. Prenons les choses étape par étape.

Tyler relut le premier paragraphe à voix haute :

« Alors que le siège d'Héraclès se trouve sur l'île de Mégaride, les pieds d'Aphrodite sont posés sur l'acropole de Parthénope. »

Tyler se tourna vers Grant.

— Tu as dit que Lumley t'a montré les statues d'Héraclès et d'Aphrodite qui ornaient les frontons du Parthénon, c'est bien ça ?

— Oui. Mais elles sont au British Museum à l'heure actuelle.

— Cela n'a pas d'importance. Nous pouvons trouver où elles se situaient exactement sur le fronton. Je vais envoyer un message à Aiden pour lui demander de nous dégotter des plans détaillés du Parthénon.

— Pourquoi ça ? demanda Stacy alors que Tyler tapait le message.

— Parce que je pense qu'Archimède a visité le Parthénon à un moment ou un autre de sa vie, et qu'il a conçu son géolabe suivant les mêmes proportions.

— Et Mégaride, c'est quoi ? demanda Grant. On dirait un nom de médicament.

— J'ai déjà entendu ça, répondit Stacy. Laissez-moi vérifier. (Elle pianota sur l'ordinateur de Tyler.) Voilà. Mégaride était un îlot de la côte de Néapolis, mais une jetée en pierre le relie maintenant à la terre, le transformant en une petite péninsule.

C'est un site touristique majeur de Naples à cause du Castel dell'Ovo, une forteresse qui y a été édifiée au XIIe siècle.

— Mais le texte dit que le deuxième point de repère est l'Acropole, remarqua Grant. Vous êtes en train de me dire que deux pointes du triangle se trouvent à Naples et à Athènes ?

— Il parle de l'acropole de Parthénope, pour être plus exacte, le corrigea Stacy. « Acropole » n'est pas un nom propre, mais un terme grec désignant le point culminant d'une cité. À Parthénope, c'est-à-dire l'actuelle Naples, l'acropole devrait être l'éminence où a été édifié un autre château, le Castel Sant'Elmo, d'où on jouit d'une vue imprenable sur la ville. Mégaride et l'acropole étaient certainement les deux lieux les plus remarquables de Néapolis à l'époque d'Archimède.

— Ce qui en fait des points de repère parfaits pour une triangulation, intervint Tyler. (Il examina la carte de Naples que Stacy avait affichée sur l'écran de l'ordinateur portable.) Une fois en possession des angles à partir de ces deux points, nous saurons où commencer nos recherches du tunnel.

— Et comment obtenir ces angles ? demanda Stacy.

Tyler leur lut les deux paragraphes suivants :

> « Tous les cadrans doivent avoir leur aiguille pointée vers le haut pour commencer. Face au Parthénon, le géolabe doit être renversé sur le dos, ses manivelles orientées vers le haut, de telle sorte qu'il bloque la vue de tout l'édifice à l'exception du fronton. Comme l'ombre avance sur le cadran solaire, tournez la manivelle de gauche afin que son cadran pointe sur le siège d'Héraclès. Le cadran opposé révélera alors la direction depuis Mégaride.
>
> Conservez le géolabe dans la même position et tournez la manivelle de droite afin que son cadran pointe sur les pieds d'Aphrodite. Le cadran opposé révélera alors la direction depuis l'acropole. »

— Sur un cadran solaire, l'ombre se déplace dans le sens des aiguilles d'une montre, évidemment, réfléchit Stacy.

— Et la mention des cadrans pointant vers le haut fait référence au calibrage que nous avons effectué, ajouta Tyler. C'est pour ça que nous avions besoin du Stomachion. Le traducteur engagé par Orr a compris que ce puzzle avait un lien avec le géolabe, mais sans en saisir le sens. Les cadrans doivent d'abord être pointés sur midi avant d'utiliser le géolabe. Archimède dit que le géolabe doit être renversé pour ne révéler que le fronton, la partie triangulaire au sommet de l'édifice.

— Cela tient la route, dit Grant. Lumley m'a expliqué que la façade du Parthénon avait les proportions d'un rectangle d'or.

— Et si le géolabe est lui aussi un rectangle d'or, cela correspondra parfaitement.

— Mais nous devons être au Parthénon pour pouvoir l'utiliser, dit Stacy. Ça y est, je comprends. Seul un Grec pouvait se rendre à Athènes et voir le Parthénon de ses yeux. Même si quelqu'un entrait en possession des deux autres clefs, elles lui auraient été inutiles tant qu'il ne pouvait pas se trouver devant le Parthénon.

— Exact. Il faut y être, en sachant ce que signifient le siège d'Héraclès et les pieds d'Aphrodite, puis tourner les manivelles jusqu'à ce que les cadrans pointent en direction de ces deux endroits. C'est à ça que servent les trois cent soixante crans du troisième cadran du géolabe. Ils indiquent les angles exacts de la triangulation. Il suffit ensuite de les transposer à l'île de Mégaride et l'acropole de Parthénope.

Tyler lut le dernier paragraphe :

« Ainsi, la combinaison des directions vous donnera l'emplacement du puits à partir duquel vous pourrez commencer votre voyage. À partir de ce lieu, marqué du signe du Scorpion, le géolabe vous indiquera la voie. »

— La triangulation doit nous indiquer l'emplacement d'un puits ? s'étonna Grant.

— De nombreux points d'entrée dans les souterrains de Naples sont des puits donnant sur les citernes et les aqueducs qui fournissaient l'eau à la ville, lui expliqua Stacy. L'espion a dû sortir de la crypte de Midas et marcher dans les tunnels jusqu'à trouver une sortie. Les sécheresses n'étaient pas exceptionnelles, il a pu emprunter les tunnels des aqueducs, remplis d'eau en temps normal. L'espion a marqué le puits par lequel il est ressorti du signe du Scorpion, afin de pouvoir le retrouver. La marque sur le puits est peut-être toujours visible aujourd'hui.

— Tout ce que nous avons à faire pour retrouver ce puits, résuma Tyler, est d'aller au Parthénon avec le géolabe, de le coucher, de tourner les manivelles pour obtenir les angles de la triangulation et de les reporter sur un plan de Naples.

— Cela semble facile dit comme ça, remarqua Stacy, mais il nous faut le géolabe. C'est seulement ensuite que la triangulation nous conduira à la carte.

— Une minute, s'exclama Grant en claquant des doigts. Il n'y a pas de carte.

Comment ça, pas de carte ? pensa Tyler. Il y avait forcément une carte. Comment pourraient-ils retrouver le trésor sinon ?

« À partir de ce lieu, marqué du signe du Scorpion, le géolabe vous *indiquera la voie.* »

Jusqu'à présent, Tyler avait supposé qu'une carte était cachée quelque part, peut-être dans le puits. Mais Grant avait raison. La carte n'aurait jamais été dissimulée dans ces tunnels. L'espion avait rapporté sa carte à Syracuse, et

Archimède l'avait détruite pour l'empêcher de tomber entre les mains des Romains.

Tyler s'émerveilla de l'ingéniosité infinie d'Archimède.

« Le géolabe vous indiquera la voie. »

Le géolabe ne conduisait pas à une carte qui leur indiquerait comment trouver le trésor de Midas : le géolabe était la carte.

Chapitre 31

Après deux jours enfermés dans sa cellule, Sherman Locke passait l'essentiel de son temps à essayer de ne pas devenir fou à force d'inaction. Il avait persuadé ses ravisseurs de le laisser lire le journal qu'ils utilisaient pour la vidéo quotidienne, mais l'exemplaire d'*USA Today* avait pu être acheté n'importe où et ne lui apportait aucune information sur l'endroit où il était retenu, pas plus que le régime de sandwichs Subway et de hamburgers McDonald's auquel il était soumis. Il passait le plus clair de son temps à faire de la gymnastique. Quand sa chance de s'échapper surviendrait, il voulait être prêt à la saisir.

Le seul moment de la journée où ses ravisseurs lui faisaient quitter sa prison était pour enregistrer la vidéo destinée à Tyler. Sherman n'avait que deux options : tenter de s'échapper quand on le sortait pour faire la vidéo ou s'évader de sa cellule. Équipée d'une lourde porte d'acier percée d'une petite fenêtre, celle-ci était pour ainsi dire inviolable. La seule solution consistait donc à réussir à mettre hors de combat deux gardes tout en étant menotté aux poignets et aux chevilles, avant de libérer Carol et de s'enfuir du bâtiment.

Les chances de succès étaient minuscules, mais Sherman avait un plan. Il ne lui restait plus qu'à décider du moment où il tenterait sa chance.

Le premier jour, seuls deux hommes étaient présents quand on l'avait sorti de sa cellule pour la vidéo. Sherman avait voulu passer à l'action le deuxième jour, mais ses ravisseurs étaient alors au nombre de trois. Impossible de prendre le dessus sur trois hommes. Il devait attendre qu'il ne soit que deux au moment de l'enregistrement de la vidéo.

Sherman avait trouvé le moyen de se débarrasser des menottes, mais le problème était le délai très court dont il disposait une fois que ses ravisseurs les lui tendaient par le judas de la porte. Si ces derniers ne faisaient pas particulièrement attention, Sherman devrait pouvoir mettre son plan à exécution, mais cela nécessitait un minutage à la seconde près, et il n'aurait pas de deuxième chance.

La porte du garage s'ouvrit, laissant pénétrer les rayons du soleil couchant dans l'entrepôt et jusque dans sa cellule par la fente du judas.

Sherman se leva et alla jusqu'à la porte. À travers le mince jour, il vit le deuxième fourgon revenir et se garer près du semi-remorque que ses ravisseurs avaient ramené la veille. La remorque du camion était toujours du même gris argenté que quand il était arrivé, mais Gaul avait apposé un nouveau logo « Wilbix Construction » sur la porte bleue de la cabine, recouvrant l'ancienne inscription qui disait « Dwight Farm Services ». Sherman n'avait aucune idée de ce que ce camion pouvait bien transporter.

Crenshaw avait travaillé sans relâche à quelque chose qui restait hors de vue de Sherman. Il entendait de temps à autre le grincement du métal ou apercevait les étincelles d'un chalumeau, mais à part ça, il restait incapable de dire ce que Crenshaw trafiquait.

Il le voyait passer de temps à autre, les écouteurs dans les oreilles en hochant la tête au rythme de la musique, limitant ses relations avec les autres au strict minimum.

Gaul, Orr ainsi que Phillips descendirent du fourgon, entièrement vêtus de noir. Gaul fourra un passe-montagne dans sa poche et ouvrit la porte latérale du véhicule. Phillips et lui se chargèrent d'extraire du fourgon deux hommes menottés. Ils portaient des cagoules sur la tête dont Gaul les débarrassa, révélant deux hommes maigres au teint basané d'une vingtaine d'années, l'un vêtu d'une chemise blanche à manches courtes et d'un pantalon, l'autre d'un tee-shirt et d'un pantalon de survêtement gris. Les deux hommes avaient manifestement des origines moyen-orientales.

— Qui êtes-vous ? s'exclama l'homme au tee-shirt avec un fort accent arabe. Pourquoi vous nous avez kidnappés ?

— Je n'ai rien fait de mal, protesta l'autre dans un gémissement. J'ai immigré légalement dans le pays.

— Je sais, dit Orr. Pourquoi croyez-vous que nous vous avons choisis ?

— Choisis pour quoi ? demanda l'homme au tee-shirt.

— Emmenez-les, ordonna Orr en l'ignorant.

— Mais je ne comprends pas ! Vous nous arrêtez ?

— C'est exact. Vous êtes en état d'arrestation. Et vous serez bientôt jugés.

Tandis que les prisonniers continuaient à protester, Gaul et Phillips les traînèrent jusqu'aux autres cellules à côté de celle de Sherman et les y enfermèrent. Sherman observa la scène en silence. Il n'y avait rien qu'il puisse faire pour eux.

Orr s'approcha de la porte de Sherman et ce dernier battit en retraite jusqu'à son lit. Orr ouvrit la trappe du judas et observa Sherman, qui lui rendit son regard sans sourciller. Puis le visage d'Orr se fendit d'un sourire.

— Bonjour, général Locke.

Sherman ne répondit pas.

— Vous êtes du genre stoïque. J'apprécie cela.

— Comme si j'en avais quelque chose à foutre, lui lança Sherman.

Orr se mit à rire.

— Votre fils a dû s'amuser avec un père pareil.

— Mon fils se soucie de moi comme de sa première chemise.

— Vous avez sans doute vos désaccords, et ils sont peut-être nombreux. Mais les liens du sang sont puissants. S'il ne se souciait pas de vous, vous seriez déjà mort.

— Le FBI est certainement en chemin à l'heure où nous parlons.

— Je ne crois pas, non.

— Et qu'est-ce qui vous rend si sûr de vous ?

— Oh ! je n'ai aucune certitude, mais cela fait bien longtemps que j'échappe aux autorités, et elles n'ont encore jamais réussi à me mettre la main dessus.

— Il y a toujours une première fois, répliqua Sherman, et dans votre cas ce sera aussi la dernière.

— On ne peut atteindre de grands résultats sans prendre de risques en conséquence. En tant qu'ancien pilote de chasse, ce n'est pas à vous que je vais apprendre ça.

— Et vous, vous devriez savoir que Tyler ne vous laissera jamais vous en tirer, quoi que vous maniganciez.

— Ainsi vous avez observé nos préparatifs lors de vos petites excursions hors de cette cellule. Avez-vous réussi à assembler les pièces du puzzle ?

— Soit vous êtes un traître à votre patrie qui complote quelque action terroriste minable, soit vous êtes un salopard cupide avec un plan pour obtenir de l'argent que vous ne méritez pas. (Sherman se rappelait du moment où Gaul avait évoqué la question du paiement. C'était la seule fois où il avait vu une lueur s'allumer dans le regard d'Orr.) Je parie sur la cupidité. Vous n'avez pas l'air de quelqu'un qui se soucie de politique.

Orr sourit.

— Si distrayant que soit cet échange de politesses, nous devons à présent nous occuper de la vidéo.

Il jeta dans la cellule les menottes destinées aux poignets et aux chevilles de Sherman. Gaul et Phillips se tenaient derrière Orr, l'un armé d'un pistolet, l'autre du Taser.

Sherman passa les menottes. Trois hommes l'attendaient de l'autre côté de la porte : ce n'était pas le moment de tenter de s'évader, mais sa chance arriverait bientôt.

À en croire le journal, on était vendredi. Il avait entendu Orr dire quelque chose à propos du camion qui devait partir le lundi. Leur plan, peu importe de quoi il s'agissait, serait mis à exécution à ce moment-là, et si Sherman ne réussissait pas à leur fausser compagnie dans les trois jours à venir, il n'en aurait plus jamais l'occasion.

Chapitre 32

Grant observait l'immeuble de la Boerst Properties and Investments depuis un café sur le trottoir d'en face. Conçu pour s'insérer harmonieusement au milieu des édifices de style XVIIIe siècle du nord de la Marienplatz, le bâtiment avait été construit deux ans auparavant pour devenir la nouvelle vitrine de la Boerst. Depuis le café, Grant apercevait l'entrée des véhicules, qui permettait d'accéder aux sept étages du parking souterrain, et communiquait par une porte avec le hall d'accueil aux parois vitrées.

Le siège de la Boerst jouxtait un autre immeuble, dont le rez-de-chaussée était occupé par un concessionnaire d'automobiles de luxe qui exposait sa marchandise au regard ébloui des passants. Un camion ralentit dans la rue. Grant craignit un instant qu'il ne lui bloque la vue, mais il finit par s'arrêter devant le concessionnaire et commença à décharger une Lamborghini Gallardo d'un jaune flamboyant.

Grant examina sa montre. Bientôt 16 heures. Sur son ordinateur portable, il consulta les données GPS du traceur du géolabe. Cavano n'était plus qu'à quelques minutes d'ici. Pile à l'heure.

Stacy s'assit en face de lui, une tasse de café au creux des mains.

— Vous pensez que Tyler va bien ? demanda-t-elle.

Grant balaya la question d'un revers de main.

— Ah ! ça ira, ne vous inquiétez pas. Il est probablement en train de piquer un petit roupillon.

— Et vous pensez que ça va marcher ?

— Si Cavano laisse le géolabe dans la voiture comme nous le pensons, tout se déroulera sans accroc. Il ne faudra pas cinq minutes à Tyler pour entrer et sortir.

— Et si elle le prend avec elle ?

— Il n'y a aucune raison qu'elle le fasse mais, si c'est le cas, nous le saurons grâce au traceur GPS. Vous êtes prête ?

— Je peux remplir ma partie du plan tant que Cavano ne me repère pas.

— Tout ira bien, la rassura Grant. Vous n'entrerez que quand Cavano sera passée pour aller à son rendez-vous.

Guidée par les compétences de Grant en systèmes de surveillance électronique, Stacy avait appelé la Boerst en prétendant travailler pour la compagnie qui gérait la sécurité du bâtiment. Ils avaient ainsi découvert que le garage était équipé de caméras de surveillance, mais que l'immeuble n'abritait qu'un nombre très limité de gardes. Celui en faction au comptoir du hall d'entrée était chargé de surveiller les écrans des caméras du garage et de celles qui couvraient l'arrière de l'immeuble.

Les caméras étaient le seul obstacle à leur plan et c'est pourquoi Grant et Tyler avaient mis Stacy à contribution, non seulement parce qu'elle parlait allemand, mais parce que son physique faisait d'elle un élément de distraction efficace.

— Vous êtes sûr que mon idée ne marcherait pas mieux ? lui demanda Grant.

Stacy leva les yeux au ciel.

— Quoi, lui montrer mes seins ? Vous êtes sérieux ?

— Ça marcherait avec moi.

— Parce que vous avez la maturité d'un adolescent de quatorze ans. De plus, il pourrait très bien être gay, pour ce que nous en savons.

— Vous avez raison, concéda Grant avec un sourire.

— Laissez-moi faire. C'est mon boulot de savoir retenir l'attention des gens. Comment me préviendrez-vous quand tout sera terminé ?

— Je vous enverrai un SMS dès que Tyler aura récupéré le géolabe.

Stacy termina son café.

— Est-ce que ce n'est pas la situation la plus dingue que vous ayez jamais connue ?

Grant s'accorda un instant de réflexion.

— Parmi les plus dingues, sans aucun doute.

Stacy s'esclaffa.

— Seulement ? Vous voyez, c'est là que Tyler et vous différez de moi. Tout ce qui s'est passé ces deux derniers jours serait à mettre au *top ten* des événements les plus dingues de ma vie.

— C'est parce que vous n'avez jamais été dans l'armée.

— Tyler et vous avez servi ensemble ?

— Il était capitaine et j'étais son sergent-major, le premier sous-officier de sa compagnie. Il nous est arrivé de nous retrouver dans de sacrés beaux merdiers.

— C'est comme ça qu'il a hérité de cette cicatrice au cou ?

Grant acquiesça.

— Et d'une Silver Star et de la Purple Heart par-dessus le marché.

— Que s'est-il passé ?

Grant soupira.

— Une embuscade. Nous avions quitté notre base pour rejoindre Bagdad quand une bombe a explosé au bord de la route, au moment où notre convoi passait. Le Humvee devant le nôtre a été détruit, tandis que le véhicule de tête était salement endommagé. Nous étions encerclés et en plus nous ignorions s'il y avait d'autres bombes sur la route.

— Quelle horreur !

— Deux gars de l'unité sont morts dès les premières secondes, et trois autres ont été blessés. Tyler et moi, en compagnie de deux autres soldats, nous nous sommes mis à couvert dans un fossé. Nous ne pouvions pas espérer de renforts avant un bon moment, ce qui signifiait que nous devions réussir à nous tirer de là, mais les gars dans le Humvee de tête ne pouvaient pas bouger. Pendant que nous assurions un tir de couverture, Tyler a fait la navette entre nous et le Humvee immobilisé et ramené les trois hommes blessés.

—Et sa cicatrice?

—Une grenade. Malgré les balles qui sifflaient dans tous les sens, il n'avait pas encore eu la moindre égratignure. Je m'étais dit qu'il avait un sacré ange gardien. Puis, alors qu'il ramenait le troisième soldat, une grenade a atterri près de lui. Il l'a repoussé d'un coup de pied, mais elle n'a pas roulé assez loin. Il a fait écran de son corps pour protéger le blessé avant que la grenade ne détone. Un éclat l'a touché au cou. Je n'avais jamais vu autant de sang.

Stacy se pencha en avant sur sa chaise avec une expression horrifiée.

—Mon Dieu!

—Quand nous avons ramené Tyler à l'hôpital de campagne, ils lui ont fait une transfusion et l'ont recousu. Je n'étais même pas sûr qu'il arrive en vie à l'hôpital et pourtant deux semaines plus tard il était de retour dans l'unité.

—Quel homme courageux. Quitte à me retrouver dans cette situation, je suis heureuse que ce soit avec lui.

Grant eut l'impression d'entendre un peu plus que de l'admiration dans la voix de Stacy, mais il préféra ne pas creuser la question.

—Je lui confierai ma vie sans hésiter, et je l'ai déjà fait à plusieurs reprises, d'ailleurs. Vous pouvez vous en remettre à lui.

—Je l'ai déjà fait, moi aussi, remarqua Stacy avec un sourire ironique.

Grant examina de nouveau les données GPS : elles indiquaient que le géolabe se trouvait juste au coin de la rue.

— Ils arrivent, dit-il simplement.

Au même moment, la Ferrari déboucha dans la rue, suivie par une berline BMW. Les deux voitures s'engouffrèrent dans le parking et, deux minutes plus tard, Grant vit Cavano entrer dans l'immeuble de la Boerst accompagnée de trois hommes. Le garde à l'entrée ne leur fit pas signer de registre et se contenta de leur indiquer la direction des ascenseurs.

Grant consulta les données du traceur. Plus rien. Cela signifiait que le sol en béton du garage bloquait le signal. Si Cavano avait emporté le géolabe avec elle, il aurait continué à recevoir la localisation GPS.

— Parfait, dit-il. À vous de jouer, maintenant. Et gardez votre téléphone sous la main.

Stacy se leva et lui adressa une parodie de salut militaire. *Elle a beau être petite,* songea Grant en la regardant s'éloigner, *elle ne manque pas de cran.*

Stacy sortit du café et traversa la rue. Une fois qu'elle fut entrée dans l'immeuble de la Boerst et eut commencé à parler au garde, Grant appela Tyler. Le signal téléphonique, plus puissant que celui du traceur, pouvait pénétrer dans le garage en sous-sol.

— Tu es réveillé ? demanda Grant.

— En fait, c'est plus confortable que je ne l'aurais imaginé, répondit Tyler.

— Cavano est entrée, le géolabe est dans le garage et Stacy fait la causette au garde. La voie est libre.

— C'est quelle voiture ?

— Une BMW M5. (Grant donna à Tyler le numéro d'immatriculation.) Le géolabe se trouve probablement dans le coffre.

— Parfait. Juste le temps de me dégourdir les jambes. Je t'appelle dès que je l'ai. Oh ! une dernière chose.

— Oui ?

— La prochaine fois que je fais un truc comme ça, rappelle-moi de prendre une bouteille d'eau.

— Je te paie à boire dès qu'on en a fini.

— Tu es un prince. Je te rappelle.

Tyler raccrocha.

Grant fit signe à la serveuse afin de lui commander une bouteille d'eau. Cette tâche facile accomplie, il ne lui restait plus qu'à attendre, en espérant que Tyler n'aurait pas de mal à localiser la BMW une fois qu'il serait sorti du coffre de leur voiture de location.

Chapitre 33

Tyler ouvrit le coffre de l'Audi de location avec la deuxième clef. L'arrière de la voiture était si près du mur qu'il ne disposait que d'une trentaine de centimètres pour sortir de sa cachette et s'étirer les jambes. Il referma le coffre et regarda autour de lui pour faire le point, tout en ajustant sa casquette des Seattle Mariners.

Il s'était muni d'une lourde lampe torche au cas où, mais les sept niveaux du garage étaient convenablement éclairés, sans doute pour les caméras de surveillance. Tyler l'emporta tout de même : elle lui servirait pour pénétrer dans la BMW.

Le système d'un garage robotisé simplifiait la tâche aux conducteurs. L'entrée au niveau de la rue comprenait deux compartiments équipés de portes vitrées, un pour les voitures pénétrant dans le garage et l'autre pour les voitures en ressortant. Une fois que le conducteur avait garé son véhicule dans le compartiment et pris son ticket, la voiture s'enfonçait dans la structure souterraine sur un plateau mobile.

La conception du garage avait pour but d'optimiser l'espace. Les voitures étaient empilées dans des box de chaque côté d'un atrium central, et le plateau se déplaçait sur un rail pour placer chaque nouvelle voiture dans un emplacement libre, l'arrière du véhicule contre le mur du fond.

La structure du garage se composait de poutrelles d'acier, et il n'y avait donc pas de parois séparant les véhicules. Comme personne ne se chargeait de garer les voitures, il n'y avait aucun risque de se faire abîmer la carrosserie. L'autre avantage d'un garage automatisé était que les voleurs ne pouvaient pas fracturer les voitures ou les vandaliser. À moins, bien sûr, de se cacher dans le coffre d'un véhicule comme Tyler venait de le faire.

Les caméras à chaque extrémité de l'atrium étaient d'ailleurs là pour couvrir ce genre d'éventualité. Tyler n'avait plus qu'à espérer que Stacy réussirait à détourner le garde de ses écrans de surveillance le temps qu'il rôde dans le garage.

Tyler se rendit à l'avant de l'Audi et s'immobilisa au bord de l'atrium central pour découvrir qu'il se trouvait au sixième niveau en partant du bas. De l'intérieur du coffre, il n'avait pas su estimer à quel étage le système automatique avait garé sa voiture.

En réponse à sa question muette, un plateau vide passa devant lui et s'arrêta face à une Volkswagen garée deux niveaux au-dessous de lui. Dans un ronronnement de moteurs électriques, le plateau vide échangea sa place avec celui sur lequel était garée la voiture. Ce dernier glissa le long des rails jusqu'à atteindre l'extrémité de la rangée, puis s'éleva et disparut dans les hauteurs. La récupération de la Volkswagen n'avait pas pris plus d'une minute.

Tyler fouilla le garage des yeux et aperçut la BMW portant le numéro d'immatriculation que Grant lui avait indiqué. La voiture se trouvait de l'autre côté de l'atrium, à un niveau au-dessous du sien. La Ferrari de Cavano était quant à elle garée au dernier niveau, sa peinture rouge vif brillant comme un phare dans la lumière du garage.

Quand ils étaient dans le bureau de Cavano, celle-ci avait parlé de mettre le géolabe dans le coffre de la voiture. Il devait s'agir de la BMW, puisqu'avec son moteur V8 arrière, la Ferrari n'avait pas de place pour un coffre. Elle ne comprenait qu'un petit espace de rangement, sous le capot avant. Le géolabe pouvait peut-être s'y loger, cependant. Si Tyler ne le trouvait pas dans la BMW, il irait voir dans la Ferrari.

Pour atteindre la berline, Tyler devait traverser l'atrium central, mais celui-ci mesurait six mètres de large, ce qui excluait de tenter de sauter d'un côté à l'autre. À chaque bout du garage, des échelles et des passerelles étroites permettaient aux équipes de maintenance d'accéder aux équipements.

Tyler se trouvait au milieu de la rangée de voitures. Il se faufila entre l'arrière des véhicules et le mur, en essayant au maximum de rester hors de vue des caméras au cas où le garde jetterait un coup d'œil à ses écrans. Il enfonça bien sa casquette afin de laisser son visage dans l'ombre et éviter d'être identifié sur les images de surveillance.

Il lui fallut deux minutes pour rejoindre la passerelle, descendre l'échelle jusqu'au cinquième niveau et, toujours en passant entre le mur et l'arrière des voitures, rejoindre l'emplacement où était garée la BMW. Les vitres teintées et la pénombre du garage l'empêchaient de voir à l'intérieur de l'habitacle, mais il était plus logique de penser que le géolabe avait été rangé dans le coffre. Malheureusement, le pare-chocs du véhicule était si proche du mur que Tyler aurait des difficultés à se tenir à l'arrière pour fouiller le coffre. Il décida qu'il devait avancer un peu la voiture afin de se dégager l'espace nécessaire pour ouvrir le coffre.

Sans clef électronique pour commander l'ouverture des portes, il lui faudrait le faire à l'ancienne. Personne n'entendrait hurler l'alarme dans le garage souterrain.

Tyler enfila les gants de cuir qu'il avait emportés avec lui et leva la lampe torche pour briser la vitre, avant de s'immobiliser. *Ont-ils vraiment activé l'alarme ?* se demanda-t-il. *D'ailleurs, ont-ils même pris la peine de verrouiller la voiture ?*

Il abaissa la lampe torche et tira sur la poignée de la porte passager, qui s'ouvrit.

Tyler se débarrassa de la lampe torche en la posant sur le toit de la voiture. Il ouvrit la portière et posa un genou sur le siège passager. Il mit au point mort et baissa le frein à main de façon à pouvoir pousser le véhicule. Le bouton d'ouverture du coffre se trouvait près du pied du conducteur, à l'intérieur de la portière. Il se pencha sur les sièges et appuya dessus. Le coffre s'ouvrit en grand.

Tyler se releva et était sur le point de sortir de la voiture quand il sentit le métal froid du canon d'un pistolet contre sa tempe gauche.

Il s'immobilisa.

— *Buon giorno, signor Locke*, dit Pietro.

Chapitre 34

Pietro n'en revenait pas de sa bonne fortune. Il avait été obligé de rester dans la BMW parce qu'il avait laissé Locke s'échapper la veille, et voilà que s'offrait à lui une chance de se racheter !

Il était censé garder un œil sur les deux voitures, mais quand il avait vu l'intérieur du garage, il en avait conclu qu'elles ne craignaient rien dans un endroit pareil. Il s'était donc allongé sur le siège arrière et avait tué le temps en écoutant de la musique sur son iPod.

Le son était si fort qu'il n'avait pas entendu Locke s'approcher. Il avait fallu que la portière s'ouvre pour qu'il comprenne qu'il n'était pas seul. Quand Pietro avait vu de qui il s'agissait, il avait compris qu'il tenait une occasion en or de revenir en grâce auprès de Gia. Il avait dégainé discrètement son SIG Sauer et, quand Locke s'était relevé, il était passé à l'action.

Il ne connaissait que quelques mots d'anglais, mais son pistolet braqué sur la tête de Locke rendait les discours inutiles. Son prisonnier ne fit aucun mouvement.

De sa main libre, Pietro appela Salvatore.

— *Si ?* dit Salvatore à l'autre bout du fil.

— Sal, j'ai une surprise pour Gia, dit Pietro en italien. Venez me récupérer.

— Elle est occupée.

— Viens avec Tino, alors. J'ai trouvé quelque chose qui lui fera plaisir.

— OK. Mais t'as intérêt à ce que ça vaille le coup.

— Contente-toi de me faire sortir de là, dit-il avant de raccrocher.

Pietro désigna du menton la portière pour que Tyler la referme. Locke la montra d'un air interrogateur, et Pietro hocha la tête.

Mais, au lieu de refermer la portière, Locke s'extirpa doucement de la voiture, les mains levées.

— Non, non, *stupido* ! ragea Pietro, mais l'imbécile se redressa et posa les mains sur le toit de la voiture, comme si Pietro était un officier de police qui procédait à une arrestation.

Pietro aurait tué Tyler sans sourciller, mais Cavano le voulait vivant. Il pouvait toujours le blesser, mais cela répandrait du sang dans la voiture. Il ne savait pas comment dire « Remonte dans la voiture, imbécile ! » Il fallait vraiment qu'il travaille son anglais.

Le pistolet toujours braqué sur Locke, Pietro ouvrit sa portière. Locke resta debout contre la voiture, les mains en l'air.

Pietro sortit de la voiture dans l'intention de le pousser sur le siège passager. Alors qu'il se mettait debout et sortait le bras tenant le pistolet, Tyler abattit dans un mouvement fulgurant la lourde lampe torche sur son poignet, envoyant valdinguer son arme.

Le poignet fracassé, Pietro hurla de douleur. Il retomba en arrière sur la banquette et décocha un coup de pied à Locke alors que ce dernier se jetait sur lui en levant sa lampe torche comme une matraque.

Son pied cueillit Locke en plein ventre et l'envoya rebondir contre la Mercedes garée sur l'emplacement d'à côté. Pietro plongea la main dans la poche de sa veste et en tira un couteau à cran d'arrêt qui, dans un déclic, déploya une lame de dix centimètres de long.

Il s'accroupit et progressa vers Locke avec prudence, sa main droite inerte ramenée contre son flanc. Pietro n'avait plus l'intention de s'embêter à garder Locke en vie. Même avec une main brisée, il restait un expert du combat au couteau. S'il arrivait à se rapprocher suffisamment, rien ne pourrait l'empêcher de trancher la gorge de Locke.

Dans l'espace exigu entre les deux voitures, Locke feinta une attaque avec sa lampe torche. Pietro plongea en avant dans l'espoir de lui porter un coup fatal, mais Locke le repoussa contre la porte arrière de la BMW, qui se referma dans un claquement sec. Pietro tourna sur lui-même. Le seul obstacle entre Locke et lui était la portière avant, toujours ouverte.

Locke bondit, la lampe torche en position basse, cherchant à porter un uppercut. Pietro était prêt à riposter en le tailladant à la gorge mais, avant d'arriver sur lui, ce dernier frappa la vitre de la portière, qui vola en éclats et projeta une pluie de débris de verre sur Pietro.

Celui-ci eut un geste instinctif pour se protéger le visage du déluge de verre, comprenant trop tard qu'il s'agissait d'une diversion. Alors qu'il avait les mains levées devant les yeux, Locke se jeta sur lui et abattit la lampe torche comme un bûcheron.

Le monde de Pietro sombra dans les ténèbres.

Tyler tapota Pietro du bout du pied afin de s'assurer que l'Italien ne feignait pas l'inconscience. Convaincu que son coup l'avait bien assommé, Tyler tomba à genoux et reprit son souffle.

Quelques secondes suffirent à ce que son cœur retrouve un rythme normal. Il ramassa le cran d'arrêt et le fourra dans sa poche. Le pistolet était hors de vue, mais Tyler n'avait pas le temps de chercher où il avait bien pu tomber.

Tyler fouilla les poches de Pietro, mais il n'avait pas d'autre arme, seulement un passeport, un portefeuille et un porte-clefs réunissant celle de la BMW et celle de la Ferrari. Tyler fut surpris de voir que Cavano laissait ses clefs à quelqu'un d'autre.

Soit elle voulait qu'un de ses hommes dispose d'une clef de rechange en cas de besoin, soit ce vilain garçon de Pietro se payait un tour en Ferrari quand sa patronne n'était pas là.

Tyler empocha les clefs et prit son téléphone pour appeler Grant.

— Tu l'as ?

— Pas encore, répondit Tyler. Je suis tombé sur un des hommes de Cavano.

— Elle en a laissé un dans la voiture ?

Tyler savait que Grant allait s'en vouloir d'avoir manqué ça mais, avec les vitres teintées, il était impossible qu'il ait pu remarquer qu'il restait quelqu'un dans la BMW.

— Peu importe. Je m'en suis débarrassé, mais je crois qu'il a prévenu Cavano. Nous allons avoir besoin d'un autre plan de sortie. Et dis à Stacy de se tirer de là avant que Cavano l'aperçoive.

— Merde ! Trop tard. Ils sont dans le hall.

— Je te rappelle, dit Tyler avant de raccrocher.

Il poussa la voiture pour la dégager du mur et ouvrit le coffre. Celui-ci contenait cinq bagages à main. Le géolabe pouvait se trouver dans n'importe lequel d'entre eux et il n'avait pas le temps de les fouiller pour le chercher. Il abandonna sa lampe torche et sortit rapidement les bagages, qu'il fit glisser entre la BMW et la Mercedes.

Il venait juste de sortir le dernier sac quand il aperçut un mouvement à l'intérieur de l'habitacle et entendit la boîte à gants s'ouvrir.

Pietro. Son coup ne l'avait pas assommé bien longtemps. Tyler ramassa la lampe torche, prêt à finir le boulot, quand des balles commencèrent à pleuvoir à travers la banquette arrière.

Tyler plongea à l'abri sous le pare-chocs. Dans sa précipitation, il n'avait pas pensé à chercher une arme dans la voiture.

Les tirs manquaient de précision. Pietro était certainement encore désorienté par le coup reçu à la tête, mais un de ses tirs finirait bien par faire mouche. Tyler n'avait droit qu'à une seule chance.

Les pieds calés contre le mur, il s'arc-bouta dos au pare-chocs. La BMW commença à avancer. Une balle lui érafla l'épaule, mais il ignora la douleur et poussa de toutes ses forces.

Ses jambes étaient à l'horizontale quand les roues avant de la voiture glissèrent dans le vide. La BMW piqua du nez et plongea dans les ténèbres tandis que Pietro laissait échapper un hurlement. Un vacarme déchirant résonna dans le garage quand la voiture s'écrasa sur le sol de béton.

Tyler se releva et s'avança jusqu'au bord de la plate-forme. Cinq étages plus bas, la BMW avait atterri sur le toit. Les airbags n'avaient pas sauvé Pietro : son corps sans vie émergeait de l'épave, la tête gisant dans une mare de sang.

Le plateau vide commença à descendre depuis les hauteurs. Les amis de Pietro venaient récupérer leur voiture.

Tyler devait se dépêcher. Il ouvrit le premier sac et le fouilla. Rien que des vêtements. Il fit de même avec le deuxième, le troisième puis le quatrième sac, mais toujours pas de géolabe. Il poussa chaque sac fouillé dans le vide au fur et à mesure de ses recherches.

Il ne restait plus qu'un sac. Le plateau arriva à hauteur du box où la BMW était garée. Tyler ramassa le sac et sauta sur le toit de la Mercedes voisine afin d'éviter de se faire écraser quand les plateaux s'intervertiraient. Avec un peu de chance, la remontée du plateau vide lui ferait gagner un peu de temps, tandis que Cavano et ses hommes essaieraient de comprendre pourquoi leur voiture n'était pas là.

Une fois que les plateaux eurent échangé leurs places, Tyler descendit de la Mercedes et ouvrit le dernier sac. Il fut mortifié de découvrir que lui aussi ne contenait que des vêtements.

Le géolabe n'était pas là, et il avait eu un aperçu suffisant de l'intérieur de la BMW pour savoir qu'il ne s'y trouvait pas non plus. S'il n'était pas dans l'épave au fond du garage, cela ne laissait plus qu'une seule solution…

Le plateau descendit de nouveau, mais ne s'arrêta pas au sixième niveau et continua vers le bas.

Sans doute perturbés par l'absence de la BMW et le bruit de la chute de la voiture, les hommes de Cavano avaient dû insérer le ticket de parking de la Ferrari.

Si Tyler ne se dépêchait pas, il risquait de perdre sa meilleure chance de récupérer le géolabe, qui ne pouvait se trouver que dans celle-ci.

Chapitre 35

Les écrans de surveillance du poste de garde dans le hall d'entrée de la Boerst se trouvaient sur le devant du bureau, aussi Stacy s'était-elle positionnée sur le côté, dos aux ascenseurs. Son stratagème consistant à utiliser le plan de la ville fournie par l'agence de location de voitures pour demander sa direction fonctionnait à la perfection. Le garde, un jeune blond fluet qui avait l'air de sortir du lycée, lui avait donné l'impression d'être le genre d'homme à se montrer serviable, et elle ne s'était pas trompée. Selon son expérience, les hommes aimaient avoir un problème à résoudre et elle s'était inventé une destination aussi compliquée que possible, tout en parlant intentionnellement un mauvais allemand pour compliquer la situation. Jusque-là, le garde n'avait pas jeté un seul coup d'œil aux écrans de surveillance.

Puis le crash de la BMW s'était répercuté dans tout l'immeuble. Quand la voiture avait percuté le sol du garage, le garde avait la tête baissée sur la carte de Stacy, tandis que celle-ci surveillait du coin de l'œil les écrans. L'espace d'un instant, elle avait craint le pire pour Tyler, jusqu'à ce qu'elle aperçoive sa silhouette familière se pencher pour regarder dans le vide. Quelque chose avait réellement mal tourné et tout ce qu'elle pouvait faire était d'empêcher le plus longtemps possible le garde de comprendre ce qui s'était passé, le temps que Tyler puisse s'esquiver.

Le garde releva brusquement la tête en entendant le bruit. Stacy lui saisit le bras en montrant du doigt la rue.

— Vous avez vu ça ? s'exclama-t-elle en l'entraînant vers la porte sans lui laisser l'occasion de regarder ses écrans.

— Que s'est-il passé ? demanda-t-il.

— Je crois que j'ai vu une voiture percuter la porte de l'immeuble d'à côté.

Alors qu'ils regardaient dehors vers le prétendu accident, Stacy sentit son téléphone vibrer dans sa main.

Il s'agissait d'un message de Grant.

« Deux hommes de Cavano viennent de passer derrière vous. Ne vous retournez pas. »

Stacy se raidit. Elle ne s'était pas attendue à ce qu'ils redescendent si vite.

— Je ne vois rien, s'étonna le garde.

— C'était une voiture bleue, dit-elle, alors qu'elle sentait son cœur s'emballer à la pensée du danger qu'ils couraient tous trois. Je l'ai vue passer beaucoup trop vite. Elle a dû percuter une autre voiture au coin de la rue. Nous devrions aller voir.

Le garde se tourna vers le bureau de la réception.

— Mais je suis censé ne pas quitter l'immeuble…

— Vous avez vu la voiture ?

Stacy se demandait si elle devait rester ou partir tout de suite, quand elle entendit la sonnerie de l'ascenseur. Du coin de l'œil, elle aperçut Cavano, reconnaissable à ses longs cheveux noirs. Elle était accompagnée de son troisième garde du corps. S'ils se rendaient compte qu'elle se trouvait là en compagnie du vigile de la Boerst, elle était faite comme un rat.

Cavano et son acolyte traversèrent le hall en direction du garage.

Stacy garda la main sur le bras du garde en continuant à le submerger de questions pour le distraire le plus longtemps possible. Dès qu'il reviendrait vers son bureau, la situation virerait au cauchemar.

Le plateau vide avait déjà pris la place de celui portant la Ferrari et Tyler voyait sa chance de récupérer le géolabe lui filer entre les doigts. Son plan, qui consistait à descendre jusqu'à la Ferrari pour récupérer l'appareil avant de filer par un des accès de maintenance, n'était plus à l'ordre du jour.

Tyler devait atteindre la Ferrari avant qu'elle remonte à la zone de sortie du garage. Il se mit à courir le long des voitures, côté atrium, sans plus se soucier des caméras. Si le garde se tournait ne serait-ce qu'un instant vers ses écrans, il donnerait de toute façon l'alarme en voyant la carcasse de la BMW.

La Ferrari s'immobilisa en bas du garage, le temps que le système automatique la positionne pour la remontée jusqu'à la sortie. Tyler se trouvait encore à trois voitures de la fin de la rangée. Il pressa le bouton de la clef électronique récupérée sur Pietro.

Le plateau s'éleva dans les airs. Tyler glissa sur les capots des deux dernières voitures et vint percuter le mur du fond. La Ferrari atteignit le niveau au-dessous du sien et Tyler bondit dans le vide.

Ses pieds atterrirent de justesse sur le bord du plateau et il s'affala sur l'arrière de la Ferrari. Il n'avait pas le temps d'atteindre le petit coffre sous le capot avant, qui était le seul endroit où pouvait se trouver le géolabe. Il ouvrit la portière conducteur et se glissa dans le siège en refermant derrière lui. Il se coucha sur le siège passager alors que la Ferrari s'immobilisait en attendant que le plancher de la zone de sortie s'efface pour laisser remonter le plateau portant la voiture.

Tyler appuya sur la touche rappel de son téléphone.

— Ouais ? dit Grant.

— Stacy est avec toi ?

— Non, elle est encore dans le hall d'entrée. Si Cavano se pointe, elle ne pourra pas la manquer.

— Dis-lui de quitter l'immeuble par la porte principale dans quinze secondes.

— OK.

Grant connaissait Tyler depuis suffisamment longtemps pour ne pas perdre de temps à demander pourquoi.

— Et quoi qu'il se passe, reste où tu es.

— Mais Cavano…

Tyler raccrocha avant d'en entendre davantage. Il savait que c'était le genre d'instruction que Grant n'apprécierait pas.

La Ferrari recommença à s'élever, avant de s'arrêter au niveau du compartiment de sortie. Alors que les portes s'ouvraient, Tyler se redressa et démarra le moteur.

Face à lui se trouvaient Cavano et ses trois gardes du corps, qui le regardaient d'un air incrédule.

Quand Sal était sorti pour découvrir quelle était la surprise dont parlait Pietro, Cavano avait pensé que ce dernier essayait juste d'échanger sa place avec un des autres gardes.

Mais quelques minutes après le départ de Sal, celui-ci l'avait appelée pour lui dire que la BMW n'était plus là et qu'ils n'arrivaient pas à joindre Pietro. Cavano envisagea un instant que celui-ci ait quitté son poste pour aller faire un tour avec la BMW, mais il n'aurait pas pu quitter le garage seul : il fallait être à l'extérieur pour commander la sortie d'une voiture. Le système informatique avait peut-être connu une défaillance et envoyé le plateau au mauvais emplacement, mais Cavano sentait confusément que quelque chose clochait, et elle ordonna à Sal de récupérer la Ferrari afin de s'assurer qu'elle était toujours là.

Alors que Cavano traversait le hall pour se rendre au garage, elle avait vaguement remarqué que le garde était en train de parler à une femme près de la porte d'entrée, dos à elle.

Elle se tenait devant la zone de sortie avec Sal et ses deux autres gardes du corps quand la Ferrari apparut, apparemment intacte. Mais, quand les portes du compartiment s'ouvrirent, Cavano fut abasourdie de voir Tyler Locke se redresser et démarrer le véhicule.

Avant qu'ils puissent réagir, Locke écrasa l'accélérateur et la voiture démarra en trombe dans la fumée des pneumatiques, les obligeant à se jeter de côté pour ne pas se faire écraser.

Cavano avait pensé que toute cette histoire avec Locke n'était que secondaire, mais elle comprenait soudain combien cet appareil devait être important pour qu'il soit prêt à prendre ce genre de risques pour le récupérer.

Alors qu'elle se relevait, Cavano se fit de nouveau la promesse qu'elle ne laisserait jamais Orr et Locke mettre la main sur le trésor de Midas avant elle. Elle courut dans la rue et vit sa Ferrari flambant neuve freiner brusquement. La femme avec qui le garde parlait sortit en courant de l'immeuble pour rejoindre la voiture.

— Montez, hurla Locke par la vitre ouverte de la portière passager.

Alors qu'elle s'apprêtait à grimper dans la Ferrari, Stacy Benedict tourna la tête et croisa un instant le regard de Cavano, dont les yeux brillaient d'une rage froide.

Benedict s'engouffra dans le véhicule, qui démarra en trombe.

Une alarme sonna dans l'immeuble de la Boerst, mais Cavano n'y prêta pas attention. Elle devait les rattraper, et sa BMW avait disparu.

Cavano pouvait toujours voler une voiture dans la rue, mais celle-ci serait incapable de rattraper une Ferrari. Puis elle se souvint du concessionnaire de voitures de luxe, celui-là même qui s'était occupé de négocier l'achat de ladite Ferrari.

Elle pivota sur elle-même et vit le camion en train de décharger des véhicules pour le concessionnaire. Deux voitures avaient déjà été débarquées dans la rue, une Lamborghini

Gallardo jaune et une Pagani Zonda noire. Il s'agissait de deux modèles de bolides capables de rivaliser avec sa 458 Italia.

Cavano fit signe à ses hommes et leur montra du doigt les voitures.

— On y va ! cria-t-elle.

Un vendeur était en train d'inspecter les véhicules livrés au concessionnaire. Cavano fonça jusqu'à la Zonda et ouvrit la porte conducteur.

— Mais que faites-vous ? hurla le vendeur en allemand.

Sal s'engouffra dans la Zonda côté passager, tandis que les deux autres grimpaient dans la Lamborghini. Les clefs étaient encore sur le contact dans les deux voitures.

La Lamborghini se lança à la poursuite de Locke, laissant le vendeur s'époumoner sur le trottoir.

Cavano démarra la Zonda et fit rugir ses douze cylindres tout en abaissant la vitre.

— Dites à votre patron que Gia Cavano vient d'acheter ces deux voitures, dit-elle au vendeur dans un allemand passable.

Celui-ci bafouilla, complètement médusé, mais Cavano n'attendit pas sa réponse. La Zonda fusa en laissant sur l'asphalte une trace de gomme de vingt mètres de long.

Chapitre 36

À voir la Lamborghini jaune qui grossissait dans le rétroviseur, Tyler savait qu'ils n'étaient pas encore tirés d'affaire. Il devait s'agir de la voiture qu'il avait aperçue en sortant du garage, et cela signifiait que Cavano ne renoncerait pas si facilement à sa Ferrari.

Il avait espéré trouver un endroit discret pour abandonner la voiture et rejoindre à pied le métro munichois, mais la circulation à cette heure de pointe les avait suffisamment ralentis pour permettre à leurs poursuivants de les rattraper. Stacy et lui n'étant pas armés, il aurait été suicidaire d'abandonner la Ferrari pour tenter de s'échapper à pied. Et impossible d'aller trouver la police après avoir pénétré par effraction dans un garage, tué un homme et volé une voiture.

— Oh, mon Dieu ! s'exclama Stacy au-dessus du rugissement du moteur. Mais vous saignez !

Elle ôta son pull-over et s'en servit pour faire pression sur la blessure au bras de Tyler, qui grimaça. Dans l'excitation de la fuite, il avait oublié sa blessure, mais à présent son épaule lui renvoyait une douleur cuisante.

— Ça va aller, dit-il en serrant les dents.

— On dirait que vous vous êtes fait tirer dessus ! Vous êtes touché ailleurs ?

— Pas que je sache.

— J'ai vu une voiture écrasée au fond du garage. Bon sang, que s'est-il passé ? Et que faisons-nous dans la voiture de Cavano ?

— J'ai eu quelques soucis avec la BMW. Pietro m'a surpris alors que je la fouillais.

Un ralentissement s'annonçait devant eux et Tyler tourna brusquement à droite dans une rue appelée Steindorfstrasse, qui longeait le fleuve. Stacy poussa des cris apeurés tandis qu'il zigzaguait au milieu de la circulation en passant parfois sur la voie opposée quand il voyait une ouverture.

Elle avait à présent une idée assez précise de ce qu'il avait pu ressentir à se retrouver sur le dos d'un cheval. Utilisant les commandes au volant, Tyler donnait l'impression d'avoir un contrôle total du véhicule, comme s'il ne faisait qu'un avec la voiture. Stacy, en revanche, n'appréciait guère la situation et luttait pour ne pas être éjectée de son siège par les brusques changements de trajectoire.

— Bouclez votre ceinture, lui intima Tyler. Ça pourrait devenir dangereux.

— Plus dangereux que ça ? demanda-t-elle en obtempérant.

— Possible.

Tyler n'arrivait pas à semer la Lamborghini, qui avait été rejointe par une Pagani Zonda noire.

— Vous avez le géolabe ? lui demanda Stacy.

— Il doit être dans le coffre avant.

— Où allons-nous ?

Il fallait qu'il sorte de ces rues étroites. S'ils tombaient sur un bouchon, Cavano et ses hommes les coinceraient.

Il aperçut un panneau bleu indiquant un échangeur ainsi que la direction de l'autoroute 95.

L'*Autobahn*. Les voitures de sport qui les pourchassaient pouvaient rivaliser avec la Ferrari. Il serait sans doute impossible de les distancer, mais il valait mieux se retrouver sur l'autoroute que dans les bouchons du centre-ville.

Il tendit son téléphone à Stacy.

— Appelez Grant et dites-lui où nous sommes.

— Mais il ne pourra jamais nous rattraper.

— Dites-lui juste que nous allons prendre l'autoroute 95.

Pendant qu'elle composait le numéro, Tyler réfléchit aux indices qu'il avait laissés dans le garage. Il était heureux d'avoir pensé à porter des gants. S'il avait réussi à masquer son visage aux caméras, aucun élément ne permettrait à la police de remonter jusqu'à lui.

Mais tout cela n'aurait de toute façon aucune importance si Cavano et ses hommes parvenaient à les rattraper.

Il traversa un carrefour juste au moment où le feu passait au rouge, mais cela n'arrêta pas la Zonda et la Lamborghini, qui franchirent l'intersection à leur tour dans un concert de Klaxon.

La jauge de réservoir du carburant indiquait un peu plus d'un demi-plein. Cavano avait dû reprendre du carburant avant d'arriver à Munich, ce qui donna à Tyler une idée.

Son plan était simple. À grande vitesse, ces voitures vidaient leur réservoir à un rythme effrayant. Comme la Lamborghini et la Zonda venaient d'être livrées à un concessionnaire, il était presque certain que leurs réservoirs ne devaient contenir que peu de carburant. S'il parvenait à les garder à distance suffisamment longtemps, elles tomberaient en panne d'essence bien avant lui. Puis il n'aurait plus qu'à fixer un lieu de rendez-vous à Grant.

Au téléphone, Stacy parlait avec ce dernier.

— Non, pour l'instant il est occupé à essayer de nous faire tuer. Où êtes-vous ?... Sur la route ?... Dieu merci. (Elle se tourna vers Tyler.) Il a récupéré l'Audi. La police est arrivée alors qu'il quittait les lieux. Il dit que Cavano est au volant de la Zonda, et qu'elle avait l'air furibarde.

Rien d'étonnant. Tyler serait furieux lui aussi, si quelqu'un lui avait volé une Ferrari de deux cent cinquante mille dollars.

Stacy informa Grant qu'ils étaient sur le point d'entrer sur l'autoroute 95.

— Et ensuite ? demanda-t-elle à Tyler.

— Dites-lui de prendre l'*Autobahn* sud, et nous le rappellerons dès que nous le pourrons.

Tyler gagna l'E 54, qui menait à l'*Autobahn*. Il ne pouvait pas rouler à plus de cent trente kilomètres à l'heure, obligé qu'il était de se faufiler par des trous de souris entre les autres voitures, au grand déplaisir des automobilistes allemands, toujours très respectueux du code de la route qui imposait de ne doubler que par la gauche.

Les coups de Klaxon qui résonnaient derrière lui indiquaient que Cavano et l'autre voiture suivaient toujours. D'ailleurs, elles gagnaient du terrain.

Une minute plus tard, ils passèrent devant un panneau annonçant l'entrée de l'*Autobahn* à un kilomètre.

La bretelle menant à l'*Autobahn* se déploya en un long virage à gauche, encombré de voitures pare-chocs contre pare-chocs.

— Ne vous arrêtez pas ! hurla Stacy.

— Je n'en ai pas l'intention.

Quand Tyler atteignit l'intersection, il freina brutalement et Stacy et lui se retrouvèrent écrasés contre leur ceinture de sécurité. D'un petit coup de volant, il fit glisser la voiture sur la gauche de la voie centrale et frôla un camion en train de tourner, déclenchant un nouveau hurlement de Stacy.

Les voies dégagées de l'*Autobahn* s'étalaient désormais devant eux. Tyler mit les gaz et, en moins de dix secondes, ils fonçaient à plus de cent quatre-vingt-dix kilomètres à l'heure et continuaient à prendre de la vitesse.

La Lamborghini parvint à franchir l'intersection plus rapidement que la Zonda. Tyler dut ralentir le temps qu'un break double un camion à cent soixante kilomètres à l'heure, ce qui permit à la Lamborghini de les rattraper. Le temps que la voie de gauche soit de nouveau dégagée, celle-ci se trouvait juste derrière eux.

Tyler écrasa la pédale d'accélérateur et la Ferrari bondit en avant. Stacy délaissa la blessure de Tyler, trop occupée à se cramponner à son siège.

En quelques secondes les voilà qui filaient à trois cent vingt kilomètres à l'heure sur les virages amples de l'*Autobahn* qui traversait la forêt bavaroise. Même dans une voiture conçue pour ces vitesses, rouler à une telle allure tenait du défi. Tyler était désormais si concentré sur la route qu'il n'avait plus un regard pour Stacy.

Une Porsche devant eux avait dû remarquer les deux bolides qui arrivaient à toute allure et décida de voir si elle pouvait rivaliser avec eux. La Porsche emprunta la voie de gauche et accéléra, mais elle était moins rapide que la Ferrari.

Tyler rattrapa la Porsche et dut freiner pour éviter de la percuter par l'arrière. C'était tout ce qu'il fallait à la Lamborghini pour rattraper son retard, et la Zonda gagna elle aussi du terrain.

La Porsche serra à droite pour laisser Tyler passer. La Ferrari la dépassa en trombe, mais la Lamborghini continua à la coller. La Porsche resta en arrière, incapable de suivre la cadence.

Dans le rétroviseur, Tyler vit la vitre passager de la Lamborghini s'ouvrir. L'homme dans la voiture sortit un pistolet par la vitre, sans doute pour tirer dans les pneus de la Ferrari, mais il n'avait pas anticipé la puissance du vent à deux cent quatre-vingts à l'heure heure. L'arme lui fut arrachée des mains et glissa sur la route pour achever sa course sur le bas-côté.

S'il disposait d'une autre arme, le passager de la Lamborghini ne ferait pas deux fois la même erreur, et un pneu crevé à cette vitesse signerait l'arrêt de mort de la Ferrari et de ses occupants.

Tyler relâcha l'accélérateur.

— Pourquoi ralentissez-vous ? s'étonna Stacy.

Après avoir roulé à tombeau ouvert, même Stacy avait remarqué la décélération alors que la Ferrari fonçait encore à près de deux cent soixante-dix à l'heure.

—Je veux qu'ils se rapprochent, lui dit Tyler.

—Quoi ? Vous êtes dingue ?

La route s'incurvait sur la gauche. Tyler serra à l'intérieur de la voie de gauche et laissa la Lamborghini venir à leur hauteur du côté de Stacy. Il devait manœuvrer au millimètre, sinon il y aurait de la tôle froissée.

Le conducteur leva son arme d'un geste menaçant en leur faisant signe de ralentir. Parfait. Il n'avait plus qu'une main sur le volant.

Tyler braqua le volant à droite, projetant la Ferrari contre la Lamborghini. Le conducteur tira à deux reprises, mais ses balles ne touchèrent que le capot avant.

La Lamborghini dériva juste assez pour toucher le bord de l'accotement. La surface inégale du bas-côté poussa le conducteur à surestimer sa correction de trajectoire et les roues arrière chassèrent. Quand la Lamborghini atteignit le talus herbeux, elle partit en tonneau, projetant des morceaux de carrosserie et de moteur sur le bas-côté. Tyler vit ses occupants éjectés sous la violence de l'impact. À cette vitesse, c'était la mort assurée.

Tyler était désormais responsable de la mort de trois hommes en une seule journée. Il avait déjà eu à tuer pour sauver sa vie et en acceptait la cruelle nécessité, mais Stacy resta pétrifiée par l'horreur de l'accident.

Tyler s'était tellement concentré sur son duel avec la Lamborghini qu'il n'avait pas remarqué la Zonda qui comblait son retard. La voiture de Cavano possédait juste un peu plus de puissance que la Ferrari. Tyler pourrait pousser sa voiture au maximum, Cavano finirait immanquablement par les rattraper.

La Zonda arriva à leur hauteur du côté conducteur, et l'homme dans le siège passager pointa son arme sur Tyler. Celui-ci essaya la même manœuvre que celle qui avait causé la perte de la Lamborghini. Il braqua le volant, mais Cavano évita adroitement la collision.

Quand elle revint à nouveau à leur hauteur, elle se pencha afin de sourire à Tyler tout en lui faisant « non » du doigt.

— Elle nous tient, pesta-t-il.

— Vous abandonnez ?

— Jamais. Je dois juste trouver un autre moyen de nous débarrasser d'elle.

— Comme quoi ?

— C'est toute la question.

Le passager de Cavano tira deux coups de semonce en l'air. Apparemment, Cavano voulait récupérer sa Ferrari en un seul morceau. Mais son passager leur fit comprendre que, s'ils ne ralentissaient pas, ses prochains tirs leur seraient fatals.

Tyler aperçut un panneau qui annonçait « *Ausfarht* ». Une sortie, à deux kilomètres. S'il parvenait à l'atteindre, il pourrait peut-être trouver une solution. Il ralentit pour donner l'impression qu'il obéissait.

La Zonda fit une brusque embardée, comme si la voiture avait des ratés. Tyler pensa que Cavano avait dû donner un coup de frein, mais elle reprit de la vitesse avant de connaître une nouvelle embardée.

Le passager se tourna vers Cavano pour voir ce qui n'allait pas, mais Tyler avait compris : elle tombait à court de carburant. Il accéléra brusquement, pied au plancher.

Cavano fit de grands gestes à son homme mais, le temps qu'il se retourne vers la Ferrari, celle-ci était passée devant la Zonda. L'homme, qui n'avait apparemment rien appris de la malheureuse expérience de son défunt camarade, passa le bras par la vitre pour tirer et perdit lui aussi son arme, arrachée par la vitesse du vent.

La Zonda continua à ralentir, avant de s'arrêter sur le bas-côté.

Tyler roula en direction de la sortie, soulagé que Stacy et lui soient enfin sortis d'affaire. Rapidement, la Zonda disparut derrière eux.

Ils revinrent sur leurs pas par une route secondaire qui longeaient l'*Autobahn* et retrouvèrent Grant sur une aire de repos où ils abandonnèrent la Ferrari. Cavano pourrait toujours la récupérer, mais avec au moins quatre-vingt mille dollars de dégâts de carrosserie.

— Vous allez bien ? leur demanda Grant alors qu'ils descendaient de la voiture.

Tyler hocha la tête en soutenant son bras blessé.

— Rien qu'un simple bandage ne puisse réparer.

Stacy s'appuya contre l'Audi.

— Après une course pareille, j'ai l'impression d'avoir pris un bain d'adrénaline.

— Passons un marché, lui dit Tyler, je ne vous emmène plus jamais dans une voiture à trois cents à l'heure et, vous, ne m'obligez plus à monter sur un cheval.

Stacy sourit.

— Marché conclu. La prochaine fois, nous ferons un compromis et monterons dans une voiture à cheval.

Tyler grogna de manière comique et ouvrit le coffre avant de la Ferrari pour y découvrir une mallette. Il souleva le couvercle pour s'assurer que cette course-poursuite n'avait pas été vaine.

Le bronze du géolabe scintilla sous ses yeux. Il soupira de soulagement et était sur le point de refermer la mallette quand il entendit un cliquetis, comme le bruit d'une pièce métallique qui bougeait. Puis il remarqua une sorte de protubérance sur le côté de l'appareil. Il tourna le géolabe et ce qu'il vit lui noua l'estomac.

— Euh… les amis, dit-il, nous avons un autre problème.

— Le géolabe n'est pas là ? demanda Stacy.

— Non, non, il est bien là. Enfin, ce qu'il en reste.

Tyler souleva le géolabe devant son visage et aperçut Stacy à travers l'impact de balle qui le perçait de part en part.

Chapitre 37

Ils dénichèrent une clinique qui goba l'histoire de Tyler expliquant qu'il s'était blessé le bras sur un morceau de métal. Après la pose de dix agrafes et un vaccin antitétanique, ils retournèrent tous les trois au jet de la Gordian. Tyler et Grant venaient à peine de commencer à démonter le géolabe pour évaluer les dégâts causés par le tir perdu que le téléphone de Tyler sonna.

— C'est Orr ? demanda Stacy.

Tyler acquiesça et activa le haut-parleur.

— Comment allez-vous, Locke ? demanda Orr. Vous avez déjà trouvé la carte ?

— Nous sommes dessus.

— Je sais déjà que vous travaillez bien sous la pression. Vous devez me retrouver à Naples dans deux jours.

Tyler se rappela que Cavano comptait commencer à creuser les fondations dès le lundi. Le plan d'Orr ne pouvait donc souffrir aucun retard, mais Tyler devait au moins essayer de résister à des délais aussi courts afin de ne pas éveiller les soupçons de ce dernier.

— Il nous faut plus de temps. C'est impossible de mener cette mission à bien d'ici à dimanche.

— Vous feriez mieux de trouver un moyen, sinon vous pouvez déjà prendre vos dispositions pour les funérailles.

Tyler resta silencieux quelques secondes pour la forme.

— Très bien. Nous serons là. Comment procéderons-nous à l'échange ? J'ai du mal à imaginer que vous emmeniez mon père et la sœur de Stacy avec vous en Italie.

— Prévoyez que quelqu'un se trouve au Lincoln Memorial dimanche à 15 heures, heure de la côte Est, pour qu'il puisse vous confirmer leur libération. À la même heure à Naples, soit 21 heures, heure locale, il y aura un concert en plein air sur la Piazza del Plebiscito, avant un feu d'artifice. Rejoignez-moi là-bas, Stacy et vous.

— Juste moi, proposa Tyler.

— Non, tous les deux, sinon ne vous donnez même pas la peine de vous montrer.

— Nous n'avons pas eu nos vidéos du jour.

— Je vous les envoie en ce moment même. Quand j'aurai la confirmation que vous avez résolu l'énigme, je ferai libérer Sherman et Carol.

Tyler sentit la bile lui brûler la gorge à entendre Orr les appeler par leurs prénoms comme s'il s'agissait d'amis. Il ne croyait pas une seconde qu'Orr libérerait ses otages aussi facilement, mais ils n'avaient pas d'autre choix que de continuer à jouer son jeu.

— Comment nous vous trouverons à ce concert ?

— Je vous donnerai d'autres instructions d'ici là. Inquiétez-vous seulement d'y être pour 21 heures.

Orr raccrocha.

Tyler vérifia ses e-mails. Carol et Sherman avaient l'air un peu plus hagards que la veille, mais ils paraissaient toujours indemnes. Par contre, Sherman n'avait pu leur donner de nouveau message, car dans cette vidéo-là il était filmé à hauteur de poitrine et ses mains n'apparaissaient pas dans le cadre.

— Orr ne nous laisse pas beaucoup d'options, dit Tyler à Stacy tandis qu'il montrait la vidéo à Grant.

Elle hocha la tête d'un air entendu.

— Si Aiden ne trouve rien de plus, renchérit Grant, je crois que nous devrons aller au bout de cette histoire.

— Je suis d'accord avec toi, concéda Tyler dans un soupir.

Les remises de rançon étaient toujours compliquées pour toutes les parties impliquées, tant il était facile de doubler l'autre : les victimes apportaient l'argent, mais les kidnappeurs prenaient la fuite sans libérer l'otage, et parfois même tuaient celui qui avait apporté l'argent. Ou alors c'était la police qui tombait sur les kidnappeurs à l'instant où l'otage était libéré. Une remise de rançon qui se déroulait sans accroc dépendait de la confiance mutuelle des deux parties, ce qui leur faisait cruellement défaut ici. Tyler était intimement persuadé qu'Orr ne libérerait jamais ses otages.

— Bien, quel est le plan ? demanda Grant.

Tyler avait bien l'embryon d'une idée, mais il devait encore y réfléchir avant d'en parler à Grant et Stacy.

— On s'en occupera plus tard. Il faut d'abord voir si nous pouvons sauver le géolabe.

La balle avait pénétré sur le côté du coffret et était ressortie par le couvercle. S'il avait été touché de face, le mécanisme entier aurait été détruit, mais comme seule une petite partie avait été endommagée, Tyler espérait pouvoir le réparer. Pour autant, quand il essaya de tourner les manivelles, il se rendit compte qu'il y avait effectivement quelque chose de brisé dans le mécanisme interne.

Les façades métalliques du géolabe étaient assemblées à l'aide de minuscules vis. Tyler les dévissa en utilisant son Leatherman et souleva la paroi arrière, celle qui ne comportait qu'un seul cadran. Comme il s'y attendait, le traceur GPS était fixé à l'intérieur du panneau à l'aide d'époxy. Il ôta le panneau afin d'examiner l'intérieur du géolabe.

Il éclaira le mécanisme interne à l'aide d'une lampe torche et repéra immédiatement le problème. Les engrenages s'emboîtaient avec une grande précision ; le moindre gauchissement ou défaut d'alignement empêchait les pièces de s'engrener, rendant l'appareil inutilisable.

— Et merde ! jura-t-il.

Stacy se pencha pour regarder.

— C'est grave ?

Les engrenages pouvaient se démonter, en les enlevant l'un après l'autre. Tyler en ôta trois, parfaitement intacts. Puis il atteignit l'engrenage principal, celui qui actionnait le mouvement entier du mécanisme.

La balle avait touché justement cet engrenage-là. Une dizaine de dents manquaient et l'engrenage lui-même était irrémédiablement tordu.

Stacy s'en empara et l'examina en le tournant entre ses mains.

— Il est possible de le réparer ? demanda-t-elle en le rendant à Tyler.

Celui-ci échangea un regard sombre avec Grant.

— Combien de temps pour le refaire ? demanda Grant.

— Un ou deux jours. À condition d'avoir l'équipement adéquat.

— Un ou deux jours ? s'inquiéta Stacy. Vous ne pouvez pas simplement en racheter un ?

— Il ne s'agit pas d'un engrenage fabriqué en série, lui expliqua Grant. C'est une pièce unique, qui nécessite un usinage précis.

— Je vais appeler Miles, proposa Tyler. Je peux lui faire parvenir les spécifications. Il connaît sûrement quelqu'un aux États-Unis capable de nous produire rapidement une réplique.

— Nous sommes vendredi après-midi. Même si nous arrivons à faire fabriquer l'engrenage, il ne sera jamais là à temps pour que nous puissions réparer le géolabe, l'utiliser au Parthénon et filer pour Naples.

—Il doit bien y avoir un moyen d'obtenir un engrenage plus rapidement, dit Stacy. Quel dommage que nous ne puissions pas utiliser l'original conçu par Archimède.

Tyler reposa l'engrenage endommagé. C'était ça la solution.

—Mais, en fait, nous pouvons récupérer l'original, s'exclama-t-il. Le système d'engrenage du mécanisme d'Anticythère est très similaire à celui du géolabe. Son engrenage principal possède exactement les mêmes dimensions que celui-ci.

Stacy s'esclaffa, mais son rire mourut quand elle vit que Tyler affichait un air sérieux.

—Quoi, vous voulez parler de celui qui se trouve au Musée archéologique national d'Athènes ? Je plaisantais, voyons. Il est rongé par la rouille et recouvert de concrétions. Ça ne pourra jamais fonctionner.

—Je ne pensais pas à celui découvert dans l'épave, mais à sa réplique. Il nécessitera sans doute quelques petits ajustements pour s'insérer sur l'axe, mais le diamètre, l'épaisseur et le nombre de dents sont identiques.

—Mais la réplique n'est pas elle aussi au Musée national d'Athènes ?

—Si, exposée juste à côté de l'original.

—Une minute, dit Grant. Tu crois vraiment qu'ils vont nous laisser emprunter leur réplique du mécanisme d'Anticythère, le démonter et utiliser une pièce pour notre géolabe ?

Stacy hocha la tête en dénégation.

—Les musées sont toujours très pointilleux avec les pièces de leurs collections. Même pour une institution ayant pignon sur rue, il faudrait des mois de négociations pour obtenir une autorisation du ministère de la Culture. Nous n'avons pas la moindre chance.

—C'est vrai, si nous demandons la permission, insinua Tyler.

Grant grimaça.

— Tu n'es pas sérieux ?

— Nous ne ferons que l'emprunter. Nous le leur rendrons.

Tyler s'attendait à ce que Stacy proteste, mais au lieu de cela elle leva les yeux, abîmée dans ses réflexions. Il pouvait presque voir son esprit en train de disséquer les implications de sa proposition.

— Vous en êtes ? finit-il par lui demander.

Stacy ramena le regard sur lui. Il ne lui avait jamais vu une expression aussi sérieuse et déterminée.

— Je viens juste de voir une vidéo de ma sœur menottée, dit-elle. La question n'est pas de savoir si nous devons voler ce truc, mais comment nous allons faire.

Samedi

Le mécanisme d'Anticythère

Chapitre 38

Orr demanda à l'hôtesse une autre coupe de champagne et celle-ci s'empressa de le servir. Il la gratifia d'un clin d'œil auquel elle répondit par un sourire éclatant. Il restait encore six heures de vol avant d'atterrir à Rome et il ne voyait aucune raison de ne pas trinquer à l'aboutissement de toutes ces années d'efforts. Il songea même que le nom de la première classe d'Alitalia, *« Magnifica »*, reflétait bien son humeur.

Il releva le repose-pieds et ferma les yeux, mais il n'avait absolument pas sommeil. Après tout ce temps, il allait enfin être récompensé. Il visualisa la crypte dorée de Midas qui avait hanté ses rêves ces vingt dernières années, s'imagina en train de passer les mains sur le métal scintillant qui le rendrait plus riche que tout ce que Midas lui-même aurait pu imaginer. Mais plus encore que cette perspective de richesse, il savoura l'idée de se venger pour cette vie dont on l'avait privé. Ses victimes sauraient bientôt ce que c'était de perdre le confort et la prospérité pour se retrouver plongées dans la misère et la pauvreté. Et pour sortir de l'abîme il leur faudrait s'user les ongles contre ses parois, tout comme lui-même avait dû le faire.

La richesse d'Orr dépasserait l'imagination, tandis que ceux qui avaient fait de sa vie un enfer perdraient tout. Ce ne serait que justice, et il se délectait de la grandeur théâtrale de sa vengeance.

Assis à côté de lui, Gaul regardait un film, tandis que Phillips et Crenshaw étaient restés aux États-Unis pour remplir leur partie du plan. Il aurait été absurde de discuter avec Gaul de la mission tant qu'ils n'étaient pas arrivés en Italie, surtout entourés par autant d'oreilles indiscrètes.

Orr avait en tête le déroulement du plan dans ses moindres détails. Après tous les casses qu'il avait organisés par le passé, la préparation méticuleuse d'une opération était devenue une seconde nature pour lui. Bien sûr, il avait dû tout écrire sur papier pour Gaul, Phillips et Crenshaw, mais il avait veillé à ce qu'ils brûlent ces documents une fois le plan mémorisé.

Après avoir atterri à Rome, il ne leur faudrait qu'une heure et dix minutes pour rejoindre Naples par le Frecciarossa, le train à grande vitesse qui assurait la liaison entre les deux villes. Puis ils loueraient une voiture et récupéreraient les affaires qu'ils avaient expédiées par service de livraison express et qu'ils n'auraient pu emporter sur un vol commercial sans se faire arrêter.

Cela faisait cinq ans qu'Orr n'était plus retourné à Naples, mais il s'en souvenait bien. Avec plus de quatre millions d'habitants pour l'ensemble de la métropole napolitaine, la taille de la ville lui garantissait de pouvoir faire ses affaires sans alerter Gia Cavano. Celle-ci y disposait de nombreux contacts, mais Orr s'était forgé différentes fausses identités pour voyager, et Gia ne connaissait qu'une seule d'entre elles.

Ce qui signifiait qu'il pouvait se permettre d'arriver à Naples avec un jour d'avance pour tout préparer, puis d'attendre celui qui restait son plus gros problème : Tyler Locke.

Locke faisait-il vraiment tout son possible pour accomplir la tâche qui lui avait été confiée ? Orr pensait qu'il essayait, à tout le moins. Le traceur GPS indiquait que le géolabe était passé par l'Angleterre, avant d'atterrir à Munich. Orr ne savait pas quelles informations Locke et Benedict récoltaient en ces lieux, mais cela lui importait peu finalement. Seul le résultat l'intéressait, et Locke était le genre d'homme à pouvoir réussir.

Si Locke et Benedict échouaient, Orr avait un plan de secours simple, mais bien moins lucratif. Il informerait Cavano qu'il s'apprêtait à révéler l'existence de la crypte de Midas aux *carabinieri*, la police nationale italienne, à moins bien sûr qu'elle ne partage avec lui. Les autorités italiennes ne la laisseraient jamais piller un trésor national sans réagir. Partager le butin avec Cavano serait un vrai crève-cœur, mais c'était toujours mieux que rien. Elle non plus ne serait pas ravie à l'idée de partager avec celui qui avait essayé de la doubler…

Orr avait toute confiance en lui-même, mais ses partenaires dans le crime représentaient toujours le maillon faible de ses plans. C'était pourquoi il avait pris un soin particulier à choisir ses complices pour cette opération. Gaul et Phillips étaient fiables. Non qu'ils fussent sans failles : Gaul était un joueur invétéré perpétuellement endetté, mais son besoin d'argent garantissait du même coup sa motivation. La faiblesse de Phillips était les femmes, et il dépensait des milliers de dollars dans des clubs sadomaso haut de gamme. Orr frissonna en pensant aux maladies que ce dernier avait dû contracter, mais il ne s'inquiétait pas pour autant de le laisser avec Carol Benedict. Phillips avait une tendance masochiste : une femme à sa merci n'avait pas le moindre attrait pour lui.

Dans le travail, Gaul et Phillips se montraient parfaitement professionnels. Orr avait travaillé avec chacun d'eux à plusieurs reprises, sans jamais avoir eu à s'en plaindre.

Crenshaw était l'élément imprévisible dans son jeu : un fabricant de bombes talentueux à n'en pas douter, mais au tempérament suffisamment instable pour risquer de poser des problèmes. Phillips s'occuperait de lui le moment venu.

Orr ne doutait pas que Gaul et Phillips flamberaient rapidement leurs deux millions de dollars et risquaient de devenir gourmands, mais le temps que cela arrive, il serait confortablement installé dans le style de vie qu'un milliard de dollars peut offrir. Si ces deux-là avaient ne serait-ce que l'idée de le faire chanter, il aurait à sa disposition tous les moyens de les faire taire.

Quand il avait conçu son plan, plusieurs années en arrière, il s'était interrogé sur l'intérêt de passer un accord avec Cavano. La découverte du codex d'Archimède avait rendu nécessaire cette inconfortable alliance. Elle avait besoin de ses connaissances et lui de ses ressources pour monter le casse. Mais remettre le manuscrit à Cavano aurait fait de lui un second couteau, rien de plus qu'un autre de ses sous-fifres, même s'il aurait eu sa part du pactole.

Cela ne lui suffisait pas. Quand ses parents étaient morts, Orr avait parlé aux autorités de sa famille à Naples. Mais le père de Cavano avait catégoriquement refusé de l'aider. Il considérait que le suicide de son père était une disgrâce, et le meurtre de sa mère, un déshonneur. Orr ignorait si Gia savait que son père avait refusé de l'accueillir chez eux, mais cela lui importait peu. Elle devait de toute façon payer pour les fautes de son géniteur.

Mais Orr n'avait pas l'intention de la tuer. Il avait appris combien sa position était précaire au sein de la Camorra et comment le trésor de Midas lui permettrait de renverser la situation pour faire d'elle l'un des plus puissants chefs de la mafia napolitaine. Il s'emparerait du trésor qu'ils avaient découvert ensemble et se l'approprierait en totalité. Elle n'en verrait pas un gramme.

Orr avala le reste de son champagne et bascula son siège en position allongée. En attendant le sommeil, il s'occupa l'esprit en imaginant le monde de Gia s'écrouler autour d'elle. Elle perdrait le statut auquel elle s'était habituée, tout comme Orr l'avait vécu.

Puis les autres familles de la Camorra passeraient à l'action et se débarrasseraient d'elle, se chargeant du sale boulot pour lui.

Chapitre 39

Dès que le Musée archéologique national d'Athènes ouvrit ses portes le samedi matin, Grant acheta trois billets et entama sa reconnaissance des lieux. Pendant ce temps, Tyler et Stacy allèrent chercher ce dont ils avaient besoin. Ils avaient laissé le traceur GPS du géolabe dans l'avion afin de donner à Orr aussi peu d'informations que possible sur leurs allées et venues.

Le vol depuis Munich la nuit précédente n'avait pris que deux heures, leur permettant de passer le reste de la soirée à réfléchir à la façon dont ils allaient procéder pour dérober la réplique du mécanisme d'Anticythère. Tous trois acceptaient les risques encourus, mais malgré les objections de Grant c'était Tyler qui se retrouverait véritablement en première ligne.

Grâce à une photo et un plan du musée trouvés sur le Net, Tyler échafauda un scénario pour voler la réplique. Il n'avait rien d'infaillible, mais offrait de bonnes chances de réussite si la configuration du musée était bien conforme à ce qui était indiqué sur le plan. Les risques que quelqu'un soit blessé étaient minimes, sauf pour Tyler s'il se faisait prendre.

L'édifice, de conception classique, se composait de galeries pavées de marbre s'agençant autour de deux cours en plein air. La seule voie d'accès au mécanisme d'Anticythère consistait à traverser le dédale des salles d'exposition jusqu'à l'arrière du musée, puis à emprunter la galerie longeant le mur extérieur pour aboutir dans une petite salle donnant sur le côté nord du bâtiment. Sans le plan des lieux, Grant aurait été totalement perdu. *Les Grecs et leurs fichus labyrinthes!* grommela-t-il.

Grant traversa le musée en prenant des photos, comme s'il n'était qu'un touriste comme les autres, s'émerveillant des statues en bronze ou en marbre qui étaient exposées. Il ne pointait son appareil photo sur les objets d'art que pour donner le change, concentrant plutôt son attention sur la localisation des caméras de sécurité et des surveillants dans chaque salle d'exposition. Il y avait un gardien par salle, ils étaient tous jeunes et avaient l'air d'étudiants.

La chemise de Grant était trempée de sueur. C'était la première fois qu'il visitait un musée sans air conditionné. Il avait toujours pensé qu'un des avantages à visiter un musée l'été était justement d'échapper momentanément à la chaleur du dehors, mais le Musée archéologique national était étouffant. Pas le moindre souffle d'air, à part celui déplacé par le flot des visiteurs.

Grant passa devant des vitrines contenant des bijoux en or et des fragments de poterie. Chaque vitrine était reliée au plafond par un câble, qui devait fournir l'électricité pour l'éclairage et le système d'alarme.

Grant ne vit son premier vigile que dix minutes après avoir pénétré dans le musée. L'homme vêtu d'un blazer discutait avec une jeune et jolie surveillante et n'était armé que d'un talkie-walkie. Il portait un trousseau de clefs à la ceinture, attaché par une cordelette élastique. Grant ne manqua pas de photographier l'homme.

Il continua sa visite et atteignit enfin la salle où étaient exposés les vestiges du véritable mécanisme d'Anticythère.

Sa première pensée fut : *Quoi, c'est ça ?*

L'antique mécanisme en bronze se trouvait au centre de la salle, exposé dans une vitrine fermée. Il avait été découvert dans les vestiges d'une épave vieille de deux mille ans et consistait en trois morceaux disjoints, complètement corrodés par leur séjour au fond de la mer. Aucune des pièces n'était plus large que la main de Grant. Il s'étonna qu'il ait été possible de fabriquer une copie sur la base de ce qu'il avait sous les yeux, mais une autre vitrine d'exposition à côté de la première offrait pourtant aux regards la réplique en bronze rutilant. Elle reposait sur un piédestal monté sur une base transparente, mais elle ne semblait pas fixée à celui-ci.

Les vitrines d'exposition mesuraient deux mètres de haut, couronnées par un compartiment en métal qui contenait l'éclairage. Grant en fit le tour jusqu'à apercevoir le trou de serrure que Stacy lui avait dit de chercher. Celui-ci était destiné à la clef unique que chaque musée faisait fabriquer pour ouvrir ses vitrines. La façon usuelle d'accéder à l'objet exposé consistait à déconnecter le capteur de mouvement, puis à insérer la clef qui déverrouillait le système de fermeture situé en hauteur dans le compartiment métallique, permettant ainsi d'ouvrir le panneau avant de la vitrine en verre blindé. Si la clef était insérée avant d'avoir désactivé l'alarme, la salle de garde était immédiatement alertée que quelqu'un tentait d'ouvrir une vitrine sans autorisation.

Un panneau présentant des images aux rayons X du mécanisme d'Anticythère, qui avaient permis d'en voir les engrenages internes sans endommager l'artefact, se trouvait entre les deux vitrines.

Grant pivota sur lui-même et ne remarqua qu'une seule caméra en fonctionnement. Le support de la deuxième était vide, ce qui signifiait qu'une partie de la salle devait échapper aux écrans de surveillance. Il se plaça à chaque coin de la pièce et prit des photos. Certaines des autres vitrines d'exposition présentaient derrière elles des espaces vides suffisamment larges pour que Tyler puisse s'y glisser, dont celle qui se trouvait à l'aplomb de l'unique caméra.

La salle d'exposition ouvrait sur une dernière pièce, qui comportait une issue de secours donnant sur le côté nord du bâtiment. Un surveillant était assis sur une chaise à côté de celle-ci.

Ayant terminé sa reconnaissance, Grant rebroussa chemin et sortit du musée, puis fit le tour du bâtiment afin de repérer exactement où donnait cette sortie de secours.

Une cour jonchée de morceaux de marbre brisés s'étendait entre cette issue et la rue bordant le musée. Il aperçut un arrêt de bus et un kiosque d'information à l'ombre des arbres de la rue, et la clôture qui séparait la cour du trottoir était longée par une rangée de motos et de scooters, qui à Athènes étaient plus nombreux que les voitures.

Grant examina les photos qu'il avait prises et constata qu'il avait tout ce qu'il leur fallait. Ce n'était pas un plan absolument parfait, mais ça s'en approchait.

Il appela Tyler, qui décrocha à la première sonnerie.

— Comment ça se présente ? demanda Tyler.

— Désolé d'avoir à te le dire, répondit Grant, mais je crois que ton plan absurde pourrait bien marcher.

Chapitre 40

Tyler raccrocha le téléphone alors qu'il quittait l'hôtel en compagnie de Stacy.

— Grant dit qu'on est bons, l'informa-t-il.

Ils portaient tous les deux un short, avec un tee-shirt pour Tyler et un débardeur pour Stacy. Tyler remarqua un tatouage, composé de deux lettres chinoises, sur l'épaule de la jeune femme.

— Qu'est-ce que ça dit ? lui demanda-t-il.

Stacy bascula l'épaule en avant pour regarder son tatouage.

— C'est une promesse que je m'étais faite quand j'étais une adolescente impatiente de quitter la ferme familiale. C'est le mot « aventure ». On dirait bien que j'ai été exaucée.

— Je l'aime bien. (Tyler remonta la manche de son tee-shirt pour lui montrer son propre tatouage, un château traversé d'une épée.) C'était l'insigne de mon bataillon. Ce tatouage était en vogue au sein de l'unité, alors j'ai fini par me dire « Pourquoi pas ? ». Grant a le même sur son bras.

Stacy passa le doigt sur les contours du tatouage en hochant la tête d'un air appréciateur. Tyler la regarda faire sans rien dire, puis mit fin à cet instant fugace d'intimité en se raclant la gorge.

— Vous êtes prête ? demanda-t-il en enfilant son casque.

— Un peu que je suis prête, répondit-elle en bouclant la sangle du sien. J'adore les motos.

Tyler démarra une des deux BMW que Grant et lui avaient louées. Il était plus aisé de naviguer dans la circulation dense d'Athènes à moto qu'en voiture.

Pendant que Grant s'occupait de repérer les lieux au musée, Tyler et Stacy avaient appelé différents magasins afin de trouver l'équipement qui leur manquait. Comme Tyler ne parlait pas un mot de grec, Stacy s'était occupée des coups de fil. Il leur avait fallu près d'une heure pour trouver une boutique de paintball et un magasin d'électronique où acheter ce qui leur fallait.

Tyler avait entré les adresses des boutiques dans son téléphone, et Stacy se chargerait de le guider pendant qu'il piloterait la moto.

Stacy enfila le sac à dos, monta à l'arrière de la BMW et se pressa contre Tyler, un bras autour de sa taille.

— Dites-moi quand je dois tourner, dit-il en mettant les gaz.

En une vingtaine de minutes, ils rejoignirent l'ouest de la ville. Tyler avait regardé un plan d'Athènes avant de partir, mais cela ne l'empêcha pas de se sentir totalement désorienté. Il ne pouvait même pas lire les noms inscrits sur les panneaux de signalisation.

Stacy lui indiqua une boutique sur la droite. Pas besoin de connaître le grec pour comprendre l'enseigne, qui figurait une balle de paintball éclaboussant une silhouette stylisée. Il sut qu'ils étaient arrivés à la première boutique.

Il s'arrêta devant le magasin et ils descendirent de moto. Stacy ôta son casque et secoua la tête, faisant valser ses tresses blondes. Une fine pellicule de transpiration brillait sur son cou, et son short et son débardeur soulignaient ses formes athlétiques.

Tyler la contempla jusqu'à ce que Stacy surprenne son regard.

— Vous ne seriez pas en train de me déshabiller des yeux, par hasard ?

Tyler sentit son visage s'empourprer.

— Non, en fait j'essayais plutôt de vous habiller.

— Celle-là, on ne me l'avait encore jamais faite.

— C'est juste que je suis en train de me dire qu'un vendeur normalement constitué ne risque pas de vous oublier de sitôt.

— Merci pour le compliment.

— Non pas que je me plaigne, notez, mais nous ne voudrions pas que quelqu'un puisse faire le rapprochement entre cet achat et ce qui va se passer tout à l'heure. Payez en liquide et filez aussi vite que possible.

Tyler récupéra le sac à dos et en sortit sa casquette des Mariners.

— Restez tranquille, dit-il.

Il enleva à Stacy ses lunettes de soleil et lui ramena les cheveux sur le sommet de la tête. Stacy garda les yeux rivés sur lui tandis qu'il bataillait avec ses cheveux, en s'efforçant de ne pas lui faire mal. Elle ne fit rien pour l'aider, amusée de le laisser se dépatouiller.

Tyler lui maintint les cheveux en place d'une main et enfonça la casquette sur sa tête, puis lui remit ses lunettes noires.

— Ne les enlevez pas une fois à l'intérieur.

— Vous avez été très délicat, le félicita-t-elle.

Tyler rougit de nouveau.

— Quand on travaille avec des bombes, il vaut mieux avoir la main légère.

— Ah ! vraiment ? demanda-t-elle en baissant légèrement ses lunettes.

— Vous avez fini de jouer les allumeuses, oui ? dit-il d'un air amusé.

— Quand on a réchappé à la mort une bonne dizaine de fois en trois jours, on se met à drôlement apprécier la vie.

— On essaiera de calmer un peu le rythme. Vous avez bien retenu ce qu'il nous faut ?

Stacy acquiesça.

— Une grenade fumigène sans flamme à allumage électrique. Ce n'est pas vraiment le genre de choses que j'ai appris à dire en étudiant le grec ancien, mais je devrais m'en sortir.

— Parfait. Et veillez bien à ce qu'il s'agisse d'un modèle à cent cinquante mille mètres cubes.

— J'en achèterai deux, au cas où.

— Entendu. Et achetez d'autres choses en même temps. N'importe quoi, en faisant comme si l'achat des grenades fumigènes n'était qu'un rajout de dernière minute.

— Ne vous en faites pas. Je n'en ai pas pour longtemps.

Tyler patienta à côté de la moto. Stacy revint au bout de cinq minutes.

— Ça s'est bien passé ? lui demanda-t-il.

— Comme sur des roulettes. (Stacy ouvrit le sac.) C'est bien ce que vous vouliez ?

Tyler regarda à l'intérieur du sac, qui contenait deux grenades. Il ne pouvait pas lire les inscriptions, mais comptait qu'elles avaient les bonnes dimensions. Stacy avait également acheté deux sachets de munitions de paintball ainsi qu'une casquette de base-ball noire.

— C'est parfait.

— La casquette est pour vous, puisque j'ai pris la vôtre.

Stacy fourra le sac du magasin dans le sac à dos et ôta ses lunettes. Son sourire avait disparu.

— Vous êtes bien sûr de vouloir le faire ? s'inquiéta-t-elle.

— Vous parlez du musée ?

— Je parle de l'éventualité de passer les dix prochaines années dans une prison grecque si vous vous faites prendre.

— Croyez-moi, je préférerais qu'il y ait un autre moyen. Je tiens à ma liberté comme tout le monde.

— Mais, tout de même, vous ne pensez pas que tout ça est insensé ?

— Si, complètement. Mais je pense également qu'il est insensé qu'un criminel ait kidnappé mon père et votre sœur pour nous obliger à chercher une carte au trésor tracée par Archimède afin de s'emparer du pouvoir de Midas. Mais si Orr est bien en possession de matière radioactive lui permettant de fabriquer une bombe sale, nous devons tout faire pour l'arrêter.

Stacy réfléchit un instant à ses paroles.

— Pourquoi croyez-vous qu'Orr voudrait fabriquer une bombe sale ?

— Qui peut savoir ? Peut-être s'agit-il d'un plan de secours. Si je ne lui obéis pas, il menace de faire sauter la bombe. Ou s'il ne parvient pas à retrouver la crypte de Midas, il prévoit de s'enrichir en faisant chanter les États-Unis avec.

— Ou alors les deux affaires n'ont aucun lien entre elles.

Tyler secoua la tête.

— Je suis persuadé qu'elles en ont un pour Orr. Il a un plan précis, même si je n'ai pas la moindre idée de ce dont il peut s'agir.

— Et vous restez persuadé que SR 90 voulait dire strontium ?

— Je n'ai aucune certitude, mais mon père est un expert en armes de destruction massive. Si c'est bien ça qu'il voulait dire, il savait que je finirai par le comprendre.

Stacy le dévisagea l'espace d'une seconde, puis sourit.

— Dans ce cas, nous ferions mieux d'aller chercher ce déclencheur télécommandé dont vous avez besoin, conclut-elle en remettant son casque.

— Bonne idée, dit-il en s'équipant à son tour.

Stacy lui donna le sac à dos et tendit la main.

— Quoi ?

— Les clefs, s'il vous plaît, dit-elle avec un clin d'œil avant de rabattre la visière de son casque. C'est mon tour de conduire.

Chapitre 41

Gia Cavano pénétra comme une furie dans le vestibule de sa villa du bord de mer, à l'ouest de Naples, et s'empara de la première chose à portée de main, un vase de cristal Steuben posé sur la table d'entrée. Elle le lança contre le mur où il explosa, répandant mille éclats de verre sur le sol.

Le geste l'apaisa un peu, mais elle bouillait encore de rage.

Alors qu'une domestique se précipitait pour ramasser les débris du vase, Cavano traversa le salon d'un pas vif pour rejoindre la terrasse qui surplombait la mer. Son cousin Salvatore la suivit. Il n'était pas particulièrement brillant, ce qui était aussi bien, mais il était efficace quand il s'agissait de jouer des poings. Et il s'était toujours montré loyal envers elle depuis le décès de son époux.

— *Quell'idiota di Pietro !* fulmina-t-elle en renversant une chaise d'un coup de pied. S'il n'était pas déjà mort, je l'aurai tué de mes propres mains, poursuivit-elle en italien.

— Locke paiera pour ça. J'y veillerai personnellement.

— As-tu la moindre idée de ce que m'a coûté la journée d'hier ? Entre la Lamborghini en miettes et les réparations de la Ferrari, je vais en avoir pour plus de trois cent mille euros, sans parler de la BMW détruite, et de la Zonda que j'ai dû acheter.

— Et nous avons perdu trois hommes.

— Oui, évidemment. Trois autres familles à nourrir.

Les Cavano prenaient soin des leurs, notamment quand des hommes mouraient. Savoir que leurs familles seraient à l'abri du besoin s'ils disparaissaient garantissait leur loyauté.

Rödel avait envoyé une voiture la chercher quand la Zonda était tombée en panne d'essence. Elle avait laissé la police enquêter sur le mort dans le garage de la Boerst ainsi que sur l'accident de la Lamborghini. La Ferrari avait été retrouvée peu après, avec deux impacts de balle. Par l'entremise de Rödel, elle en avait déclaré le vol et avait quitté Munich avant qu'on ne lui pose trop de questions.

Elle possédait désormais de plein droit l'immeuble du ministère de la Santé, mais le travail de démolition ne pourrait pas débuter avant le lundi matin. Même avec tout le pouvoir dont elle disposait, les syndicats italiens refusaient de voir les ouvriers se mettre à l'œuvre un week-end.

Du moment qu'elle parvenait à tenir Orr à distance le temps que les fondations soient percées jusqu'aux tunnels, le trésor serait à elle.

Mais Locke l'avait suivie dans le seul dessein de récupérer cet appareil. Les enregistrements vidéo fournis par Rödel montraient que Locke avait d'abord fouillé la BMW et affronté Pietro, pour finir par pousser la voiture dans le vide. La casquette qu'il portait masquait son visage et la police ne parviendrait pas à l'identifier, et ce n'était certainement pas elle qui le dénoncerait. Elle voulait s'occuper personnellement de son cas.

Elle devait juste comprendre pourquoi il avait pris tant de risques pour récupérer cet engin. Celui-ci jouait apparemment un rôle essentiel dans ses recherches, tout comme la tablette qu'il lui avait volée. Il finirait forcément par venir à Naples, et Orr aussi.

— Nous surveillons toujours l'aéroport et la gare ? demanda-t-elle.

— J'ai des hommes en poste aux deux endroits. Si Orr, Locke, Benedict ou Westfield se montrent, nous le saurons.

Elle ne partageait pas sa confiance. Orr était passé maître dans l'art de dissimuler son identité, et il savait qu'il serait vulnérable une fois à Naples. Pour Locke, c'était une autre affaire ; il paraissait déterminé et plein de ressources, mais ce n'était pas un criminel habitué à voyager incognito.

— Poste aussi des guetteurs dans tous les hôtels. Dis-leur de signaler toute personne différente du touriste moyen ou de l'homme d'affaires.

— Et si on repère l'un d'entre eux ?

— Protéger l'or est la priorité.

Sal était le seul de ses hommes à savoir ce qu'ils cherchaient exactement.

— Alors, si on les retrouve, on les élimine ?

Cavano hésita. Les tuer semblait la meilleure chose à faire. Trois balles, une exécution classique. Naples était la ville d'Europe de l'Ouest qui possédait le plus haut taux d'homicides, et la *polizia* ne les élucidait que rarement.

Mais elle ressentait un malaise. Et si Orr ou Locke savait déjà comment retrouver le trésor ? Si elle tuait l'un d'eux, elle ne pourrait pas savoir ce que l'autre manigançait. C'était courir le risque qu'ils trouvent la crypte avant elle et s'emparent de l'or de Midas.

— Tuez-les uniquement en dernier recours. Capturez-les si c'est possible. Mais ne les laissez pas nous filer entre les pattes, peu importe qui doit mourir pour ça.

— Compris.

Cavano fit les cent pas sur la terrasse en essayant de se mettre à la place de son ennemi.

— Orr cherche un autre passage pour atteindre la crypte. Je suis sûre que la tablette et l'appareil de Locke ont quelque chose à voir avec ça, mais j'ignore quoi.

— Et le British Museum ? demanda Sal. Quand je filais Westfield, je l'ai vu parler longuement à Lumley.

— J'ai rappelé Lumley, mais il m'a dit qu'il était incapable de comprendre le texte du manuscrit.

— L'appareil de Locke a peut-être un rapport avec le manuscrit et c'est pour ça qu'il nous l'a repris ?

Cavano s'immobilisa. Sal n'était peut-être pas aussi idiot que ça, après tout.

Elle sentit sa colère enfler de nouveau. Lumley lui avait dissimulé des informations. Elle prit son téléphone et appela l'archéologue sur son portable.

— Allô ? dit celui-ci d'une voix hésitante.

— C'est moi. Évitez de me mentir cette fois-ci, et dites-moi ce que vous avez raconté à Westfield.

— Je ne vous ai pas menti. Je n'ai pas pu l'aider, je vous assure…

Cavano l'interrompit. Elle n'avait pas le temps de jouer à ce petit jeu.

— Si vous ne me dites pas ce que vous savez, je vous attacherai sur une table et je vous arracherai les entrailles, comme on vide un poisson.

Elle entendit Lumley s'étrangler.

— Très… très bien. Oui, bien sûr. M. Westfield était particulièrement intéressé par deux statues du fronton ouest du Parthénon, celles d'Héraclès et d'Aphrodite.

— Pourquoi ?

— Le codex mentionnait ces deux statues comme étant la clef d'une sorte d'énigme, mais je n'en sais pas plus.

— Sont-ils revenus au musée ?

— Oh ! non. Et je ne pense pas qu'ils le feront.

— Vous voulez dire qu'ils ont résolu l'énigme ?

— Je l'ignore. Le codex semblait dire qu'il fallait se trouver devant le Parthénon pour en comprendre le sens.

Devant le Parthénon.

— *Grazie*, docteur.

— Nous sommes quittes, à présent ?

— Non. Je peux encore vous appeler à n'importe quelle heure du jour et de la nuit, et, si vous ne me répondez pas, je prendrai ça pour une marque d'irrespect. Vous m'avez bien compris ?

Elle entendit la respiration hachée de Lumley à l'autre bout du fil.

— C'est très clair.

Cavano raccrocha.

Avec un jour de retard, il était fort possible qu'il soit déjà trop tard pour mettre la main sur Locke, Benedict et Westfield, mais c'était la seule piste dont elle disposait.

— Avertis Adamo et Mario, ordonna-t-elle à Sal. Comme ils étaient avec toi au musée, ils pourront reconnaître Grant Westfield. Envoie-les à Athènes dès ce soir. Je crois que Locke et ses amis pourraient déjà s'y trouver.

— Je pars avec eux ?

— Non, je veux que tu restes à Naples. S'ils nous échappent à Athènes, ils viendront ici.

— Que doivent faire Adamo et Mario à Athènes ?

— Trouve des photos de Locke et de Benedict à leur donner. Je veux qu'ils surveillent le Parthénon en permanence, de l'ouverture du site à sa fermeture.

— Et s'ils les repèrent ?

Il serait difficile de les ramener en Italie. En bateau, peut-être ?

Cavano sentit son pouls ralentir et ses muscles se détendre. Pour la première fois depuis les dernières vingt-quatre heures, elle avait le sentiment de reprendre le contrôle de la situation.

— Seul Locke nous sera utile, trancha-t-elle. Qu'ils capturent Locke et tuent les deux autres.

Chapitre 42

Il était 14 h 45. Le Musée archéologique national fermant à 15 heures, les visiteurs commençaient à revenir vers l'entrée. Grâce aux tickets que Grant avait achetés dans la matinée, Tyler et Stacy étaient entrés séparément dans le musée.

Pour l'opération, Tyler s'était habillé d'une chemise et d'un jean, et portait le sac à dos à l'épaule. Son oreillette était en place et connectée à son téléphone portable en communication avec celui de Grant, qui attendait avec leurs motos près de la sortie de secours.

— Tout va bien dehors ? lui demanda Tyler.

— À part un léger attroupement à l'arrêt de bus, la voie est libre.

— Avertis-moi si quelque chose cloche de ton côté.

— Compte sur moi.

Tyler portait sa nouvelle casquette noire afin d'éviter que celle des Mariners puisse servir à faire le lien avec l'incident de Munich. Il abaissa la visière en s'assurant qu'elle garde bien son visage à l'abri des caméras de surveillance, et suivit les indications de Grant pour rejoindre la salle d'exposition du mécanisme d'Anticythère. Tyler avait examiné attentivement les photos rapportées par Grant et savait donc exactement à quoi s'attendre mais, en contemplant l'appareil de ses yeux pour la première fois, il ne put s'empêcher de s'émerveiller en voyant à quel point la réplique derrière la vitrine ressemblait au géolabe qu'il avait fabriqué. Les deux mécanismes étaient quasiment identiques, à l'exception du fait que le géolabe comportait deux manivelles au lieu d'une seule.

Les surveillants de la salle étaient en train de discuter avec celui posté près de la sortie de secours et ne lui prêtaient pas la moindre attention. Il n'y avait aucun autre touriste dans la salle, ce qui lui offrait l'occasion espérée.

Tyler se positionna directement à l'aplomb de la caméra de surveillance, près d'une vitrine d'exposition légèrement décalée du mur. Il s'agenouilla comme quelqu'un qui referait son lacet et posa le sac à dos au sol à côté de lui. D'un mouvement fluide, il sortit la grenade fumigène du sac et la plaça derrière la vitrine. À moins que quelqu'un ne vienne spécialement regarder derrière celle-ci, la grenade resterait dissimulée.

Il se releva et fit semblant de lire les panneaux explicatifs du mécanisme d'Anticythère. Puis il tourna autour de la réplique et repéra le trou de serrure permettant de déverrouiller le panneau de façade de la vitrine.

Il rebroussa chemin, un visiteur parmi les autres vadrouillant entre les vestiges de l'Antiquité grecque. Il aurait vraiment aimé avoir le temps d'examiner plus en détail les fragments de la machine d'Anticythère. Il était fascinant de se trouver devant un mécanisme plus sophistiqué que tout ce qui avait été conçu dans les mille cinq cents ans suivants.

Ils avaient prévu de passer à l'action dans la galerie présentant des pierres tombales sculptées, à une trentaine de mètres de la salle où était exposé le mécanisme. Quand Tyler fit son entrée dans la galerie, il aperçut Stacy absorbée dans la contemplation de la statue d'un homme vêtu d'une robe et portant un bol à offrandes.

Elle tourna lentement sur elle-même et Tyler lui adressa un discret signe de tête quand ses yeux passèrent sur lui. C'était le signal.

Grant avait relevé l'emplacement de toutes les alarmes incendie, et Stacy vint se placer près de l'une d'elles, à côté d'un groupe de touristes âgés qui écoutaient un guide parlant anglais. Elle actionna l'alarme incendie d'un geste discret et s'éloigna. Un hurlement commença à retentir.

Le son provenait de haut-parleurs situés au plafond, si bien que personne ne se tourna vers l'endroit où Stacy se trouvait, et elle imita la surprise manifestée par le reste des visiteurs autour d'elle.

Des surveillants firent leur apparition à chaque entrée de la galerie. Le feu était un grave péril pour les œuvres d'art, mais les extincteurs ne se déclenchaient pas automatiquement afin de ne pas endommager inutilement les statues.

La main dans la poche, Tyler serra son Leatherman et guetta le moment d'agir.

Quelques secondes plus tard, un vigile fit son apparition. Il parlait d'une voix forte dans son talkie-walkie et se dirigea directement vers l'alarme incendie. Il s'arrêta devant et regarda autour de lui, fouillant la galerie du regard à la recherche du moindre signe d'un début de feu.

Le groupe de touristes observait le vigile sans se déplacer vers la sortie comme Tyler l'aurait espéré. Il se glissa auprès d'un des membres du groupe, un digne octogénaire.

— Vous avez entendu ça ? lui demanda-t-il.

— Entendu quoi ? répondit l'homme.

Tyler lui désigna le vigile.

— Je crois que le gardien a dit qu'il y avait le feu à l'arrière du musée.

L'insinuation porta ses fruits et le groupe commença à battre en retraite vers l'entrée du bâtiment.

Stacy était déjà engagée en grande conversation avec le vigile grec, jouant son rôle à la perfection. Elle montra du doigt le plafond, comme si le feu aurait pu se trouver là, en posant l'autre main sur le dos du garde. Deux surveillants du musée les rejoignirent et levèrent à leur tour les yeux vers le plafond.

Tyler ignorait ce que Stacy leur racontait, mais apparemment cela fonctionnait.

Tyler sortit le Leatherman de sa poche, les pinces coupe-câbles déployées. Les clefs du garde pendaient au niveau de sa hanche gauche. Tyler vint se placer à côté de lui, comme si lui aussi tentait de repérer la cause de l'alarme.

Stacy poussa un cri soudain, ce qui était pour Tyler le signal de passer à l'action. Il se pencha légèrement, agrippa les clefs et coupa la corde qui les retenait. Le garde ne se rendit compte de rien.

Tyler se détourna et partit en direction du mécanisme d'Anticythère.

Dès qu'il quitta la galerie et entra dans la salle suivante, il donna un coup de hanche dans trois vitrines d'exposition. Selon Stacy, celles-ci devaient forcément comporter une alarme silencieuse. Le choc la déclencherait, ce qui créerait une nouvelle source de distraction pour les gardes.

Puis Tyler appuya sur le bouton de la télécommande qui déclenchait la grenade fumigène. Grant avait passé l'heure du déjeuner à bidouiller le système de commande. La grenade de paintball pouvait être déclenchée en la branchant sur une pile de neuf volts, mais il était également possible de la connecter à un simple interrupteur électrique activé par télécommande.

La grenade commença à émettre assez de fumée pour obscurcir un terrain de football. En moins de trois minutes, une bonne partie du musée se retrouverait envahie de fumée inoffensive. Tyler avait simplement besoin que celle-ci masque la salle d'exposition du mécanisme d'Anticythère.

Il examina les clefs du vigile et trouva celle à la forme inhabituelle qui ouvrait les vitrines.

Les surveillants présents se mirent à pousser des cris d'alarme. Tyler n'était plus qu'à cinq mètres de l'entrée de la salle quand il vit un nuage de fumée orange en sortir à gros remous. Les deux surveillants surgirent au milieu de la fumée en toussant et en s'étranglant, craignant sans doute que la fumée soit toxique.

Tyler avait espéré qu'ils se dirigeraient vers la sortie de secours. Leur apparition soudaine lui compliquait les choses, mais il décida de continuer comme prévu.

Il se faufila entre eux et plongea dans la salle, totalement envahie par la fumée. Incapable de voir à plus de trente centimètres devant lui, il se déplaça jusqu'à la vitrine d'exposition à tâtons.

Il était sur le point d'insérer la clef dans la serrure de la vitrine quand il sentit quelqu'un lui attraper le bras. Une surveillante avait décidé de jouer les héros et était revenue dans la fumée afin de le sauver. Elle lui tira sur le bras avec insistance en criant quelque chose en grec.

Tyler fit signe à la surveillante d'avancer, et lui emboîta le pas. Mais dès qu'ils eurent fait quelques mètres, il s'arrêta et revint vers la vitrine. La surveillante penserait sûrement qu'elle l'avait perdu au milieu de toute cette fumée. Il passa la main sur le haut de la vitrine jusqu'à ce qu'il sente sous ses doigts le trou de serrure. Il inséra la clef et le panneau avant s'entrouvrit. Des volutes de fumée orange s'insinuèrent immédiatement dans l'air purifié de la vitrine.

Tyler ouvrit son sac à dos et y fourra la réplique du mécanisme d'Anticythère. Puis il essuya le trousseau de clefs dans sa chemise et l'abandonna à l'intérieur de la vitrine.

—Je l'ai, dit-il.

—La voie est libre, lui répondit Grant.

Tyler se dirigea vers la sortie de secours, ouvrit la porte et sortit en titubant, une main devant la bouche, comme un touriste paniqué au cas où quelqu'un l'apercevrait.

Il marcha d'un pas chancelant jusqu'à l'endroit où Grant l'attendait avec les motos. Il n'y avait plus personne au niveau de l'arrêt de bus. Tous les curieux étaient rassemblés devant l'entrée du musée.

Tyler et Grant enfourchèrent leurs motos et partirent en trombe pour faire un tour complet du musée. Quand ils rejoignirent l'entrée, Stacy se précipita à leur rencontre.

Elle sauta sur la selle derrière Tyler et ils partirent sans attendre.

Trois carrefours plus loin, ils s'arrêtèrent à un feu rouge. Ils entendirent quelques sirènes, mais toutes semblaient se diriger en direction du musée.

— Pas de problème particulier ? cria Grant par-dessus le bruit des voitures.

— À part une surveillante revenue pour m'aider à sortir de la salle, tout s'est déroulé comme prévu, répondit Tyler avant de se tourner vers Stacy. Vous êtes une excellente comédienne. J'ai dû me retenir pour ne pas regarder moi-même au plafond.

— Je devais bien ça à mon public. Vous pensez que la surveillante pourrait vous identifier ?

— Avec toute cette fumée ? Ce serait déjà une chance qu'elle puisse dire si j'étais un homme ou une femme.

— Une chance pour vous, vous voulez dire.

Le feu passa au vert.

— Je suis extrêmement doué quand il s'agit d'être chanceux, lui cria Tyler par-dessus son épaule alors qu'il tournait la poignée d'accélérateur et les emportait loin de la scène du crime.

Chapitre 43

Après avoir déposé Stacy à l'hôtel, Grant et Tyler se rendirent à un atelier de ferronnerie qu'ils avaient loué. Tyler avait offert une coquette somme au propriétaire pour qu'il les laisse disposer toute une soirée de son atelier et de ses outils afin de retirer l'engrenage de la réplique du mécanisme d'Anticythère et de l'insérer dans le géolabe.

La réplique avait été fabriquée selon une conception différente de celle suivie par Tyler pour son géolabe, aussi dut-il retirer l'axe de l'engrenage avant de pouvoir le mettre en place. La manœuvre demanda sept heures de travail. À minuit, les quarante-sept engrenages du géolabe étaient de nouveau en place. Les cadrans tournaient librement, comme si l'engrenage de remplacement avait toujours été là. Le géolabe fonctionnait.

— Nous n'avons plus qu'à attendre le matin, dit Grant en ramassant les pièces détachées de la réplique. L'Acropole ouvre à 8 heures.

— Une fois là-bas, nous ne devrions pas en avoir pour plus de dix minutes. Ensuite, on file à l'aéroport. Avec le décalage horaire, nous serons à Rome à l'heure du déjeuner.

Atterrir directement à Naples aurait été trop risqué. Rome semblait plus sûre à Tyler, même s'il ignorait l'étendue exacte de l'influence de Gia Cavano. Ils loueraient ensuite une voiture pour rejoindre Naples et se rendre au rendez-vous fixé par Orr.

Tyler se frotta les yeux. Il avait besoin d'une bonne nuit de sommeil, mais il ne savait pas si son esprit en ébullition lui en laisserait l'occasion.

— Ton père va s'en sortir, tu sais, lui dit Grant, qui avait dû remarquer l'inquiétude sur les traits de son visage.

— Je sais. Et il voudrait que je me préoccupe davantage du strontium 90 que de sa propre sécurité.

— Je ne comprends toujours pas quel peut être le plan d'Orr. Ça m'échappe.

— Cela a forcément quelque chose à voir avec l'or, réfléchit Tyler. Pourquoi sinon nous enverrait-il chercher ce trésor tout en préparant sa bombe ?

— S'il la fait exploser à Washington, la capitale deviendra une ville fantôme pour les vingt prochaines années.

— Il a peut-être une dent contre le gouvernement ?

— Ouais, il déteste sûrement payer ses impôts encore plus que moi.

Tyler rangea le géolabe dans son sac à dos, puis hésita un instant avant de reprendre la parole.

— Tu crois que nous prenons la bonne décision en ne prévenant pas le FBI ?

Grant haussa les épaules.

— Ça, mon gars, j'en sais rien. C'est l'un ou l'autre. Le FBI possède plus de moyens que nous, c'est sûr, malgré les talents d'Aiden et les relations de Miles. D'un autre côté, je crois que tu as raison : Orr l'aurait su. Tant qu'il pense que nous n'avons prévenu personne, il ne fera rien au général ou à la sœur de Stacy.

— Je sais. Et je sais aussi que mon père ne va pas rester sagement assis comme un bon petit otage. Garder Orr occupé peut lui fournir une chance de s'échapper.

— Tu penses qu'il va tenter le coup ?

Tyler hocha la tête.

— Sauf si nous parvenons à le localiser avant. Mais Aiden a dit qu'il était impossible de remonter la piste des vidéos envoyées par Orr. Elles transitent par trois serveurs proxys anonymes d'Europe de l'Est.

Inutile d'en dire davantage, Grant avait lu l'e-mail d'Aiden. La Gordian Engineering était une des meilleures firmes mondiales en expertise légale d'accidents. Miles avait réuni une équipe de volontaires proches de Tyler qui s'étaient rendus sur le site de l'explosion du camion sur le ferry afin de récolter des indices, en ayant au préalable prévenu le bureau du shérif qu'ils avaient une piste.

Sous l'autorité du shérif, ils avaient examiné les débris sans rien trouver qui puisse les mener à Orr. Le camion avait été volé la veille et tous les composants de la bombe pouvaient s'acheter au RadioShack du coin. Quant à l'explosif binaire, il était impossible à tracer. Sans autre piste et puisque l'explosion n'avait fait aucune victime, le shérif avait conclu qu'il s'agissait de l'œuvre de voyous qui prenaient leur pied à faire exploser des trucs.

Les efforts d'Aiden pour remonter la piste d'Orr en traquant ses communications numériques s'étaient révélés tout aussi infructueux. Orr utilisait un téléphone portable prépayé. Le site Web permettant de suivre le géolabe avait été créé avec une fausse identité. À moins d'un coup de chance inespéré, leur seul moyen de libérer Sherman et Carol serait de mettre la main sur Orr lui-même.

— Bon, conclut Tyler en enfilant le sac à dos. Rentrons à l'hôtel. On a une longue journée demain.

Quand ils regagnèrent leur suite, ils trouvèrent Stacy dans le salon, occupée à relire encore une fois le codex d'Archimède.

— Alors, ça fonctionne ? demanda-t-elle d'une voix tendue.

— Comme une montre suisse, lui répondit Tyler dans un sourire.

— Je vais me pieuter, annonça Grant. Réveil à 7 heures. J'aurai besoin d'un bon petit-déjeuner.

Il ferma la porte derrière lui, laissant Tyler seul avec Stacy. Tyler posa le sac contenant le géolabe sur la table et s'assit à côté d'elle. La fatigue accumulée les derniers jours sembla soudain le rattraper. Il se laissa aller contre le dossier du canapé et ferma les yeux.

—Mon pauvre, le plaignit-elle. Vous avez l'air complètement cuit.

Tyler tourna la tête vers elle en entrouvrant les paupières.

—De votre côté, vous m'avez l'air plutôt en forme.

—J'ai fait une sieste pendant que vous n'étiez pas là.

Il s'étira la nuque, endolori d'avoir passé quatre heures d'affilée penché sur le géolabe.

Elle le força à se redresser.

—Allez, laissez-moi faire.

Avant qu'il ait pu protester, Stacy avait commencé à lui masser les épaules. Pour une femme aussi menue, elle avait une sacrée force dans les mains. Tyler était forcé d'admettre que cela faisait un bien fou. Il se laissa aller contre les mains de Stacy, qui s'attaqua aux endroits les plus noués.

Après cinq minutes de massage, son stress n'était pas totalement évacué, mais il n'avait plus les muscles aussi tendus. Tyler s'adossa aux coussins du canapé et se tourna vers Stacy, qui chercha à croiser son regard.

—Quoi ? lui demanda-t-il.

—Cette situation est pénible pour vous, n'est-ce pas ?

—Et pas pour vous ?

—Bien sûr que si, mais je suis sûre que tout s'arrangera pour le mieux.

—Tout comme moi.

Stacy se passa la main dans les cheveux avec naturel.

—Non, c'est faux. Vous, vous voulez trouver le moyen d'agir pour résoudre la situation. C'est pour ça que c'est si difficile pour vous. Vous détestez ne pas maîtriser les choses. Je vous ai observé durant notre course-poursuite sur l'*Autobahn*. Vous étiez dans votre élément, persuadé que les choses se passeraient comme vous l'aviez prévu et que, même si ce n'était pas le cas, vous sauriez réagir et vous adapter.

Tyler la dévisagea sans rien dire.

— C'est comme cette histoire d'accident de cheval quand vous étiez enfant, poursuivit-elle. Vous n'aviez pas peur d'être tué. Vous aviez peur de finir paralysé.

Tyler s'étonna de voir combien Stacy était proche de la vérité. Mais sa crainte n'était pas la paralysie. Miles était la preuve vivante que la vie ne s'arrêtait pas avec un fauteuil roulant. Il craignait un coma, l'idée de devenir un légume pour le reste de sa vie, dépendant des autres, incapable d'agir.

— Pourquoi me dites-vous tout cela ?

Stacy posa les mains sur les siennes.

— Parce que je veux que vous sachiez que vous n'êtes pas seul dans cette affaire. D'une façon ou d'une autre, nous allons réussir à nous sortir de là. Tous ensemble.

L'air sembla soudain se raréfier et le champ de vision de Tyler se réduisit aux yeux bleus brillants de Stacy. Il sentit sa respiration se bloquer.

Stacy s'inclina vers lui et son regard alla de ses yeux à sa bouche. Tyler sentit les mains de Stacy se crisper sur les siennes. S'il se penchait ne serait-ce que d'un centimètre vers elle, il n'aurait pas la force de s'arrêter.

Mais, comme si tous les deux pensaient en même temps à l'incongruité de ce qu'ils envisageaient alors que Sherman et Carol étaient toujours prisonniers, le moment passa. Tyler se détourna, et ce fut une des choses les plus difficiles qu'il ait jamais eu à faire. Il relâcha les mains de Stacy et se leva.

— Bien, hésita-t-il, je… euh… je devrais sans doute aller prendre un peu de repos.

Stacy se leva et croisa les bras sur sa poitrine, les joues roses d'embarras.

— Oui, bonne idée.

— Alors… bonne nuit.

— Bonne nuit. À demain. (Elle lui adressa un timide signe de la main et gagna sa chambre.) Dormez bien, ajouta-t-elle en refermant la porte.

Malgré la gravité de la situation, Tyler eut le sentiment que le fardeau qui pesait sur ses épaules s'était allégé. Il se brossa les dents et s'affala sur son lit.

Alors qu'il fermait les yeux, un sentiment de sérénité l'envahit en pensant que Grant et Stacy étaient à ses côtés. Quoi que leur réserve le lendemain, ils l'affronteraient ensemble.

Dimanche

Le pouvoir de Midas

Chapitre 44

Adamo Cavano grimpa le chemin qui montait à l'Acropole en compagnie de Dario et de deux autres cousins que Gia leur avait adjoints la veille au soir, après avoir entendu parler du cambriolage au Musée archéologique national d'Athènes. On avait volé une espèce de boîte. Adamo s'en moquait. Tout ce qu'il voulait, c'était se venger de ce salopard qui leur avait flanqué une correction devant le British Museum.

Après être arrivés à Athènes à 6 heures, les quatre hommes avaient commencé par rendre visite à un trafiquant local que la famille connaissait pour lui acheter des armes et des munitions. À 8 heures, ils avaient pris quatre tickets pour l'Acropole et montaient désormais vers le sommet de la célèbre colline.

Les gens qui n'étaient jamais venus à Athènes pensaient souvent que l'Acropole et le Parthénon désignaient la même chose. En réalité, l'Acropole était le nom du vaste plateau rocheux qui dominait Athènes, tandis que le Parthénon était celui du temple dédié à la déesse Athéna, et qui faisait partie d'un ensemble d'édifices antiques construits au sommet de l'Acropole. Adamo savait que ces bâtiments étaient encore plus anciens que ceux de Naples, sa ville natale, mais les vestiges et les murs de pierre ne l'impressionnaient pas. Ce n'était qu'un champ de ruines, les décombres d'une gloire passée. De là où il se trouvait, le Parthénon avait l'air d'être sur le point de s'écrouler d'un moment à l'autre.

Le soleil tapait déjà fort et il n'y avait guère de coins d'ombre pour s'abriter de ses rayons. Aucun des quatre hommes n'avait vraiment réfléchi à sa tenue. Adamo portait un pantalon, des chaussures Ferragamo et une chemise en soie ample pour dissimuler le pistolet glissé dans sa ceinture. Tous les touristes qu'ils croisaient portaient des shorts et des tee-shirts, avec des sandales ou des baskets. Adamo et ses hommes faisaient tache dans le paysage, comme des mouches sur une boule de mozzarella.

Mais ils ne pouvaient plus rien y faire, désormais. Deux d'entre eux se posteraient à l'entrée, tandis que les deux autres resteraient en attente, non loin. L'Acropole n'ayant qu'une seule entrée, Locke et son ami Westfield seraient obligés de passer devant eux.

Alors qu'ils approchaient des Propylées, l'étroit escalier entouré de portiques qui conduisait au sommet de l'Acropole, Adamo se raidit, tous les sens en éveil.

L'escalier était déjà occupé par un groupe de touristes. *Comment est-ce possible ?* Adamo et ses hommes avaient été les premiers au guichet. Puis il aperçut d'autres visiteurs arriver sur sa gauche et comprit que le chemin qu'ils avaient emprunté n'était pas le seul qui permettait de monter à l'Acropole.

Ils avaient tous mémorisé les visages de Locke, Westfield et Benedict. Tous trois étaient facilement reconnaissables, il serait aisé de les repérer parmi les badauds.

Adamo observa le groupe de touristes. Aucun d'eux ne ressemblait aux photos.

Il chercha autour de lui un endroit où s'asseoir. La journée promettait d'être longue et il n'avait aucune envie de la passer à rester debout. Mais, avant cela, il devait vérifier à l'Acropole par acquit de conscience, afin de s'assurer que Locke n'y était pas arrivé avant eux.

Il attira Dario et les deux autres sur le côté.

— Nous ne pouvons pas faire ça ici, dit-il en italien. Si on repère Locke, on l'emmène le plus discrètement possible. Pour les deux autres, on fera un tour à la décharge pour se débarrasser d'eux. Et n'oubliez pas, Westfield est pour Dario et moi.

— Et s'ils refusent de nous suivre gentiment ? demanda Dario.

— Dans ce cas, Gia m'a dit qu'on ne s'embarrasse pas et qu'on laisse aux Grecs quelques cadavres près de leur Parthénon. Mais récupérez tout ce qu'ils ont sur eux. Dario, viens avec moi. On va repérer les lieux.

Adamo se fraya un chemin parmi le groupe de touristes et grimpa les marches en plissant les yeux dans le soleil du matin.

S'ils devaient passer toute la journée à surveiller les lieux, il fallait qu'Adamo se trouve une bouteille d'eau avant de se choisir un poste d'observation.

Ayant emprunté le chemin le plus direct pour monter sur le plateau de l'Acropole, Stacy pensait que Tyler, Grant et elle seraient les premiers là-haut, mais son espoir fut déçu quand elle aperçut des ouvriers occupés à déplacer de lourds blocs de marbre à l'aide d'une grue à portique. Elle fut surprise de les voir à pied d'œuvre un dimanche matin, avant de se rappeler avoir entendu un guide expliquer que la restauration devait être achevée avant la tenue d'un événement fin juin et que les équipes redoublaient d'efforts pour tenir les délais.

Stacy s'étonna tout autant de voir un homme âgé qui poussait le fauteuil roulant de sa femme et se dit qu'il devait être encore en grande forme pour avoir réussi à monter aussi vite.

Stacy avait déjà visité l'Acropole une bonne dizaine de fois, mais la vue était toujours aussi époustouflante. Malgré les ravages du temps et de l'histoire, le Parthénon n'avait rien perdu de sa splendeur. Certains architectes estimaient que nul édifice au monde ne pouvait rivaliser avec la perfection de ses proportions, et elle aurait eu du mal à les contredire. Les colonnes étaient légèrement fuselées, comme un cigare, afin de corriger certains effets d'optique et donner l'impression d'une verticalité parfaite. De plus, afin de renforcer l'impression de force qui se dégageait de l'édifice, elles étaient inclinées vers l'intérieur, mais si imperceptiblement qu'elles paraissaient parfaitement perpendiculaires au sol.

Le génie de ces bâtisseurs morts plusieurs milliers d'années en arrière ne cessait de la fasciner.

Alors qu'ils traversaient le plateau pour rejoindre l'autre extrémité de l'Acropole, Tyler et Grant jetèrent des regards médusés à l'immense colonnade de marbre qui supportait les vestiges du toit. Stacy aurait aimé contempler cette merveille de nouveau pour la première fois, comme c'était leur cas.

Elle laissa échapper un petit cri en glissant sur une des nombreuses dalles de marbre émaillant l'allée de graviers. Tyler la rattrapa avant qu'elle ne tombe.

— Ça va ?

— J'oublie toujours ces stupides plaques de marbre. Une fois, je me suis retrouvée sur les fesses. C'est comme de marcher sur une patinoire.

— Merci pour l'info, dit-il en lui adressant un sourire avant de se remettre en route.

Stacy s'était réveillée tard et n'avait pas eu l'occasion de lui reparler de ce moment d'intimité qu'ils avaient partagé la veille au soir, même s'il n'y avait pas grand-chose à dire. Elle supposait que l'attirance qu'ils ressentaient était le résultat de tous ces moments de stress qu'ils avaient affrontés ensemble. Mais, vu les circonstances, se laisser aller à ce sentiment ne serait pas seulement inapproprié, c'était une distraction qu'ils ne pouvaient pas se permettre.

— C'est incroyable, n'est-ce pas ? s'émerveilla-t-elle alors qu'ils longeaient le temple.

Tyler se contenta de hocher la tête.

— Il remonte à quand exactement ? demanda Grant.

— Deux mille cinq cents ans environ. À l'époque, toutes les sculptures qui ornaient le temple étaient peintes de couleurs vives.

— J'ai du mal à l'imaginer.

— Tout le monde a tendance à penser que le temple a toujours eu la blancheur du marbre, mais la spectrographie nous dit le contraire, même si les traces de peinture ont disparu depuis longtemps.

— Et où sont les autres sculptures, en dehors de celles du British Museum ?

— Elles sont exposées dans le nouveau musée de l'Acropole, qui a été construit au sud du pied du plateau. L'ancien musée est là-bas, ajouta-t-elle en montrant un bâtiment en piteux état sur le côté ouest du Parthénon, encerclé de fils barbelés indiquant clairement qu'il était désaffecté.

— On dirait qu'il a connu de meilleurs jours.

— Il était trop petit et trop vieux pour accueillir tous ces trésors archéologiques de manière convenable. Un nouveau musée a donc été construit, un vrai bijou à la pointe de la modernité, dont l'objectif était aussi de faire taire les critiques du British Museum affirmant que les marbres d'Elgin seraient plus en sécurité en restant à Londres.

— Et les Grecs ne sont apparemment pas d'accord.

— C'est un sujet de désaccord qui persiste depuis deux cents ans mais, jusqu'à la construction du nouveau musée, les Grecs pouvaient difficilement réfuter l'argument anglais.

Ils franchirent le coin est du Parthénon. Le fronton était presque entièrement détruit et seuls les bords du toit incliné subsistaient de chaque côté de celui-ci. La seule statue présente sur le fronton était celle de l'Héraclès couché, dans la partie gauche. L'original se trouvait au British Museum, mais les Grecs avaient fabriqué une reproduction afin de montrer à quoi pouvait ressembler le fronton avec ses sculptures. Huit colonnes supportaient le toit. En partant de la gauche, Héraclès se trouvait entre la deuxième et la troisième colonne.

Munie de la photocopie d'une reconstitution du fronton dans son état d'origine, Stacy releva que les pieds d'Aphrodite devaient se trouver juste à gauche de la septième colonne.

Tyler s'éloigna d'une dizaine de pas et sortit le géolabe de son sac. Stacy l'avait aidé à le calibrer de nouveau à l'hôtel en utilisant le Stomachion, et les aiguilles des cadrans pointaient sur midi. Tyler coucha le géolabe selon les instructions d'Archimède et le tint devant lui. Stacy remarqua tout de suite qu'ils étaient trop près : le géolabe masquait tout l'édifice, y compris le fronton. Ils devaient reculer jusqu'à ce que la forme du géolabe masque seulement la façade du Parthénon, jusqu'au pied du fronton.

Ils reculèrent jusqu'à se trouver au bord du plateau de l'Acropole, derrière un petit mur de pierre entourant une plate-forme circulaire surélevée. Le géolabe couvrait parfaitement le corps de l'édifice, désormais. Tandis que Stacy maintenait le géolabe en place, Tyler activa la première manivelle jusqu'à ce que le cadran de gauche pointe vers le postérieur d'Héraclès. Puis il retourna le géolabe pour consulter les données du cadran arrière.

— Trente-deux degrés.

— C'est noté, dit Grant en écrivant le nombre.

Tyler remit le géolabe en place et répéta l'opération, cette fois-ci en faisant pointer l'aiguille du cadran de droite vers l'endroit où les pieds d'Aphrodite auraient dû se trouver.

— Soixante et onze degrés.

Grant s'empara d'une carte de Naples qu'il déplia sur le haut du muret. Il traça des droites suivant ces angles à partir du Castel dell'Ovo et du Castel Sant'Elmo, jusqu'à ce qu'elles se croisent.

— Et voilà. L'entrée des tunnels menant à la crypte de Midas doit se trouver quelque part dans les environs de la Piazza San Gaetano.

Il indiqua un espace carré en plein cœur de Naples. Il n'y avait pas trace d'une forteresse romaine dans le coin, mais celle-ci avait pu être détruite il y avait fort longtemps, ou l'espion syracusain s'était simplement égaré dans les tunnels.

Stacy releva les yeux, stupéfaite de la rapidité de toute l'opération.

— Quoi, ça y est, on a réussi ? C'était aussi simple que ça ?

— Pas vraiment, répondit Tyler, le regard fixé sur quelque chose à droite du Parthénon. Ne faites aucun mouvement brusque.

— Pourquoi ?

— Grant, ça ressemble à un touriste pour toi ?

Stacy tourna les yeux dans la direction indiquée par Tyler et aperçut un homme avançant vers eux d'un pas tranquille, vêtu d'une chemise en soie brillante et d'un pantalon noir élégant. Grant tourna lentement la tête et jeta un coup d'œil discret vers l'homme.

— Non, c'est pas vraiment un touriste, confirma-t-il. C'est un de ces gros bras d'Italiens à qui j'ai botté les fesses devant le British Museum.

Chapitre 45

Apparemment, l'Italien ne les avait pas encore aperçus. Grant était certain qu'il s'agissait bien du même homme. Malgré la distance, sa coiffure avec une mèche rabattue sur le front ne lui laissait aucun doute.

Ils s'accroupirent derrière le mur. L'homme de Cavano ne les avait peut-être pas reconnus, mais il risquait à présent d'être intrigué par leur disparition soudaine.

— Comment nous ont-ils retrouvés ? s'étonna Stacy.

— J'imagine qu'on le doit à mon bon ami Lumley, grogna Grant. Cavano a probablement entendu parler du cambriolage au musée et fait le rapprochement.

— Le terrain est trop dégagé pour qu'on tente de fuir en courant, dit Tyler.

— Tu as un plan ?

— Il faut qu'on isole ce type. Quand on l'aura capturé, Stacy jouera les interprètes pour l'interroger afin de savoir qui d'autre est ici avec lui.

— On lui fait le coup classique de l'appât ?

Tyler acquiesça.

— Et comme il te connaît déjà, on dirait bien que c'est toi qui vas devoir t'y coller.

— Il y aura au moins un autre gars avec lui, dit Grant. Sûrement ce type avec une moustache de dandy.

— Dirige-toi vers l'arrière de l'ancien musée. Quand il te suivra, je me glisserai derrière lui.

— Et moi ? demanda Stacy.

— Restez ici. (Tyler lui tendit le sac à dos et plaça son oreillette.) Vous serez nos yeux. Si vous voyez arriver l'homme à moustache, vous me prévenez.

— Entendu, acquiesça-t-elle en composant le numéro du téléphone de Tyler afin d'être en liaison avec lui.

— Allons-y, dit celui-ci en regardant Grant.

Grant enjamba le muret et descendit par l'échafaudage installé pour rebâtir une portion du mur. Il se trouvait désormais plus bas que le niveau où se tenait l'homme de Cavano. Il avança au milieu des éboulis jusqu'à arriver près de l'arrière de l'ancien musée de l'Acropole.

Grant regarda derrière lui et vit que l'homme, qui continuait à avancer, n'était plus qu'à une dizaine de mètres de la position de Tyler. Il fit volontairement rouler un gros caillou du bout du pied et l'homme tourna brusquement la tête dans sa direction. Grant passa derrière le bâtiment. Une montagne de sacs de débris occupait le coin de l'Acropole, près d'une grue à l'arrêt installée contre le mur sud de la citadelle.

Grant tourna le coin. Il jeta un coup d'œil par-dessus son épaule, mais apparemment l'Italien ne l'avait pas suivi. Cela signifiait qu'il allait plutôt essayer de lui couper la route.

Grant continua à avancer en courant le long d'une petite voie ferrée installée à l'origine pour transporter les sculptures du Parthénon jusqu'à la grue par laquelle elles étaient descendues au nouveau musée. Un wagonnet se trouvait sur les rails.

Avant que Grant atteigne celui-ci, l'homme apparut à l'autre extrémité du bâtiment et braqua un pistolet sur lui. Grant s'immobilisa et leva les mains. L'Italien s'avança lentement vers lui.

— Hé, mais je vous connais, l'interpella Grant avec un sourire. (Il savait que l'homme parlait mal anglais, mais cela importait peu.) Comment va la tête ? Je parie que vous avez encore un sacré mal de tronche.

— *Zitto !*

L'homme continua à avancer, sans jamais cesser de braquer son arme sur Grant.

Grant avait reconnu ce ton de voix que l'on prenait, quelle que soit sa langue, pour dire « la ferme ! », mais il avait besoin de gagner encore quelques secondes.

— Écoutez, je suis vraiment désolé de vous avoir assommé à Londres, mais je pensais que vous étiez un Hare Krishna qui réclamait l'aumône.

— *Zitto !* lui intima-t-il de nouveau.

Tyler, qui s'était faufilé derrière l'homme, pressa la lame de son couteau Leatherman sur sa carotide.

— *Zitto* toi-même, lui souffla Tyler.

L'homme se figea, et il pinça les lèvres en une moue de mépris, furieux de s'être laissé duper. Son pistolet resta braqué sur Grant.

— Tu le tiens ? demanda Grant.

— Ouais, répondit Tyler, mais il faut qu'on fasse vite. On a de la compagnie.

Stacy n'avait pas remarqué plus tôt l'homme à la fine moustache parce qu'il était arrivé par le côté opposé du Parthénon. Elle avait suivi Tyler, à une quinzaine de mètres de distance pour couvrir ses arrières, mais la cabine de la grue à portique installée près du Parthénon lui avait bloqué la vue. Elle avait fini par repérer le deuxième homme à cause de l'éclat de sa chemise en soie sous le soleil. Celui-ci avait dû voir Tyler, parce qu'il avait dégainé son arme.

Pour l'heure, les ouvriers de la grue, qui avaient presque fini de déposer un bloc de marbre sur un empilement de trois mètres de haut, venaient de s'immobiliser dans leur travail. Ils étaient tous tournés vers Tyler qui tenait l'homme par-derrière, le couteau sur sa gorge, mais aucun d'eux n'avait bougé pour aller voir ce qui se passait. Stacy devrait se débrouiller seule. Sur sa droite se trouvait un chariot de manutention servant à déplacer les blocs de marbre depuis la voie ferrée jusqu'à la grue. Le plateau du chariot était vide, à l'exception de deux chats qui flemmardaient au soleil.

Dans quelques secondes, le deuxième Italien passerait le coin de l'édifice et aurait Tyler en ligne de mire. Même si Stacy était désarmée, elle se devait de tenter quelque chose.

Elle saisit la poignée du chariot et le fit tourner sur lui-même, face au coin de la cabine de la grue. Les chats sautèrent du chariot dès que celui-ci commença à bouger. Aussitôt que Stacy vit la chemise brillante de l'homme apparaître, elle poussa de toutes ses forces dans un crissement de graviers.

L'homme à la moustache, totalement concentré sur Tyler, se tourna en entendant le chariot débouler et fit feu, mais il rata sa cible. Stacy continua à foncer sur lui.

L'homme se tenait sur une des plaques de marbre lisse et il manqua d'appui pour réussir à sauter hors du chemin du chariot, qui le percuta au niveau des tibias. Fauché, il s'étala à plat ventre sur le plateau. Malgré sa douleur, il retrouva l'équilibre et se releva sur les genoux, pour pointer son arme sur Stacy.

Le temps qu'il se soit redressé, Stacy avait pris de la vitesse et le chariot percuta le mur d'enceinte de l'Acropole avec fracas. Projeté en arrière par le choc, l'homme vola par-dessus le rebord avant d'avoir pu se rattraper.

Stacy garderait longtemps en mémoire le hurlement terrifié de l'homme, et la façon dont il se termina brutalement quand celui-ci s'écrasa sur les rochers quinze mètres plus bas.

Grâce à son oreillette, Tyler avait été averti par Stacy de l'arrivée du deuxième homme de Cavano, mais il n'avait pas réussi à ce que son prisonnier lâche son arme avant que des coups de feu n'éclatent derrière lui. Le bruit fut si fort que Tyler crut qu'il était mort : personne n'aurait pu manquer son tir à une si courte distance. Son prisonnier profita de cet instant de distraction pour écarter le couteau qui menaçait sa gorge et lui assener un coup de coude dans l'estomac qui le fit lâcher prise et s'effondrer à genoux.

L'homme tira vers Grant, qui se mit à couvert derrière le wagonnet, puis il plongea sur le côté gauche en une roulade et pointa son arme sur Tyler, qui se releva et se jeta derrière les marches descendant vers l'entrée de l'ancien musée de l'Acropole. Les balles ricochèrent sur le mur derrière lui.

La situation avait rapidement tourné au cauchemar. Au lieu de prendre l'avantage sur leur ennemi, Tyler et Grant se retrouvaient désormais coincés. Et s'il y avait d'autres Italiens que ces deux-là, les choses risquaient d'empirer rapidement.

Tyler regarda autour de lui en quête d'une arme, de quelque chose à jeter sur l'homme, mais il n'y avait rien à part quelques pierres sur le sol. Il jeta un coup d'œil et vit l'Italien repérer Stacy et se jeter à sa poursuite. Par contre, Tyler ne voyait aucun signe de son complice. N'ayant rien d'autre sous la main, Tyler ramassa le plus gros caillou qu'il put trouver et se lança sur leurs talons.

Stacy courut jusqu'à la zone de chantier qu'un cordon interdisait au public. Les ouvriers avaient fui en entendant les coups de feu, laissant la grue à portique en fonctionnement, tandis que le bloc de marbre suspendu dans les airs continuait à osciller vers sa destination prévue. Stacy avait atteint la grue quand l'Italien la rattrapa par son sac à dos et l'obligea à s'arrêter.

Tyler s'était rapproché d'eux, mais pas encore suffisamment. L'homme tourna sur lui-même en tenant Stacy, le canon de son arme pointé sur sa tempe. Il cria quelque chose en italien. Il semblait évident qu'il voulait que Tyler n'avance plus.

Tyler leva les mains et laissa tomber le caillou. Grant arriva à son tour et s'arrêta, à cinq mètres sur sa droite.

— Que dit-il ? demanda Tyler.

— Qu'il attend ses amis, répondit Stacy. Ils ont dû entendre les coups de feu.

— Il parle anglais, vous pensez ?

— J'en doute.

Tyler vit qu'ils se trouvaient juste devant la pile de blocs de marbre. L'Italien ne se préoccupait apparemment pas du bruit de la grue, et le bloc que celle-ci déplaçait butait à présent contre le sommet de la pile, sollicitant les courroies de nylon qui le portaient, au point que celles-ci semblaient prêtes à céder. La plaque de marbre devait peser au moins un quart de tonne. Le panneau de contrôle de la grue se trouvait devant Tyler. Chaque bouton comportait une lettre, mais il ne parlait pas le grec et ne pouvait donc savoir quel bouton correspondait à quelle commande, haut, bas, droite, gauche, avant, arrière.

— Vous pouvez m'épeler le mot « gauche » en grec ?

Tyler ne lisait pas le grec, mais il connaissait au moins les lettres grâce aux équations mathématiques étudiées à l'école d'ingénieur.

Stacy fronça les sourcils, surprise de sa demande.

— Alpha, rho, iota…

Vu.

— C'est bon. Grant, parle donc à notre ami.

— Hé ! cria Grant. Pointe donc ton arme sur moi !

L'homme tourna les yeux vers Grant juste assez longtemps pour que Tyler puisse presser le bouton « gauche » sans qu'il le remarque. La chaîne de la grue se déplaça vers la gauche et la plaque de marbre commença à contourner le sommet de la pile en oscillant. Il allait falloir jouer serré.

Tyler leva les mains et s'adressa à Stacy.

— Quand je vous le dirai, écrasez-lui le pied et poussez-le en arrière. Mais dites-lui d'abord que nous nous rendons.

Stacy acquiesça et parla en italien. L'homme afficha un sourire satisfait. Il écarta son arme de la tête de Stacy pour l'agiter vers Tyler, lui faisant signe de se rapprocher de Grant.

La plaque de marbre, inclinée par la tension des courroies, frotta lentement contre le sommet de la pile. Elle se dégagerait des autres blocs de marbre d'une seconde à l'autre. Tyler la vit se mettre à tournoyer lentement sur elle-même.

— Maintenant ! cria-t-il.

Stacy écrasa le pied de l'homme. Il hurla et la relâcha, et elle le repoussa en arrière alors qu'il levait son pied endolori. Il percuta la pile de blocs de marbre et retrouva l'équilibre. La dalle se dégagea du sommet et avança en arc de cercle vers l'Italien en tournoyant follement dans les airs.

Tyler avait espéré créer une simple diversion, mais les courroies cédèrent brusquement et la plaque de marbre s'écrasa sur la tête et la poitrine de l'homme avec un bruit de craquement écœurant, le clouant au sol. Ses jambes furent agitées de spasmes pendant quelques secondes, avant de retomber, inertes.

Tyler se précipita vers Stacy.

— Vous n'avez rien ?

Sa respiration était haletante, mais elle semblait indemne.

— Ça va. Comment saviez-vous que les courroies allaient céder ?

— Je ne le savais pas.

Grant s'approcha à son tour et se pencha pour regarder sous le bloc de marbre.

— Tu peux récupérer son arme ? lui demanda Tyler.

Grant se releva avec une expression dégoûtée et secoua la tête.

— Tirons-nous d'ici, dit Tyler.

— Mais comment ? s'exclama Stacy. Ce gars a dit qu'il avait des amis postés à l'entrée.

— Il y a un autre chemin. Suivez-moi.

Tyler lui prit la main et l'entraîna vers le côté nord de l'Acropole, Grant sur leurs talons. Il n'avait pas le temps de leur expliquer que lorsqu'il avait vu la femme en fauteuil roulant, qui n'aurait jamais pu franchir les escaliers, il en avait conclu qu'il existait forcément un ascenseur. Quand ils avaient fait le tour du Parthénon, il avait repéré, au nord de l'Acropole, la structure métallique hébergeant l'ascenseur, dont les portes s'étaient ouvertes pour laisser passer une autre personne en fauteuil roulant.

Alors qu'ils se rapprochaient du côté opposé du Parthénon, Tyler remarqua deux hommes armés courant en direction de l'endroit où avaient éclaté les coups de feu. Il plongea la main dans le sac à dos et en sortit la grenade fumigène de réserve, que Grant avait également préparée au cas où Tyler en aurait eu besoin au musée. Tyler activa la grenade et la lança au milieu de la cour, où elle se mit à cracher un nuage de fumée orange. Des cris se firent entendre parmi les touristes qui n'avaient pas encore quitté les lieux après la fusillade.

Quand la fumée fut suffisamment épaisse, Tyler adressa un signe de tête à Grant et Stacy et ils foncèrent en direction de l'ascenseur. Autour d'eux, les balles sifflèrent en faisant tourbillonner la fumée, mais le nuage orangé empêchait les deux Italiens de viser convenablement.

Les soixante mètres à parcourir semblèrent interminables à Tyler, mais la vue de la cage d'ascenseur d'où émergeait un autre fauteuil roulant lui donna un sursaut d'espoir.

Ils atteignirent enfin l'ascenseur et s'y engouffrèrent malgré les protestations de la liftière.

— En bas ! En bas ! hurla Tyler.

Les deux hommes émergèrent du nuage de fumée derrière eux, en tirant à l'aveuglette.

Les balles ricochant sur les parois métalliques de l'ascenseur firent taire les protestations de la liftière, qui referma la porte grillagée d'un geste brusque. L'ascenseur disparut dans le sol avant que les deux tireurs l'aient rejoint. La liftière hurla quand des balles ricochèrent sur le toit de la cabine, sans réussir à pénétrer la lourde paroi d'acier.

Tyler entendit un de leurs poursuivants crier *« Polizia ! »* et les tirs cessèrent. La police devait être arrivée sur l'Acropole.

Quand l'ascenseur parvint à destination vingt secondes plus tard, Tyler passa prudemment la tête par la porte, mais aucun tir ne retentit depuis le haut de la cage d'ascenseur. Ils s'excusèrent auprès de l'employée terrifiée et la laissèrent recroquevillée dans la cabine tandis qu'ils se frayaient un chemin parmi les chaises roulantes d'un groupe de touristes attendant pour monter au sommet de l'Acropole. Il ne leur fallut que cinq minutes pour rejoindre leurs motos. Des voitures de police passèrent devant eux en remontant la longue avenue jusqu'au pied de l'Acropole.

Alors qu'ils regagnaient l'hôtel pour récupérer leurs affaires avant de rejoindre l'aéroport, Stacy se plaqua contre le dos de Tyler, secouée d'avoir encore une fois frôlé la mort. En temps normal, Tyler aurait plaisanté avec Grant en se félicitant d'avoir échappé à leurs ennemis sans une égratignure, mais il ne se sentait pas d'humeur. Il savait que le pire les attendait encore à Naples.

Chapitre 46

Peter Crenshaw inséra le détonateur dans l'avant-dernier conteneur d'explosif binaire tout en fredonnant *Enter Sandman*, de Metallica. Il écoutait toujours du *heavy metal* en travaillant, cela l'aidait à garder l'esprit alerte quand il fabriquait une bombe assez puissante pour le transformer en hachis.

Phillips restait le seul compagnon de Crenshaw depuis qu'Orr et Gaul s'étaient envolés pour l'Europe, et ce gars n'avait qu'un seul sujet de conversation : le base-ball. Les records, les statistiques, les joueurs, les équipes, ça ne s'arrêtait jamais. Pour Crenshaw, il était devenu d'une priorité vitale de veiller à ce que la batterie de son iPod soit toujours chargée.

Même si l'entrepôt n'était pas climatisé, la hauteur sous plafond permettait à la chaleur de monter, ce qui conservait une certaine fraîcheur à l'endroit où Crenshaw travaillait. Il ne s'inquiétait pas du risque d'une détonation accidentelle des explosifs, qui étaient particulièrement stables. Ni un feu, un impact ou une décharge électrique ne pouvait les déclencher. Crenshaw avait travaillé sans discontinuer, ne s'arrêtant que pour manger et dormir. Le plus grave danger venait de la fatigue et du risque de commettre une erreur stupide.

Il replaça le couvercle sur le baril de deux cents litres. Phillips apporta le diable qu'ils utilisaient pour déplacer les fûts remplis.

— Où je mets celui-là ? demanda-t-il.

Crenshaw balaya du regard le périmètre de l'entrepôt. Selon ses instructions, des bidons identiques avaient été disposés tous les quinze mètres et reliés par des câbles électriques. Il ne restait plus que les murs de chaque côté des cellules improvisées.

— Place-le près de la chambre du général Locke, contre le mur extérieur.

Phillips, qui était devenu un expert dans la manipulation des fûts, glissa la plaque d'appui sous le baril et le souleva. Il s'éloigna en poussant le chariot et Crenshaw s'attela au dernier conteneur.

C'était son idée de faire sauter l'entrepôt une fois qu'ils l'auraient abandonné. Avec le crime qu'ils s'apprêtaient à commettre, il était indispensable d'effacer toutes les preuves s'ils voulaient avoir une chance de s'en sortir. Crenshaw était fier de son installation. Les explosifs réduiraient le bâtiment entier à l'état de décombres, et trois barils d'essence incinéreraient tout ce qui n'avait pas été réduit en miettes par l'explosion.

Même si cela restait dangereux, travailler avec l'explosif binaire était des vacances comparé à la manipulation de matière radioactive. Cela avait été la partie la plus stressante de l'opération et Crenshaw se réjouissait d'en avoir terminé. Il avait dû porter une lourde combinaison de protection contre les radiations tout le temps de son travail, mais le risque de subir une irradiation mortelle avait également eu la vertu de le maintenir dans une grande vigilance. Enfin, le jeu en valait la chandelle. Orr pensait qu'il ne comprenait rien de ses plans, mais il n'était pas aussi naïf qu'il le laissait croire.

Orr ignorait que Crenshaw avait piraté son ordinateur et copié la traduction du codex d'Archimède. Le trésor dont parlait ce texte antique était devenu très réel quand Crenshaw avait jeté un coup d'œil dans le sac d'Orr et aperçut la main dorée. Orr était à la recherche du trésor de Midas et la part de Crenshaw – deux millions de dollars – lui avait soudain paru bien maigre.

Non, pensa Crenshaw en mélangeant la dernière charge d'explosif en poudre, *je ne vais pas me contenter de ça.* Pas pour l'ingéniosité des dispositifs qu'il avait conçus. Ni pour le fait que ses efforts allaient permettre de quadrupler la valeur de cet or en l'espace d'une nuit.

Il leva les yeux sur le camion dont le flanc portait l'inscription « Wilbix Construction » et sourit. Ce camion le ferait entrer dans l'histoire comme l'homme qui avait fait perdre à l'Amérique son statut de superpuissance. Son seul regret était que personne n'en saurait rien. Une fois que le camion aurait explosé, le FBI ne s'embarrasserait pas à chercher des suspects, pensant que les coupables étaient déjà morts.

Dès le départ, Orr avait eu l'idée de faire porter le chapeau à des musulmans. Il avait choisi deux hommes qui entretenaient des relations discutables avec l'islam radical, ou c'est du moins ce que l'on croirait une fois qu'ils passeraient pour les exécutants d'un attentat organisé par Al-Qaida. Tous les indices les désigneraient comme coupables : leur disparition soudaine, le chauffeur routier qui avait été volontairement laissé en vie pour raconter que son camion avait été volé par deux Arabes, qui en réalité n'étaient autres qu'Orr et Gaul, leurs papiers d'identité, qui seraient retrouvés dans les décombres de l'entrepôt, brûlés mais reconnaissables, et leurs cadavres déchiquetés dans l'explosion du camion.

Personne ne soupçonnerait qu'il s'agissait d'autre chose qu'une nouvelle et audacieuse attaque de l'ennemi juré de l'Amérique.

Pendant ce temps, Crenshaw et les autres iraient se mettre au vert sur une île des mers chaudes pour jouir de leur butin, sans crainte des poursuites de la CIA, du FBI ou d'aucune autre agence gouvernementale enquêtant sur l'attentat.

Bien sûr, il faudrait s'occuper de Sherman Locke et de Carol Benedict, mais ce serait simple. Une fois qu'ils en auraient fini avec eux, Phillips leur collerait une balle dans la tête et jetterait leurs corps dans le Potomac afin que le lien entre leur disparition et l'explosion de la bombe sale ne puisse être fait.

À bien y penser, Crenshaw laisserait peut-être le monde savoir qu'il était derrière tout ça, finalement. Mais après sa mort. Il pourrait rédiger un testament expliquant en détail comment il avait berné les meilleurs services de renseignement du gouvernement des États-Unis. Même s'il ne serait plus là pour savourer l'embarras et le dégoût de ceux qui l'avaient laissé filer entre leurs doigts, cela lui garantirait au moins que son nom soit immortalisé pour la postérité.

La conception de la bombe dans le camion était la partie de l'opération dont il était le plus fier, et il se délecterait d'en divulguer les détails. Deux cent cinquante kilogrammes d'explosifs binaires entourés de mille litres de gaz, le tout enfoui sous près de trois tonnes de sciure de bois hautement inflammable ; le strontium, contenu dans une caisse en plomb conçue pour exploser en vaporisant la matière radioactive juste avant la détonation de la bombe principale ; l'explosion transformant la sciure en cendres hautement radioactives qui contamineraient les alentours dans un périmètre de plusieurs kilomètres.

Les systèmes de ventilation des bâtiments environnants exacerberaient l'effet en aspirant les particules microscopiques au cœur même des immeubles. Impossibles à décontaminer, ceux-ci devraient être détruits pour garantir l'élimination des cendres irradiées. Et même si les autorités affirmaient que tel immeuble présentait un niveau de radiation inférieur au seuil de danger, quelle personne saine d'esprit accepterait de retourner y vivre ?

Une fois l'entrepôt réduit en cendres, Crenshaw et Phillips suivraient le plan et conduiraient le camion et le fourgon à leur destination. Dès qu'Orr aurait effectué le virement de la somme promise sur leurs comptes, ils gareraient le semi-remorque à l'emplacement prévu, s'éloigneraient dans le fourgon et déclencheraient la bombe.

Le lundi suivant, les États-Unis seraient à jamais changés. Quand la plus grande plate-forme financière du monde deviendrait une zone inhabitable, l'économie connaîtrait un plongeon dramatique et des billions de dollars seraient perdus du jour au lendemain.

Face à une crise telle que le monde n'en avait jamais connu, seules les matières premières garderaient leur valeur au milieu de ce chaos. Et la plus importante d'entre elles était bien sûr l'or.

Quand les marchés boursier et obligataire s'effondreraient, les investisseurs se tourneraient vers l'or, provoquant une flambée des cours. Goldfinger, l'ennemi de James Bond, avait un plan parfait – irradier les réserves d'or du pays pour augmenter la valeur de ses propres stocks – mais il avait choisi la mauvaise cible en visant Fort Knox.

Certes, les États-Unis disposaient d'une gigantesque réserve d'or à Fort Knox, dans le Kentucky, mais il ne s'agissait pas du plus important stock d'or du pays. Ce titre revenait à la banque de la Réserve fédérale, qui détenait plus de dix pour cent des stocks d'or mondiaux, pour une valeur oscillant en fonction des cours autour de trois cents billions de dollars.

Le surlendemain, cette réserve aurait perdu toute valeur.

Même si les coffres de la banque se trouvaient à vingt-cinq mètres sous le niveau de la rue, le système de ventilation du bâtiment ne pourrait pas empêcher les cendres irradiées de l'explosion de pénétrer à l'intérieur. Cinq mille tonnes d'or allaient devenir radioactives.

L'impact serait encore amplifié par le fait que la banque de la Réserve fédérale se trouvait dans le même quartier que la Bourse de New York, ainsi que de nombreuses sociétés d'investissement et maisons de courtage, faisant de l'endroit la plus importante concentration de richesse de la planète.

Du moins, jusqu'à ce lundi. Puis tout changerait. En faisant simplement exploser un camion de sciure de bois, Crenshaw allait devenir l'homme qui avait transformé le quartier de Lower Manhattan, ce phare brillant de la cupidité la plus sacrilège, en un désert inhospitalier.

Chapitre 47

À trente-cinq mille pieds au-dessus de la Méditerranée, Tyler, Grant et Stacy se serraient devant l'écran de l'ordinateur portable afin de voir Miles Benson et Aiden MacKenna en communication vidéo par satellite. Leur jet Gulfstream se poserait à Rome d'ici à une heure. Miles et Aiden étaient eux aussi à bord d'un avion, en route pour Washington afin de pouvoir confirmer la libération de Sherman et de Carol.

Tyler s'était attendu à ce que son patron rechigne à l'idée d'y aller sans prévenir les autorités. Il avait eu raison.

— Je n'aime pas ce plan, grommela Miles. Les fédéraux devraient déjà être sur le pied de guerre, prêt à sauter sur les ravisseurs au moment où ils libéreront ton père.

— Si nous faisons ça, objecta Tyler, nous devrons leur raconter toute l'histoire et je ne suis pas prêt à prendre ce risque. Si je pensais qu'il y avait le moindre danger pour vous, je ne vous demanderais pas de le faire.

— Ce n'est pas ça qui m'inquiète. C'est pour vous trois que je me fais du mouron. Et pourquoi ne pas prévenir la police italienne ?

— Nous ne pouvons pas avertir les *carabinieri*. Pour autant qu'on sache, Orr n'a rien commis d'illégal en Italie.

— Pas encore.

— Quatre spécialistes de Neutralizer Security devraient suffire pour mettre la main sur Orr, dit Grant, parlant de la compagnie de sécurité privée que Tyler avait engagée. J'ai déjà travaillé avec eux. Ce sont des pros.

— Dans ce cas, pourquoi vous ne les avez-vous pas pris pour vous accompagner en Grèce ? demanda Miles.

— C'est ma faute, intervint Tyler. Je ne m'attendais pas à ce que les hommes de Cavano se pointent au Parthénon.

— Aucun de nous ne l'avait envisagé, ajouta Stacy.

— Cavano ne lâche pas facilement l'affaire, il faut le reconnaître, dit Grant.

Aiden se fit une place devant la caméra.

— Pour quatre milliards de dollars, elle serait probablement prête à affronter tous les *carabinieri* réunis.

Aiden faisait allusion au piédestal en or censé se trouver au milieu de la crypte de Midas.

Miles secoua la tête.

— Tu as bien conscience de ce que vous affrontez, Tyler ? Ils vous tueront tous sans hésiter pour mettre la main sur un butin pareil.

— Le strontium ajoute une nouvelle variable à l'équation. Si Orr possède réellement une bombe sale, il va l'utiliser. Nous devons absolument l'arrêter.

— Tu es bien sûr que c'est le cas ?

— Non, ce qui est une autre raison de ne pas alerter les autorités tout de suite. Une fois que nous aurons capturé Orr, nous le ferons parler.

— Comment ?

— Nous avons beaucoup de moyens de marchander avec lui, mais qui restent inutiles tant qu'on ne lui a pas mis la main dessus.

— Bon, quel est le plan ?

— Nous allons suivre ses instructions et le rencontrer au concert en plein air. La Piazza del Plebiscito est une grande place près du front de mer. Ce soir, elle sera noire de monde. Orr nous a dit d'être là à 21 heures et d'attendre son coup de fil. Je suis certain qu'il a choisi cet endroit pour pouvoir se cacher dans la foule.

— Une fois que nous serons arrivés à Rome, ajouta Grant, je retrouverai l'équipe de Neutralizer. Nous partirons ensemble pour Naples et installerons un poste d'observation près de la piazza. Nous resterons cachés, tout en maintenant le contact avec Tyler en permanence. Dès qu'il nous donnera le signal, nous interviendrons pour capturer Orr.

— Et s'il n'est pas seul ?

— C'est là que le traceur GPS intervient, reprit Tyler. Je l'ai retiré du géolabe et Grant l'emportera avec lui. Si les hommes d'Orr tentent d'agir les premiers, Grant sera prêt à les recevoir.

— Et s'il ne libère pas ton père et Carol ?

Tyler se raidit. Il regarda Stacy du coin de l'œil, qui semblait redouter cette éventualité tout autant que lui.

— C'est la seule option que nous ayons. Une fois qu'Orr sera entre nos mains, il sera forcé de négocier avec nous.

Il n'ajouta rien de plus, parce qu'il ne savait pas jusqu'où il serait prêt à aller. Mais à regarder Stacy et sachant combien tous deux voulaient retrouver Sherman et Carol, il comprit qu'il devrait peut-être se salir les mains pour les récupérer sains et saufs.

Miles soupira.

— Très bien. C'est ta décision.

— Merci, Miles. Et ça ira pour vous aussi.

— Tu ne crois quand même pas que je vais me pointer là-bas sans ma propre équipe de sécurité, non ?

Tyler sourit.

— Non, je n'ai jamais cru ça de toi. Je t'appelle dès que nous tenons Orr.

— Bonne chance.

— À vous aussi.

La fenêtre vidéo s'éteignit.

— Je vais appeler Neutralizer pour me coordonner avec eux, dit Grant en se dirigeant vers l'arrière de l'appareil.

— Vous croyez vraiment que les choses vont se dérouler aussi facilement ? lui demanda Stacy. Vous ne pensez pas qu'Orr nous réserve des surprises ?

— Si, mais il ne se montrera pas au rendez-vous à moins que nous ne suivions ses instructions à la lettre. C'est lui qui tient les rênes, pour le moment.

— Mais nous avons le géolabe. Nous pourrions trouver l'or nous-mêmes puis aller au rendez-vous ? Ainsi, c'est nous qui serions en position de force.

— Nous manquons de temps pour ça. Si nous ne respectons pas le délai qu'il nous a imposé, je n'ose pas penser à ce qui risque de se passer. Orr n'a pas l'air d'être du genre à bluffer.

— Non, c'est vrai, admit Stacy.

Tyler marqua une pause.

— Vous n'avez pas besoin d'être présente. Je peux faire l'échange seul.

— Jamais de la vie. Vous venez juste de dire que nous ne pouvions pas changer le plan. Il veut que je vienne, alors je viens. Je ne me contenterai pas de lui couper une oreille s'il refuse de me dire où est retenue Carol.

Tyler n'aurait pu dire s'il s'agissait d'une bravade ou si elle pensait ce qu'elle disait. Peut-être ne savait-elle pas elle-même jusqu'où elle pourrait aller pour sauver sa sœur.

— Très bien, dit-il. Grant nous aura à l'œil tout le temps. Nous serons en sécurité. Et tout sera terminé ce soir.

— D'une façon ou d'une autre. (Stacy inspira profondément et ferma les yeux.) Orr n'a pas l'intention de les libérer, n'est-ce pas ?

— Sauf si nous le forçons à le faire. Mais nous n'irons pas le retrouver tant qu'il ne nous aura pas envoyé une autre vidéo montrant qu'ils vont bien.

Tyler consulta sa montre. Il était midi. Une fois à Rome, ils gagneraient Naples dans trois voitures : une pour Stacy et lui et deux pour Grant et les hommes de Neutralizer, qui les escorteraient pendant le trajet au cas où Orr aurait prévu de leur tendre une embuscade sans attendre l'heure du rendez-vous. Une fois qu'ils seraient certains de ne pas être suivis, Grant partirait de son côté avec le traceur GPS et l'équipe de Neutralizer pour s'installer dans un lieu d'où ils pourraient surveiller la place. Pendant ce temps, Tyler et Stacy se rendraient au concert avec le géolabe.

Ce n'était pas un plan parfait, mais Tyler était convaincu qu'il s'agissait du seul moyen d'empêcher une catastrophe nucléaire et de sauver Carol et son père.

Chapitre 48

Les menottes en métal raclèrent contre la porte de la cellule de Sherman.

—Allez, général, l'appela Phillips. C'est l'heure de votre vidéo quotidienne.

Les menottes se balançaient à travers le judas de la porte. Sherman se leva lentement de son lit, prêt à mettre son plan à exécution. Ces dernières quarante-huit heures, il n'avait eu droit qu'à un repas par jour, il avait donc laissé tomber les exercices de gymnastique afin de conserver ses forces pour le moment fatidique.

Il frotta sa barbe de cinq jours et grogna comme si le simple fait de se lever lui demandait un effort. Il n'avait pas pu se voir dans un miroir, mais il supposait que son apparence miteuse laissait penser qu'il était dans un piteux état. *Tant mieux.* Autant que Phillips croit qu'il était complètement lessivé.

Sherman se traîna jusqu'à la porte et récupéra les menottes en soupirant. Il était désormais familier de ce qu'on attendait de lui chaque fois qu'il devait sortir : d'abord passer les menottes à ses chevilles et à ses poignets, puis reculer en attendant que la porte s'ouvre, et montrer à Phillips, qui le tiendrait en joue avec le Taser, qu'il s'était convenablement menotté.

Mais, cette fois-ci, Sherman avait l'intention de bousculer la routine.

Il avait été soigneusement fouillé avant d'être enfermé, mais ils lui avaient laissé ses vêtements, et sa chemise lui avait fourni un élément rendant possible son évasion. Serrée dans la paume de sa main, Sherman tenait une des petites languettes en plastique servant à rigidifier le col. Pendant la nuit, il l'avait discrètement pliée jusqu'à réussir à la casser en un morceau assez petit et ferme pour être inséré dans le mécanisme de fermeture des menottes.

Celles-ci étaient d'un modèle couramment utilisé par les forces de police aux États-Unis. Quand elles étaient refermées, on entendait un déclic, celui de l'arceau mobile s'engageant dans le cliquet de la partie fixe, ce qui les fermait. Mais si une cale était insérée à l'intérieur de la partie fixe, elle empêchait l'arceau mobile de se bloquer dans le cliquet, laissant les menottes déverrouillées.

La languette de son col de chemise était juste assez mince pour faire l'affaire. Sherman devait simplement veiller à ce que Phillips ne remarque pas que les menottes n'étaient pas convenablement fermées.

Sherman s'agenouilla, passa les menottes de ses chevilles et les verrouilla. Il ne pouvait pas appliquer le même stratagème à ces menottes-là, parce qu'elles se seraient ouvertes dès qu'il aurait fait un pas, éventant son plan avant même qu'il puisse agir.

Il se redressa et passa celles de ses poignets sous le regard de Phillips. Sherman veilla bien à lui dissimuler la languette alors qu'il passait les menottes à son poignet gauche. Au moment de refermer le mécanisme, il glissa la languette dans l'ouverture avant d'insérer l'arceau mobile. Après quelques clics, il sentit la cale se bloquer entre deux dents du cliquet. Il lui suffirait désormais de tirer un coup sec pour rouvrir les menottes.

La cale était en place, mais Sherman craignait que les menottes ne s'ouvrent s'il levait les bras. Il les garda le long du corps, recula, et tourna sur lui-même pour montrer à Phillips que les menottes à ses chevilles étaient bien en place.

Phillips déverrouilla la porte et l'ouvrit. Il avait le Taser en main, au cas où Sherman ne se montrerait pas coopératif, mais il n'était pas équipé de la cartouche projetant les électrodes à six mètres : la décharge ne pouvait être délivrée qu'au contact.

— Allons-y, ordonna Phillips d'une voix morose, lassé de cette corvée quotidienne.

Sherman s'avança en traînant ses pieds entravés. La chaise était à la même place que d'habitude. Crenshaw s'occupait de la caméra. Personne d'autre n'était présent.

Phillips enfila son passe-montagne. Sherman s'assit et, comme chaque fois, Phillips lui banda les yeux. Le froissement du journal lui indiqua qu'ils étaient filmés. Il déclina son nom, comme les autres fois.

— Bon, ça ira, dit Phillips après quelques secondes en enlevant le bandeau des yeux de Sherman.

» Debout, ajouta-t-il en ôtant son passe-montagne et en venant se placer devant Sherman.

Crenshaw était déjà retourné vers sa table de travail, les écouteurs de son iPod enfoncés dans les oreilles.

Sherman resta immobile.

Phillips fit la grimace.

— Vous ne m'avez pas entendu ?

— Si, se contenta de répondre Sherman.

— Alors levez votre cul de cette chaise et retournez en cellule.

— Si je veux.

— Oh ! envie d'une petite décharge ? C'est pas moi que ça va déranger.

Crenshaw leur tournait le dos. Avec un sourire pervers, Phillips dégaina le Taser à sa ceinture.

— Cette journée m'aura apporté au moins une satisfaction.

Il avança vers Sherman et tendit le bras pour poser l'extrémité du Taser sur sa nuque. Quand l'arme fut à trente centimètres de lui, Sherman dégagea sa main des menottes et saisit le poignet de Phillips. La surprise qui apparut sur le visage de ce dernier était totale, et Sherman en profita. Il força sur le bras de Phillips pour mettre le Taser en contact avec la jambe de ce dernier et pressa la détente.

Le corps de Phillips se raidit sous la douleur et il s'effondra. Sherman se laissa tomber sur lui et lui envoya une autre décharge en pleine poitrine.

Il leva les yeux vers Crenshaw, qui était en train de se retourner pour voir la raison de tout ce bruit. Sa chance de surprendre Crenshaw était presque passée, et il y avait des armes sur la table de ce dernier.

Phillips portait son pistolet dans un holster à la ceinture. Sherman lâcha le Taser pour s'emparer de l'arme et roula au sol loin de Phillips. Alors qu'il pointait son arme sur Crenshaw, celui-ci renversa la table et plongea à couvert derrière elle. Les tirs de Sherman ricochèrent sur le plateau métallique de la table.

Phillips se remit du choc plus rapidement que Sherman ne l'avait prévu et se saisit du Taser. Il se jeta sur Sherman, le Taser crachant des étincelles pointé en avant, mais Sherman tira avant qu'il ait pu l'atteindre. Phillips s'effondra en arrière, l'arrière du crâne emporté par la balle.

Sherman devait récupérer la clef des menottes. Tandis qu'il fouillait frénétiquement les poches de Phillips, il tira trois fois sur la table pour forcer Crenshaw à rester à couvert. Il trouva le trousseau de clefs ainsi qu'un téléphone dans une poche avant du pantalon de Phillips et déverrouilla une des menottes à ses chevilles afin de retrouver sa mobilité.

Alors que Sherman se relevait pour aller se mettre à couvert, une balle le frappa à la cuisse. Il hurla de douleur mais lutta pour ne pas s'effondrer au sol, sachant qu'il fournirait à Crenshaw une cible idéale. Alors que les balles s'écrasaient sur les murs de béton, Sherman clopina jusqu'à la porte de sa cellule en laissant derrière lui une large traînée de sang.

La lourde porte d'acier lui offrirait une excellente protection. Il s'effondra au sol derrière celle-ci en grimaçant, conscient pour la première fois des appels frénétiques qui provenaient des autres cellules.

Sherman termina de se débarrasser de ses menottes et les jeta par terre, puis composa le 911.

Après deux sonneries, on décrocha.

— 911, ligne d'urgence de la police. En quoi puis-je vous aider ?

— Je suis le général Sherman Locke. Je suis retenu en otage par des terroristes. J'en ai tué un, mais l'autre me bloque sous son feu.

— Pouvez-vous me dire où vous êtes ?

— Non, je n'en sais rien. Localisez le signal du téléphone.

— Entendu, monsieur. Je vous envoie la police dès que je le peux. Combien y a-t-il de terroristes ?

— Plus qu'un seul, je crois.

Sherman détestait se retrouver coincé comme ça, mais il n'avait aucune voie de repli. Il découragea Crenshaw de tenter de contourner sa position en décochant deux nouveaux tirs. Il allait bientôt se retrouver à court de munitions.

— Ce sont des coups de feu que j'entends ? lui demanda l'opérateur au bout de la ligne.

Bon Dieu !

— Oui ! Il me tire dessus ! C'est pour ça que j'ai besoin de la police, et pas dans deux heures !

— Êtes-vous blessé ?

— Oui, j'ai pris une balle dans la jambe. Vous m'avez repéré ?

— Nous y travaillons.

— Alors grouillez-vous, bon sang !

— Ça y est, reprit l'opérateur après une pause, je vous ai. 526, Business Parkway à Hagerstown.

— C'est dans quel État ?

L'opérateur ne réagit pas à l'étrangeté de la question.

— Dans le Maryland. Près de l'intersection de l'I-70 et de l'I-81. La police d'État ainsi que la police locale sont en route. Elles seront là d'ici à quelques minutes.

Sherman se trouvait à mi-chemin entre la Pennsylvanie et la Virginie. L'I-70 conduisait tout droit à Washington, tandis que l'I-81 continuait vers Philadelphie et le corridor du Nord-Est. De là, Crenshaw et sa bombe radiologique pouvaient atteindre une demi-douzaine de grandes métropoles en quelques heures de route seulement.

Mais, pour l'instant, ce n'était pas le problème principal de Sherman. Il avait repéré le baril installé près de sa cellule. Il ignorait ce qu'il contenait, mais des fils électriques le reliaient à un autre baril, lui-même connecté à un suivant. D'où il était, il en voyait au moins quatre.

À l'évidence, l'entrepôt était destiné à exploser, ce qui éliminerait toutes les preuves de l'opération de Crenshaw et d'Orr.

Et si Crenshaw réussissait à s'échapper, il déclencherait l'explosion du bâtiment avant que la police n'arrive.

Sherman rangea le téléphone dans sa poche sans raccrocher. Il devait voir ce que Crenshaw trafiquait. Il serra les dents et se releva en prenant appui sur sa jambe valide.

Il ouvrit le judas de la porte, mais n'aperçut Crenshaw nulle part.

Où est-il passé ?

À cet instant, Sherman entendit le moteur du semi-remorque démarrer. Crenshaw tentait de s'enfuir avec le camion.

La porte de l'entrepôt s'ouvrait trop lentement. Le pied sur l'accélérateur du camion, Crenshaw était prêt à partir, mais la porte de garage s'élevait avec une lenteur horripilante.

Il regarda par la vitre et vit le général Locke boitiller vers le véhicule, l'arme pointée dans sa direction. Deux balles transpercèrent la porte et sifflèrent juste au-dessus de ses jambes, pour terminer leur course dans le tableau de bord. Crenshaw riposta.

Ses deux premiers tirs ratèrent, mais le troisième toucha le général à la poitrine. Il n'aurait su dire si son tir avait mortellement blessé l'homme, mais celui-ci s'effondra au sol en lâchant son arme.

La porte de garage était presque entièrement ouverte et Crenshaw entendit le hurlement distant de sirènes de police. Le général avait dû appeler les secours avec le téléphone de Phillips. Crenshaw devait se tirer de là, et vite.

Le plan original, qui était désormais tombé à l'eau, avait été de laisser un des musulmans kidnappés dans les décombres calcinés de l'entrepôt et d'emmener l'autre avec eux afin de le laisser dans le camion avec la bombe.

Mais Crenshaw ne pouvait pas à la fois conduire et surveiller le prisonnier, pas sans Phillips pour l'aider. Bon, les fédéraux penseraient qu'un troisième terroriste s'était fait sauter à Manhattan. Cela revenait au même, après tout : ils continueraient à mettre l'attaque sur le compte d'Al-Qaida.

Crenshaw jeta un dernier regard à la forme immobile du général, allongé sur le sol en béton, puis remit le camion en marche et sortit de l'entrepôt.

Il n'y avait aucune voiture à l'extérieur pour le voir émerger du bâtiment. Il tourna sur Business Parkway et accéléra en gardant un œil dans le rétroviseur pour s'assurer que le général ne tentait pas de s'enfuir par la porte de garage, qui était en train de se refermer.

La route de la zone industrielle était bordée d'entrepôts et de petites usines. Aucun de leurs occupants ne se doutait qu'au milieu des ateliers de fabrication et des bâtiments de stockage s'était déroulée une opération qui changerait le cours de l'histoire.

Crenshaw aperçut deux voitures de police en approche. Tant que les agents ne remarquaient pas les deux impacts de balle dans la portière conducteur, ils ne pouvaient pas soupçonner d'où venait le camion.

Les voitures le croisèrent sans s'arrêter. Crenshaw se trouvait désormais à un kilomètre de l'entrepôt. Il souleva le capuchon de sécurité du détonateur et pressa le bouton.

Une immense boule de feu orange jaillit dans le ciel derrière lui, suivie presque immédiatement par le bruit tonitruant de l'explosion. Crenshaw avait beau être préparé, la violence de la détonation le fit sursauter. Il afficha un large sourire en comprenant qu'il avait utilisé beaucoup plus d'explosifs que nécessaire.

Les voitures de police s'arrêtèrent brutalement derrière lui. Un des officiers sortit du véhicule pour contempler l'entrepôt éventré, mais aucun d'eux ne jeta un regard vers le camion qui continuait à s'éloigner.

Crenshaw tourna sur Greencastle Pike, qui n'était qu'à un pâté de maisons de l'autoroute. Quatre-vingt-dix secondes plus tard, il rejoignit l'I-81 en direction de New York. Après avoir parcouru trois autres kilomètres et constaté que les seuls véhicules de police croisés fonçaient tous dans la direction opposée, il commença à se détendre.

Chapitre 49

Assis à la terrasse d'un café de la via Chiaia à Naples, Orr vérifia le signal du traceur tandis que Gaul mangeait une part de pizza. Quand il vit où se trouvait le traceur, il hocha la tête d'un air satisfait. Son plan se déroulait à la perfection.

Il était 20 heures, mais Locke et Benedict se trouvaient à Naples depuis 15 heures. Orr avala son expresso d'un trait et sourit en pensant que, d'ici à la fin de la nuit, il serait en possession du pouvoir de Midas, après toutes ces années d'efforts.

Son téléphone sonna. C'était Crenshaw.

— Où est la vidéo ? demanda Orr.

Il aurait dû recevoir la dernière vidéo des otages depuis trente minutes déjà.

— La vidéo ? dit Crenshaw d'une voix tremblante. Bordel, c'est le cadet de mes soucis !

Orr entendit le grondement d'un moteur en fond sonore. Quelque chose clochait.

— Où es-tu ?

— Dans le camion, en route pour le New Jersey. L'entrepôt est en cendres. J'ai dû le faire exploser. Phillips est mort.

Mort ? Qu'avait fait ce crétin de Crenshaw ?

— Bon sang, que s'est-il passé ?

Gaul cessa de mâcher pour dévisager Orr.

— Le général Locke a réussi à se détacher, je ne sais pas comment. Il a tué Phillips, mais j'ai réussi à lui coller deux balles dans le buffet. La police arrivait et j'ai été obligé de partir. Locke a dû réussir à les appeler avec le téléphone de Phillips.

— Où se trouve le général ?

— Il est en confettis, ainsi que la fille et les deux musulmans.

Orr dut faire appel à tout son sang-froid pour ne pas hurler de rage. Il fallait décidément qu'il fasse tout lui-même s'il voulait que les choses soient bien faites. Mais le désastre pouvait encore être évité si Crenshaw remplissait sa part de la mission.

— Et le camion ? demanda Orr. Il est prêt ?

— La bombe est en place, enterrée sous la sciure dans la remorque.

— Parfait. Tu sais où garer le camion, n'est-ce pas ?

— Quoi, tu crois que je vais faire ça tout seul ?

— Crenshaw, nous sommes à quelques heures de toucher au but. Dès que je t'appelle, je veux que tu déclenches la minuterie de la bombe.

— Pas question. Tu me prends pour un crétin ? Je sais que tu en as après le trésor de Midas, et je veux ma part.

Orr grimaça de colère. Cela ne faisait pas partie du plan, et personne ne changeait ses plans, à part lui-même.

— Qu'est-ce que tu veux ?

— Je sais que ce que je vais faire te rapportera bien plus que deux millions de dollars. Je veux vingt millions.

Orr entendit la coque plastique du téléphone craquer sous la pression de sa main.

— Entendu. Mais tu as intérêt à remplir ta part du marché.

Orr avait prévu de vendre le pouvoir de Midas lors d'enchères clandestines. Une fois que le prix de l'or aurait crevé le plafond après que le sud de Manhattan fut devenu inhabitable, il envisageait de démarrer les enchères à un milliard de dollars. Crenshaw risquait de tout compromettre.

— Je refuse de déclencher la bombe tout seul, martela Crenshaw. Je veux que tu sois là.

— Quoi ? s'écria Orr, attirant les regards intrigués des autres clients du café. Pourquoi ?

— Parce que je veux voir le pouvoir de Midas de mes yeux, et m'assurer qu'il existe vraiment.

Orr afficha une moue de mépris. Réclamer plus d'argent était une chose, mais ce fourbe allait trop loin s'il croyait pouvoir le menacer impunément. Il se fit la promesse que Crenshaw n'aurait jamais l'occasion de dépenser ses vingt millions.

— OK, répondit Orr. Nous serons là demain.

— Oh ! et quand nous nous reverrons, n'essaie pas de me tuer. J'ai conçu un détonateur muni d'un code secret. Tu ne pourras pas l'activer sans moi.

Petite ordure ! Orr n'en croyait pas ses oreilles, mais il n'avait pas d'autre choix que d'accepter ses conditions.

— Très bien. Nous ferons ça à ta façon. Je t'appelle dès que je l'ai.

Orr raccrocha. Il avait envie de passer ses nerfs sur quelque chose, de renverser la table ou de jeter le téléphone contre une vitrine, mais il devait garder son sang-froid. Le pouvoir de Midas était tout ce qui importait.

— Quel est le problème ? lui demanda Gaul.

— Sherman Locke et Carol Benedict sont morts. Une fusillade à l'entrepôt.

— Et Phillips ?

— Le général l'a tué.

Gaul hocha la tête avec lenteur tout en prenant la mesure des événements, mais son visage ne reflétait qu'une intense concentration, tandis qu'il réfléchissait à ce que cela impliquait pour leur plan.

— Et maintenant ? Locke ne se montrera pas sans avoir reçu sa vidéo quotidienne des otages.

Orr vérifia de nouveau la position du traceur GPS. Celui-ci descendait la via Don Bosco. S'il continuait ainsi, comme

Orr le pensait, il se trouverait sur la Piazza del Plebiscito d'ici à dix minutes.

Au lieu de composer le numéro de Tyler, Orr fit celui de Stacy Benedict.

— Oui ? répondit-elle.

— Vous avez le géolabe ? demanda Orr.

— Oui.

— Parfait. Passez-moi Locke.

— Qu'y a-t-il ? demanda Locke.

— Je voulais simplement entendre votre voix. C'est que vous me manquez.

— Allez vous faire foutre. Et notre vidéo des otages ?

— Je vous l'enverrai avant notre rendez-vous. Mais j'ai besoin d'être sûr que vous avez le géolabe avec vous. Donnez votre téléphone à Benedict, qu'elle puisse en prendre une photo sur-le-champ. Posez son téléphone à elle près du géolabe, de façon que je puisse voir sur l'écran mon numéro d'appel, et envoyez-moi la photo.

Il entendit une voix étouffée. Locke avait mis la main sur le micro du téléphone.

— La photo arrive.

Le téléphone d'Orr vibra. Il ouvrit le message et contempla le géolabe au bronze rutilant, son numéro clairement visible sur l'écran du téléphone posé à côté, indiquant que la photo avait bien été prise en temps réel.

— Satisfait ? lui demanda Locke.

— Tout à fait. Je vous rappelle dans une heure pour vous indiquer le lieu du rendez-vous. Je vous enverrai la vidéo à ce moment-là.

— Si nous n'avons pas la vidéo, nous ne viendrons pas.

— Oh ! ne vous inquiétez pas, vous l'aurez. Ciao.

Orr raccrocha et pianota sur la table d'un air absent.

— Nous devons précipiter les choses, dit-il finalement.

— Tu es sûr ?

— La stupidité de Crenshaw a fait foirer le plan d'origine. Appelle-la.

Gaul acquiesça et sortit son téléphone. Il composa le numéro qu'Orr avait obtenu auprès de certains contacts locaux.

— Je veux parler à Gia Cavano, annonça Gaul. Que je laisse un message ? OK, dites-lui que je sais où elle peut trouver Jordan Orr.

Gaul sourit. Son affirmation avait soulevé l'intérêt de son interlocuteur. Orr se rapprocha du téléphone afin de pouvoir entendre Cavano.

— Qui est à l'appareil ? demanda la voix de cette dernière.

— J'ai entendu dire que vous cherchiez Orr dans tout Naples, dit Gaul.

— Et alors ? Vous avez des informations ?

— Mieux que ça. Je peux vous donner un homme qui s'appelle Grant Westfield. Il vous dira où se trouve Orr.

Une pause.

— Et pourquoi je vous croirais ?

— Ne me croyez pas, si vous préférez.

Une autre pause.

— Très bien. Où est-il ?

— Il est en train de se diriger vers la Piazza del Plebiscito.

— Seul ? demanda Cavano.

— Non, répondit Gaul, qui avait vu Westfield et ses hommes à peine une heure auparavant, quand il avait suivi le signal du traceur GPS dans une rue de la ville. Il a de la compagnie.

— C'est plutôt vague comme indication. Comment puis-je le trouver ?

Gaul lui transmit l'adresse du site Web où relever les indications du traceur.

— Et comment savoir qu'il ne s'agit pas d'un piège ? demanda Cavano.

— Vous ne le pouvez pas. Soyez prudente, dit Gaul en raccrochant. Tu penses qu'elle va mordre à l'hameçon ? demanda-t-il à Orr.

— Elle sera incapable de résister à la tentation. Une fois que ses hommes lui auront confirmé qu'il s'agit bien de Westfield, ils lui mettront la main dessus.

— Et s'il est tué ?

— Dans ce cas, bon débarras. Et sinon nous aurons fourni à Gia un magnifique leurre.

Orr laissa sur la table un billet de vingt euros et se leva.

— Allons-y. Ils seront bientôt là.

Gaul et lui récupérèrent leurs affaires et rejoignirent la voiture.

Orr sentit l'adrénaline commencer à monter en lui, comme avant chacun de ses gros coups. Ce n'était pas de la nervosité, mais plutôt l'excitation de mettre enfin ses plans à exécution, parce qu'il avait la certitude que les choses se dérouleraient selon ses prévisions. Ce n'était en rien un excès de confiance : il possédait toutes les cartes en main grâce à son inestimable complice, Stacy Benedict.

Chapitre 50

Après avoir laissé leurs véhicules, Grant et les quatre hommes de Neutralizer se dirigèrent vers le *Palazzo Reale*, le palais royal de Naples édifié par les Bourbons au XVIIe siècle. En parlant de bourbon, Grant aurait bien aimé s'en jeter un. Il n'aimait pas l'idée de rester en arrière pendant que Tyler allait sans lui au-devant du danger.

Le *palazzo* offrait un poste d'observation parfait sur la Piazza del Plebiscito. Ils attendraient dans la partie du palais ouverte au public que Tyler leur signale l'arrivée d'Orr. Ensuite, Grant et deux de ses hommes se fraieraient un chemin dans la foule, suivis à distance par les deux autres, prêts à venir leur prêter main-forte en cas de problème.

Grant entraîna son équipe par un raccourci à travers la Galleria Umberto. La gigantesque galerie commerciale couverte avait la forme d'une croix, et les derniers rayons du soleil de l'après-midi ruisselaient à travers les verrières et le dôme central qui culminaient à cinquante-cinq mètres de haut.

Malgré la foule qui encombrait les rues à l'extérieur, la galerie marchande accueillait peu de badauds. Les boutiques étaient déjà fermées pour la nuit et tout le monde attendait que démarre le concert sur la place. Grant et ses hommes portaient tous des chaussures à semelles en caoutchouc et se déplaçaient sur le sol de marbre sans un bruit.

Arrivés à l'autre extrémité de la galerie, ils n'avaient pas fait trois pas dehors que deux Alfa Romeo bleu clair s'arrêtèrent devant eux dans un crissement de pneus. Quatre policiers jaillirent des voitures en dégainant leurs armes.

Un des hommes de Neutralizer fit mine de dégainer, mais Grant l'arrêta d'un geste. Il n'était pas dans ses projets d'échanger des coups de feu avec la police de Naples. Ils levèrent tous les mains, tandis qu'un attroupement de curieux commençait déjà à se former et que certains passants prenaient des photos de l'incident.

— Quel est le problème, monsieur l'agent ? demanda Grant.

Un des hommes de Neutralizer parlait italien et traduisit.

— Lâchez vos armes au sol.

Grant hocha la tête en réponse aux regards interrogateurs de ses hommes, qui se débarrassèrent de leurs armes en les laissant tomber sur le trottoir.

Quelqu'un leur avait tendu un piège. Grant avait choisi spécialement ces hommes parce qu'ils n'étaient pas originaires de la région de Naples, ce qui rendait virtuellement impossible que l'un d'eux ait été corrompu par la Camorra. Comment la police avait-elle su aussi précisément où ils se trouvaient ?

— Dis-lui que nous avons des permis pour ces armes, dit Grant.

Quand le policier qui semblait diriger l'opération entendit la traduction, il secoua la tête et leur intima de poser les mains sur le capot des voitures et de se laisser fouiller. Tout ce que Grant avait dans les poches, y compris son téléphone et le traceur GPS, fut confisqué, en plus des armes. Puis ils furent tous menottés, à l'exception de Grant.

Les quatre agents de sécurité furent poussés sur le siège arrière des voitures de police. Le chef des policiers montra du doigt la galerie par laquelle Grant était arrivé et lui fit signe de rebrousser chemin. Il attendit que Grant obtempère, puis les voitures de police démarrèrent dans le hurlement de leurs sirènes.

Grant ne savait pas ce qui se passait, mais cela n'augurait rien de bon. Il devait trouver un téléphone et prévenir Tyler que leur plan était compromis. Il remonta la galerie commerciale au pas de course et, arrivé en son centre, aperçut une silhouette massive émerger d'une alcôve sur sa droite. Il s'agissait de son vieil ami Sal du British Museum.

D'une manière ou d'une autre, Cavano avait réussi à le retrouver, et elle avait fait jouer ses relations dans la police pour se débarrasser des renforts qu'il avait emmenés.

Un autre homme apparut sur sa gauche, tandis que deux autres arrivaient en face de lui. Grant se retourna et vit deux hommes de plus derrière lui. Il était pris au piège. En temps normal, cela aurait été le bon moment d'appeler la police à l'aide, mais Grant savait qu'elle ne lui serait d'aucun secours.

— Je vois que vous avez suivi mon conseil et pris plus d'hommes avec vous cette fois-ci, lança-t-il à Sal.

Sal leva une de ses grosses paluches et sourit.

— Vous nous suivre sans histoire, hein ? Nous pas vous faire de mal.

— Oh ! je le sais bien. Par contre, je ne peux pas vous promettre l'inverse.

Grant vit avec plaisir le sourire suffisant de Sal s'effacer.

Aucun des hommes n'avait encore dégainé une arme, ce qui signifiait sans doute qu'ils devaient le capturer vivant. C'était déjà ça.

— Vous voulez problème, hein ? dit Sal. Nous pouvons faire problème.

La stratégie la plus efficace pour se débarrasser d'un adversaire quand vous étiez en surnombre consistait à se jeter sur lui pour le mettre au sol le plus rapidement possible. Une fois tombé, même le meilleur des combattants ne pouvait repousser éternellement les attaques d'un groupe qui l'empêchait de se relever.

Mais, au lieu d'une action coordonnée de ce genre, seuls deux hommes s'approchèrent de Grant avec précaution, les autres restant à distance, en renfort. *Quelle drôle d'idée.* Bon, si ces hommes avaient l'intention de se montrer stupides, ce n'était pas Grant qui les en dissuaderait.

Dès qu'ils furent à portée, Grant frappa l'homme sur sa gauche d'un puissant coup de pied qui l'envoya au sol, où sa tête frappa le marbre du pavement. L'assaillant sur sa droite lui décocha un coup de poing circulaire qui fendit l'air tandis que Grant l'esquivait en se baissant. Faisant appel à sa force colossale, Grant écrasa le poing sur le plexus de son adversaire. Avec un grognement de douleur, l'homme se plia en deux et s'effondra, la respiration coupée.

Grant se redressa et sourit à Sal.

— Pas mal, hein ?

Sal jeta un regard aux trois autres hommes, qui se précipitèrent sur Grant. Les choses se corsaient, mais rien de pire que durant ses années passées sur les rings de catch. Bien sûr, les combats étaient scénarisés à l'époque mais, grâce à son entraînement chez les rangers, Grant avait appris quelques petits trucs en plus.

Il pivota sur ses talons et projeta son coude dans la poitrine de l'homme derrière lui, puis décocha un coup de pied ascendant qui cueillit le deuxième assaillant sous le menton et l'envoya valser en arrière. Le troisième homme réussit à écraser son genou dans les côtes de Grant, mais celui-ci le frappa simultanément aux oreilles de ses deux mains ouvertes, avec une force à lui briser les tympans.

Grant se dit qu'il était bien parti pour l'emporter contre ces six hommes quand il entendit le claquement reconnaissable entre tous d'une matraque télescopique qui se déployait. Il pivota pour bloquer l'arme de Sal qui s'abattait en un large arc de cercle, mais trop tard. L'extrémité métallique de la matraque le frappa au bas du dos et il tomba à genoux avec l'impression que ses reins avaient explosé sous l'impact.

Sal releva la main pour un nouveau coup. D'un bras, Grant le balaya au niveau des jambes et l'envoya au sol, mais pendant ce temps une deuxième matraque s'abattit sur lui.

Des étoiles explosèrent devant ses yeux, et il eut le vague réflexe de tourner la tête afin de ne pas se briser les dents sur le marbre du sol alors qu'il s'affalait de tout son long.

Il lutta pour rester conscient, ne serait-ce que pour ne pas abandonner Tyler et Stacy, mais, au bout de trois petites secondes, la nausée l'envahit et les ténèbres se refermèrent sur lui.

Chapitre 51

Tyler appela Grant pour la troisième fois, toujours sans succès. Quand Grant était parti de son côté avec l'équipe de sécurité quelques heures plus tôt, il avait été convenu qu'ils resteraient régulièrement en contact. Leur dernière communication remontait à quinze minutes.

Tyler et Stacy se trouvaient dans la nef de San Francesco di Paola, la basilique qui bordait la piazza del Plebiscito à l'ouest. L'église se trouvait derrière la scène du concert, et la place se remplissait déjà de spectateurs impatients que commence cette soirée de concerts qui devait se clôturer par un feu d'artifice. Tyler avait pensé que l'église leur fournirait un abri sûr jusqu'à ce qu'ils doivent rejoindre la place pour rencontrer Orr, et sa localisation les gardait à proximité de Grant et ses hommes au cas où Orr passerait à l'action avant le rendez-vous.

Ils s'étaient séparés dans l'après-midi afin que Tyler et Stacy aillent explorer Naples à la recherche du puits indiqué par Archimède. Avec l'aide d'Aiden, qui avait consulté des bases de données italiennes, et en interrogeant différentes organisations culturelles de la ville, ils avaient trouvé quatre puits susceptibles d'être celui dont parlait Archimède. Il ne restait plus qu'à espérer que celui-ci n'avait pas été comblé depuis l'époque où Orr et Cavano l'avaient aperçu.

Tyler et Stacy avaient cherché sur chaque puits le signe du Scorpion et trouvé à l'intérieur du troisième un agencement de points qui correspondait exactement à la configuration de cette constellation. Tyler avait appelé Grant pour lui indiquer l'endroit. C'était la dernière fois qu'ils s'étaient parlé.

— Quel est le problème ? demanda Stacy alors que Tyler regardait son téléphone d'un air inquiet.

— Grant ne répond pas.

— Il n'a peut-être pas de réseau ?

— J'en doute. Et si c'était le cas, il se déplacerait.

— Mais alors, que se passe-t-il ?

— Je n'en sais rien, mais c'est pas bon signe.

Tyler essaya de joindre les membres de l'équipe de Neutralizer, là encore sans succès. Il n'aimait pas l'idée d'utiliser Grant comme appât, mais il n'imaginait pas non plus qu'Orr ait pu se débarrasser de lui et de toute l'équipe de sécurité d'un seul coup.

Il posa son sac à dos au sol et vérifia le signal du traceur qu'ils avaient retiré du géolabe et confié à Grant. Au lieu d'indiquer le *Palazzo Reale*, le signal du traceur s'éloignait du palais.

— Le traceur est en mouvement, commenta-t-il.

— Comment ça ?

— Si c'est toujours Grant qui l'a, il va vers le nord, plutôt rapidement.

— Que faisons-nous ? demanda Stacy.

— Nous annulons tant que nous ne savons pas ce qui est arrivé à Grant.

— Mais Carol…

— Orr ne la tuera pas encore. Pas alors qu'il est si près du but. Nous repousserons le rendez-vous, voilà tout.

— Dans ce cas, nous devons partir à la recherche de Grant.

— J'y vais seul.

— Mais…

— Pas de mais. J'irai plus vite si je suis seul. Je vais retrouver le traceur et voir ce qu'il en est. Si je peux sortir Grant de là, je le ferai. Quant à vous, vous devez vous cacher dans un endroit sûr jusqu'à ce que je revienne.

— Je n'ai aucune envie de me cacher !

— C'est aussi pour ma propre sécurité. Tant que vous êtes en possession du géolabe, nous sommes encore en position de négocier. Je vais vous déposer dans une pension, à l'écart du centre-ville. Donnez-moi deux heures. Si passé ce délai je ne suis pas revenu, appelez Miles Benson et il vous aidera. N'allez pas voir Orr toute seule, peu importe ce qu'il vous dit.

Stacy soupira.

— Très bien. Mais je n'aime pas ça.

— Je prends note de votre objection, répondit Tyler en remettant le sac sur son épaule. Allons chercher la voiture à présent.

Tyler ouvrit la porte de l'église donnant sur le portique semi-circulaire qui encadrait la piazza. Leur voiture était garée dans un parking au nord. Tyler regarda à droite et à gauche, mais personne dans la foule ne semblait leur prêter attention. Avec plusieurs milliers de gens venus assister au concert et les dizaines d'issues possibles de la place, la chance qu'Orr les remarque était minuscule mais, maintenant que Grant n'était plus là pour couvrir ses arrières, Tyler devait se tenir prêt à faire face à toutes les situations.

Il fit signe à Stacy de le rejoindre et ils se frayèrent un chemin à travers la foule.

Ils avaient atteint l'extrémité du portique quand un homme vêtu d'un pantalon de treillis et d'un tee-shirt de U2 surgit de derrière une colonne pour leur bloquer le passage. Il portait une veste posée sur son bras replié, dissimulant sa main.

L'homme regarda Tyler droit dans les yeux. Il s'agissait forcément d'un complice d'Orr.

Tyler saisit le bras de Stacy dans l'intention de s'enfuir en courant mais s'immobilisa en sentant le canon d'un pistolet appuyer dans son dos.

— Vous êtes en avance, Tyler, dit Orr derrière lui.

— Vous aussi, répondit-il.

— J'ai dû changer mes plans. Et, au fait, Gaul a lui aussi un pistolet braqué sur vous.

— J'avais deviné.

De sa main libre, Orr retira le couteau Leatherman de son étui à la ceinture de Tyler, le jeta à Gaul, puis le débarrassa aussi de son Glock, qu'il fourra dans sa poche. Il ne se donna pas la peine de fouiller Stacy : sa tenue légère ne pouvait dissimuler aucune arme.

— Je vais prendre vos téléphones, aussi, dit Orr.

Stacy se retourna vers Orr les poings serrés, prête à se jeter sur lui, mais Tyler la retint par l'épaule. Orr se recula mais garda son arme pointée sur eux, dissimulée sous la veste repliée sur son bras.

— Qu'est-ce qui vous prend ? cracha Stacy à Tyler. Ils vont nous tuer !

— S'ils avaient voulu nous tuer, nous serions déjà morts.

— Écoutez Tyler, chérie, dit Orr. Et maintenant jetez-moi vos téléphones.

— Seulement si vous m'épargnez vos « chérie ».

— Comme vous voulez, ma colombe.

Stacy se braqua de nouveau, puis renonça. Tyler lui relâcha le bras et prit son téléphone, qu'il lança en direction d'Orr avec le sien.

Orr les réduisit en miettes en les écrasant sous son talon.

— Bien, nous voilà entre nous désormais. Et maintenant le sac à dos. Doucement.

Tyler resta immobile.

— Il ne vous servira à rien.

— Je préfère quand même l'avoir avec moi. Mais je peux aussi vous tirer dans la jambe et le récupérer. À vous de voir.

Tyler lui tendit le sac avec réticence, et Orr le passa sur son épaule.

— Très bien. Allons-y.

Orr leur fit signe d'avancer et Gaul vint se placer à son côté, derrière Tyler et Stacy.

— Où allons-nous ? demanda Tyler.

— À votre avis ? répondit Orr.

— Je l'ignore. Et vous rêvez si vous croyez que nous allons vous dire où se trouve le puits d'Archimède. Il s'agit d'un échange, et vous ne nous avez encore rien offert.

— Je sais où nous allons, grâce à Stacy. La basilique de San Lorenzo Maggiore, près de la Piazza San Gaetano. C'est là que vous avez trouvé le puits.

Soudain, tous les éléments du puzzle s'emboîtèrent. Orr ne les avait pas retrouvés par pure coïncidence : il avait attendu qu'ils sortent de l'église. Il avait su où trouver Grant grâce au traceur GPS, mais il n'y avait qu'un seul moyen qui aurait pu lui permettre de mettre la main sur Tyler. Depuis le tout début de cette affaire, Grant et lui avaient travaillé en compagnie d'une taupe.

Tyler s'immobilisa et dévisagea Stacy, choqué par sa trahison.

— Je vous faisais confiance, balbutia-t-il. Vous avez informé Orr de nos moindres faits et gestes.

— Quoi ? s'exclama Stacy d'un air incrédule. Non, je n'ai rien… Vous ne croyez quand même pas que je l'ai aidé ?

Tyler secoua la tête d'un air farouche.

— Comment Orr a-t-il pu nous retrouver ?

— Je n'en sais rien ! Je suis son otage tout comme vous. Et comme ma sœur.

Tyler comprenait à présent que toute cette histoire n'était qu'une machination. Carol Benedict était sûrement dans le coup elle aussi.

— Oh ! Stacy a été un informateur précieux, commenta Orr. Elle m'a fait des rapports réguliers, mais elle est devenue gourmande et a exigé de toucher plus que la part prévue. Je la tuerais bien sur-le-champ, mais j'ai encore besoin d'elle.

— Il ment ! cria Stacy à Tyler avant de se tourner vers Orr. Espèce de fumier !

— Oh, je mens, vraiment ? Dans ce cas, dites-moi comment je saurais que vous vous êtes rendus dans la maison de Gia, près de Londres ? Et que vous l'avez retrouvée à Munich ? Et que vous êtes allés au musée d'Athènes hier et au Parthénon ce matin ?

— Tout ça est absurde ! bafouilla Stacy.

— Non, pas vraiment, se renfrogna Tyler. Le traceur peut l'avoir renseigné sur notre visite à Cavano et notre passage à Munich, mais il ne pouvait pas savoir pour le Parthénon. Nous avions laissé le traceur dans l'avion. (Il se tourna vers Orr.) Où est Grant ?

Orr sourit.

— Il est mort. Ou prisonnier. Je n'en sais rien, et je m'en moque à vrai dire. C'est à Gia qu'il faudrait le demander.

— Vous lui avez dit où le trouver ?

— Ce qui l'a éliminé de l'équation, n'est-ce pas ?

— Et mon père ?

— Il va bien. Pour le moment.

Orr était un menteur de talent, mais quelque chose dans son expression laissa penser à Tyler qu'il lui cachait la vérité.

— Je veux le voir.

— Quand nous aurons trouvé le trésor, je le libérerai.

— Si vous savez déjà où se trouve le puits, pourquoi avez-vous encore besoin de nous ?

— Parce que je suis pressé. Même si vous avez effectivement trouvé le puits, je pourrais perdre des jours entiers à chercher le bon tunnel, celui qui conduit à la crypte. Votre connaissance du géolabe nous y mènera directement. J'ai ici quelques pages du codex que vous n'avez pas encore vues.

Tyler se rappela que Stacy avait dit le mercredi soir que selon elle il manquait des pages au manuscrit.

— Et ces pages indiquent le chemin dans les tunnels ?

— Oui, en utilisant le géolabe. Du moins, c'est ce que je crois. Vous allez devoir trouver comment ça marche.

— Et si je refuse ?

— Je vous tue tous les deux ici et maintenant, et je tente ma chance par moi-même. Que décidez-vous ?

— Ne l'écoutez pas ! s'exclama Stacy.

Tyler réfléchit à ses options pour arriver rapidement à la conclusion qu'il n'en avait aucune. Il ne savait pas ce qui se passait exactement pour son père mais, s'il voulait une chance de capturer Orr et de découvrir ce que ce dernier prévoyait de faire avec une bombe radiologique, il devait rester en vie jusqu'à ce qu'il ait une occasion de passer à l'action. S'il parvenait à s'échapper une fois dans les tunnels, il réussirait peut-être à regagner la surface pour prévenir la police. Il pourrait à tout le moins empêcher Orr de ressortir.

Tyler hocha la tête.

— Très bien.

Orr sourit.

— Parfait. Continuez à marcher.

Trois minutes plus tard, ils avaient rejoint un parking et se tenaient devant une berline Fiat. Gaul ouvrit le coffre pour en sortir deux grosses ceintures.

— Levez les bras, ordonna-t-il.

— Pourquoi ? demanda Tyler. Qu'est-ce que c'est ?

— Il s'agit de ceintures incapacitantes, expliqua Orr. On les utilise en prison pour contrôler les détenus. Vous allez les porter afin de m'assurer de votre obéissance quand nous serons dans les tunnels. Dans des endroits aussi exigus, vous seriez tentés d'essayer de vous emparer d'une arme si nous restions trop près de vous.

Orr sortit de sa poche deux bracelets Velcro qu'il s'attacha sur le bras gauche. Chaque bracelet avait une couleur correspondant à celle des ceintures, rouge pour Tyler et bleu pour Stacy, et était équipé d'un bouton recouvert d'un capuchon en plastique.

— Comme ça j'aurai les boutons de commande à portée de main, dit Orr en tapotant son poignet.

Tyler ne protesta pas. Cela signifiait qu'Orr leur laisserait une certaine marge de manœuvre dans les tunnels. S'il réussissait à trouver le moyen de se débarrasser de sa ceinture, il pourrait peut-être s'échapper.

Gaul passa les ceintures de nylon autour de la taille de Tyler et Stacy et les verrouilla avec une clef. Elles étaient suffisamment serrées pour qu'il soit impossible de les ôter. Un boîtier de la taille d'un paquet de cartes était fixé sur chacune au niveau du ventre.

— Montez à l'arrière de la voiture, leur ordonna Orr.

Tyler et Stacy grimpèrent avec réticence dans la Fiat, tandis que Gaul et Orr prenaient place à l'avant.

Alors que Gaul sortait du parking, Orr se tourna sur son siège.

— Oh ! une chose encore. Ces ceintures incapacitantes ont été modifiées par un de mes associées. Il sera impossible pour Gaul et moi de garder en permanence un œil sur vous une fois que nous serons dans les tunnels. Ces ceintures nous donneront l'assurance que vous ne tenterez pas de vous échapper.

— Vous croyez vraiment que j'ai peur d'un collier électrique ? dit Stacy.

— Non, pas vraiment, répondit Orr en levant un Taser. Mais j'ai ceci au cas où vous auriez besoin d'un petit encouragement.

— Dans ce cas, à quoi servent ces ceintures ? demanda Tyler.

— Comme je le disais avant que Stacy ne m'interrompe, elles ont été modifiées. Chacune est équipée de quatre-vingt-dix grammes de C-4, formant une astucieuse charge creuse. Si l'un de vous sort de mon champ de vision plus de dix secondes, je presse ce bouton. D'après ce qu'on m'a dit, vous devriez être coupé en deux par l'explosion avant d'avoir touché le sol.

Chapitre 52

Commotion. Le mot tournait en boucle dans l'esprit de Grant alors qu'il traversait Naples à l'arrière d'une voiture. Cela lui était déjà arrivé une fois, quand sa tête avait heurté une chaise durant une prise de catch qui avait mal tourné. Il s'efforça péniblement de se souvenir des symptômes. *Vision floue* : confirmée, plisser les yeux aidait un peu à faire le point. *Nausée* : heureusement qu'il avait peu mangé au dîner, sinon la banquette arrière de la voiture aurait été dans un sale état. *Incapacité à se concentrer* : est-ce qu'il l'avait déjà dit, celui-là ? *Perte de mémoire* : ça, c'était le plus ennuyeux.

Il se souvenait vaguement d'une bagarre dans la galerie commerciale, mais il était incapable de se rappeler comment il avait atterri dans cette voiture. Il essaya de se concentrer sur les deux hommes qui l'encadraient. L'un d'eux se massait le genou tandis que l'autre se tenait l'estomac. Seul le conducteur et Sal, installé sur le siège passager, semblaient indemnes. Grant savait qu'il y avait eu d'autres hommes, mais qui devaient être encore plus salement amochés que ceux-là. Pour autant qu'il s'en souvenait, il en avait mis cinq hors de combat. Pas mal, mais pas suffisant.

La voiture franchit les grilles d'un portail et remonta une allée vers la demeure la plus tape-à-l'œil qu'il ait jamais vue. Un crépi coquille d'œuf, une colonnade devant la porte d'entrée, des moulures imposantes sur les encadrements des fenêtres et des portes, des chérubins ornant les avant-toits : on aurait dit la Maison-Blanche décorée par Liberace.

Deux autres hommes sortirent Grant de la voiture et le traînèrent en haut des marches du perron. Ils traversèrent le hall d'entrée et l'amenèrent jusqu'à un patio bordant une falaise surplombant la mer à plus de trente mètres de hauteur.

Grant n'avait aperçu Gia Cavano qu'un instant, alors qu'elle grimpait dans la Zonda devant l'immeuble de la Boerst à Munich, mais il était impossible de ne pas la reconnaître dans la femme assise en face de lui. Ses formes généreuses étaient soulignées par un jean et un tee-shirt noirs ajustés, et elle avait ramené ses longs cheveux bruns en un chignon gracieux. Elle était à la fois élancée et voluptueuse. Si Grant l'avait vue dans un bar, il l'aurait abordée pour lui payer un verre.

— Bienvenue chez moi, monsieur Westfield, l'accueillit-elle.

Sa vision s'améliorait, mais Grant devait encore faire un effort pour se tenir droit et ne pas tomber.

— La prochaine fois que vous voulez que je vienne prendre le thé avec vous, envoyez-moi plutôt un carton d'invitation.

— Il m'a été rapporté que vous êtes un homme difficile à convaincre.

— Donnez-moi une de ces matraques télescopiques et je vous montrerai ce dont je suis vraiment capable. Vous savez, j'ai le gosier desséché. (D'un signe de tête, il désigna Sal qui, avec deux autres hommes, le surveillait, l'arme au poing.) Pourriez-vous demander à votre copine de m'apporter un verre d'eau glacée ? Et un scotch pour suivre. Sec.

Sal fusilla Grant du regard. Apparemment, son anglais était assez bon pour qu'il saisisse l'insulte.

— Apporte à boire à M. Westfield, dit Cavano.

Sal s'éloigna, tandis que Grant s'asseyait sans y avoir été invité.

— Vous avez le bras sacrément long pour avoir obtenu que la police vous débarrasse de mes hommes. Où sont-ils ?

— Oh ! ne craignez rien pour eux. Ils passeront la nuit en cellule et seront libérés demain matin. Le temps que j'en aie terminé.

— C'est-à-dire ?

— Jordan Orr. Savez-vous où il se trouve ?

— Pas exactement.

— Que voulez-vous dire ?

— Eh bien, que je le saurais précisément si vos gorilles n'étaient pas venus gâcher la fête.

Sal revint avec les verres.

— Merci, Sallie, dit Grant, qui avala le scotch d'un trait, avant de presser le verre d'eau glacée contre sa tempe.

— Vous pouvez le trouver ? demanda Cavano.

— Pourquoi le ferais-je ?

— Parce que sinon mes hommes vous jetteront du haut de cette falaise.

Grant but une gorgée d'eau et regarda le précipice qui plongeait dans les eaux de la Méditerranée.

— C'est une sacrée bonne raison. Il faut que j'appelle Tyler, dans ce cas.

— Donnez-moi son numéro.

Grant se donna la peine d'y réfléchir l'espace d'une seconde, puis décida qu'il devait tenter le coup. Il donna le numéro de Tyler à Cavano, qui le composa. Elle resta un instant à écouter, puis raccrocha.

— Je suis tombée directement sur sa boîte vocale.

Voilà qui n'est pas bon signe, pensa Grant.

— J'ignore pourquoi il ne répond pas.

— J'ai une hypothèse. J'ai reçu un coup de téléphone anonyme il y a dix minutes, me disant qu'il se trouvait avec Jordan. Où vont-ils ?

Grant sentit son cœur se nouer. Il avait espéré que Tyler s'était planqué quand il avait perdu le contact avec l'équipe de sécurité, mais tout cela devait faire partie du plan d'Orr depuis le début. Orr était le seul à avoir pu informer Cavano sur l'existence du traceur GPS. Il avait dû mettre la main sur Tyler et Stacy au même moment, encore que Grant ne voyait pas comment il avait fait. Si Tyler n'était pas encore mort, cela signifiait qu'Orr l'emmenait avec lui à la recherche du trésor.

— Je pense le savoir, dit Grant.

— Montrez-moi.

— D'abord, je veux des garanties.

— La seule garantie que j'ai à vous donner c'est que vous connaîtrez une mort lente et douloureuse si vous ne me dites pas ce que je veux savoir.

— Voilà qui est très généreux de votre part, mais il me faut quelque chose de plus. Je sais que vous autres, les gens de la mafia, vous êtes des personnes de parole.

Grant n'y croyait pas une seconde. Les criminels restaient des criminels. Mais il ne pouvait pas se contenter d'obéir sans négocier. Ces gens-là savaient tirer parti de la faiblesse d'autrui et Grant comptait bien leur faire comprendre qu'il ne tremblait pas devant eux. Ses mots firent mouche.

— Que voulez-vous ? demanda Cavano en plissant les yeux.

Grant savait qu'elle tenait trop au trésor ainsi qu'à se venger d'Orr pour le tuer s'il existait la moindre chance qu'il puisse la conduire jusqu'à eux.

— Je veux que vous me promettiez sur la tombe de votre mère que vous nous laisserez partir, Tyler, Stacy et moi, une fois que vous aurez Orr et le trésor.

— Ma mère est toujours de ce monde. D'ailleurs, elle est ici, au premier étage.

— D'accord, alors jurez-le sur l'âme de votre défunt mari.

— Vous travaillez pour Jordan. Comment puis-je être sûre que vous n'avez pas été envoyé ici pour m'attirer dans un piège ?

— Il nous a forcés à travailler pour lui. Nous ne sommes que ses pions.

— Pouvez-vous le prouver ?

Bonne question, pensa Grant. Quelle preuve irréfutable avait-il à lui offrir ?

Une preuve. Bien sûr qu'il avait ça.

— Avez-vous un ordinateur ? demanda-t-il. Je dois vous montrer un e-mail.

Sal rapporta un ordinateur portable, mais ne laissa pas Grant s'en emparer et le tendit à Cavano.

— Dites-moi ce que je dois taper, lui dit-elle.

Grant lui donna son nom d'utilisateur et son mot de passe pour sa boîte mail et lui dit d'ouvrir un des messages que Tyler lui avait fait suivre, et qui contenait la vidéo montrant Sherman Locke.

Elle la regarda deux fois, puis referma l'ordinateur.

— Entendu, je veux bien croire que Jordan vous a forcés à travailler pour lui. Mais si nous trouvons effectivement le trésor et que je vous rends votre liberté, comment puis-je être certaine que vous n'en parlerez à personne ?

— Qui voudrait nous croire ? Quand vous nous libérerez, nous n'aurons pas la moindre preuve de nos dires.

Cavano réfléchit un instant.

— Très bien. Je jure sur l'âme de mon mari que je ne vous tuerai pas, ni vous, ni Tyler, ni Stacy, si vous respectez votre part du marché, promit-elle en se signant.

— Non, promettez que nous serons en sécurité. Je ne voudrais pas qu'un malheureux « accident » nous arrive sur le chemin de l'aéroport.

Elle soupira.

— Entendu, je ne toucherai pas à un cheveu de vos têtes. Je le jure sur l'âme de mon époux.

Grant se leva.

— Dans ce cas, marché conclu.

Il savait que ce n'était qu'un marché de dupes, mais plus longtemps il restait en vie, plus il avait de chances de réussir à échafauder un plan pour retrouver Tyler et se sortir de ce pétrin.

— Où allons-nous ? demanda Cavano en se levant à son tour.

— À la Piazza San Gaetano. Nous devons aller à l'église.

Chapitre 53

Tyler ignorait si la ceinture qu'Orr l'avait forcé à porter était réellement piégée, mais en tout cas elle se révélait particulièrement inconfortable. Étroitement serrée afin qu'il ne puisse pas la faire glisser au bas de ses hanches, elle se composait d'une bande de nylon extra-résistant : même si Tyler trouvait de quoi la couper, il lui faudrait plusieurs minutes pour réussir à s'en débarrasser. Le fermoir était intégré dans le boîtier contenant l'explosif. S'il tentait d'en forcer le mécanisme, il risquait de faire exploser le détonateur.

Il ne s'inquiétait pas pour le C-4 lui-même. Il s'agissait d'un explosif extrêmement stable qui ne pouvait pas se déclencher à cause d'un choc, pas même d'un impact de balle. Tyler détestait ces films où le héros faisait sauter un pain de C-4 en tirant dessus, parce que c'était tout bonnement impossible.

Stacy semblait tout aussi gênée par sa ceinture que lui, et Tyler commençait à regretter d'avoir cru aussi vite qu'elle travaillait pour Orr. Peut-être refusait-il seulement d'admettre qu'il s'était fait duper, mais il n'arrivait pas à croire Stacy capable de le trahir ainsi.

Mais si elle n'était pas de mèche avec Orr, Tyler ne parvenait pas à comprendre comment ce dernier avait pu suivre le moindre de leurs mouvements. Orr avait pu entendre parler du vol au musée par la presse, mais comme le traceur était resté dans l'avion durant leur séjour à Athènes, il lui était impossible de connaître leur implication dans la fusillade au

Parthénon. C'était comme s'il les avait suivis à l'aide d'un deuxième signal GPS...

Tyler se rappela soudain qu'Orr avait détruit leurs téléphones. Celui de Stacy était le seul appareil électronique qu'ils conservaient avec eux depuis le début, puisque Tyler avait dû changer le sien après son plongeon dans la rivière. Orr devait suivre le signal du téléphone de Stacy. Obnubilé par le traceur placé dans le géolabe, Tyler n'avait jamais pensé qu'Orr pouvait les traquer à l'aide d'un autre mouchard, ce qui expliquait la facilité avec laquelle il les avait retrouvés.

Tyler ne pouvait être certain d'avoir raison, mais en tout cas sa confiance en Stacy remontait. Orr voulait s'amuser avec eux, à moins que son but soit d'empêcher Stacy et Tyler de se liguer contre lui. Diviser pour mieux régner, en somme. Pour l'instant en tout cas, Tyler allait continuer à faire semblant de croire à la trahison de Stacy.

Chanceux, Gaul trouva une place de parking à seulement deux pâtés de maisons de l'église de la Piazza San Gaetano. Ils quittèrent la voiture et s'avancèrent dans les rues étroites, Gaul et Orr marchant prudemment derrière Stacy et Tyler. Les boutiques étaient toutes fermées et l'animation qui régnait auparavant dans les rues commençait à diminuer. Quelques scooters passèrent devant eux, tandis que de rares passants se dirigeaient vers des restaurants ou regagnaient leurs domiciles.

Sur le chemin, Tyler remarqua un panneau indiquant « Napoli Sotterranea », le service de visites guidées proposant aux touristes de découvrir les anciens souterrains qui couraient sous la ville. Quand Stacy et lui étaient passés par là plus tôt dans l'après-midi, ils s'étaient arrêtés pour prendre quelques renseignements.

Un guide leur avait expliqué que personne ne savait exactement combien de tunnels et de salles souterraines comptait le sous-sol de Naples. Entre les travaux du métro et le creusement de fondations pour des bâtiments, on découvrait chaque année de nouveaux tunnels. Certains archéologues estimaient qu'il devait exister encore une bonne quarantaine de kilomètres de galeries inexplorées. Les églises et les immeubles privés refusaient souvent les demandes d'autorisation pour cartographier les tunnels qui se trouvaient dans leur sous-sol. Tyler avait interrogé le guide de façon indirecte à propos du puits de San Lorenzo Maggiore et de la possibilité qu'il soit relié au dédale de tunnels visité par les touristes. Le guide lui avait répondu qu'il avait parcouru à de nombreuses reprises le réseau de tunnels connu et n'avait jamais rencontré de galerie communiquant avec le puits de l'église. Celui-ci devait donc ouvrir sur une partie encore inexplorée des souterrains.

La basilique dominait la petite Piazza San Gaetano. Comme la plupart des autres églises anciennes du centre-ville de Naples, San Lorenzo Maggiore s'ouvrait directement sur la rue. Un panneau avertissait les visiteurs que les fouilles archéologiques sous une partie de l'église avaient mis au jour une place de marché remontant à l'Antiquité grecque.

Bien qu'il n'y ait pas de messe célébrée ce soir-là et que le site archéologique soit fermé pour la nuit, la porte de l'église était grande ouverte, invitant les fidèles à venir prier et confesser leurs péchés. Alors qu'ils pénétraient dans l'édifice, Tyler se dit que si le prêtre avait voulu entendre tous les péchés de leur petit groupe, il serait resté coincé de longues heures dans son confessionnal.

Ils traversèrent la nef, déserte à cette heure tardive. Le puits s'ouvrait au centre d'une petite cour extérieure bordée par un cloître. Son ouverture était surmontée d'une potence en bois permettant de remonter l'eau depuis la citerne souterraine à l'aide d'une amphore en terre cuite. Les aqueducs n'étaient plus en service depuis longtemps, aussi la citerne devait-elle être à sec. La potence du puits était ornée de fleurs, et Tyler songea que qu'il n'aurait jamais imaginé que la quête du trésor de Midas débuterait dans un décor aussi gentillet.

Alors qu'ils se tenaient devant le puits, Tyler essaya de comprendre comment l'espion dont parlait la tablette de cire d'Archimède avait réussi à remonter jusque-là. Avait-il nagé dans les tunnels qui servaient autrefois d'aqueducs ? Tyler se l'imagina, grimpant à la corde du puits.

— Montrez-moi la marque du Scorpion, lui ordonna Orr.

Tyler fit le tour du puits et pointa du doigt vers l'intérieur de l'ouverture.

La lumière diminuait rapidement avec le coucher du soleil. Orr déplaça le rayon de sa lampe torche à la surface des moellons, qui remontaient à plusieurs centaines d'années avant la naissance du Christ. Les signes étaient à peine visibles, quinze points gravés dans la pierre par l'espion du roi de Syracuse pour indiquer l'endroit afin d'y revenir, ce dont il n'avait jamais eu l'occasion. Tyler avait consulté une carte astronomique sur son ordinateur : les points reproduisaient exactement la disposition des étoiles formant la constellation du Scorpion.

— Toutes mes félicitations, Tyler, dit Orr, tandis que Gaul sortait une corde et du matériel d'escalade de son sac. Je savais que cette mission était une gageure, et vous vous en êtes sortis tous les deux avec les honneurs.

Tyler ressentit une envie irrépressible de l'étrangler sur place.

— Vous m'en voyez ravi.

— Nous n'en avons pas terminé, cependant. Il nous faut encore descendre dans le puits.

— Il suffit de sauter. À vous l'honneur.

— Très drôle, commenta Orr en examinant les environs.

Ils étaient seuls dans la cour. Tyler n'osait penser à ce que ferait Orr si une personne innocente venait les déranger.

Gaul enroula la corde autour de la potence et tira pour en tester la résistance. Satisfait, il commença à descendre dans le puits. Après un mètre, il planta un piton dans la pierre et y fixa un mousqueton. Il testa le piton pour s'assurer qu'il supportait son poids, puis attacha une deuxième corde au mousqueton.

Tyler comprit ce qu'il faisait. Les deux extrémités de la corde enroulée à la traverse de la potence retombaient dans le fond du puits. Une fois qu'ils seraient descendus tous les quatre dans la citerne, Gaul tirerait sur une des extrémités de la corde, qui tomberait dans le puits. De cette façon, si quelqu'un venait dans la cour, il ne verrait aucune corde pendre à la potence. Pour remonter, la deuxième corde resterait attachée au piton, hors de vue de quelqu'un se tenant dans la cour.

— OK, dit Gaul. C'est simple. Nous allons descendre un à la fois. Je vous assurerai pendant la descente. C'est clair ?

Ils acquiescèrent et chacun reçut un harnais d'escalade à enfiler. Tyler passa ses jambes dans les deux boucles les plus petites et mit la troisième autour de sa taille. La corde d'assurage avec son mousqueton était déjà attachée au harnais. Gaul donna ensuite à Stacy et Tyler de petites lampes frontales afin qu'ils puissent s'éclairer durant la descente.

Gaul passa le premier, son sac sur le dos. Il lui fallut plusieurs minutes pour atteindre le fond de la citerne, tandis que Tyler et Stacy attendaient leur tour en compagnie d'Orr qui, un peu éloigné d'eux, les surveillait, le doigt prêt à appuyer sur les boutons déclenchant les bombes à leurs ceintures. Quand Gaul fut arrivé en bas, il prévint Orr par radio qu'il était prêt à accueillir les autres, le Taser en main.

Stacy passa en deuxième. Tyler s'assura qu'elle avait convenablement enfilé son harnais et l'aida à entrer dans le puits. Elle n'était pas le moins du monde effrayée par cette escalade. Tyler se rappela qu'elle lui avait raconté ses explorations de ruines antiques et de grottes avec son équipe de caméramans. Cette incursion dans le puits ne présentait aucune difficulté pour elle. Il la regarda descendre avec aisance jusqu'à ce qu'elle disparaisse dans l'obscurité.

Pour la première fois, Tyler se retrouvait seul avec Orr. Il le dévisagea et Orr lui renvoya son regard avec un mince sourire sur les lèvres.

— Comment pensez-vous sortir cent vingt-cinq tonnes d'or à vous deux ? lui demanda Tyler.

Orr rit doucement.

— Vous pensez toujours que j'en ai après l'or de la crypte ? Je vous l'ai dit : ce que je veux, c'est le pouvoir de Midas.

— Vous êtes complètement dingue, soupira Tyler en secouant la tête.

Orr sembla déçu par l'incrédulité de Tyler et resta un moment silencieux.

— Avez-vous déjà entendu parler des extrêmophiles ? demanda-t-il finalement.

— On dirait un surnom pour les amateurs de *base-jump*.

— Les extrêmophiles sont des organismes capables de survivre dans des conditions qui seraient fatales à toute autre forme de vie. On les trouve dans les cheminées hydrothermales des fonds marins, ou dans les sources chaudes sulfureuses comme celles du parc de Yellowstone. Ce sont des microbes baptisés *archæa*. Certains d'entre eux sont capables de digérer des métaux dissous et de les excréter sous forme solide. C'est la raison pour laquelle plusieurs firmes développent des projets d'exploitation minière des fonds marins à proximité des cheminées hydrothermales.

— Et vous pensez que c'est ça le pouvoir de Midas ?

— Si ridicule que cela puisse paraître, oui. J'ai passé toute ma vie à chercher la solution à cette énigme, et c'est ma théorie. Je pense que la peau de Midas a été infectée par un microbe de ce genre, auquel il a peut-être été exposé lors d'un bain dans une source chaude, mais qu'il s'est révélé immunisé contre ses effets. J'ai appris que de nombreuses personnes à travers le monde vivaient avec des maladies de peau chroniques. Croyez-moi, mieux vaut ne jamais voir les photos.

— Et comment transformait-il les choses en or ?

— Tout objet qu'il touchait se trouvait contaminé par ce microbe. Si cet objet était ensuite plongé dans une solution où de l'or était dissous, il était transformé en or par l'action du microbe.

— Vous croyez donc que vous deviendrez riche en retrouvant ce microbe ? Qu'est-ce qui vous permet de croire qu'il est encore vivant après tout ce temps ?

— Il y a un peu plus de vingt ans, dans cette crypte qui se trouve quelque part sous nos pieds, j'ai vu un homme se transformer en or sous mes yeux.

Il évoquait l'histoire racontée par Cavano, celle de ce dealer qui les avait poursuivis jusqu'à la crypte quand ils étaient enfants. Elle leur avait dit que l'homme avait touché quelque chose à l'intérieur du sarcophage doré qui lui avait causé une douleur fulgurante. S'il s'agissait vraiment du pouvoir de Midas, le roi devait être immunisé contre ce microbe par quelque divine providence, mais toute autre personne entrant en contact avec celui-ci subissait apparemment des souffrances insoutenables, et peut-être même la mort.

— Dans des conditions favorables, ces *archæa* peuvent rester en sommeil pendant des milliers d'années, poursuivit Orr. Les produits utilisés pour embaumer Midas ont pu préserver le microbe.

Même si la théorie d'Orr était tirée par les cheveux, celui-ci y croyait dur comme fer. Il avait presque réussi à convaincre Tyler.

— Vous avez dit que la crypte de Midas comportait un bassin alimenté par une source d'eau chaude, se rappela Tyler. Comment savez-vous que ce pouvoir magique ne provient pas de celle-ci ?

— Je n'en sais rien, mais j'ai un moyen de le vérifier. J'ai deux flacons d'eau avec moi, un contenant de l'eau et de l'or dissous dans de l'acide, et l'autre de la simple eau de mer. Si le pouvoir de Midas est bien réel, il fonctionnera avec ces deux échantillons.

— De l'eau de mer ?

Gaul appela Orr pour l'informer que Stacy l'avait rejoint. Orr fit signe à Tyler de descendre à son tour dans le puits.

Tyler enjamba la margelle et attacha son harnais à la corde.

— L'eau de mer contient de minuscules quantités d'or dissous, répondit Orr. Si le pouvoir de Midas se révèle aussi efficace que je le crois, il devrait permettre d'extraire d'énormes quantités d'or des océans.

Tyler se sentit pris de vertige à l'idée des monceaux de métal précieux que cela pourrait représenter.

— Nous parlons alors de millions d'onces, n'est-ce pas ?

Orr secoua la tête.

— Vous êtes loin du compte. Laissez-moi vous donner un indice. Le monde contient plus d'un milliard de kilomètres cubes d'eau de mer, et la solubilité de l'or est de treize parties par billion. Je vous laisse faire le calcul.

Tyler commença à descendre dans le puits. L'exercice ne présentait pas de difficultés particulières et lui laissa l'esprit libre pour calculer la somme phénoménale qui était le but de toute cette histoire. Aiden avait été loin de la vérité en pensant qu'Orr et Cavano en avaient après un bloc d'or d'une valeur de quatre milliards de dollars. Tyler refit le calcul deux fois en obtenant toujours le même résultat inimaginable.

Si ce qu'Orr lui avait raconté était vrai, même l'estimation la plus prudente de la quantité d'or contenue dans les océans donnait la somme colossale de vingt-cinq billions de dollars.

Chapitre 54

À la lumière de la lanterne qui les éclairait, Orr observa Tyler et Stacy, penchés sur le géolabe et la copie des pages du codex qu'il leur avait remises. Tyler parlait, et Stacy prenait des notes sur la copie du texte. Tyler avait refusé de travailler avec elle jusqu'à ce que Gaul lui fasse goûter de son Taser.

Ces trois pages du manuscrit qu'Orr avait gardées secrètes étaient son assurance. Sans elles, il savait que Tyler et Stacy n'auraient jamais pu trouver la crypte de Midas par eux-mêmes. Pas dans le véritable dédale qui s'étendait devant eux.

Le sol de la citerne se trouvait à quarante-cinq mètres de profondeur sous l'église, et son plafond, percé par le puits, culminait au-dessus d'eux à la hauteur d'un immeuble de deux étages. Le fond de la citerne s'enfonçait à trois mètres au-dessous du niveau des tunnels environnants, afin qu'une retenue d'eau puisse s'y former. À présent que les aqueducs ne fonctionnaient plus, la citerne était vide. Des marches grossières permettaient de monter jusqu'aux tunnels qui alimentaient autrefois la citerne.

Orr passa la main sur le tuf gris des parois. Les cendres volcaniques solidifiées, recrachées par le Vésuve, qui avait connu plusieurs éruptions au cours de l'histoire, étaient si faciles à creuser que les premiers occupants grecs du site en avaient excavé des tonnes pour bâtir leur ville. Ils n'avaient pas tardé à comprendre que les tunnels pourraient également servir d'aqueducs afin d'alimenter en eau potable les habitants. Le réseau de galeries s'était étendu sous les Romains, qui avaient arraché la cité aux Grecs à la fin du IIIe siècle avant J.-C. et miné le tuf pour fabriquer le meilleur ciment d'Europe, qui leur avait permis d'édifier des constructions qui s'élevaient encore après plus de deux mille ans d'existence.

Alors qu'il humait l'air humide et écoutait l'écho des voix de Tyler et Stacy, Orr se rappela comme si c'était hier son séjour d'enfance à Naples, quand il avait joué avec Gia dans ces tunnels malgré l'interdiction de leurs parents. Certains enfants étaient effrayés par les souterrains remplis d'ombre, mais Orr aurait pu passer des journées entières à les explorer, émerveillé par l'ampleur colossale de ce qu'avaient réalisé les hommes de l'Antiquité. Un vrai travail de Romain, au propre comme au figuré.

Quatre tunnels partaient de la citerne. Orr n'aurait jamais remarqué les lettres grecques gravées dans le tuf, en bas à droite de l'ouverture de chaque tunnel, s'il n'avait pas su qu'il devait les chercher. Alpha, lambda, sigma et mu. Le géolabe devait à présent leur dire quelle lettre les mènerait dans la bonne direction.

— Quel est le bon tunnel ? demanda Orr.

— On y travaille, répondit Tyler sans lever la tête.

— Remuez-vous. Si j'ai l'impression que vous cherchez à gagner du temps, un de vous finira avec un trou dans le ventre de la taille d'un ballon de foot.

Stacy blêmit. Elle ne se risquerait pas à essayer de se jouer de lui.

— Nous faisons de notre mieux, protesta Tyler.

— Vous venez à peine de nous donner ces éléments, plaida Stacy. Cela risque de prendre du temps.

— Nous n'en avons pas vraiment, dit Orr.

— Pourquoi ça ? demanda Tyler.

— Parce que Gia Cavano pourrait très bien être déjà en chemin.

— Espèce de salopard ! cracha Stacy. Vous lui avez dit où nous sommes ?

—J'avais besoin d'écarter votre ami Grant Westfield. Soit Gia l'a tué, soit, ce qui serait encore mieux, elle l'a convaincu de la mener jusqu'à nous. Si elle ne se montre pas, tant mieux pour moi. Mais si elle le fait, je lui réserve une surprise.

—Quel genre de surprise ? demanda Tyler.

—Une vilaine surprise. Remettez-vous au travail.

Tyler tourna les yeux vers Orr qui, l'espace d'un instant, oublia qu'il avait le contrôle de la situation et se sentit déstabilisé par la force de son regard. Puis Tyler reporta son attention sur le géolabe, et Orr se surprit à se sentir soulagé. Il passa les doigts sur les boutons de commande à son poignet et se rasséréna.

Tyler et Stacy passaient du géolabe aux instructions du document. Pour ce qu'Orr en comprenait, tout cela concernait des principes mathématiques qui lui échappaient totalement. À un moment, Tyler prit le stylo de Stacy pour effectuer des calculs. Cette dernière semblait elle aussi déroutée par les questions de Tyler, mais lui fournissait les traductions qu'il demandait aussi vite que possible.

Au bout de dix minutes, Tyler se releva soudain avec le géolabe dans les bras.

—Vous avez trouvé ? s'impatienta Orr.

—Oui.

Sa voix ne laissait apparemment pas de place au doute.

—Comment ça marche ?

Tyler secoua la tête.

—C'est trop compliqué pour que je vous l'explique.

—Foutaises !

—C'est vrai. Je ne veux pas vous le dire, pour une raison évidente, dit-il en pointant du doigt la ceinture explosive à sa taille.

Orr afficha un large sourire.

—Vous êtes un type futé. Mais je vais garder mes yeux grands ouverts. Si je pense que vous jouez la montre en nous conduisant dans la mauvaise direction ou que je constate que nous revenons sur nos pas, je me dirai que je n'ai plus besoin de vous garder tous les deux en vie. Vous me comprenez ?

— Je vous comprends.

— Bien, par où devons-nous aller ?

Orr regarda Tyler tourner une des manivelles du géolabe. Quand le cadran s'arrêta, Tyler retourna l'appareil, puis examina les lieux jusqu'à ce que son regard se pose sur le tunnel marqué de la lettre sigma. L'ouverture ne faisait pas plus d'un mètre de diamètre.

— C'est celui-là, dit-il en rendant à Orr le stylo et la liasse de papiers.

— Vous êtes sûr ?

— C'est ce que dit Archimède.

Tyler et Stacy reçurent chacun une lanterne. Vu que les ceintures les empêchaient de songer à s'enfuir, Orr ne craignait pas grand-chose à leur fournir de l'éclairage. Les lumières projetèrent des ombres inquiétantes sur les parois du tunnel, qui s'enfonçait dans l'obscurité la plus totale. Le souterrain avait une forme circulaire et son étroitesse ne permettait d'y progresser qu'à un de front. Gaul y entra le premier, suivi de Stacy, puis de Tyler. Quand Tyler eut parcouru quelques mètres dans le boyau, Orr y pénétra à son tour.

Après avoir progressé sur un mètre, Orr prit l'emballage d'un chewing-gum et le froissa avant de le jeter sur le sol. Le petit morceau de papier argenté brilla d'un éclat vif à la lumière de sa lanterne. Cavano trouverait cet indice et saurait ainsi quel chemin suivre.

Après une dizaine de mètres, Orr déboucha du tunnel étroit dans une citerne aussi vaste que la précédente. Trois autres passages partaient de la citerne. Cette fois, les tunnels n'étaient marqués d'aucune lettre grecque.

— Pourquoi n'y a-t-il pas de lettres gravées ? demanda Orr.

— Nous n'en trouverons plus. Le géolabe nous dira quel tunnel emprunter, répondit Tyler en indiquant le tunnel sur leur droite.

Orr comprenait à présent pourquoi le géolabe était leur guide. L'espion du roi de Syracuse devait s'être fabriqué une carte au fur et à mesure de sa progression, peut-être en notant sur son bras avec un morceau de charbon la direction chaque fois qu'il tournait dans un tunnel. Il n'avait pas voulu laisser sur les parois des indications qui auraient pu conduire les Romains à la crypte de Midas. Mais quand l'espion avait enfin trouvé une sortie, il avait pensé à marquer le passage qui ferait office de point de départ pour retourner jusqu'au trésor et avait gravé une lettre au pied de chaque tunnel, sous le niveau d'eau de la citerne.

Orr utilisa son couteau pour marquer d'un petit « x » le mur près du tunnel qu'ils venaient d'emprunter afin de pouvoir retrouver son chemin une fois qu'il se serait débarrassé de Tyler et Stacy.

Puis il s'agenouilla et ouvrit son sac à dos pour en sortir une petite sacoche, spécialement préparée par Crenshaw. Posée au sol, sa fermeture Éclair partiellement ouverte, elle semblerait avoir été oubliée. En réalité, il s'agissait d'un engin piégé contenant cinq kilos de grenades au phosphore.

Il ne faisait aucun doute que Cavano accompagnerait ses hommes dans les souterrains. Elle ne laisserait pas passer l'occasion de revoir de ses yeux la crypte de Midas. Elle suivrait la piste du papier de chewing-gum intentionnellement laissé par Orr et, quand son groupe pénétrerait dans cette citerne, elle serait curieuse de voir ce qu'il avait pu laisser derrière lui. Quand un de ses hommes ouvrirait la fermeture Éclair ou ramasserait la sacoche, les grenades exploseraient, arrosant la salle entière de phosphore incandescent et infligeant un trépas horrible à tous ceux qui s'y trouveraient.

Orr arma le dispositif et se releva en récupérant son sac à dos. Il grimpa les marches conduisant au tunnel suivant en fronçant les sourcils. Le seul défaut de son plan était qu'il n'aurait pas le plaisir de voir Gia Cavano ouvrir sa pochette-surprise.

Chapitre 55

Le rire de l'agent spécial du FBI Ben Riegert résonna dans la salle d'interrogatoire du bureau du shérif d'Hagerstown. L'histoire devenait de plus en plus intéressante. Mohammed Qasim en faisait des tonnes. La partenaire de Riegert, Jackie Immel, interrogeait l'autre suspect, Abdul bin Kamal, dans la pièce d'à côté et il espérait qu'elle avait plus de chance avec lui. Celui-là ne débitait que des sornettes.

Riegert avala une autre gorgée de café. Il s'était précipité à Hagerstown en compagnie de vingt autres agents des bureaux de Washington dès qu'ils avaient été informés d'un appel au 911 parlant d'une menace terroriste, suivi par l'explosion d'un entrepôt.

Ils avaient trouvé Qasim et Kamal à côté de l'entrepôt, réfugiés derrière un mur de soutènement en compagnie d'une jeune femme et d'un homme gravement blessé par des tirs à la poitrine et à la jambe. L'ambulance avait emporté le blessé, qui avait été identifié comme le général en retraite Sherman Locke. Riegert n'avait pas eu de nouvelles de son état, mais les ambulanciers lui avaient dit qu'il risquait de ne pas s'en sortir. Un hélicoptère le transportait actuellement vers le service de soins intensifs de l'hôpital de l'université George-Washington.

La femme, Carol Benedict, avait été conduite à l'hôpital local. Avant le départ de l'ambulance, elle avait expliqué à la police qu'elle ne se rappelait rien de son enlèvement, ce qui incitait Riegert à penser qu'elle avait été droguée. Le Rohypnol et les autres drogues du violeur provoquaient des pertes de mémoire. L'hôpital allait procéder à des analyses de sang, mais il était probable que le produit avait déjà disparu de son organisme. Dès que Riegert en aurait fini ici, il se rendrait à l'hôpital pour l'interroger.

Riegert s'assit sur le siège en face du suspect.

— Donc, monsieur Qasim, vous prétendez que deux hommes ont fait irruption dans votre maison un matin alors que vous preniez votre café et qu'ils vous ont kidnappé ?

Riegert ne tenta même pas de dissimuler son incrédulité. En général, les terroristes ne se faisaient pas prier pour reconnaître les faits et se glorifier de leurs actes, mais ce gars-là était différent. Qasim avait l'air terrifié, alors que Riegert se serait attendu à de l'assurance pleine de morgue.

— Je vous jure que c'est la vérité, dit Qasim.

— D'où êtes-vous originaire ?

— D'Arabie saoudite. Je suis des cours à l'université du Maryland pour préparer un diplôme en ingénierie pétrochimique.

— Impressionnant… Et, selon vous, pour quelle raison ces hommes vous ont-ils enlevé ?

— Je n'en sais rien ! Ils m'ont bandé les yeux, fait monter dans leur fourgon, et m'ont ligoté. Puis ils ont pris Abdul.

— Vous le connaissez ?

— Seulement de vue. Nous fréquentons la même mosquée, à College Park.

— Vous n'étiez pas en relation avec lui d'une manière ou d'une autre ?

— Nous avons étudié le Coran ensemble à quelques reprises, mais rien de plus.

— Donc, ils vous ont emmené jusqu'à cet entrepôt à Hagerstown. C'est bien ça ?

— Puis ils m'ont jeté dans une pièce et verrouillé la porte. Il y avait un lit et un seau, rien d'autre. Ils m'ont donné à boire et à manger, pas beaucoup.

Qasim semblait effectivement affamé. Riegert lui avait donné une barre chocolatée, qu'il avait engloutie en deux bouchées.

— Et vous êtes resté enfermé pendant plus de deux jours, poursuivit Riegert. Pourquoi ?

— Vous ne cessez pas de me demander pourquoi. Demandez-le aux kidnappeurs !

— Aux kidnappeurs, hein ? (Riegert ouvrit un dossier et jeta devant Qasim la photo d'un corps calciné.) La seule autre personne que nous avons trouvée sur les lieux est ce gars. S'agit-il d'un de vos complices ?

— Mais non !

— Monsieur Qasim, un camion a été volé sur une route à la même période où vous dites avoir été enlevé. Le chauffeur, un certain Clarence Gibson, a rapporté que deux hommes avaient arrêté son camion, puis l'avaient emmené dans les bois et laissé pour mort. Ses agresseurs parlaient arabe, selon lui. Cela vous dit quelque chose ?

Qasim le dévisagea, les yeux écarquillés.

— Vous croyez que j'ai quelque chose à voir dans tout ça ?

— Ma foi, vous avez disparu le même jour.

— C'est n'importe quoi !

— Ce matin, la police a reçu un appel du général Sherman Locke, prétendant qu'il était détenu par des terroristes. Arrivée sur les lieux, la police découvre un entrepôt détruit par une explosion et les seuls survivants sont deux ressortissants étrangers en compagnie d'une femme effrayée et d'un homme à l'article de la mort, qui se révèle effectivement être un général de l'Air Force récemment retiré du service actif. Comment pouvez-vous expliquer cela ?

— Mais je ne le peux pas ! Je vous dis juste ce qui s'est passé.

— OK. Parlons des événements de ce matin, alors.

— Puis-je avoir autre chose à manger ?

— Bien sûr. Dès que vous nous aurez dit ce qui s'est passé ce matin.

Par « nous », Riegert voulait parler de l'appareil d'enregistrement et des huit hommes entassés dans la salle d'observation derrière le miroir sans tain.

Qasim but une gorgée d'eau et s'éclaircit la voix.

— Très bien. J'étais en train de dormir dans ma cellule quand un bruit m'a réveillé. Je pense qu'il y a eu un combat. J'ai entendu comme un bourdonnement, suivi d'un cri. On aurait dit que quelqu'un était tombé par terre. Puis des bruits de tirs, nombreux.

— Combien ?

— Je ne me rappelle pas. Sûrement plus de dix.

— Et ensuite ?

— J'ai entendu le moteur d'un camion démarrer. Oui ! je m'en souviens à présent. J'avais aperçu un semi-remorque dans l'entrepôt avant qu'ils m'enferment dans ma cellule.

Parfait. Ce type était en train de s'enfoncer tout seul, et ce n'était pas Riegert qui allait l'arrêter.

— Vous avez pu voir ce camion ?

— Seulement un instant. Tout ce que je peux en dire c'est que la cabine était bleue et la remorque gris argenté.

Cela correspondait à la description du camion volé à Gibson.

— Le camion était donc dans l'entrepôt ?

— Mais je ne savais pas qu'il avait été volé.

— OK. Bien, le camion démarre. Comment avez-vous réussi à sortir de votre cellule ?

— J'ai entendu quelque chose, comme si quelqu'un rampait de l'autre côté de la porte, puis un bruit de clef dans la serrure. Je croyais qu'il s'agissait des hommes qui m'avaient kidnappé, aussi je n'ai pas bougé. La porte s'est ouverte en grand, et j'ai vu un homme âgé qui baignait dans son sang.

Riegert appréciait le professionnalisme de Qasim. Il était capable d'improviser une histoire avec plus de talent que la plupart des criminels qu'il avait eu à interroger au cours de sa carrière.

— Et il s'agissait du général Locke. Vous a-t-il dit quelque chose ?

Qasim acquiesça.

— Il n'était pas rasé et ses vêtements étaient sales, j'ai donc pensé qu'il était prisonnier comme moi. Je me suis précipité vers lui, bien sûr. Il était très faible, mais il m'a dit : « Le bâtiment est piégé, il va exploser. Nous devons sortir. »

— Et c'est là que vous avez vu les explosifs.

— Oui. En Arabie saoudite, j'ai travaillé sur des incendies de puits de pétrole que l'on éteignait en utilisant des explosifs. J'ai aussitôt compris ce qu'étaient ces fûts installés dans l'entrepôt. J'ai pris les clefs au général Locke et ouvert la cellule d'Abdul. C'est alors que nous avons entendu la femme crier, et nous l'avons libérée elle aussi. J'ai porté le général dehors par la porte la plus proche tandis qu'Abdul aidait la femme à sortir. Nous avons couru nous mettre à l'abri derrière un mur et c'est là que l'entrepôt a explosé. J'en ai encore les oreilles qui bourdonnent.

— Et la police est arrivée peu après. Eh bien, monsieur Qasim, quelle histoire ! Et vous pensez que M. bin Kamal est en train de raconter la même chose ?

— Bien sûr, parce que c'est la vérité !

On frappa à la porte, et Immel passa la tête dans la pièce.

— Tu as une minute ?

— Je vais vous trouver une autre friandise, dit Riegert, puis nous reprendrons tout depuis le début, monsieur Qasim.

Le suspect hocha la tête d'un air hébété et vida son verre d'eau. Il était nerveux, à n'en pas douter, et Riegert avait la ferme intention de découvrir ce qu'il cachait.

Riegert sortit de la pièce en refermant la porte derrière lui.

— Tu ne devineras jamais l'histoire farfelue que ce gars m'a servie.

— Oh ! je n'en sais rien, dit Immel avec un petit rire. J'ai eu ma dose de bobards avec bin Kamal, qui affirme avoir été kidnappé chez lui et retenu prisonnier dans l'entrepôt.

Riegert fronça les sourcils.

— Et que des coups de feu ont éclaté dans l'entrepôt, puis que Locke, couvert de sang, avait ouvert la porte de leurs cellules ?

Sa partenaire perdit son sourire.

— Il t'a raconté la même histoire ?

— Il semblerait.

— Eh bien, ça devient de plus en plus bizarre. Nous avons essayé de contacter le fils ou la fille de Locke, mais aucun d'eux n'est joignable. Mais nous avons parlé au patron de son fils, Miles Benson, le P.-D.G. de la Gordian Engineering.

— Et en quoi est-ce bizarre ?

— Quand on lui a parlé de l'entrepôt, la première chose que Benson nous a dit était que nous devrions examiner les décombres avec un compteur Geiger.

Chapitre 56

Sachant qu'il leur faudrait descendre dans le puits, Grant avait suggéré à Cavano et ses hommes de s'arrêter en chemin pour acheter des cordes et du matériel d'escalade avant de rejoindre l'église San Lorenzo Maggiore.

Quand ils arrivèrent sur place, ils trouvèrent la corde attachée à l'intérieur du puits et surent qu'Orr était passé par là. Cavano avait emmené Sal et les trois hommes les moins amochés après le combat dans la galerie commerciale. Ils étaient tous les cinq armés de mitraillettes équipées de lampes torches. Deux hommes descendirent les premiers, puis ce fut au tour de Grant. Descendre en rappel était un exercice qu'il maîtrisait normalement à la perfection mais, encore groggy après son choc à la tête, il dévissa par deux fois avant de réussir à atteindre le fond.

Un des hommes assura la corde pendant que l'autre surveillait Grant, qui examinait les lieux à l'aide de sa lampe torche, cherchant le moindre indice pouvant lui laisser espérer que Tyler était en vie.

Il repéra un morceau de papier froissé et se baissa pour le ramasser. Il commença à le déplier mais, avant qu'il ait pu le lire, Cavano intervint.

— Donnez-moi ça !

Elle se détacha de la corde d'escalade et tendit la main vers lui. Grant lui remit le morceau de papier.

Cavano l'examina en fronçant les sourcils, puis le rendit à Grant.

— Qu'est-ce que ça signifie ? demanda-t-elle.

Grant éclaira la feuille de papier. Celle-ci comportait deux mots, écrits de la main de Tyler.

Louis Dethy

Il s'agissait d'un message que Tyler avait laissé à son intention. Tyler savait qu'il allait arriver. Peut-être même savait-il que Cavano et ses hommes seraient avec lui. C'était pour cela qu'il avait laissé un message codé, au cas où cela pourrait lui donner un avantage. Mais qu'est-ce que Tyler avait voulu lui dire ?

Grant se concentra, l'esprit encore embrumé par les effets de la commotion. Louis Dethy. Il connaissait ce nom, mais n'arrivait pas à se rappeler où il l'avait entendu.

— Eh bien ? dit Cavano.

— Je n'en ai aucune idée.

La vérité restait le meilleur des mensonges et Grant n'allait sûrement pas dire que Tyler lui avait laissé un message codé.

Cavano le dévisagea un instant, puis se détourna pour regarder Sal terminer la descente du puits.

Grant se demanda pourquoi elle participait en personne à cette expédition. Peut-être n'avait-elle plus le choix : il était vrai qu'elle commençait à manquer de spadassins dévoués. Avec trois hommes perdus à Munich et deux à Athènes, sans compter les deux autres hors de combat après l'affrontement à la galerie, ses forces s'amenuisaient à un rythme effrayant. Évidemment, elle n'aurait eu aucun mal à recruter d'autres gros bras, mais sans pouvoir garantir leur loyauté et qu'ils garderaient le silence sur cette expédition. Et puis il avait remarqué une lueur dans son regard : elle voulait revoir la crypte de Midas.

Un des hommes appela Cavano en italien alors qu'il ressortait d'un des tunnels communiquant avec la citerne.

Il tenait à la main ce qui ressemblait au papier d'emballage d'un chewing-gum.

— Un autre indice, à ce qu'il semble, dit-elle. (Elle prit le papier qu'il lui tendait, le déplia et le renifla.) Il est récent. Je sens encore l'odeur de la menthe.

Elle donna quelques ordres en italien, avant de se tourner vers Grant.

— Rodrigo va y aller le premier en éclaireur. Quand il aura atteint la salle suivante, il nous appellera et nous passerons, vous, moi et Sal en dernier. De cette façon, si Jordan nous a tendu une embuscade, seul un de mes hommes risque de tomber dedans.

— Et il sait que vous l'envoyez au casse-pipe ? lui demanda Grant en désignant Rodrigo d'un signe de tête.

— Il fait ce que je lui ordonne. Vous passerez devant moi, je veux vous garder à l'œil. Sal, tu fermes la marche.

Rodrigo pénétra dans le tunnel, suivi par les autres. Cavano avait donné à Grant une lampe torche en plastique, trop légère pour pouvoir lui servir d'arme.

Ils s'avancèrent dans le tunnel tandis que Rodrigo atteignait l'autre citerne. Ils s'arrêtèrent le temps que ce dernier vérifie qu'aucun comité d'accueil ne les y attendait. Il les appela finalement, et ils reprirent leur progression.

Tout en avançant, Grant ne cessait de retourner le message de Tyler dans sa tête. Louis Dethy. Il s'agissait à l'évidence d'un nom qu'ils connaissaient tous les deux, mais ce n'était ni un collègue de la Gordian, ni un gars de l'armée. Puis il pensa que Dethy était peut-être un client de la Gordian. Non, ce n'était pas quelqu'un qu'ils avaient rencontré. Ils avaient lu ce nom en étudiant différents cas d'engins piégés.

Puis Grant eut une révélation, comme si un laser transperçait son cerveau embrumé.

La maison piégée de Louis Dethy.

En 2002, Louis Dethy, un ingénieur belge à la retraite de soixante-dix-neuf ans, avait été retrouvé dans sa maison, tué par un coup de fusil en pleine gorge. La police avait d'abord pensé à un suicide jusqu'à ce qu'un des inspecteurs ouvre un coffre en bois et manque de se faire arracher la tête par le tir d'un fusil dissimulé.

Ce fait divers était bien connu de l'unité d'ingénieurs de combat de Tyler et Grant parce que la police avait dû faire appel aux démineurs de l'armée pour désamorcer les dix-neuf pièges ingénieux installés chez lui par Dethy, qui s'était tué en déclenchant accidentellement l'un d'entre eux. Les démineurs avaient mis trois semaines pour nettoyer les lieux. Les hommes de l'unité s'étaient amusés à donner à la maison de Grant le surnom de « maison de Dethy ».

Tyler cherchait à l'avertir qu'Orr avait laissé derrière lui un engin piégé.

Grant regarda instinctivement vers le sol à la recherche de fils ou de plaques de pression, avant de se rappeler que les trois hommes devant lui auraient déjà déclenché le piège si ce dernier avait été installé dans le tunnel. En tout cas, il était content de ne pas ouvrir la marche.

Alors qu'il se rapprochait de la sortie du tunnel, Grant vit un des hommes de Cavano qui le surveillait, l'arme pointée sur lui, tandis que ses deux comparses se tenaient près d'un objet posé au centre de la salle. Le faisceau d'une lampe torche éclaira une sacoche entrouverte.

C'était le tour le plus vieux du monde. En Irak et en Afghanistan, les insurgés plaçaient des grenades dans un objet d'apparence inoffensive, en espérant qu'un soldat serait assez curieux et assez stupide pour le ramasser sans l'examiner au préalable.

Les hommes de Cavano étaient des candidats parfaits. Ils n'avaient pas servi à l'armée et manquaient donc du réflexe de ne jamais toucher un objet abandonné au sol.

Rodrigo se pencha pour prendre la sacoche. Grant cria : « Non ! », mais il était trop tard. Rodrigo ramassa la sacoche. Grant fit demi-tour et se mit à courir, mais Cavano lui bloquait le passage. Elle leva son arme en le voyant se précipiter vers elle, mais le souffle de l'explosion les renversa tous les deux à terre.

Les deux hommes près du sac devaient avoir été tués instantanément, mais le troisième se trouvait trop loin pour être gravement blessé s'il ne s'agissait que d'une grenade à fragmentation. Pourtant ce dernier se mit soudain à tousser, puis à hurler.

— *Sono infiammato* ! *Sono infiammato* !

Une fumée blanchâtre envahit le tunnel et progressa vers Grant, qui aida Cavano à se relever.

— Que s'est-il passé ? demanda-t-elle. Il dit qu'il brûle ?

Grant comprit immédiatement de quoi il s'agissait.

— Du phosphore ! Reculez ! Allez, allez ! La fumée est toxique ! Vite !

Cavano hurla quelque chose à Sal, qui recula aussi vite que sa carrure massive le lui permettait.

La fumée continua à envahir le tunnel. S'ils étaient pris dans le nuage, ils tousseraient du sang pendant des semaines, les poumons brûlés par le phosphore, qui s'enflammait au contact de l'air.

Il poussa Cavano pour la presser d'avancer, et elle grommela un juron en manquant de tomber. Quand ils débouchèrent dans la citerne par où ils étaient arrivés, Grant ne s'arrêta pas. Il courut jusqu'à un autre tunnel et le traversa pour arriver dans la salle suivante. Cavano et Sal le suivirent, les traits de leur visage exprimant un mélange de peur, de colère et de confusion.

Grant s'arrêta.

— Nous devrions être assez loin, dit-il. La fumée va être aspirée par l'appel d'air du puits. Mais, si nous voyons le nuage continuer à se propager vers nous, il faudra que nous nous éloignions encore.

— Que s'est-il passé ?

— Orr avait laissé un engin piégé dans la salle. Vos gars ont mordu à l'hameçon et l'ont déclenché.

— Ils sont morts ?

— Si ce n'est pas encore le cas, ils doivent le souhaiter. Les brûlures provoquées par les grenades au phosphore sont abominables. J'en ai déjà utilisé en conjonction avec de puissants explosifs. Très efficace, et très vicieux.

Le visage de Cavano se crispa, déformé par la haine.

— Qu'est-ce qu'on fait ?

— Rien pour l'instant. Même si vous aviez un masque à gaz, les émanations vous brûleraient la peau et mettraient le feu à vos vêtements. Nous devons attendre que le nuage se dissipe.

— Combien de temps ça va prendre ?

— Dix minutes, peut-être, ou une heure. Ça dépendra de la ventilation.

Cavano expliqua à Sal pour l'engin piégé et celui-ci se lança dans une tirade interminable de jurons italiens. Grant n'avait pas besoin de parler la langue pour comprendre que Sal et Cavano se promettaient de le faire payer à Orr de la plus horrible des façons.

Chapitre 57

Tyler avait l'impression qu'ils erraient dans ces tunnels depuis des jours, mais sa montre lui apprit que cela faisait à peine un peu plus d'une heure. À mi-parcours, un grondement sourd, semblable au tonnerre, s'était répercuté dans les tunnels. Sans doute la « vilaine surprise » qu'Orr avait réservée à Cavano. Celui-ci afficha d'ailleurs un sourire satisfait en entendant la détonation. Tyler espérait que Grant avait compris l'avertissement qu'il avait griffonné sur un bout de papier arraché à une page de la traduction du codex.

Seules quelques galeries étaient aussi exiguës que le premier tunnel. La plupart du temps, ils pouvaient avancer de front, sans avoir besoin de se mettre en file indienne. Tyler avait surpris Orr à graver une marque sur la paroi d'un souterrain qu'ils venaient de quitter, sans doute pour pouvoir retrouver son chemin. Il pensait avoir réglé le compte de Cavano et ne s'en inquiétait plus, mais Tyler s'accrochait à l'espoir que Grant avait survécu à l'explosion et qu'il pourrait les rattraper en suivant ces marques.

Archimède avait fait en sorte que l'utilisation du géolabe ne soit possible qu'à quelqu'un comprenant les principes mathématiques qui présidaient à son fonctionnement. Mais, une fois que Tyler avait résolu l'équation donnée par le codex, le maniement du mécanisme était relativement simple, ce qu'il s'était bien gardé de dire à Orr.

Les intersections comprenaient généralement quatre tunnels, mais certaines en comptaient trois ou cinq. Pour savoir quelle direction prendre, il fallait tourner la manivelle supérieure dans le sens des aiguilles d'une montre jusqu'à ce que le cadran du haut parcoure autant de signes du zodiaque que l'intersection comptait de tunnels. La manivelle inférieure devait ensuite être tournée du même nombre, mais dans le sens inverse. Puis il fallait retourner le géolabe pour consulter le troisième cadran, en plaçant l'appareil de telle sorte que le bas du cadran soit orienté vers le tunnel d'arrivée. L'aiguille indiquait alors la bonne direction. Après dix intersections, Tyler n'avait toujours pas vu l'aiguille du cadran pointer sur 6 heures. Tant que le géolabe ne leur indiquait pas de faire marche arrière, il était certain d'avoir interprété correctement les instructions d'Archimède.

Ils traversèrent par deux fois des citernes encore partiellement remplies d'eau. Tyler supposa que les tunnels étaient parfois submergés par les eaux pluviales durant des épisodes de fortes précipitations. Peut-être les aqueducs n'étaient-ils remplis qu'une partie de l'année, ce qui aurait facilité les choses pour l'espion d'Archimède.

Tandis qu'ils continuaient leur progression, Tyler surveilla Stacy du coin de l'œil. Elle s'était repliée sur elle-même et ne parlait que lorsque cela se révélait nécessaire. Il eut plusieurs fois l'impression qu'elle s'apprêtait à lui dire quelque chose, mais elle se ravisait chaque fois et détournait le regard. Tyler ne savait pas vraiment pourquoi. Était-ce par embarras, par colère ou par peur ? Mais apparemment elle refusait de se justifier. De toute façon, c'était plutôt à lui de lui présenter des excuses. Après avoir repassé dans son esprit les événements de la journée, Tyler s'était rappelé un autre élément qui plaidait en faveur de son innocence. Il avait l'intention de laisser Orr croire qu'il avait gobé son mensonge le plus longtemps possible, mais à un moment donné il lui faudrait passer à l'offensive et, quand l'heure serait venue, il aurait besoin de l'aide de Stacy.

Ils tournèrent au coin d'un tunnel et virent le passage déboucher à angle droit dans un souterrain descendant en pente raide de gauche à droite. Durant tout son parcours, le groupe était monté ou descendu de quelques marches à diverses reprises, mais en restant globalement au même niveau. Du côté où il remontait, le souterrain se terminait abruptement sur un mur de briques.

— Ça alors ! s'exclama Gaul.

— D'après vous, quel âge peut avoir ce mur de briques ? demanda Tyler à Stacy.

— Au moins deux mille ans.

— Peut-être voulaient-ils éviter que quelqu'un trouve la crypte de Midas ? suggéra Orr.

— Dans ce cas, pourquoi ne pas avoir scellé le passage que nous venons d'emprunter ? dit Tyler.

— Je l'ignore. C'est vous l'ingénieur. À vous de me le dire.

— Cela peut tout à fait n'avoir aucun rapport avec Midas, remarqua Stacy. La tablette disait que l'espion du roi de Syracuse cherchait un moyen de pénétrer dans la forteresse romaine. Ce passage y conduisait peut-être, et les gens qui l'occupaient voulaient empêcher des attaquants de passer par là, comme l'espion cherchait justement à le faire.

— Peu importe, trancha Orr. Il semblerait que nous devons descendre un peu plus profond dans le terrier du lapin blanc.

Le souterrain s'enfonçait sur une soixantaine de mètres pour déboucher dans une salle de six mètres de long sur trois mètres de large. Son extrémité était occupée par une mare d'eau qui s'étendait le long du mur du fond, sur trois mètres de large. Une structure ressemblant à l'arche d'un pont de trente centimètres de large enjambait le bassin pour venir buter contre le mur du fond. Tyler se tourna de tous côtés, mais aucun autre tunnel ne partait de la salle.

Ils étaient arrivés dans un cul-de-sac.

— Qu'est-ce que ça veut dire ? demanda Orr.

Tyler le regarda d'un air surpris.

— Je l'ignore. C'est là que le géolabe dit qu'il faut aller.

Se pouvait-il qu'il n'ait pas interprété correctement les instructions ?

— Mon doigt a une furieuse envie d'appuyer sur un bouton. Si vous dites vrai, Tyler, dépêchez-vous de trouver quelque chose pour me convaincre que vous ne vous êtes pas foutu de moi depuis le début.

Tyler s'avança au fond de la salle pour examiner le mur, douloureusement conscient de la ceinture explosive qui lui comprimait le ventre.

Une fissure à peine visible courait sur le mur du fond à un mètre quatre-vingts de hauteur. La paroi était en tuf, comme le reste des tunnels, mais à certains endroits la pierre grise poreuse laissait apercevoir une couche blanche au-dessous, comme si le tuf n'était qu'un parement. Tyler gratta du bout de l'ongle la pierre blanche, mais celle-ci ne s'effrita pas comme le tuf. Au lieu de cela, elle eut un effet abrasif sur l'ongle de son doigt, comme si…

Tyler retourna le géolabe. Le cadran pointait vers le signe du Verseau, le porteur d'eau. Il s'agissait forcément d'un indice.

— Qu'avez-vous trouvé ? demanda Stacy.

Tyler s'agenouilla et passa la lanterne au-dessus de la surface de la mare. La lumière ne pénétrait pas à plus d'un mètre cinquante de profondeur, empêchant de distinguer le fond.

Tyler sourit devant l'ingéniosité qui était à l'œuvre ici.

— Eurêka ! dit-il doucement.

— Quoi ? l'interrogea Stacy.

— Touchez ça, suggéra-t-il en lui montrant la pierre blanche visible sous le tuf.

Stacy la gratta à son tour du bout du doigt.

— Qu'y a-t-il ? demanda Orr.

— Ça ressemble à ce que j'utilise pour gratter la corne sous mes pieds, dit Stacy. C'est de la pierre ponce ?

— Exactement, la félicita Tyler. Saviez-vous que la pierre ponce est composée à quatre-vingt-dix pour cent d'air ?

— Et alors ? s'irrita Orr.

— C'est la seule roche capable de flotter. Elle est rejetée par les volcans comme le Vésuve. Elle flotte d'ailleurs si bien que certains scientifiques pensent que des plantes et des animaux ont pu migrer à travers le Pacifique sur des plaques de pierre ponce rejetées par les volcans d'Indonésie.

— Et ?

— La paroi sous cette fissure est faite de pierre ponce. La couche de tuf qui la recouvre n'est là que pour la cacher aux regards. Il s'agit d'un mur flottant.

Perplexe, Orr contempla l'eau de la mare.

— C'est possible ?

— Des briques de pierre ponce ont pu être cimentées pour monter un mur. Quand le bassin d'eau sous le mur est rempli, des rainures dans la paroi latérale le maintiennent en place tandis qu'il flotte pour venir se joindre au plafond.

— Et personne ne peut deviner qu'il s'agit en réalité d'une porte, dit Stacy. Il est logique que Midas ait voulu que sa tombe soit protégée. Les pilleurs de tombes étaient un fléau dans l'Antiquité, notamment parce que les rois se faisaient souvent inhumer avec des trésors.

— Comme les pharaons.

— Une minute, intervint Orr. Quand Gia et moi avons trouvé la crypte il y a vingt ans, nous n'avons vu aucune porte.

— Ce bassin est probablement alimenté par une source. S'il y avait une sécheresse l'année où vous l'avez visitée, le niveau du bassin a pu diminuer au point d'abaisser la porte.

Orr resta un instant silencieux, le regard perdu dans le lointain.

— Oui, je m'en souviens à présent. Nous avons descendu un tunnel en pente puis traversé un pont au-dessus de l'eau. J'avais oublié ce détail. C'est forcément ici.

— Nous ne pourrions pas passer dessous en nageant ? suggéra Gaul.

— J'en doute, répondit Tyler. Sinon, cela rendrait ce mur flottant superflu.

— Dans ce cas, comment on l'ouvre ?

— Il doit forcément exister une sorte de levier commandant l'évacuation de l'eau. Si le niveau diminue, la paroi s'abaissera et nous pourrons passer.

Tyler fit le tour de la salle mais ne trouva aucun signe du moindre levier, bouton ou poignée.

Puis il comprit.

— Le mécanisme doit se trouver dans l'eau. Quelque chose comme la bonde d'une baignoire. Si on l'enlève, l'eau s'écoulera par l'évacuation. Enlevez-moi la ceinture et je vais m'en occuper.

S'il plongeait dans l'eau avec la ceinture, un court-circuit risquait de déclencher la bombe.

— Non, dit Orr, je n'ai pas confiance en vous. Et si vous trouviez un moyen de vous échapper ?

— C'est la seule solution pour pénétrer dans la crypte, dit Tyler en regardant Gaul et Orr, donc je suppose que l'un de vous va devoir s'y coller.

— Certainement pas, répliqua Orr. Gaul, enlève sa ceinture à Stacy et donne-lui une lampe torche.

Stacy le fusilla d'un regard haineux en comprenant qu'elle allait devoir plonger dans ce bassin obscur.

Chapitre 58

Gaul débarrassa Stacy de sa ceinture explosive et lui donna une petite lampe torche métallique. Elle se tourna pour faire face à Tyler. Durant leur progression dans les tunnels, elle avait voulu à plusieurs reprises nier les accusations proférées par Orr, mais comme elle ne pouvait expliquer comme ce dernier avait réussi à les suivre à la trace, elle avait craint que ses dénégations ne sonnent creux. Pourtant, il fallait qu'elle dise quelque chose avant de plonger dans ce bassin.

— Tyler, je veux que vous sachiez que je ne vous ai jamais trahi. La sécurité de Carol est ma seule et unique priorité.

Tyler resta silencieux, mais il ébaucha un sourire discret, accompagné d'un clin d'œil.

Stacy se sentit soulagée d'un grand poids. Apparemment, il savait qu'elle n'avait jamais comploté contre lui. Elle vit renaître en elle l'étincelle de l'espoir. Tout n'était pas perdu. Elle lutta contre l'envie irrésistible de se jeter dans ses bras, sachant qu'elle risquait de perdre le contrôle d'elle-même et de se mettre à sangloter comme une petite fille.

Orr ne semblait pas avoir remarqué le clin d'œil de Tyler.

— Allez-y, ordonna-t-il. La lampe torche n'est pas étanche, elle risque de vite rendre l'âme. Nous braquerons les nôtres sur la mare pour vous donner le plus de lumière possible.

— Quand vous serez au fond du bassin, lui dit Tyler, regardez partout mais ne touchez à rien, et remontez me dire ce que vous avez trouvé.

— Qu'est-ce que je dois chercher ?

— Une sorte de bouchon, ou un levier.

Stacy s'assit par terre au bord du bassin et posa la lampe torche, le temps d'enlever ses chaussures et ses chaussettes. Puis elle pivota les jambes et trempa les pieds dans l'eau. Le contact glacé fit remonter un frisson le long de son échine.

— Assez tergiversé, trancha Orr en la poussant à l'eau.

Stacy bascula tête la première et faillit boire la tasse en se retrouvant aussi brutalement plongée dans l'eau froide. Elle remonta à la surface et résista à l'impulsion de ressortir du bassin glacial.

— Sale con !

— On dit toujours qu'il vaut mieux se jeter à l'eau d'un coup, s'amusa Orr.

— Passez-moi plutôt cette foutue torche, qu'on en finisse.

Gaul lui tendit la lampe torche. Tyler, Orr et Gaul se penchèrent au-dessus du bassin pour l'éclairer de leurs lanternes. La lumière pénétrait l'eau jusqu'au fond de la mare, mais Stacy n'arrivait pas à estimer sa profondeur. En tout cas, il y avait beaucoup plus d'un mètre cinquante de fond, parce qu'elle n'avait pas pied.

Stacy n'avait rien d'une nageuse olympique, mais elle avait passé beaucoup de temps dans le lac près de la ferme de ses parents. Cette petite mare ne l'inquiétait pas outre mesure.

Elle prit une grande inspiration et plongea. Elle examina les parois dans le faisceau de sa lampe torche, mais leur surface semblait semblable à celle des murs de la salle.

Quand elle atteignit une profondeur de trois mètres, elle distingua le bas de la paroi amovible, flottant entre deux eaux. Comme Tyler l'avait supposé, ses côtés s'inséraient dans des rainures qui guidaient sa montée et sa descente. Elle remarqua également des butées sur le fond, à environ un mètre quatre-vingts sous la paroi mobile, sur lesquelles celle-ci devait venir reposer quand elle s'abaissait.

Ne remarquant rien qui ressemble à un levier ou à un bouchon, Stacy tourna sur elle-même. Sur la paroi directement à l'aplomb de l'endroit où se tenait Tyler, elle remarqua une zone d'ombre et nagea dans sa direction.

Il s'agissait d'une cavité carrée d'un mètre quatre-vingts de côté et de trois mètres de profondeur. Elle orienta le faisceau de sa lampe à l'intérieur et aperçut un levier en pierre saillant de la paroi. Près de celui-ci se trouvait un disque plat du diamètre d'un ballon de plage.

Une petite entaille noire s'ouvrait dans la paroi au-dessus du disque. Stacy posa la main dessus et sentit une aspiration lui plaquer la paume contre la paroi. L'eau s'écoulait par cette entaille, il s'agissait de la valve de contrôle.

Stacy arrivait à court d'air. Elle décolla la main du mur et rejoignit la surface.

— Vous avez trouvé ? lui demanda Orr.

— Je pense, répondit Stacy en recrachant de l'eau.

— À quoi ça ressemble ? l'interrogea Tyler.

Stacy lui expliqua le mécanisme qu'elle avait découvert.

— Cela paraît assez simple, dit celui-ci. Il faut que vous abaissiez le levier. Cela devrait faire coulisser le disque et permettre à l'eau de s'évacuer dans le conduit.

— Compris.

— Mais soyez prudente. Le courant d'évacuation risque d'être puissant. Prenez garde à ne pas vous faire aspirer.

— Je devrais m'en sortir.

Stacy plongea de nouveau. Quand elle atteignit la cavité, elle éclaira la zone pour repérer le levier mais, au bout de cinq secondes, la lampe torche s'éteignit, définitivement noyée. Stacy eut tout de même le temps de poser la main sur le levier et de prendre appui du dos contre la paroi latérale de la cavité.

Elle poussa sur le levier, qui descendit de quelques centimètres. Elle força, et le levier s'abaissa encore. L'eau s'engouffra dans l'ouverture avec la force d'un torrent. Elle continua à appuyer sur le levier, et le disque libéra complètement le conduit d'évacuation. Presque à court d'air, Stacy se propulsa contre le fond du bassin afin de remonter, mais un de ses pieds fut aspiré par le courant.

Elle sentit son pied s'enfoncer dans le conduit, bloqué par la force de l'eau qui s'engouffrait dans celui-ci. Effrayée par la perspective de se noyer, Stacy rassembla ses forces, tourna sur elle-même et poussa avec son pied libre contre la paroi. Elle parvint à se dégager du conduit et nagea énergiquement pour s'écarter du courant.

Ses poumons étaient sur le point d'exploser. Paniquée, elle agita frénétiquement les bras pour rejoindre la surface et jaillit de l'eau dans un cri de détresse.

Une paire de mains puissantes la saisirent sous les aisselles et la soulevèrent hors de l'eau. Tyler la reposa au sol avec douceur, mais elle resta plaquée à lui, et il répondit à sa demande muette en la serrant dans ses bras. La chaleur du corps de Tyler était une sensation merveilleuse et Stacy enfouit sa tête contre sa poitrine afin que les autres ne la voient pas sangloter.

— Tout va bien, vous êtes en sécurité, lui dit Tyler. Vous avez réussi, le bassin est en train de se vider. (Puis il chuchota à son oreille.) C'est le moment. Tenez-vous prête.

Gaul jeta la ceinture explosive sur l'épaule de Stacy et recula pour rejoindre Orr à l'autre extrémité de la pièce, tandis que celui-ci regardait la paroi s'abaisser lentement dans le bassin.

— Remettez-lui la ceinture, ordonna Gaul à Tyler en levant son Taser. Je veux entendre le clic de la fermeture.

Tyler obéit et lui passa la ceinture autour de la taille avant de boucler le fermoir.

Ils sentirent une vague de chaleur étouffante, comme si quelqu'un venait d'ouvrir la porte d'un four, et se replièrent tous à l'autre extrémité de la salle tandis que l'air frais des tunnels s'engouffrait dans l'ouverture libérée par la paroi mobile, d'où s'échappait une moiteur brûlante.

En l'espace de cinq minutes, le mur amovible était descendu jusqu'au fond du bassin, et la température de l'air avait suffisamment diminué pour leur permettre de s'aventurer dans le passage ouvert.

Ils pénétrèrent dans un petit vestibule puis débouchèrent sur un balcon dominant une caverne bien plus vaste que toutes celles qu'ils avaient croisées jusqu'alors.

Stacy hoqueta de surprise. Rien n'aurait pu la préparer au spectacle qui se déployait sous ses yeux. Il s'agissait forcément de la tombe de Midas, car toutes les parois de la caverne, du sol au plafond, brillaient comme de l'or pur.

Chapitre 59

La surface scintillante de l'or reflétait la lumière des lanternes, amplifiant leur rayonnement bien au-delà de leurs modestes capacités. La salle qui s'étendait aux pieds de Tyler lui donna l'impression de se retrouver au seuil de l'Eldorado. Le sol, les parois et le plafond étaient recouverts d'or. Les surfaces dorées, aux contours irréguliers, se prolongeaient par de longues veines qui s'étendaient jusqu'à l'entrée de la crypte, comme une moisissure rampant sur les murs.

La plate-forme d'entrée, dominant la crypte de trente mètres de long sur quinze de large, se composait d'un balcon bordé d'un muret sur toute sa largeur. La crypte semblait excavée dans un filon de tuf volcanique d'un seul tenant, et le balcon surplombait une large dépression de trois mètres de profondeur qui occupait plus de la moitié de la salle. À la gauche de Tyler, un escalier descendait vers cette fosse, dont le centre accueillait un piédestal carré sur lequel reposait la statue d'une jeune fille à qui il manquait la main gauche, tel qu'Orr le leur avait décrit. Le piédestal en or, de deux mètres de côté, était gravé d'inscriptions en grec.

Un jet d'eau jaillissait d'une ouverture dans la paroi et se déversait dans un bassin bouillonnant qui courait le long de l'autre extrémité de la fosse, derrière le piédestal. Le bassin devait être alimenté par une source profonde, chauffée par l'immense réservoir magmatique du Vésuve. Quand la porte était fermée, il devait régner ici une chaleur insupportable.

À l'extrémité opposée de la crypte, une autre volée de marches, qui se situait sur le côté droit de la salle et débutait au bord du bassin, conduisait à une terrasse de trois mètres de hauteur. Celle-ci ne comportait pas de rambarde d'or comme le balcon d'entrée, et Tyler pouvait donc y apercevoir le sarcophage doré au centre d'une plate-forme qui dominait royalement le reste de la crypte.

Il n'y avait aucun dépôt funéraire d'objets précieux dans la salle : Midas avait certainement estimé que cette crypte entièrement faite d'or se suffisait à elle-même pour lui garantir de rejoindre les dieux dans l'au-delà.

Tyler observa tout cela en seulement quelques secondes. Il se préparait à ce moment depuis une heure, réfléchissant à la manière de se débarrasser d'Orr et de Gaul sans recevoir une décharge de Taser ni se faire déchiqueter par l'explosion de sa ceinture piégée. Maintenant que ces deux-là avaient trouvé ce qu'ils cherchaient, Stacy et lui ne leur étaient plus d'aucune utilité. Si Tyler n'agissait pas sur-le-champ, ils mourraient tous les deux. Passer à l'attaque était incroyablement risqué, mais il préférait tenter quelque chose maintenant et mourir en se battant plutôt que d'attendre qu'Orr l'élimine en pressant un bouton.

Durant leur exploration des souterrains, Orr et Gaul les avaient si étroitement surveillés que Tyler n'avait eu aucune occasion d'agir. Soit il se serait fait tuer, soit il aurait échoué et dévoilé ses intentions. Tyler savait qu'il n'aurait droit qu'à une seule chance, et il s'était réservé pour le moment où Orr et Gaul seraient les plus distraits, quand ils poseraient enfin leurs yeux sur le trésor de Midas.

Quand le groupe avait pénétré dans la crypte, Tyler s'était arrangé pour se positionner entre Gaul et Orr, tandis que Stacy marchait derrière eux. Alors qu'ils se tenaient sur le balcon de la crypte dorée, Orr et Gaul contemplèrent le spectacle, comme hypnotisés.

Tyler saisit sa chance.

Sans le moindre avertissement, il poussa Stacy en arrière afin de se faire de la place et abattit le géolabe sur la main de Gaul qui lâcha le Taser sous le choc. L'arme valdingua dans la fosse en dessous et glissa sur le sol pour terminer sa course dans le bassin. D'un coup de pied, Tyler repoussa Gaul qui tomba dans l'escalier derrière lui.

Tyler pivota sur lui-même dans l'intention d'écraser le géolabe sur la tête d'Orr, mais il ne réussit qu'à le frapper dans le dos. Orr s'affala en avant, la main droite coincée entre son corps et la balustrade. Tyler agrippa son poignet gauche et tenta d'arracher les bracelets des détonateurs en défaisant les deux bandes Velcro qui les maintenaient en place.

Il réussit à en enlever un, qui lui échappa des mains et tomba par-dessus la balustrade. Il s'agissait du détonateur rouge, celui qui correspondait à la ceinture qu'il portait. Le détonateur commandant la ceinture bleue de Stacy était toujours au poignet d'Orr. Celui-ci dégagea son bras de l'étreinte de Tyler et, s'emparant du sac à dos qu'il portait à l'épaule, l'abattit sur ce dernier en un grand moulinet. Tyler le reçut de plein fouet et recula sous l'impact. Avant d'avoir pu retrouver l'équilibre, il buta contre la balustrade et passa par-dessus.

Quand Tyler s'était débarrassé de Gaul avec une rapidité fulgurante avant de se jeter sur Orr, Stacy avait compris son intention. Il fallait qu'il s'empare des détonateurs. L'un d'entre eux avait volé au loin, mais celui relié à sa ceinture se trouvait toujours attaché au poignet d'Orr.

Elle crut un instant que Tyler allait réussir, mais Orr se montra le plus rapide. Stacy se précipita pour essayer de l'arrêter, mais elle avait réagi trop tard et Tyler bascula dans le vide, disparaissant hors de vue.

Orr tendit la main vers le bouton du détonateur et Stacy fit la seule chose à faire : elle lui sauta sur le dos et s'accrocha à lui en enroulant les jambes autour de sa taille, la charge explosive de la ceinture plaquée au creux de ses reins.

— Si vous touchez ce bouton, nous mourrons tous les deux, lui souffla-t-elle à l'oreille.

Orr tenta de la frapper à coups de coude, mais l'angle ne lui donnait pas beaucoup de force. Puis il réussit à placer un coup qui projeta une onde de douleur suffocante dans la poitrine de Stacy, manquant de la faire lâcher, ce qui aurait signé immédiatement son arrêt de mort.

Un bras verrouillé autour du cou d'Orr, Stacy utilisa son autre main pour lui labourer le visage de ses ongles. Orr hurla alors qu'elle enfonçait les doigts dans son œil droit.

— Sale traînée !

Orr se propulsa en arrière contre le mur en écrasant Stacy qui, malgré qu'elle ait eu le souffle coupé par l'impact, ne relâcha pas sa prise. Elle ramena sa main libre sur le poignet de son bras passé autour du cou d'Orr et tira de toutes ses forces pour l'étouffer.

Le sifflement étranglé qui jaillit de la gorge de ce dernier lui indiqua que sa prise avait l'effet escompté. Restait à savoir qui des deux céderait le premier.

Tyler atterrit lourdement au bas de la fosse et sentit quelque chose céder au niveau de ses côtes. La douleur se répercuta dans son torse, mais au moins avait-il réussi à se protéger la tête du bras afin de ne pas s'assommer sur le sol de pierre. Il roula sur lui-même et aperçut le détonateur, qui gisait près du piédestal doré.

Gaul, qui se remettait de sa chute dans l'escalier et se tenait encore la tête, repéra le détonateur au même moment. Comprenant de quoi il s'agissait, il se précipita pour le récupérer.

Tyler lui fit un croche-pied et Gaul s'effondra à plat ventre. Il continua à tendre la main pour saisir le détonateur, mais Tyler l'attrapa par le bas du pantalon et le tira en arrière, puis lui sauta sur le dos et le frappa au niveau des reins.

Gaul lâcha un cri étouffé et Tyler profita de son avantage pour fourrer la main dans la poche de ce dernier. Gaul retrouva ses esprits et roula sur lui-même pour frapper Tyler au flanc d'un coup de genou.

S'il avait atteint Tyler au niveau de sa côte fêlée, la douleur l'aurait paralysé. Mais Gaul l'avait frappé de l'autre côté et, bien que Tyler fût douloureusement projeté de côté, il ne lâcha pas la clef qu'il avait arrachée de la poche de son adversaire.

S'étant dégagé de Tyler, Gaul recommença à tendre la main vers le détonateur. Tyler n'avait plus que quelques secondes avant qu'il parvienne à le récupérer.

D'une main tremblante d'excitation, Tyler inséra la clef dans la serrure de la ceinture et la tourna.

Gaul se saisit du détonateur.

Tyler ouvrit la ceinture et la jeta.

Du pouce, Gaul souleva le capuchon de plastique protégeant le bouton du détonateur, tout en se relevant pour s'asseoir. Il l'avait déjà pressé quand il s'aperçut que Tyler venait de lui jeter la ceinture d'explosif à la figure.

En une fraction de seconde, Tyler vit les traits de Gaul passer d'une expression de triomphe à une grimace d'horreur, puis la ceinture lui explosa en plein visage.

La tête de Gaul fut réduite en bouillie par l'explosion et le sol doré se macula de sang et de morceaux de cervelle. Il fallut une seconde à son corps pour comprendre qu'il n'était plus en vie et s'affaisser. Quelques spasmes l'agitèrent encore, puis il se figea dans la mort.

Tyler venait de se sauver la vie, mais Stacy était encore en danger.

L'adrénaline anesthésiant la douleur, Tyler bondit sur ses pieds et se précipita vers l'escalier. Il arriva sur le balcon pour voir Orr glisser au sol, Stacy toujours agrippée sur son dos, les bras passés autour de son cou en un étau qui l'asphyxiait.

Tyler courut jusqu'à eux et tenta de desserrer la prise de Stacy, mais celle-ci refusait de lâcher Orr.

— Stacy ! hurla Tyler. Il nous le faut vivant !

Stacy leva la tête vers lui, une lueur sauvage dans le regard, prête à combattre ce nouveau venu. Puis elle reconnut Tyler et relâcha Orr avant de s'affaisser à son tour. Malgré les protestations douloureuses dans sa poitrine, Tyler la retint dans ses bras.

Il la posa doucement au sol et retourna Orr, qui était tombé face la première au moment où Stacy l'avait lâché. Quatre griffures diagonales lui barraient le visage, et son œil droit était réduit à une bouillie sanglante. Tyler ôta le détonateur à son poignet et vérifia son pouls.

— Il est mort ? demanda Stacy. Je l'ai… tué ?

Le ton de sa voix traduisait un mélange d'espoir et de crainte mêlés.

— Non. Il a perdu connaissance, mais il est vivant.

Tyler défit la ceinture de Stacy. L'adrénaline commençait à refluer, et il grimaça quand il jeta la ceinture au loin.

— Vous êtes blessé ? lui demanda Stacy.

— Ce n'est rien. Quelques muscles froissés.

— Et Gaul ?

Elle n'avait pas pu ne pas entendre l'explosion, mais apparemment elle n'avait pas vu la scène.

— Il est mort.

Stacy commença à trembler, rattrapée par le choc de son duel avec Orr. Tyler lui prit la main, et ils restèrent là un instant, le temps de retrouver leur souffle.

Après une minute, Stacy se tourna vers lui.

— Qu'allons-nous faire à présent ?

Tyler regarda en direction du bassin d'eau bouillonnante en contrebas.

— Dès qu'Orr reprend conscience, il va nous dire où sont mon père et votre sœur, sinon il ira faire trempette.

Chapitre 60

Tyler traîna péniblement Orr, toujours inconscient, au bas de l'escalier, une marche après l'autre. Sa côte fêlée protestait douloureusement, mais il s'efforça de l'ignorer du mieux qu'il put. Chaque fibre de son corps lui hurlait de massacrer cet homme pour ce qu'il avait fait à son père, mais il devait le garder vivant s'il voulait retrouver Sherman et Carol, ainsi que la bombe nucléaire.

— Prenez son sac, demanda-t-il à Stacy. Nous n'avons peut-être pas beaucoup de temps.

Les talons d'Orr ricochèrent sur chaque marche, jusqu'à ce que Tyler l'allonge au pied de l'escalier. Stacy apporta le sac d'Orr et le posa près de celui de Gaul. Puis elle se retourna et vit le corps de ce dernier.

— Oh, mon Dieu! s'écria-t-elle à la vue de son crâne fracassé.

— Essayez de ne pas le regarder.

Tyler avait vu bien pire à l'armée, même si cela ne rendait pas le spectacle agréable pour autant, mais il n'avait pas le temps de s'en préoccuper. Si Cavano avait survécu au piège, elle pouvait arriver d'un instant à l'autre, à moins que Tyler et Stacy ne tombent nez à nez avec elle et ses hommes en tentant de ressortir de là. Dans l'un ou l'autre cas, les choses risquaient de mal tourner s'ils n'avaient rien à marchander. Même si Orr était hors de combat, leur vie ne tenait toujours qu'à un fil.

Tyler risquait aussi de devoir négocier pour la vie de Grant si ce dernier était prisonnier de Cavano. Il lui fallait examiner les lieux avant de pouvoir mettre un plan au point.

Il ligota les poignets d'Orr en se servant des lacets des bottes de Gaul, puis lui fouilla les poches et récupéra son Leatherman. Il alluma le téléphone d'Orr pour voir quels étaient les derniers numéros appelés, mais celui-ci était protégé par un mot de passe. Tyler aurait besoin d'Aiden pour y accéder. Il prit la gourde à la ceinture d'Orr et la passa à Stacy, qui but une gorgée et la lui rendit. Tyler but à son tour.

— Comment avez-vous su qu'Orr mentait à mon propos ? lui demanda-t-elle.

— Pour deux raisons, répondit Tyler en s'essuyant la bouche. D'abord, Orr savait où nous retrouver à la Piazza del Plebiscito. Nous y sommes allés directement après avoir localisé le puits et je suis resté avec vous tout le temps, vous n'avez donc eu aucune occasion de lui dire où nous étions.

Le fait qu'Orr sache quel était le bon puits s'expliquait assez facilement. Celui de San Lorenzo Maggiore était le dernier qu'ils avaient visité. Orr savait qu'ils cesseraient leurs recherches dès qu'ils auraient trouvé le bon endroit.

— Et la deuxième raison ?

— Il nous a fait photographier votre téléphone à côté du géolabe. J'avais trouvé ça étrange sur le moment, mais j'ai compris plus tard qu'il nous avait demandé cela parce que le traceur du géolabe et votre téléphone se trouvaient en deux endroits distincts.

— Mon téléphone ? s'étonna Stacy.

— Le mien a rendu l'âme quand j'ai plongé dans cette rivière, durant notre fuite de la propriété de Cavano. Avez-vous égaré votre téléphone au cours de ces dernières semaines ?

Stacy réfléchit à la question, les yeux perdus dans le lointain, puis sursauta.

— La semaine dernière, alors que j'étais au restaurant, j'ai cru pendant cinq minutes que je l'avais perdu. Puis un homme assis à la table d'à côté l'a trouvé par terre et me l'a rendu. J'ai cru qu'il était tombé de mon sac à main.

Tyler hocha la tête.

— C'est ça. Il ne faut que quelques secondes pour cloner une carte SIM. Orr nous a dupés depuis le début, en me mettant intentionnellement sur une mauvaise piste avec le traceur du géolabe. Puis il s'est servi de cela pour essayer de nous diviser. Je suis désolé de ne pas vous l'avoir dit plus tôt, mais je voulais le laisser croire que j'avais avalé son histoire.

— Je comprends, dit Stacy avec un sourire. Mais je suis soulagé de voir que vous n'aviez pas perdu confiance en moi.

Elle ouvrit la fermeture Éclair du sac de Gaul et manqua de le laisser tomber en voyant son contenu.

— Regardez ça.

Le sac renfermait trois paquets d'explosif binaire, connectés à des minuteurs. Ce n'était pas suffisant pour détruire la crypte mais, placés à des endroits stratégiques, ils pouvaient faire s'effondrer une bonne partie du plafond.

— Orr avait sûrement prévu de faire sauter l'entrée une fois qu'il aurait récupéré le pouvoir de Midas, afin de s'assurer que personne d'autre ne pourrait pénétrer ici.

— Ce qui aurait été une tragédie, remarqua Stacy en tendant à Tyler le pistolet SIG Sauer trouvé dans le sac de Gaul. Tenez, ça pourrait vous servir.

— Merci.

Tyler fouilla les moindres recoins du sac, mais ne trouva pas d'autre arme. Quant au Taser, il avait fini dans l'eau, et Orr n'était pas armé, estimant que les ceintures explosives suffisaient.

Tyler ouvrit le sac de ce dernier et découvrit la main en or dans son coffret, ainsi qu'une sacoche de cuir contenant un manuscrit ancien. La couverture ne comportait aucun titre. Il commença à ouvrir le livre mais Stacy l'arrêta.

— Non ! Il s'agit du codex d'Archimède. Il est trop fragile pour être feuilleté sans précaution. Vous risqueriez de l'endommager encore plus qu'il ne doit déjà l'être avec tout ce qu'Orr lui a fait subir.

Tyler acquiesça et rangea le manuscrit dans sa sacoche, puis inventoria le reste du contenu du sac. Deux bouteilles d'eau, l'une portant la mention « eau de mer », et l'autre « eau douce », deux paires d'épais gants en caoutchouc, une boîte Tupperware vide, et un vieux modèle de caméra numérique, équipé d'une cassette d'enregistrement.

— À quoi était-elle destinée, à votre avis ? demanda Stacy.

— S'il avait l'intention de vendre le pouvoir de Midas, il lui fallait une preuve indiscutable qu'il ne s'agissait pas d'une arnaque. Il avait sans doute l'intention de filmer la crypte, ainsi que le pouvoir de Midas en action.

Stacy hocha la tête.

— Et dès qu'il aurait récupéré son échantillon, il se serait filmé en train de faire exploser la seule entrée de la crypte.

— Il avait vraiment pensé à tout.

— Ou presque, dit Stacy, en baissant les yeux vers le visage ravagé d'Orr.

— Commencez à filmer, dit Tyler en lui tendant la caméra.

— Pourquoi ?

— Quand nous reviendrons à l'air libre, nous aurons besoin d'une preuve pour convaincre les autorités italiennes que cette crypte existe vraiment.

— Entendu, mais d'habitude je suis devant la caméra, pas derrière.

Stacy se plaça au centre de la fosse, ouvrit l'écran de la caméra, et commença à filmer. Elle tourna sur elle-même pour donner un aperçu d'ensemble de la crypte, avant de se concentrer sur la statue et le piédestal. Elle veilla à ne pas s'approcher de l'eau brûlante qui bouillonnait dans le bassin au pied de la terrasse.

Tyler prit le sac avec lui et commença à gifler Orr.

— Allez, le paresseux, on se réveille.

Avec un grognement, Orr commença à remuer. Tyler se releva et pointa le pistolet sur lui. Le grommellement d'Orr se transforma en un cri terrifié et il plaqua les mains sur son visage.

— Mon œil ! Qu'est-ce que vous m'avez fait ?

— Vous n'avez que ce que vous méritez. Levez-vous.

— Je ne suis pas en état !

— Cessez vos jérémiades. J'ai vu des soldats continuer à se battre avec des blessures à côté desquelles la vôtre ressemble à une égratignure.

Orr grimaça, une main couvrant son œil blessé.

— Qu'attendez-vous de moi ?

— Je veux savoir où Carol Benedict et mon père sont retenus.

— Vous me tuerez dès que je vous l'aurai dit.

— Je vous ferai bien pire si vous refusez de répondre.

— Mon Dieu ! s'exclama Stacy, toujours occupée à filmer le piédestal.

— Qu'y a-t-il ? s'enquit Tyler, sans quitter Orr des yeux.

— Ces inscriptions, elles racontent toute l'histoire de Midas. Comment il est arrivé ici, la malédiction de ses mains changeant en or tout ce qu'il touchait, et le reste. Seigneur ! La statue, c'est sa fille.

— Midas voulait sans doute conserver auprès de lui pour l'éternité l'image de sa fille.

— Non, il ne s'agit pas d'une statue de sa fille, mais de sa fille transformée en statue ! Le texte dit qu'il l'a volontairement changée en or après sa mort, afin que son corps échappe aux ravages du temps.

Tyler recula afin de pouvoir regarder la statue tout en continuant à surveiller Orr. On aurait dit une personne couchée, les bras le long du corps. Il s'agissait d'une belle jeune fille, peut-être âgée de quatorze ans. Ses yeux étaient fermés, mais on pouvait lire la douleur sur les traits de son visage. Elle portait une robe, elle aussi faite d'or, et sa main gauche avait été proprement sectionnée au niveau du poignet.

— Filmez tout. Vous me raconterez la suite de l'histoire tout à l'heure.

Tyler revint vers Orr et lui donna un petit coup de pied.

— Il est temps que nous allions saluer Midas. Venez avec moi.

Orr se remit péniblement debout, ses mains ligotées toujours appuyées sur son œil. Tyler lui désigna l'escalier d'un signe de tête et Orr grimpa les marches jusqu'au sarcophage de Midas. Stacy leur emboîta le pas, tout en continuant à filmer.

Une fois arrivé sur la terrasse, Tyler s'immobilisa, surpris par le spectacle que le sarcophage leur avait dissimulé. Un squelette gisait au sol, encore vêtu d'un jean, de chaussures et d'une chemise tombant en lambeaux, révélant le blanc immaculé de ses os. Le crâne du squelette était fracassé.

Tyler se souvenait de l'histoire racontée par Cavano et du combat des hommes qui les avaient poursuivis. L'un d'eux avait brisé le crâne de l'autre, puis était mort après avoir touché le cadavre de Midas et avait basculé dans l'eau.

— C'est un des hommes qui vous avaient poursuivi, n'est-ce pas ? demanda-t-il à Orr, qui répondit d'un hochement de tête.

— Et l'autre est là, dit Stacy, un doigt pointé vers le bas de la terrasse.

Tyler regarda par-dessus le rebord et distingua un corps au fond du bassin bouillonnant. Il avait été transformé en or, y compris ses vêtements, tout comme la fille de Midas.

Stacy filma le corps dans l'eau ainsi que le squelette.

— Pourquoi le type dans l'eau s'est transformé en or et pas l'autre ?

— Parce qu'il n'a pas été exposé au contact de Midas, avant d'être submergé dans la source chaude, répondit Tyler. Et avec la moiteur étouffante qui régnait ici, les bactéries ont dû s'en donner à cœur joie. Ses chairs ont probablement été dévorées en quelques mois.

— Alors ça veut dire que les murs ne se sont pas changés en or tout seul ?

— C'est évident, dit Orr. Midas s'en est occupé avant de mourir. Il a touché les murs, puis les a aspergés avec l'eau de la source chaude.

Tyler se rappela les veines dorées sinuant vers l'entrée de la salle. Cela expliquerait pourquoi le processus de transformation en or ne s'était pas étendu au-delà de la crypte elle-même.

— Il n'y a qu'un moyen de vérifier si vous dites vrai. (Tyler désigna le coin de la terrasse.) Mettez-vous là, à genoux et les mains sur la tête. (Orr sembla hésiter.) Maintenant !

Orr obéit et s'agenouilla. Il garda son œil blessé fermé, tandis que de l'autre il les regardait avec intensité. Tyler savait qu'il guettait la moindre occasion de reprendre le dessus, et une part de lui souhaitait qu'il essaie.

— Bougez le petit doigt et je vous tue.

— Vous n'en ferez rien, répliqua Orr. Vous avez besoin de moi vivant.

— C'est vrai. Je vous tirerai dans le genou, alors. Restez tranquille si vous ne voulez pas boiter pour le reste de votre vie.

Orr ne répondit rien, mais le message était passé. Tyler se tourna pour faire face au sarcophage, mais en se positionnant de façon à garder un œil sur Orr.

Le sarcophage reposait sur une plate-forme dorée d'environ un mètre de hauteur, située au bord de la terrasse, à l'aplomb du bassin. Tyler passa la main sur le couvercle orné de gravures détaillées. Il sentit quelque chose d'étrange et appuya la main sur la surface en or. Au lieu de sentir la dureté du métal sous ses doigts, il rencontra une certaine souplesse.

Il s'était demandé comment ils allaient pouvoir ouvrir le sarcophage. Si le couvercle avait été entièrement fait d'or, il aurait pesé des centaines de kilos. Il venait de comprendre que celui-ci n'était pas en métal mais en bois, recouvert d'une couche d'or protectrice.

Tyler déplia la lame de son Leatherman et gratta la surface de la plate-forme où reposait le sarcophage. Il décolla des paillettes d'or, révélant le tuf en dessous.

Stacy s'accroupit à côté de lui pour mieux voir, tout en continuant à filmer.

— Donc, le piédestal, les murs, et tout le reste, sont simplement recouverts d'une pellicule d'or ?

— Apparemment, seules les substances organiques sont entièrement changées en or, et encore faut-il qu'elles soient complètement immergées dans la source chaude pendant un certain temps. Cela expliquerait que le sarcophage n'ait qu'un placage d'or. La seule quantité d'or importante de cette crypte est celle des deux cadavres.

— Comme je vous l'ai dit, intervint Orr, toujours agenouillé dans le coin, le véritable trésor est le pouvoir de Midas lui-même.

— C'est vrai, vous l'avez dit, répliqua Tyler. Bravo !

— Nous essayons de voir si ça marche vraiment ? demanda Stacy.

Tyler acquiesça, puis lui tendit une des paires de gants en caoutchouc qu'il avait sorties du sac d'Orr.

— Nous devons rester prudents. N'oubliez pas : selon ce que nous a raconté Cavano, le dealer a été contaminé après avoir touché quelque chose à l'intérieur du sarcophage de Midas.

Tyler et Stacy enfilèrent leurs gants. Le couvercle n'était pas scellé. Ils le soulevèrent et le reposèrent contre le flanc du sarcophage.

Le corps momifié du roi Midas leur sourit de toutes ses dents, la peau de ses joues parcheminées tendue sur les os de son visage. Il était vêtu de robes d'un pourpre royal et portait une couronne d'or incrustée de rubis et de saphirs. Une main desséchée reposait dignement sur sa poitrine, tandis que l'autre gisait sur le côté, dans une position peu naturelle. Le roi portait à chaque doigt de magnifiques bagues en or rehaussées de joyaux.

Le poursuivant d'Orr et Cavano avait dû saisir la main de Midas dans le dessein de récupérer ses bijoux, mais il avait alors touché la peau du défunt roi et relâché sa prise avant d'avoir pu s'emparer des bagues, et le couvercle était retombé en place.

Orr se redressa pour essayer de voir.

— C'est Midas ?

— Il est bien là, oui, répondit Tyler. En chair et en os, si j'ose dire.

— Il a dû passer des mois, voire des années à préparer cette crypte, avant d'ordonner à ses fidèles serviteurs de le déposer ici après sa mort, dit Stacy. À la suite de quoi, ils ont scellé la crypte.

Tyler fouilla dans le sac pour récupérer les deux bouteilles d'eau.

Il avait besoin d'un objet pour effectuer le test. Il regarda autour de lui et s'arrêta sur le squelette du dealer italien, dont les chaussures étaient encore intactes. Ses lacets en nylon seraient parfaits et Tyler se pencha pour les récupérer.

Il attrapa le lacet par le milieu et en frotta les deux extrémités sur la main de Midas.

— Ouvrez les bouteilles, dit-il à Stacy.

Stacy commença par la bouteille contenant de l'eau de mer. Tyler plongea le lacet dans l'eau tandis que Stacy filmait. En quelques secondes, le bout du lacet se couvrit d'or. Ils répétèrent l'opération avec la bouteille d'eau douce dans laquelle de l'or avait été dissous. Cette fois, l'effet fut encore plus puissant, parce que la solution possédait une plus forte concentration en or que l'eau de mer. Émerveillé, Tyler sortit le lacet doré ruisselant d'eau.

— Mon Dieu ! ça marche vraiment ! s'étrangla-t-elle.

— Incroyable, balbutia Tyler.

Il ne l'aurait jamais cru sans le voir de ses yeux, et il savait qu'il en serait de même pour toute autre personne.

— Emportons un échantillon pour l'examiner quand nous serons rentrés, dit-il. Prenez le Tupperware et ouvrez-le.

Stacy n'avait rien touché dans le sarcophage, ses gants étaient toujours vierges de toute contamination.

Tandis qu'elle récupérait la boîte en plastique, Tyler prit une grande inspiration et brisa le poignet de Midas pour arracher sa main couverte de bagues. Il la déposa dans le Tupperware, que Stacy referma. Puis il ôta ses gants avec précaution afin d'éviter d'être contaminé par les microbes et les déposa à bonne distance, bientôt imité par Stacy.

Tyler montra les lacets à Orr.

— Voilà ce que vous recherchiez. J'espère que ça vous rend dingue d'être si près du but et de le voir vous échapper.

— Rien n'a changé, à l'exception de celui qui tient l'arme, dit Orr. Nous pouvons passer un accord pour l'information dont vous avez besoin.

— Le seul accord que je suis prêt à passer avec vous est de vous promettre que vos dernières heures seront douloureuses si quelque chose arrive à Sherman et Carol.

— C'est bien dommage, parce qu'à présent il est trop tard.

— Vraiment ? Et pourquoi ça ?

Orr sourit et lui fit signe de regarder derrière lui.

Tyler tourna la tête et vit Gia Cavano pénétrer en silence dans la crypte, suivie par un homme armé d'une mitraillette dont le canon était pointé sur la tête de Grant.

Chapitre 61

Cavano se moquait de savoir si Tyler et Stacy aidaient Orr par choix ou contraints et forcés. Elle connaissait suffisamment ce dernier pour savoir qu'il était capable d'avoir kidnappé leurs proches, mais cela ne la rendait pas pour autant disposée à partager son trésor avec eux. Si elle les laissait partir, les autorités italiennes lui tomberaient dessus avant qu'elle ait pu récupérer un dixième de l'or qui se trouvait là.

Elle ouvrit le feu avec sa mitraillette, mais Tyler et Stacy plongèrent à couvert derrière le sarcophage et les balles ricochèrent sur le mur derrière eux. Elle ne tira pas en direction d'Orr, qui se coucha au sol. Elle le voulait vivant. Une balle en pleine tête était une mort trop douce pour lui.

Elle avait vu que Tyler était armé d'un pistolet, mais il ne riposta pas. À l'évidence, il ne voulait pas risquer de toucher son ami. Sal resta derrière Grant, se servant de lui comme d'un bouclier humain.

La fantastique crypte dorée était pareille à son souvenir, à l'exception du cadavre dans la fosse en contrebas, dont la tête était en bouillie. Cavano était déjà trempée par l'humidité des lieux qui se condensait sur sa peau.

Elle remarqua les blessures ensanglantées sur le visage d'Orr.

—Merci, je vois que vous vous êtes occupé de mon cousin Jordan, docteur Locke, l'interpella-t-elle depuis l'autre bout de la salle.

—Ça va, Tyler ? cria Grant.

— Pas mal, lança Tyler tout en restant à couvert derrière le sarcophage. Et toi ?

— Ton message m'a sauvé les miches, mais trois des hommes de Cavano y sont restés.

— Et pour avoir tué mes hommes, Jordan a mérité la mort la plus douloureuse que je puisse imaginer.

— Écoutez, Gia, cria Tyler. Je crois que la seule chose sur laquelle nous sommes d'accord est qu'Orr mérite de mourir. Mais pour l'instant j'ai besoin de le garder en vie.

— Oui, Grant m'a expliqué pourquoi vous m'avez causé tant de soucis ces derniers jours. Contente de te revoir, Jordan. J'espère que tu souffres le martyre.

— Tu ne peux pas me tuer, Gia, lança Orr d'une voix forte. Il n'y a pas autant d'or ici que tu l'imagines.

— S'il n'y en a que pour quelques milliards de dollars, je crois que je saurais m'en contenter.

— Ce n'est pas le cas. Il n'y a à peine que quelques millions.

— Bouclez-la, Orr ! lui hurla Tyler.

Devant la quantité d'or qui scintillait devant elle, Gia s'esclaffa, imitée par Sal.

— Je ne plaisante pas, poursuivit Orr. Gratte le mur près de toi. Tu verras que la couche d'or ne fait que quelques millimètres d'épaisseur.

Cavano lança un regard à Sal, qui haussa les épaules. *Avait-elle pu se tromper à ce point sur la quantité d'or que contenait la crypte ?* Elle gratta le mur avec le canon de son arme et écarquilla les yeux d'horreur en voyant le tuf gris apparaître sous la fine pellicule d'or.

— La statue est en or massif, dit-elle. Je le sais.

— La statue, oui, mais pas son piédestal, répliqua Orr. La fille doit peser une centaine de kilos. Ça représente au mieux vingt millions d'euros. Et je sais que tes affaires sont endettées bien au-delà de cette somme.

Il avait raison. L'achat de l'immeuble du ministère de la Santé avait vidé les caisses de son organisation. Sans un apport conséquent de liquidités, elle se retrouverait à la merci des autres clans de la Camorra, qui la dépouilleraient de son empire.

— Que dirais-tu de partager un milliard de dollars avec moi ? proposa Orr.

— Que veux-tu dire ? répondit-elle en fronçant les sourcils.

— J'ai prévu de vendre aux enchères le pouvoir de Midas.

— Merci pour l'offre, mais je dois pouvoir trouver moi-même des acheteurs.

— Pas le groupe que j'ai réuni, en tout cas. Je suis le seul à qui ils font confiance.

Cavano marqua une pause.

— Et pourquoi je me fierais à toi ?

— Tu n'y es pas obligée. Tu peux venir avec moi à la vente. Nous diviserons le paiement sur deux comptes séparés. Si je t'ai menti, tu pourras me tuer à ce moment-là. Sinon, je partirai de mon côté et toi du tien. Oublie un peu tes histoires de vendetta et nous serons tous les deux plus riches que nous ne l'avons jamais rêvé.

Cavano revint vers Sal.

— Tu en penses quoi ? lui chuchota-t-elle en italien.

— On dirait qu'il a raison pour l'or sur le mur, murmura-t-il en retour.

Elle hocha la tête. Elle s'occuperait plus tard de réfléchir à la façon de se venger, mais pour l'heure elle ne pouvait pas prendre le risque de tuer Orr. Elle était sur le point de lui signifier son accord quand Tyler intervint.

— Il n'y a qu'un problème avec ce plan, Gia ! Je suis derrière le sarcophage. Je peux pousser le corps de Midas dans le bassin en quelques secondes, et vous aurez tout perdu. Une fois dans l'eau, le corps se changera en or en quelques heures, et les microbes responsables du pouvoir de Midas disparaîtront à jamais.

— Si vous faites ça, Grant est un homme mort.

— Nous sommes morts de toute façon. Ou sinon, vous me donnez ma part du gâteau.

Cavano prit un instant pour réfléchir. Elle n'avait aucune envie de partager les profits, mais elle ne pouvait pas non plus laisser le pouvoir de Midas lui échapper.

— Très bien, finit-elle par dire. Mais je veux d'abord voir fonctionner ce fameux pouvoir.

— Marché conclu ?

— Oui, vous avez ma parole. Je vous le jure sur la tombe de mon mari.

Après trente secondes de silence, Tyler lui répondit.

— Entendu. Descendez dans la fosse. Je garde Orr à l'œil et Stacy vous apportera l'échantillon. Si vous tentez quoi ce soit, je tue Orr et pousse Midas dans le bassin, et personne n'aura rien. C'est d'accord ?

Parfait, pensa Cavano.

— C'est d'accord. Nous descendons. Si Stacy tente quoi que ce soit, elle mourra la première, suivie de Grant. Puis ce sera votre tour.

Cavano se pencha pour chuchoter de nouveau à l'oreille de Sal.

— Dès qu'on est sûrs d'avoir l'échantillon, tue Grant, puis Tyler. Je m'occuperai de Stacy.

Sal hocha la tête.

Cavano avait menti quand elle avait juré sur la tombe de son mari, mais elle était une bonne catholique. Dans sa vision des choses, ce n'était rien que quelques minutes dans un confessionnal ne pouvaient réparer.

Chapitre 62

Stacy s'efforça de ne pas trembler alors qu'elle descendait les marches en portant la boîte qui contenait la main de Midas. Elle craignait davantage le pouvoir de cette main que Cavano.

Quand elle arriva au bas de l'escalier, Cavano l'attendait, une mitraillette noire pointée sur elle. Sal se trouvait derrière Cavano, de l'autre côté du piédestal, son arme braquée sur Grant.

— Posez ça à terre, ordonna Cavano.

Stacy s'arrêta, posa le Tupperware au sol et se tourna pour rejoindre Tyler.

— Attendez ! cria Cavano. Laissez aussi les gants.

Stacy déglutit. Elle ôta prudemment les gants et les posa près de la boîte en plastique.

— Reculez à présent, mais ne remontez pas l'escalier.

Stacy obtempéra, malgré les battements affolés de son cœur. Elle ignorait ce que les prochaines secondes allaient apporter et se tenait sur le qui-vive.

Cavano mit la main dans sa poche pour récupérer un billet de vingt euros. *Pas bête*, pensa Stacy. Un objet facile à mettre en contact avec les microbes et à plonger dans le bassin.

Cavano posa son arme et enfila le gant gauche, puis le droit. Elle ramassa la boîte et s'apprêtait à l'ouvrir quand son visage afficha une expression incertaine. Puis elle regarda ses mains gantées avec consternation. Elle venait de comprendre trop tard que c'était elle qui avait été piégée.

Tyler avait saisi l'occasion quand Cavano avait insisté pour tester elle-même le pouvoir de Midas. Il avait murmuré son plan à Stacy alors qu'ils étaient à couvert derrière le sarcophage. Tyler avait retourné le gant droit de Stacy, qui n'était pas contaminé, et passé le bout des doigts du gant sur la main de Midas. Puis il avait remis le gant à l'endroit avec précaution, en utilisant les pinces de son Leatherman et en prenant bien soin de ne pas toucher à main nue l'intérieur du gant. Stacy avait ensuite enfilé le gant délicatement, en serrant le poing à l'intérieur afin que le bout de ses doigts ne touche pas la partie contaminée par les microbes.

Voilà pourquoi elle avait été aussi terrifiée. Elle craignait par-dessus tout que sa main glisse dans le gant et entre en contact avec le pouvoir de Midas.

Cavano n'avait pas remarqué le subterfuge et cru que les gants étaient sans danger, puisque Stacy les portait. Celle-ci voyait à présent la peur et la douleur se mêler sur le visage de Cavano, qui faisait l'amère expérience du terrible pouvoir de Midas.

Cavano laissa tomber le Tupperware et, dans sa précipitation à se débarrasser des gants, le repoussa accidentellement du pied. La boîte en plastique glissa en arrière, derrière le piédestal. Cavano leva les mains devant ses yeux, et Stacy aperçut les cloques qui se formaient déjà au bout de ses doigts.

— Qu'y a-t-il ? s'inquiéta Sal.

— Tue-les ! hurla Cavano en plongeant vers son arme. Tue-les tous !

Le cri de Cavano était pour Grant le signal de passer à l'action. Depuis qu'elle le retenait captif, il avait guetté un moment de ce genre.

Sal leva son arme pour tirer sur Tyler, mais Grant le chargea. Sal envoya une rafale au jugé, sans que Grant puisse dire s'il avait touché Tyler, puis retourna son arme pour assommer son assaillant, mais trop tard. Grant le percuta en plein ventre, la tête la première comme un bélier, et Sal recula sous l'impact.

La carrure massive de Sal absorba le choc sans faillir. Il continua à tirer et Grant sentit le canon brûlant de la mitraillette contre sa chemise. Il posa les mains sur l'arme de Sal et les deux hommes luttèrent face à face pour s'en emparer, chacun essayant de la pointer sur l'autre.

Tyler se jeta au sol quand Sal se mit à tirer vers lui. Stacy remonta l'escalier en courant pour se mettre à l'abri, mais Cavano avait déjà récupéré sa mitraillette. Tyler couvrit la retraite de Stacy par trois tirs rapides de son pistolet. Il n'avait qu'un chargeur, et les munitions allaient bientôt devenir un bien précieux.

Tyler manqua Cavano, mais ses tirs obligèrent cette dernière à battre en retraite derrière le piédestal au centre de la fosse. Elle décocha quelques rafales au hasard, qui ne touchèrent que le mur de la crypte.

Stacy courut le long de la terrasse mais ne vint pas se mettre à couvert derrière le sarcophage comme Tyler l'attendait. Au lieu de cela, elle le dépassa et se jeta sur Orr pour le plaquer aux jambes.

Pendant que Tyler échangeait des coups de feu avec Cavano, Orr avait saisi sa chance : il avait récupéré son sac à dos, posé derrière Tyler, puis s'était dirigé au pas de course vers l'extrémité opposée de la terrasse afin de s'enfuir. Stacy l'avait vu dès qu'elle était arrivée en haut de l'escalier, et s'était jetée sur lui.

Tyler leva son arme vers Orr, mais n'osa pas faire feu. Il ne voulait pas risquer de le tuer tant qu'il ignorait toujours où son père se trouvait.

Cavano recommença à tirer et Tyler n'eut d'autre choix que de riposter afin de couvrir Stacy.

Quand la fusillade éclata, Orr se dit qu'il n'aurait pu rêver mieux. Ses ennemis étant occupés à s'affronter les uns les autres, il tenait une occasion unique de leur échapper.

Tandis que Tyler ripostait aux rafales de Cavano, Orr s'avança en rampant et récupéra son sac, qui contenait la main en or, le codex d'Archimède et la caméra vidéo. Orr avait les mains attachées, mais était à part ça libre de ses mouvements. Il prévoyait de quitter la terrasse en sautant dans la fosse, par-dessus le bassin.

Puis Stacy était apparue et l'avait vu. Elle l'avait fait tomber, mais il avait riposté par un coup de pied dans l'estomac. Avec son œil crevé, il n'avait plus de perception de la profondeur. Sans ce handicap, son coup aurait été beaucoup plus dévastateur. Il suffit néanmoins à stopper Stacy, qui se roula en boule, les mains sur le ventre.

Orr se releva et prit son élan pour sauter de la terrasse. Le bassin était moins large dans cette partie de la fosse, à peine trois mètres. Orr s'envola dans les airs et retomba à une dizaine de centimètres de l'eau brûlante.

Il se réceptionna avec une roulade et repéra son objectif : le Tupperware contenant la main de Midas. L'extérieur de la boîte n'était pas contaminé, et il s'en saisit pour la fourrer dans son sac.

Orr profita du chaos de la fusillade pour farfouiller dans le sac de Gaul, posé contre le mur, près de la source. Il pressa quelques boutons sur les minuteurs avant de courir à toutes jambes vers l'escalier pour rejoindre la sortie.

Un compte à rebours de dix secondes lui semblait amplement suffisant.

Cavano savait qu'elle n'en avait plus pour longtemps, et elle n'attendrait pas la mort recroquevillée derrière ce piédestal. Sa main droite la brûlait si violemment qu'elle était obligée de tirer de la gauche, en stabilisant sa mitraillette sur son poignet droit.

C'était comme si on lui avait injecté de la lave en fusion dans la main. Si elle devait mourir, elle emporterait Stacy Benedict et Tyler Locke avec elle.

Après avoir inséré non sans difficulté un nouveau chargeur dans sa mitraillette et armé la culasse, Cavano se leva et tira vers Tyler. Elle avança péniblement jusqu'à l'escalier, presque aveuglée par la douleur, tout en continuant à tirer des rafales dans l'espoir de toucher quelqu'un, n'importe qui.

Elle grimpa les marches deux à deux, mais son estomac fut pris d'un spasme soudain et son cœur martela douloureusement sa poitrine, comme si un animal la déchirait de l'intérieur. Elle s'effondra en haut des marches, le doigt crispé sur la détente et les rafales de mitraillette balayèrent la terrasse jusqu'à ce que le chargeur soit vide.

Grant était coincé dos au piédestal de la statue, la mitraillette de Sal plaquée contre la gorge et menaçant de l'asphyxier.

Grant avait rencontré peu d'hommes ayant sur lui l'avantage du poids, mais Sal faisait partie du lot, et l'Italien savait se servir de cet atout. Sal pressa de toutes ses forces sur la mitraillette et la vision de Grant se réduisit à un tunnel.

Ils se trouvaient près de l'angle du piédestal. Si Grant réussissait à glisser de quelques centimètres sur la gauche, il pourrait utiliser le poids de Sal contre lui.

Grant se décala par quelques mouvements brusques. Encore un dernier. Grant ne voyait quasiment plus rien, mais il sentit l'espace libre dans son dos.

Dans un ultime effort, il se décala sur la gauche et tomba en arrière, entraînant Sal avec lui.

Grant souleva les jambes vers le haut, projetant Sal au-dessus de sa tête. Dans un grognement, Sal retomba sur le sol et glissa sur sa surface lisse, emporté par le mouvement. Sans aucune prise pour se rattraper, il plongea dans la mare d'eau bouillante.

Malgré la chaleur du lieu, Grant sentit son sang se glacer en entendant le cri inhumain de Sal résonner dans la crypte, avant de s'éteindre dans un gargouillis.

Stacy se releva tandis qu'Orr sautait par-dessus le bassin. Elle se précipita au bord de la terrasse, mais dans la confusion les lanternes avaient été renversées sur le sol et projetaient des ombres fantomatiques dans la salle, l'empêchant de voir clairement ce que faisait Orr. Elle le vit tout de même s'emparer du Tupperware contenant la main de Midas, avant de se pencher sur le sac de Gaul posé contre le mur et y plonger ses mains toujours ligotées. Cela dura quelques secondes, puis Orr ramassa son propre sac et se précipita vers l'escalier remontant jusqu'au balcon d'entrée de la crypte.

Un hurlement horrible perfora les tympans de Stacy, mêlé au crépitement des dernières rafales de mitraillette. Elle n'y prêta guère attention, concentrée qu'elle était sur le sac de Gaul près duquel Orr s'était agenouillé avant de prendre la fuite.

Elle comprit soudain ce qu'il avait fait. Le sac de Gaul. Les explosifs équipés de minuteurs que Tyler et elle avaient trouvés dedans.

Oh, non !

Au centre de la fosse, Grant émergea de derrière le piédestal.

— Reculez ! lui hurla Stacy. Il y a une bombe !

Elle se retourna et vit Tyler qui se tenait juste derrière elle. Elle se jeta sur lui pour le plaquer au sol et le monde explosa.

Chapitre 63

L'espace d'un instant, Tyler se demanda ce qui s'était passé. Ses oreilles s'emplirent d'un rugissement qui semblait venir de tous côtés.

Quand il retrouva enfin ses esprits, il se releva péniblement. Deux des lanternes fonctionnaient encore. Il regarda autour de lui et vit Stacy couchée à plat ventre, immobile.

Elle lui avait sauvé la vie. S'il avait été debout au moment de l'explosion, il aurait été déchiqueté par le souffle.

Tyler la retourna avec précaution. Du sang s'écoulait d'une blessure au côté, provoquée par un shrapnel. Il souleva la chemise de Stacy et examina la longue entaille, qui s'étendait sur sept centimètres. Tyler déchira un morceau de son tee-shirt et épongea la blessure. Impossible de dire si celle-ci était profonde ou superficielle.

Stacy battit des paupières et ouvrit les yeux.

— J'ai mal, dit-elle d'une voix plus contrariée qu'autre chose.

— Je sais. Mais ça va aller.

— Qu'en savez-vous ?

— Vous êtes une dure à cuire. Restez tranquille à présent et appuyez ça sur la plaie. Je vais voir si Grant va bien.

Tyler s'empara d'une des lanternes et s'approcha du bord de la terrasse. Il dirigea le faisceau de la lanterne vers le bas et vit Grant couché derrière le piédestal, du côté opposé à l'explosion.

— Grant ! Debout !

Il entendit un ronchonnement en réponse.

— Quoi, on ne peut même pas se reposer une minute ?

Tyler sentit son audition revenir à la normale. Il avait pensé que le rugissement était une conséquence de l'explosion, mais celui-ci continuait à s'amplifier. Il baissa les yeux et vit une brèche dans la paroi de la crypte, par laquelle l'eau se déversait. Le bassin commença à déborder et l'eau bouillante se répandit sur le sol, directement vers Grant.

— Grant ! hurla-t-il. Grimpe sur le piédestal, fissa !

La fissure s'élargit et l'eau se déversa à gros bouillons dans la fosse.

Grant, qui s'était relevé, vit l'eau avancer vers lui. Il grimpa sur le piédestal et ne s'arrêta qu'une fois perché au sommet de la statue. L'eau vint lécher le flanc du piédestal, mais Grant se trouvait suffisamment en hauteur pour ne pas être brûlé. Ce n'était malgré tout qu'une question de temps avant que l'eau n'arrive à son niveau et qu'il connaisse la même mort atroce que Sal.

Un sort qui les menaçait tous les trois, d'ailleurs.

Un cri en provenance de l'extrémité opposée de la crypte attira l'attention de Tyler.

— Tyler ! j'aurais cru que vous seriez mort !

C'était Orr. Il était revenu sur ses pas, après s'être débarrassé des lacets qui lui emprisonnaient les poignets. Tyler ne savait pas s'il était revenu pour s'assurer qu'ils étaient bien morts ou simplement pour les narguer.

— Ce n'est pas fini, Orr, répliqua Tyler.

— On le dirait pourtant. Ma foi, vous pouvez toujours traverser à la nage, mais cela risque d'être assez douloureux.

Le niveau de l'eau dans la fosse atteignait déjà près d'un mètre et continuait à monter.

— Avant que je vous abandonne à votre sort et vous enferme ici pour les deux millénaires suivants, poursuivit Orr, j'ai pensé que vous aimeriez savoir que votre père est mort. Ainsi que Carol Benedict.

— Espèce de salaud !

— Eh oui, ils étaient déjà morts quand nous nous sommes rencontrés ce soir. Vous pourrez y penser pendant les dernières heures misérables qu'il vous reste à vivre, tandis que je prends congé pour aller jouir de ma nouvelle fortune. (De la main, il montra son œil blessé.) Quant à ceci ? Ce n'est rien qu'un peu de chirurgie plastique ne saurait résoudre. Ciao !

Avec un sourire écœurant, il les salua de la main et disparut, persuadé que Tyler ne serait bientôt plus qu'un mauvais souvenir.

Chapitre 64

Tyler n'allait pas renoncer aussi facilement. Orr aurait dû le savoir.

Patauger ou nager dans cette eau acide et bouillante serait signer son arrêt de mort, mais Tyler n'en avait pas l'intention, puisqu'il disposait d'une embarcation.

Il se précipita vers le sarcophage de bois doré et le fit basculer afin de le vider de son contenu.

—Navré, votre majesté, dit-il alors que le cadavre de Midas passait par-dessus le rebord et plongeait dans l'eau.

Puis il ramena le sarcophage à sa position initiale et remit son couvercle en place.

Il lui fallait pousser le sarcophage dans l'escalier, mais le corps de Cavano bloquait le passage. Tyler l'attrapa par son blouson en prenant soin de ne pas toucher directement sa peau qui, sur tout son corps, avait pris une teinte écarlate, et la tira hors du chemin. Il la déposa sur le dos et elle ouvrit soudain des yeux exorbités, injectés de sang. Les traits de son visage étaient déformés par l'agonie.

—À… à boire, dit-elle d'une voix sifflante.

Tyler hésita un instant, mais il ne pouvait pas refuser la dernière requête d'une mourante. Il récupéra la gourde et fit couler un peu d'eau dans sa bouche. Elle avala puis s'étrangla, et un filet d'eau ruissela sur sa joue.

—Orr… il est mort ? coassa-t-elle.

—Non, répondit Tyler. Mais je l'aurai.

Elle toussa, luttant pour parler.

— Non. Vous ne retrouverez jamais Jordan Orr.

— Pourquoi ça ?

— Parce que son véritable nom est celui de son grand-père. (Elle marqua une pause pour reprendre son souffle.) Il s'appelle… Giordano… Orsini.

Ses yeux s'écarquillèrent alors que la souffrance la submergeait. Elle ouvrit la bouche sur un cri silencieux, sa tête roula sur le côté et elle rendit l'âme.

Mais son souhait était exaucé : elle serait couverte d'or. L'eau qui avait glissé sur sa joue y avait laissé une coulure dorée. Quand la crypte serait submergée, elle serait immortalisée en statue d'or.

— Euh… Tyler, appela Grant. Si tu voulais bien te grouiller, avant que je sois transformé en œuf à la coque.

Ce qui les attendait tous s'il n'agissait pas rapidement. Le niveau de l'eau atteignait déjà un mètre vingt de hauteur.

Tyler poussa le sarcophage vers l'escalier malgré les protestations de ses côtes. Quand il eut amené le sarcophage dans l'escalier jusqu'au niveau de l'eau, il le laissa là et retourna chercher Stacy.

— Vous pouvez marcher ? lui demanda-t-il.

Stacy hocha la tête, le visage couvert de larmes. Elle avait entendu Orr dire que sa sœur était morte.

Tyler l'aida à se relever. Le changement de position fit chuter sa tension et elle devint pâle comme un linge. Tyler se glissa sous son bras pour qu'elle s'appuie sur lui et la conduisit jusqu'à leur radeau de fortune.

Ils grimpèrent sur le couvercle du sarcophage qui s'enfonça dans l'eau, n'émergeant que d'une dizaine de centimètres au-dessus de la surface.

Tyler ôta son tee-shirt, l'enveloppa autour de la mitraillette contaminée de Cavano, et s'en servit comme d'une pagaie.

Il rama de toutes ses forces. Quand il arriva au niveau du piédestal, celui-ci n'émergeait plus des eaux que d'une trentaine de centimètres.

—Nous allons boire la tasse si je monte là-dessus avec vous, remarqua Grant.

Il avait raison. Tyler continua à avancer.

—Je le pousserai vers toi dès que nous serons arrivés.

Tyler rama aussi vite que possible jusqu'à ce qu'il atteigne l'escalier menant à la sortie. Il aida Stacy à descendre : elle était à peine capable de marcher seule. Quand il l'eut mise à l'abri du danger, il posa la mitraillette sur le couvercle du sarcophage et le poussa du pied vers Grant.

Puis il monta l'escalier en soutenant Stacy et la fit s'allonger sur le balcon.

—J'ai besoin d'un coup de main ! cria Grant.

Tyler se précipita à la balustrade et vit que Grant était en train de couler. Le sarcophage sombrait. Un des tirs de Cavano avait dû le percer. Grant ne parviendrait jamais à atteindre l'escalier.

Tyler regarda autour de lui en quête d'une solution et vit la ceinture explosive de Stacy. Il la prit par une extrémité et la laissa pendre par-dessus le muret du balcon.

—Par ici ! hurla-t-il. Grouille !

Grant pagaya avec l'énergie d'un champion de kayak. Quand le sarcophage arriva aux abords du mur, Grant se mit debout sur le couvercle et tendit les bras pour attraper la ceinture. Suspendu à celle-ci, il prit appui sur le mur avec les jambes et commença à grimper.

Tyler s'arc-bouta pour supporter les cent trente kilos de Grant, pendu à l'autre extrémité de la ceinture. Dans un ultime sursaut, il tira en arrière et Grant réussit à poser une main sur le rebord de la balustrade alors que le sarcophage était englouti par les eaux.

Une douleur fulgurante transperça le flanc de Tyler alors que sa côte fêlée se brisait finalement sous l'effort. Il serra les dents pour ne pas hurler, tandis que Grant enjambait la balustrade.

— Merci, dit-il. Oh, Tyler, ça va ?

— Occupe-toi de Stacy, lui répondit-il.

Tyler prit une grande inspiration et se releva en jetant un dernier regard au géolabe brisé, abandonné sur les marches et englouti par les eaux.

Il tituba derrière Grant, alors que la paroi en pierre ponce se relevait devant eux. Orr pensait les avoir coincés à l'intérieur, mais le panneau coulissant avait mis trop de temps à remonter. Il leur restait encore un espace de soixante centimètres entre le haut de la paroi et le plafond.

Grant se faufila le premier et Tyler s'escrima à aider Stacy à passer à son tour. Dès que Grant l'eut récupérée, Tyler utilisa ses dernières forces pour se hisser au-dessus de la paroi et retrouver enfin l'air frais des tunnels.

Il s'effondra à genoux et s'allongea sur le côté, sans savoir s'il réussirait à se relever un jour.

Chapitre 65

Tyler peinait à respirer et Grant devait soutenir Stacy : ils n'avaient aucune chance de rattraper Orr, mais au moins pourraient-ils retrouver leur chemin vers la sortie en utilisant les marques que ce dernier avait laissées.

Le dédale de tunnels leur sembla interminable, mais Tyler sut qu'ils se rapprochaient de la sortie quand ils passèrent devant trois cadavres horriblement mutilés par les grenades au phosphore. Tyler, qui n'avait plus de tee-shirt, songea un instant à récupérer une veste sur l'un des corps, mais la perspective d'enfiler le vêtement brûlé d'un cadavre lui sembla bien pire que de rester torse nu.

Orr était tellement persuadé de s'être débarrassé d'eux qu'il n'avait même pas pris la peine de couper la corde, qui pendait toujours au fond de la citerne. Grant grimpa le premier, tandis que Tyler équipait Stacy d'un harnais. Puis Grant la remonta, avant d'aider Tyler à son tour. Il était déjà minuit quand tous trois eurent enfin rejoint l'air libre.

Aucun d'eux n'avait de portable, à part celui d'Orr, mais Tyler ne pouvait l'utiliser à cause du mot de passe qui le protégeait.

Tandis que Grant allait chercher un téléphone, Tyler allongea Stacy et lui posa la tête sur ses genoux. Elle était à peine consciente. Son visage était livide et elle avait perdu beaucoup de sang. Ils avaient bandé sa plaie du mieux possible, mais le trajet dans les souterrains l'avait épuisée. Tyler lui caressa doucement les cheveux.

Ses paupières s'agitèrent et elle ouvrit les yeux. Pendant une seconde, son regard resta vague, puis se fixa sur le visage de Tyler.

— Hé, j'ai cru un instant que j'étais morte, dit-elle faiblement. C'est la lune ?

Tyler leva les yeux et vit la pleine lune qui brillait vivement dans le ciel dégagé. Sans réfléchir, il inspira profondément pour jouir de l'air pur et doux de la nuit, mais une vive douleur lui cisailla la poitrine.

— C'est bien la lune, répondit-il. Nous avons réussi à sortir de là.

— Tant mieux. Je détestais cet endroit.

Tyler lui sourit.

L'inquiétude figea soudain les traits de Stacy.

— Où est Orr ?

Tyler sentit la colère monter en lui, mais il s'efforça de la maîtriser.

— Ne vous inquiétez pas. Nous le retrouverons.

Stacy ferma les yeux et sanglota.

— Carol. Carol est morte.

— Chut. Ne parlez pas. Économisez vos forces.

Tyler était encore dans une incrédulité totale. Ce qui était la première des cinq étapes du deuil, à ce qu'on disait. Une part de lui se détesta d'être capable de rationaliser dans un moment pareil.

Non qu'il ne ressentît aucune émotion : chaque fois qu'il pensait à Orr, une haine meurtrière le submergeait. Il ne haïssait pas beaucoup de gens. Il lui arrivait de se détester, comme maintenant, quand il avait échoué aussi pitoyablement, mais Orr méritait toute sa haine et Tyler se fit la promesse de le retrouver, même s'il devait y consacrer le restant de ses jours.

Le besoin impérieux de se venger était une chose qu'il comprenait à présent. Et quel meilleur endroit pour le découvrir que l'Italie, si réputée pour ses vendettas sanglantes.

Grant revint vers eux en trottinant, un téléphone portable dans sa main triomphalement levée.

— J'ai appelé les secours, dit-il. Une ambulance est en route. Je leur ai dit qu'il s'agissait d'une crise cardiaque, afin que nous n'ayons pas tout de suite la police sur le dos.

— Où as-tu trouvé ce téléphone ?

— Un gamin dans la rue. Il était en train de téléphoner, et m'a envoyé sur les roses jusqu'à ce que je lui propose de lui donner ma Rolex en échange. Comme il parlait anglais, il m'a aidé à appeler les secours.

Grant passa le téléphone à Tyler, qui appela Miles Benson, un des rares numéros qu'il connaissait par cœur. Il pria pour que Miles décroche à cet appel d'un numéro inconnu.

Miles répondit après deux sonneries.

— Miles Benson, dit-il d'une voix sèche.

— Miles, c'est Tyler.

Tyler pouvait entendre l'épuisement dans sa propre voix.

— Tyler ? J'essaie de te joindre depuis des heures ! Bordel, où tu es ?

— Je suis à Naples avec Grant. Stacy est salement blessée, une ambulance arrive. Miles, je crois que mon père est mort.

— Comment ça, mort ? Aux dernières nouvelles, il venait de sortir du bloc de l'hôpital universitaire George-Washington. Les médecins ont dit que son état avait été critique, mais qu'il était à présent hors de danger !

Pour la première fois depuis ces dernières heures, Tyler sentit l'espoir renaître.

— Il n'est pas mort ? Tu en es sûr ?

— Si je te le dis.

— Et Carol Benedict ?

— Elle est très secouée, mais pas une égratignure.

— Dieu merci ! s'écria Tyler, avant de baisser le téléphone. Stacy, tout va bien. Carol est saine et sauve.

— Carol ? dit-elle en rouvrant les yeux. Elle est vivante ?

Il acquiesça et Stacy pleura de joie cette fois-ci, avant de refermer les yeux. Tyler ramena le téléphone à son oreille.

— Miles, Orr est encore en vie. Avez-vous trouvé le strontium 90 ?

— Non, mais le FBI a confirmé que l'entrepôt où nous avons retrouvé ton père révélait des niveaux de radioactivité anormaux.

Bon sang! Il lui arrivait – pas souvent – de détester avoir toujours raison.

— Vous avez découvert autre chose ?

— Non, l'enquête est en cours.

— Dis-leur de chercher des informations sur Giordano Orsini.

— Orsini ? C'est qui ça, encore ?

— Je crois qu'il s'agit du vrai nom de Jordan Orr. Que le FBI surveille ce nom, au cas où il tenterait de revenir aux États-Unis. Oh ! et il est blessé à l'œil droit.

— Je m'en occupe, mais le FBI est plutôt focalisé sur deux musulmans retrouvés après l'explosion.

— Quelle explosion ? (Tyler entendit la sirène de l'ambulance qui arrivait.) Peu importe. Tu me raconteras tout ça quand nous serons dans l'avion. Peux-tu demander aux pilotes à Rome d'emmener le jet ici, à Naples ? Nous les retrouverons à l'aéroport.

Tyler et Grant avaient pris la bonne décision en laissant leurs passeports à bord de l'avion. La dernière chose dont ils avaient besoin était de se voir empêchés de rejoindre les États-Unis.

— Bien sûr. C'est comme si c'était fait.

Miles raccrocha.

Les sirènes avaient attiré le prêtre de l'église, qui apporta à Tyler une chemise prise dans les dons des paroissiens. Une minute plus tard, deux ambulanciers arrivèrent par le cloître avec une civière. Grant se chargea du prêtre pendant que Tyler accueillait les deux ambulanciers. Ils ne parlaient pas très bien anglais, mais lui signifièrent clairement qu'ils s'attendaient à trouver une victime d'une attaque cardiaque et pas quelqu'un avec une plaie ouverte.

Avec leur aide, Tyler installa Stacy sur la civière. Malgré son état, elle était toujours aussi belle.

Alors qu'ils l'attachaient sur le brancard et bandaient sa plaie, elle reprit conscience.

— Que s'est-il passé ? demanda-t-elle.

— On va vous conduire à l'hôpital. (Il lui prit la main.) Nous ne pouvons pas vous accompagner.

La police risquait de s'en mêler, et ils seraient forcément retardés pour répondre aux questions. Tyler et Grant devaient retourner aux États-Unis pour aider à déjouer les plans d'Orr.

— J'aurais aimé pouvoir venir avec vous, dit Stacy, d'une voix faible. Attrapez-le pour moi.

— C'est promis.

— Et dites à ma sœur que je l'aime.

— Vous le lui direz vous-même bientôt.

— Un baiser pour porter chance ?

Tyler sourit. Il se pencha et l'embrassa doucement. Les lèvres de Stacy étaient brûlantes, mais elles répondirent à son baiser.

Tyler se redressa.

— Vous n'avez pas besoin de chance. Tout ira bien.

Vu son état, il n'en était pas persuadé, mais que pouvait-il lui dire d'autre ?

— Ce n'était pas pour moi, mais pour vous porter chance à vous, dit-elle avant de sombrer de nouveau dans l'inconscience.

Tyler et Grant la suivirent jusqu'à l'ambulance et attendirent que celle-ci parte pour l'hôpital.

Puis, avant que la *polizia* n'arrive, ils s'éloignèrent dans les rues et montèrent dans un taxi. Deux heures plus tard, ils volaient vers Washington en espérant réussir à retrouver Orr avant qu'il ne fasse exploser sa bombe nucléaire.

Lundi

Vendetta

Chapitre 66

Douze heures plus tard, Tyler se trouvait dans la chambre de son père, au service des soins intensifs, et laissait une infirmière lui bander le torse. Il ignorait s'il avait effectivement des côtes cassées, car il avait refusé de passer une radio. Son père était encore intubé et reprenait conscience épisodiquement. Même allongé sur ce lit d'hôpital avec des tubes sortant de son corps, le général Sherman Locke donnait une impression de force, comme s'il pouvait se réveiller à tout moment, arracher les électrodes et commencer à donner des ordres.

Tyler avait dormi d'un sommeil agité durant le vol de retour. Il se sentait coupable d'avoir abandonné Stacy, s'inquiétait pour son père qui n'était pas encore complètement tiré d'affaire, et Orr occupait toujours son esprit. Si ce dernier avait réussi à lui filer entre les doigts pour provoquer une catastrophe nucléaire sur le sol américain, Tyler ne pourrait jamais se le pardonner.

Juste avant que le jet de la Gordian ne se pose à Washington, Tyler avait reçu des nouvelles d'Aiden, qui avait enquêté en se servant du nom de baptême d'Orr. Il avait découvert un Giordano Orsini, originaire du Connecticut, qui était dans la tranche d'âge d'Orr. Les parents d'Orsini avaient été tués dans un accident de voiture alors que ce dernier était âgé de dix ans, et le court article de presse relatant le drame suggérait qu'il s'agissait peut-être d'un meurtre doublé d'un suicide. Aiden allait suivre cette piste à la demande de Tyler pour voir s'il pouvait en apprendre davantage, mais tout cela concernait surtout le FBI désormais.

Quand l'infirmière eut terminé, Tyler remit sa chemise. Grant et lui avaient pu au moins passer des vêtements propres dans l'avion, mais pas prendre une bonne douche. Le bandage compressif soulagea un peu sa douleur à la poitrine, mais il avait refusé les analgésiques. Non seulement ces médicaments le rendaient généralement nauséeux, mais surtout il voulait garder les idées claires. Il pouvait supporter la douleur jusqu'à ce qu'Orr soit arrêté, à supposer qu'il se montre assez stupide pour tenter de revenir aux États-Unis.

Avant de se reposer durant le vol, Tyler avait eu une longue conversation avec Miles à propos de son père et de la façon dont il s'était échappé de l'entrepôt en sauvant Carol Benedict et les deux musulmans piégés. Le corps retrouvé dans les décombres n'avait pas encore été identifié, mais il s'agissait sans doute d'un des complices d'Orr. Tyler avait parlé à Miles de Gaul dans l'espoir que le FBI puisse le relier à Orr.

Grant tapa à la porte de la chambre.

— Salut, dit-il. (Il se tourna vers la forme immobile de Sherman.) Comment va-t-il ?

— Toujours dans les vapes.

— Dis, si tu as une minute, il y a deux agents du FBI ici. Je leur ai dit ce que je sais, mais ils voudraient te parler.

— Bien sûr. Tu peux garder un œil sur mon père ?

— Sans problème.

Tyler sortit de la chambre pour rejoindre dans le couloir un homme et une femme, tous deux vêtus d'un costume impeccable. Seuls des agents du FBI pouvaient paraître aussi frais et dispos à 6 heures du matin.

Tyler leur tendit la main.

— Tyler Locke.

— Docteur Locke, le salua l'homme, je suis l'agent spécial Riegert, et voici mon équipière, l'agent spécial Immel. Comment va votre père ?

— Il devrait s'en sortir.

— A-t-il dit quelque chose ?

— Il ne peut pas, il est encore intubé. Où est Carol Benedict ?

— Elle est en chemin pour Naples afin d'aller auprès de sa sœur.

Tyler brûlait d'avoir des nouvelles de Stacy, mais l'hôpital de Naples n'avait rien voulu lui dire au motif qu'il n'était pas de la famille.

Riegert ouvrit son calepin.

— Votre ami M. Westfield m'a raconté une histoire fascinante. Puis-je avoir votre version ?

Durant le vol de retour, Grant et Tyler avaient accordé leurs violons pour raconter l'histoire dans ses grandes lignes en omettant les parties qui risquaient de les faire passer eux-mêmes pour des criminels, comme l'incident à Munich et le vol au musée d'Athènes.

Tyler parla aux agents de la bombe sur le ferry, de leur enquête les menant à Gia Cavano, et de l'affrontement dans les souterrains de Naples.

Malgré le fait que son histoire corresponde à celle racontée par Grant, Riegert et Immel restaient à l'évidence sceptiques.

— Et vous n'avez plus ce géolabe, c'est bien ça ? demanda Immel.

Tyler fit non de la tête.

— Il est immergé dans la crypte de Midas.

— Et vous n'avez aucun visuel de cette crypte ?

— Nous l'avions filmée, mais Orr a emporté la caméra.

— Vous voulez parler de l'homme qui s'appellerait en réalité Giordano Orsini ? demanda Riegert.

— C'est ça. Vous l'avez retrouvé ?

— Nous étudions actuellement toutes les pistes, docteur Locke.

— Comment pouvez-vous penser qu'Orr ne serait pas le responsable de l'enlèvement de mon père ? s'étonna Tyler. Miles m'a dit que vous aviez trouvé des indices de la présence de radioactivité à l'entrepôt, et vous êtes en possession des vidéos des otages qu'il nous a envoyées.

Riegert leva les mains en un geste conciliant.

— Nous prenons votre récit au sérieux, docteur Locke. Vos références irréprochables nous y incitent. Mais vous devez tout de même admettre que cette histoire est un peu dure à avaler. Et avec deux musulmans impliqués, ne pensez-vous pas que nous devons tout aussi sérieusement envisager l'implication de radicaux fondamentalistes ?

— Ils sont innocents. Je vous le répète, Orr est sur le point de faire exploser une bombe radiologique quelque part aux États-Unis, et il se pourrait bien que cela se passe aujourd'hui même.

— Mais dans quel dessein ? demanda Immel. Et où ? Quel serait son plan ?

— Je peux penser à des dizaines d'endroits. Washington, New York, Chicago, Fort Knox, Philadelphie. N'importe quel site à douze heures de route de l'entrepôt.

— Ce qui nous donne l'ensemble de la côte Est, remarqua Riegert.

— Voilà pourquoi tous les services douaniers doivent surveiller si Orr cherche à rentrer au pays sous l'une ou l'autre de ses identités.

— C'est déjà fait.

— Et quelles autres mesures avez-vous prises ?

— Nous ne sommes pas autorisés à en parler avec vous.

Tyler soupira.

— Dans ce cas, je ne vois pas ce que je peux faire de plus pour vous.

Grant apparut à la porte.

— Tyler, ton père vient de se réveiller.

Grant s'écarta et Tyler se précipita dans la chambre pour venir auprès de son père. Sherman avait ouvert les yeux, mais ses paupières étaient encore à moitié fermées. Quand il aperçut Tyler, il leva la main.

Tyler pensa qu'il cherchait à être rassuré, et il prit sa main dans la sienne.

— Je suis là, papa.

Sherman dégagea sa main. Décidément, il n'avait vraiment rien d'un sentimental.

Puis Tyler comprit que son père ne cherchait pas du réconfort, mais qu'il essayait de s'exprimer par la langue des signes.

Sherman était faible, mais il parvint à lever les bras assez longtemps pour que Tyler saisisse les deux signes qu'il faisait.

Tyler pensa d'abord que son père avait des hallucinations, mais Sherman répéta les signes. *Camion bleu ?*

Tyler se tourna vers Riegert et Immel, qui étaient restés à la porte.

— Est-ce qu'il y avait un camion dans l'entrepôt ? leur demanda-t-il.

Riegert fronça les sourcils.

— Comment savez-vous ça ?

— Mon père connaît la langue des signes. Il vient de me dire que le camion était bleu.

Riegert ressortit son calepin pour prendre note.

— Rien d'autre ?

— Papa, tu te souviens d'un autre détail à propos du camion ?

Sherman fit un petit signe de tête et utilisa sa main gauche pour épeler un mot.

W-I-L-B-I-X.

— Wilbix ? lui demanda Tyler.

Sherman acquiesça.

Grant entra le mot dans le moteur de recherche de son nouveau téléphone.

— Le premier résultat est Wilbix Construction, dit-il.

— Papa, c'est bien Wilbix Construction ?

Un autre hochement de tête. Puis Sherman tapota la main de Tyler et sombra de nouveau dans l'inconscience.

— Où est le siège de cette entreprise ? demanda Tyler.

— À New York, répondit Grant. Oh ! merde.

— Quoi ? demanda Riegert en s'approchant pour voir l'écran du téléphone de Grant.

— Wilbix Construction s'occupe d'un chantier au Downtown Hospital de New York. C'est à moins de deux kilomètres de Wall Street.

Immel s'empara aussitôt de son téléphone.

— Ce gars aurait l'intention de faire exploser une bombe dans le Lower Manhattan ? demanda-t-elle.

— Possible, répondit Grant. Ça a peut-être un rapport avec la mort de ses parents.

— Comment ça ? intervint Riegert.

— Je ne sais pas, mais nous devons aller à New York, dit Tyler. Grant et moi sommes les seuls en mesure d'identifier Orr.

— Je vais voir combien de temps il faudra pour disposer d'un avion, dit Immel en consultant la liste des contacts de son téléphone.

— Inutile, dit Tyler, prenons le mien.

Chapitre 67

Après avoir trouvé un centre médical d'urgence pour faire soigner son œil blessé et récupéré un cache-œil noir assez vieillot, Orr utilisa ses dernières liquidités pour réserver une place sur un vol charter partant de Rome à destination des États-Unis. Son téléphone reposait au fond de l'eau dans la crypte de Midas. Avant que son vol ne décolle, il dégotta un terminal Internet et envoya un e-mail à Crenshaw pour lui dire qu'il prenait l'avion à destination de l'aéroport de Newark.

Tyler, Stacy, Grant et Cavano étaient morts, la crypte de Midas de nouveau scellée et l'entrepôt détruit : il ne restait pour ainsi dire aucune trace de l'implication d'Orr et de son lien avec le pouvoir de Midas. Il ne restait plus que Crenshaw. Orr s'occuperait de lui aussitôt après avoir assouvi sa vengeance à l'encontre des banques d'investissement de Wall Street, tellement imbues d'elles-mêmes, et de tous ceux qui profitaient de leur cupidité.

Crenshaw vint le chercher en taxi à l'aéroport de Newark, à 7 heures. Le ciel était clair et dégagé, et une légère brise soufflait. Sans échanger un mot, ils gagnèrent une aire de stationnement de poids lourds, où les attendait le semi-remorque.

Une fois qu'ils furent montés dans le camion, Crenshaw contempla le bandeau sur l'œil d'Orr.

— Que t'est-il arrivé ?

— Un accident. Rien d'important.

— Fais-moi voir le pouvoir de Midas.

À contrecœur, Orr ouvrit son sac et lui montra le Tupperware contenant la main desséchée de Midas.

—Quoi, c'est ça ? Je m'attendais à un truc qui tire des rayons ou quelque chose du genre.

Orr devait admettre que le membre momifié n'avait rien de très convaincant.

—Fais-moi confiance, dit-il, ça marche.

—Mais je ne te fais pas confiance, justement. Tu as une preuve ?

Orr lui passa la caméra, que Crenshaw connecta à son ordinateur portable. Il regarda la vidéo prise par Stacy. Même sur le petit écran de son ordinateur, les images de la crypte étaient époustouflantes.

En dehors de quelques exclamations de surprise, Crenshaw garda le silence. Quand il eut terminé de regarder la vidéo, il pianota un instant sur son clavier puis débrancha la caméra. Il retira la vidéocassette et, avant qu'Orr ait pu intervenir, la fracassa sur le tableau de bord.

—Mais qu'est-ce que tu fous, espèce d'abruti ! Nous en avons besoin pour la montrer aux acheteurs !

—Je sais. À présent, nous voilà vraiment partenaires. Je me suis envoyé la vidéo à moi-même. Je sais bien que tu avais l'intention de te débarrasser de moi aussitôt que j'aurais armé la bombe. Maintenant, tu as les acheteurs, mais j'ai la vidéo.

Orr dévisagea Crenshaw puis éclata de rire, à gorge déployée.

—Je ne pensais pas rencontrer un jour quelqu'un d'aussi sournois que moi, Crenshaw. Mais je dois reconnaître que je t'ai sous-estimé. C'est une erreur que je ne commets pas souvent.

Crenshaw regarda Orr d'un air perplexe, comme s'il ne savait pas comment réagir, mais finit par sembler satisfait et démarra le camion.

Ils empruntèrent le tunnel Lincoln pour gagner Manhattan. Orr remarqua avec amusement le panneau à l'entrée du tunnel, disant : « Transport de produits inflammables ou explosifs interdit ».

— Quel emplacement utilisons-nous ? demanda Orr.

Ils avaient cinq lieux possibles où garer le camion, en fonction des conditions climatiques, et il s'agissait chaque fois d'endroits où un camion de la Wilbix passerait inaperçu.

— Vesey Street, à l'est de l'église.

L'endroit n'était qu'à un pâté de maisons de la station ferroviaire du PATH.

Le plan était simple. Garer le camion dans la rue, régler le minuteur sur dix minutes – un délai trop court pour que la fourrière intervienne – et s'éloigner. Ils seraient en train de quitter la ville quand le semi-remorque exploserait.

Aux commandes du jet, Tyler avait utilisé toutes les astuces de pilote qu'il connaissait pour rejoindre l'aéroport de Teterboro, dans le New Jersey, en une heure pile. Riegert avait passé des coups de fil et un hélicoptère les attendait sur le tarmac afin qu'ils évitent les bouchons de l'heure de pointe. L'agent Immel avait récupéré un compteur Geiger afin de faciliter le repérage du camion piégé. Grant avait bien sûr insisté pour être de la partie.

L'hélicoptère les emporta tous les quatre vers l'héliport du centre-ville, près de l'East River, qu'ils atteignirent à 8 heures. Là-bas, le bureau new-yorkais du FBI avait mis une voiture à leur disposition.

Alors qu'ils partaient, Riegert apprit qu'un homme répondant à la description d'Orr avait passé la douane à l'aéroport de Newark, une heure auparavant, avec un passeport au nom de Gerald Oren. L'alerte n'avait pas été donnée à temps pour qu'il soit appréhendé à l'aéroport, mais Riegert montra à Tyler une image des caméras de sécurité. Le bandeau sur l'œil rendait l'identification encore plus aisée : il s'agissait bien d'Orr.

Aiden leur avait fourni de nouvelles infos à propos du passé de ce dernier. On supposait que son père avait délibérément provoqué l'accident après avoir été licencié de son poste dans une banque d'investissement et s'être retrouvé criblé de dettes, sans espoir de retrouver du travail. Suite au décès de ses parents, Orsini avait été ballotté de famille d'accueil en famille d'accueil, jusqu'à ce qu'il disparaisse de la circulation.

Tyler comprenait à présent pourquoi Orr visait Manhattan. Il pensait que la plus belle des vengeances serait de devenir riche tandis que les personnes qu'il jugeait responsables de ses malheurs se retrouveraient ruinées. L'ampleur de sa vendetta donnait le vertige. Elle avait dû lui demander une patience incroyable et des années, voire des décennies, de préparation. Sa façon perverse de réclamer justice ne manquait pas d'un certain panache, mais Tyler restait effaré par la profondeur de la haine qu'Orr devait nourrir pour mettre à exécution un plan aussi machiavélique.

Riegert avait pris le volant et les conduisait en direction du Downtown Hospital de New York. Vu l'heure à laquelle Orr avait atterri, il pouvait déjà se trouver en ville avec la bombe. S'il voulait que son camion passe inaperçu, il se rendrait dans un lieu où les engins de la Wilbix étaient présents en nombre. Le FBI avait émis un bulletin général d'alerte concernant le camion et demandé à la Wilbix Construction de signaler tous ses camions en activité. Mais la recherche prendrait du temps, même avec le personnel pléthorique dont le FBI pouvait disposer. Quatre voitures de police avaient déjà convergé vers l'hôpital et, quand ils arrivèrent là-bas, un agent les informa qu'ils avaient vérifié tous les camions Wilbix présents sur le parking. Aucun d'eux ne correspondait au modèle volé à Clarence Gibson en Virginie.

Debout devant leur voiture banalisée, ils balayèrent des yeux le chantier de construction, dans la brise qui charriait la poussière des travaux.

— Et maintenant ? s'interrogea Riegert. Il n'est pas là.

— Il est forcément à New York, affirma Tyler. Je le sais, je connais Orr. Il voudra conclure cette affaire le plus vite possible.

— Vous êtes certain qu'il vise le quartier du Lower Manhattan ?

— Il a atterri à Newark. La compagnie de transport livre des matériaux de construction sur des chantiers à New York. Wall Street et la banque de la Réserve fédérale se trouvent ici. C'est le seul endroit qui soit cohérent avec ce que nous savons.

— Nous avons des patrouilles en poste sur Wall Street et près de la Réserve fédérale. Tout camion suspect sera arrêté.

— Orr ne va pas se pointer droit sur son objectif. Il doit compter sur le fait que le nuage radioactif recouvrira une vaste portion du centre-ville.

Une nouvelle bourrasque agita la chemise de Tyler. *Le vent.*

— Grant, vérifie la météo. Le vent souffle dans quelle direction aujourd'hui ?

Il était difficile d'estimer la direction du vent, qui tourbillonnait entre les gratte-ciel.

Grant consulta l'écran de son smartphone.

— Il souffle depuis l'ouest.

L'hôpital se trouvait dans le nord du centre-ville.

— Orr ne sera pas ici, dit Tyler. Il doit se trouver dans un chantier qui soit contre le vent par rapport à Wall Street.

Alors qu'ils remontaient dans la voiture, Riegert demanda où ils devaient aller. Tyler lui suggéra de se diriger vers le chantier du World Trade Center.

Dès qu'ils sortirent du tunnel, Crenshaw prit au sud sur la Neuvième Avenue, puis emprunta Hudson Street. La circulation matinale était dense, mais Crenshaw avait le camion bien en main. C'était lui qui avait suggéré d'employer un semi-remorque, étant donné qu'il possédait un permis poids lourds.

Il était 8 h 30 quand ils atteignirent le carrefour de Church Street et Vesey Street. Crenshaw tourna dans Vesey Street et se gara près d'un panneau indiquant « Stationnement interdit à toute heure ».

Sur la droite s'étendaient les pelouses du cimetière, derrière la chapelle Saint-Paul. *Un décor tout à fait approprié*, songea Orr.

Sur la gauche de la rue, Orr vit un marchand de tabac, un magasin d'appareils photo et une épicerie fine. Un des immeubles vacants était en rénovation. Une pancarte annonçait :

> Ouverture prochaine du *Safe Cracker* ! Une expérience unique à New York. Venez dîner dans la chambre forte d'une authentique banque du début du xxe siècle !

Un homme déchargeait du matériel d'un camion en double file devant le restaurant. Une agence bancaire flambant neuve s'élevait juste à côté, sans doute pour remplacer l'ancienne banque jugée vétuste.

Derrière eux s'étendait l'immense chantier de construction de la nouvelle tour du World Trade Center.

Orr sourit. Les augures n'auraient pas pu être plus favorables.

Crenshaw coupa le moteur. Orr rangea la main de Midas dans son sac, à côté du codex d'Archimède et de la main en or.

— Tu es prêt ? demanda Crenshaw.

— Vas-y.

Ils réglèrent tous deux le compte à rebours de leur montre sur dix minutes. La bombe elle-même ne comportait aucun minuteur visible.

Crenshaw entra le code : « Dites "argent" ! », puis ils déclenchèrent le compte à rebours de leurs montres. Dans dix minutes, la bombe exploserait. Plus personne ne pourrait l'arrêter désormais, pas même eux.

Orr descendit de la cabine alors qu'une voiture avec des plaques gouvernementales pilait devant le camion.

— Merde ! grimaça Crenshaw. Les flics !

Orr posa la main sur le revolver calibre 38 que Crenshaw lui avait donné, avec six balles supplémentaires.

— Pas de panique, lui dit Orr. Laisse-moi régler ça.

Orr afficha son plus beau sourire et contourna la cabine du camion pour se diriger vers la voiture, mais quand il vit celui qui émergeait de la banquette arrière, son expression se figea en une grimace d'horreur absolue.

Non. Non !

C'était impossible et pourtant il n'y avait pas de doute. Il s'agissait bien de Tyler Locke, revenu d'entre les morts.

Comment diable Locke avait-il réussi à le retrouver ? Décidément, cet homme ne renonçait jamais.

Leurs regards se croisèrent l'espace d'une fraction de seconde, et, même si Tyler n'était pas armé, Orr se sentit envahi par une émotion qui ne lui était guère familière : la peur.

— C'est Orr ! cria Tyler.

Orr leva son pistolet et tira. Tyler plongea à l'abri dans la voiture avant que les balles ne perforent la portière ouverte, blessant une femme qui se tenait derrière. Elle agrippa son épaule et se baissa. Des passants se mirent à hurler et s'enfuirent en tous sens.

Orr se retourna pour récupérer son sac sur le siège, mais Crenshaw s'en empara le premier et bondit hors du camion par la porte côté conducteur en tirant à l'aveuglette. Trois coups de feu éclatèrent depuis la voiture de police et Crenshaw poussa un cri avant de s'effondrer au sol.

Le cimetière était trop à découvert pour qu'Orr tente de s'enfuir par là. Il courut le long du camion et passa derrière. À couvert derrière le coin du véhicule, il jeta un coup d'œil et vit Crenshaw allongé dans la rue, se tenant la jambe des deux mains. Le sac qui renfermait la main de Midas reposait sur le sol, à côté de lui.

Orr se précipita vers le sac, mais un autre officier accourut et écarta du pied l'arme de Crenshaw. Il leva la tête vers Orr.

— Ne bougez plus ! FBI ! Lâchez votre arme !

Orr tira à deux reprises sur l'agent, qui plongea au sol. Normalement, ses deux tirs auraient dû faire mouche, mais le handicap de son œil blessé lui fit rater sa cible. Sa blessure lui donnait un sérieux désavantage dans un combat à l'arme à feu.

Orr renonça à récupérer le sac et traversa la rue pour entrer dans l'épicerie, en maudissant Tyler Locke.

Chapitre 68

La fusillade avait éclaté si soudainement que Tyler n'avait pas eu le temps de réagir. L'agent Immel s'était accroupie derrière la portière de la voiture, une balle dans l'épaule. La blessure n'était pas mortelle, mais suffisamment invalidante pour qu'elle reste dans le véhicule et s'occupe d'appeler des renforts. Tyler se dirigea vers l'arrière du camion et vit Orr s'engouffrer dans l'épicerie.

Il s'arrêta le temps de récupérer le pistolet du complice d'Orr, qui gisait au sol avec une blessure à la cuisse, et s'apprêtait à se lancer à sa poursuite quand Riegert le retint.

— Je m'occupe d'Orr ! (Il montra du doigt l'homme au sol.) Vous, occupez-vous d'interroger ce type à propos de la bombe.

Tyler acquiesça et coinça le pistolet dans son pantalon. Riegert entra dans l'épicerie, attenante à la banque reconvertie en restaurant. Tyler aurait préféré courir après Orr, mais désamorcer la bombe était une priorité absolue.

— Quel est ton nom ? aboya Grant, qui avait rejoint Tyler, en poussant l'homme du pied.

— Crenshaw, répondit celui-ci en grimaçant, les mains toujours serrées sur sa jambe. Peter Crenshaw. Nous devons partir d'ici tout de suite.

Tyler l'empoigna par le col.

— Crenshaw, la bombe au strontium a-t-elle déjà été armée ?

Crenshaw sembla surpris de voir que Tyler était au courant.

— Je ne sais pas de quoi vous parlez.

— Le FBI a retrouvé une combinaison antiradiation dans l'entrepôt que vous avez fait sauter. La moitié des décombres portaient des traces de radioactivité. Ça réveille ta mémoire ?

Crenshaw hocha lentement la tête.

— As-tu amorcé la bombe ?

Il hocha de nouveau la tête.

— C'est pour quand ?

Crenshaw leva sa montre. Le compte à rebours venait juste de passer les huit minutes. C'était court pour agir, même si l'équipe de déminage avait été déjà sur place, et Tyler ignorait quand elle arriverait vraiment. Grant et lui allaient devoir s'occuper eux-mêmes de la bombe.

Grant prit la montre de Crenshaw et la passa à son poignet.

— Comment on la désarme ? demanda-t-il à Crenshaw en l'arrachant des mains de Tyler pour le remettre debout.

Crenshaw secoua la tête.

— C'est impossible. Je l'ai conçue de sorte que personne ne puisse la désamorcer une fois le compte à rebours enclenché.

— Où est-elle ? demanda Tyler.

— Dans le camion, au centre de la remorque, mais je vous dis que nous devons partir d'ici.

— Décris-la nous. Maintenant !

Crenshaw hésita jusqu'à ce que Grant resserre sa prise.

— OK ! OK ! Elle se décompose en deux parties distinctes, indépendantes mais synchronisées sur les mêmes minuteurs. La boîte noire est un coffre en plomb contenant le strontium et chargé de C-4, afin que le blindage bloquant les radiations explose une seconde avant que la bombe principale se déclenche.

— Quelle est la puissance de la bombe principale ? demanda Grant.

— Deux cent cinquante kilos, plus mille litres de gaz pour incinérer la sciure de bois.

Seigneur Dieu! jura silencieusement Tyler. Il y avait assez d'explosifs pour balayer le pâté de maisons tout entier.

— Comment on la désarme? répéta Grant en secouant Crenshaw, qui commença à pleurnicher.

— C'est impossible. Personne ne le peut. Je l'ai équipée d'un système anti-intrusion. Je vous en prie! Nous devons foutre le camp!

— Je vais chercher le compteur Geiger, dit Grant, et il traîna Crenshaw jusqu'à la voiture du FBI afin de le laisser sous la garde d'Immel.

Tyler reconnut le sac d'Orr, abandonné au sol. Il ouvrit la fermeture Éclair et vit qu'il contenait toujours la main de Midas, la main en or et le codex d'Archimède. Tyler ne voulait pas qu'Orr puisse récupérer la main de Midas: il referma le sac et le passa à ses épaules.

Muni du compteur Geiger, Grant grimpa le premier à l'échelle permettant de monter sur la remorque et Tyler le suivit. Une toile goudronnée tendue recouvrait la benne. Tyler sortit son Leatherman et découpa la toile, qu'il replia avec l'aide de Grant pour révéler le tas de sciure qui remplissait la remorque à ras bord. La sciure avait la consistance d'un paillis et supportait leur poids. Grant agita le compteur Geiger jusqu'à trouver le point où le signal était le plus fort.

Ils creusèrent pour mettre au jour un coffre en métal noir enterré dans la sciure.

Tyler consulta sa montre. Plus que sept minutes.

— Tu veux quelle bombe? lui demanda Grant.

Grant avait la même idée que Tyler. Ils devaient séparer les bombes pour empêcher qu'un nuage radioactif se répande sur tout le quartier.

— Tu es meilleur conducteur de poids lourd que moi, lui répondit-il. Trouve-nous un endroit dégagé.

Grant lui lança un regard incrédule.

— Dans Manhattan?

— Fais de ton mieux. Mais d'abord aide-moi à soulever la bombe au strontium. Nous allons la sortir du camion.

— Et puis ?

Tyler se souvint de l'immeuble de la nouvelle banque et se tourna vers celui-ci, mais son regard s'arrêta sur la banque en rénovation qui la jouxtait.

« *Venez dîner dans la chambre forte d'une authentique banque du début du XX*e *siècle !* »

— L'ancienne chambre forte, dans la banque transformée en restaurant. Si nous pouvons y déposer la bombe et refermer la porte, elle devrait contenir l'explosion.

Et comme ça, il n'aurait pas à détruire le coffre tout neuf de la nouvelle banque.

Ils soulevèrent le conteneur noir. Leurs forces combinées suffirent à peine à dégager le coffre en plomb. Ils remontèrent sur la toile goudronnée et poussèrent le coffre vers l'arrière du camion, tandis que Tyler s'efforçait d'ignorer ses côtes douloureuses.

Une fois qu'ils furent à l'arrière du camion, Grant sauta au sol et ouvrit les portes de la remorque. Tyler regarda par-dessus le rebord et vit la sciure se répandre pour former un monticule sur l'asphalte.

— Maintenant ! cria Grant.

Tyler ouvrit la toile goudronnée à l'aide de son couteau et se laissa glisser par la fente, une main sur le coffre en plomb pour le guider tandis qu'il surfait sur l'avalanche de sciure.

Grant l'accueillit au bas du tas de sciure avec un chariot de manutention.

— Un cadeau du camion de livraison garé de l'autre côté de la rue, dit-il.

Ils chargèrent le coffre en plomb sur le diable.

— File ! lui cria Tyler alors qu'il poussait le chariot en direction de la banque en rénovation.

Pendant ce temps, quatre voitures de patrouille étaient arrivées sur les lieux. Malgré sa blessure, Immel avait pris les choses en main. Grant courut jusqu'à la cabine du camion.

—Il y a une bombe dans le camion et elle est sur le point d'exploser, lui cria-t-il. Où sont les démineurs ?

—Seigneur, ils ne seront pas là avant cinq minutes !

—Ce sera trop tard. Il me faut une escorte de police, tout de suite !

—Entendu. Où voulez-vous aller ?

Grant consulta son téléphone.

—Albany Street. Nous avons cinq minutes.

Il démarra le camion et n'attendit pas que les voitures de police aient dégagé la rue. Il écrasa l'accélérateur et s'ouvrit la voie en percutant deux voitures de patrouille. Les deux autres démarrèrent en trombe pour venir se placer devant lui et lui ouvrir la route.

—Agent Immel ! cria Tyler avant de franchir la porte du *Safe Cracker* en rénovation. C'est la partie radioactive de la bombe. Faites évacuer les lieux.

—Entendu. (Elle se tourna vers les deux policiers présents.) Vous, à l'entrée principale. Vous, à la porte arrière. Faites sortir tout le monde et empêchez quiconque d'entrer dans le bâtiment.

Tyler pénétra dans l'ancienne banque et constata que les travaux de rénovation n'en étaient qu'à leurs débuts. Le revêtement du sol avait été enlevé, laissant la dalle de béton à nu, et les murs habillés d'une sous-couche blanche attendaient encore d'être peints.

La plupart des ouvriers étaient déjà sortis dans la rue pour voir ce qui se passait. Un des officiers de police dépassa Tyler et s'occupa d'évacuer ceux qui étaient encore présents en les dirigeant vers la porte arrière, à l'autre extrémité de l'immeuble.

Tyler n'eut aucun mal à trouver la chambre forte, qui s'ouvrait sur sa droite. L'immense porte circulaire de trois mètres de diamètre avait soixante centimètres d'épaisseur. Le bronze dont elle était faite conservait encore son lustre après un siècle de service et le mécanisme contrôlant les loquets de quinze centimètres de diamètre qui la verrouillaient apparaissait derrière une paroi en Plexiglas installée récemment dans le mur. La masse énorme de la porte suffirait à contenir le souffle de l'explosion et à protéger l'extérieur d'une exposition aux radiations.

Tyler franchit la porte en poussant le chariot et pénétra dans un espace bien plus grand qu'il ne l'avait imaginé. La chambre forte, profonde de six mètres, s'étendait sur sept mètres cinquante de chaque côté de la porte. Ici, le travail de réhabilitation était un peu plus avancé. Près de la porte se trouvait le comptoir d'une hôtesse. Un bar occupait la moitié du long mur où s'alignaient autrefois les coffres des clients, laissant encore suffisamment d'espace pour installer une vingtaine de tables. Dans un coin de la salle, les lattes d'un parquet massif s'empilaient dans l'attente d'être posées.

Tyler arrêta le chariot près de l'empilement de lattes de soixante centimètres de large pour un mètre vingt de long. Dommage, ce restaurant n'ouvrirait jamais ses portes. Personne ne voudrait venir dîner dans un endroit qui avait été irradié.

Tyler entendit des bruits de pas à l'extérieur de la chambre forte.

— Partez tout de suite ! hurla Tyler en pensant qu'il s'agissait du policier.

Il se tourna vers la porte et aperçut dans l'ombre l'éclat d'un pistolet pointé vers lui.

Tyler se baissa alors qu'un coup de feu éclatait. La balle passa en sifflant juste à côté de son oreille, et Tyler courut s'abriter derrière le tas de planches, le sac d'Orr ballotté contre ses omoplates. Il dégaina le pistolet de Crenshaw et jeta un coup d'œil derrière l'empilement des lattes, mais deux autres tirs vinrent frapper les planches de bois avant qu'il ait réussi à repérer son agresseur. Il riposta à l'aveuglette et entendit le bruit sourd d'une chute. Il se risqua de nouveau à jeter un coup d'œil, mais ne vit personne sur le sol. Une voix lui confirma que son tir avait manqué sa cible.

— Les choses sont simples, Tyler, dit Jordan Orr. Soit vous me donnez la main de Midas, soit nous sommes morts tous les deux dans moins de quatre minutes.

Chapitre 69

Orr avait dû pénétrer dans l'immeuble de l'ancienne banque par la porte arrière et apercevoir Tyler qui emportait la bombe dans la chambre forte, le sac à dos sur les épaules. Il s'était mis à couvert derrière le bar, et la pile de lattes était suffisamment volumineuse pour abriter Tyler. Ce dernier était coincé : s'il tentait de gagner la sortie, Orr l'abattrait sans difficulté.

Tyler espéra que la police avait entendu les coups de feu, mais personne ne se précipita à son secours. Il se débarrassa du sac à dos d'un mouvement d'épaules.

— C'est fini, Orr, dit-il. J'ai la main de Midas avec moi.

— C'est pour ça que ce n'est pas encore fini, rétorqua Orr. Si vous me la donnez, je partirai.

— Où ça ? Le terrorisme est un crime passible de la peine de mort. La CIA vous traquera où que vous vous cachiez. Vous serez un criminel en cavale pour le reste de votre vie, Orsini.

Orr resta silencieux en entendant son véritable nom.

— Savez-vous que mon père et Carol Benedict sont en vie, eux aussi ? poursuivit Tyler.

Il entendit Orr grommeler « Crenshaw » comme s'il s'agissait d'un juron.

— Je sais ce qui est arrivé à votre père, Orr. C'est pour ça que vous avez choisi Wall Street pour cible. Mais votre plan a échoué. Pourquoi ne pas abandonner ?

— En échange de quoi ? éructa Orr. Une condamnation à perpétuité dans une cellule de deux mètres sur deux ou un passage sur la chaise électrique ?

Tyler savait qu'il avait raison. Orr n'avait plus rien à perdre à présent, mais il se refusait à le laisser s'échapper, impuni pour ses crimes et en possession du pouvoir de Midas qui le rendrait riche. Pas après avoir vu l'état de son père, ce matin. Par ailleurs, même si le plan d'Orr avait été déjoué, celui-ci ne renoncerait pas à sa vendetta, et avec des millions de dollars à sa disposition il finirait par exercer sa vengeance.

— Vous avez échoué sur tous les plans, Orr. Grant et moi vous avons retrouvé. Crenshaw est aux mains de la police. Vos hommes sont morts et votre bombe n'irradiera pas Manhattan. Vous avez laissé derrière vous un sillage de destruction, et tout ça pour quoi ?

— Vous n'avez pas évoqué Stacy Benedict, releva Orr avec satisfaction. Elle ne s'en est pas tirée, c'est ça ? J'aurai au moins cette satisfaction.

La provocation d'Orr fit mouche. Tyler avait passé la matinée à refouler son inquiétude dans l'attente de nouvelles d'Italie, craignant pour la vie de Stacy.

Quelque chose se brisa en lui. Sans prendre le temps de réfléchir à son plan, Tyler lança le sac à dos de toutes ses forces, et celui-ci atterrit derrière le comptoir de l'hôtesse.

— Vous voulez à ce point le pouvoir de Midas ? cria-t-il. Allez donc le chercher !

Même si sa destination ne se trouvait qu'à moins d'un kilomètre, Grant craignait de ne pas y arriver à temps. Les carrefours à angle droit étaient difficiles à négocier avec cet énorme camion. Deux minutes étaient déjà passées, et il tournait à peine sur Albany Street.

Grant n'avait pas expliqué aux policiers pourquoi il voulait rejoindre Albany Street, mais c'était la seule option à laquelle il avait pensé et le temps lui manquait pour écouter d'autres propositions. S'ils avaient su ce qu'il prévoyait de faire, ils ne lui auraient sans doute pas ouvert la voie.

Grant ne connaissait pas très bien New York, mais il avait consulté le plan de la ville sur son téléphone et trouvé un endroit où se débarrasser du camion. L'option la plus proche était Albany Street, à seulement onze pâtés de maisons.

Il n'était plus très loin de sa destination quand il aperçut enfin les eaux bleues de l'Hudson depuis la cabine surélevée du camion : il avait l'intention de couler le semi-remorque dans le fleuve.

Comme Tyler l'espérait, Orr ne résista pas à la tentation de récupérer la main de Midas. Il se précipita à découvert en faisant feu de son arme et plongea derrière le comptoir d'accueil.

Si Tyler tentait de gagner la porte de la chambre forte, il le descendrait avant qu'il l'atteigne. Orr se pensait à l'abri derrière l'épaisse boiserie du comptoir, sachant que les balles de 9 mm de Tyler n'arriveraient pas à la traverser, mais il avait négligé un détail crucial qui n'avait pas échappé à ce dernier : le comptoir n'était pas fixé au sol, pour la simple et bonne raison que le plancher devait encore être posé.

Quand Tyler entendit Orr ouvrir la fermeture Éclair du sac pour vérifier que la main de Midas était bien là, il se jeta sur le diable et le poussa de toutes ses forces vers le comptoir.

Quand Tyler lâcha le chariot, celui-ci bascula en arrière sur ses poignées mais, avec le poids du coffre en plomb, il avait acquis suffisamment de vitesse pour continuer sa course jusqu'au comptoir.

Orr entendit le crissement des poignées du diable sur le béton et passa la tête au coin du comptoir, prêt à faire feu, quand le chariot percuta ce dernier, qui tomba en arrière sur lui.

Profitant qu'Orr était bloqué sous le comptoir, Tyler se rua vers la sortie.

Il restait moins d'une minute. Grant descendit la rue, le pied au plancher alors que l'aiguille du compteur atteignait déjà les quatre-vingts kilomètres à l'heure. Il avait besoin de prendre le plus de vitesse possible.

Albany Street était une rue étroite bordée d'arbres qui se terminait en cul-de-sac sur un petit rond-point. Derrière celui-ci, une placette séparait Albany Street de l'Esplanade, une voie piétonne qui lui était perpendiculaire et longeait la berge de l'Hudson.

Grant traversa en trombe le carrefour de South End Avenue, la dernière intersection avant le fleuve. Après celui-ci, Albany Street était déserte. Grant actionna le Klaxon du camion dans l'espoir que les policiers comprendraient le message et s'écarteraient de son chemin.

Puis il vit la petite place derrière le rond-point. En plus de quelques arbres, celle-ci offrait de bien plus dangereux obstacles : des colonnes de briques en délimitaient le pourtour. Les voitures des policiers ne pourraient pas aller plus loin et devraient s'arrêter devant la colonnade.

Il y avait juste assez de place entre la dernière colonne de la place et l'immeuble d'habitation sur la gauche : Grant orienta le camion pour passer entre la colonnade et le bâtiment, puis ouvrit la porte de la cabine. Le compteur approchait les quatre-vingt-dix à l'heure. Il fit de nouveau retentir le Klaxon afin d'alerter d'éventuels passants qu'un semi-remorque de quarante tonnes allait traverser l'Esplanade, puis il sauta du camion.

Orr secoua la tête pour se remettre du choc et entendit Tyler qui courait vers la porte. Toujours allongé sur le sol, il regarda par-dessus le comptoir renversé sur lui et vit Tyler sur le seuil de la chambre forte.

Orr hurla de frustration de s'être encore fait duper.

— Non !

Il tira jusqu'à ce que son chargeur soit vide, mais Tyler était déjà en train de pousser l'énorme porte pour la refermer.

Orr se releva, ramassa le sac à dos et courut jusqu'à la porte. Il s'arc-bouta contre celle-ci pour empêcher Tyler de la refermer, puis il vit le coffre noir en plomb qui gisait à ses pieds. La bombe n'était qu'à quelques dizaines de centimètres de lui.

Ses yeux s'écarquillèrent d'horreur quand il s'aperçut qu'il ne savait plus où en était le compte à rebours. Il regarda sa montre égrener les dernières secondes, dans l'incrédulité la plus totale.

Huit, sept, six...

Tyler poussa contre la porte mais, même si ses gonds étaient bien huilés, une masse aussi imposante ne se déplaçait qu'avec lenteur.

Il avait entendu le cri d'Orr puis les coups de feu claquer. Lentement, la porte se referma. Quand elle fut en position, Tyler tourna la roue qui commandait la fermeture des verrous. Alors que les loquets achevaient de se mettre en place, il sentit la vibration de l'explosion plus qu'il ne l'entendit vraiment.

L'intérieur de la chambre forte baignait désormais dans d'intenses radiations. Elle devrait rester scellée jusqu'à ce qu'une équipe de décontamination arrive.

Tyler s'appuya contre la porte. Il ne s'attendait pas à entendre Orr marteler cette dernière, mais il se demanda ce qu'il ferait si cela arrivait, et décida qu'il n'avait aucune envie de le découvrir. Il quitta l'immeuble en tournant ses pensées vers le sort de Stacy et de Grant plutôt que vers celui d'un criminel qui leur avait fait vivre un enfer pendant cette dernière semaine.

Peu importe ce qui se passait à l'intérieur de la chambre forte, Orr l'avait bien mérité.

Grant avait appris à chuter durant ses heures de gloire de catcheur, mais se réceptionner sur la bande de terre battue qui bordait l'Esplanade à près de soixante kilomètres à l'heure était une expérience totalement différente. Son genou gauche frappa durement le sol alors qu'il atterrissait en évitant de justesse le tronc d'un arbre et en récoltant des ecchymoses par dizaines. Il roula sur lui-même dans un mouvement qui ne semblait jamais devoir s'arrêter, tandis que le camion se catapultait dans l'Hudson en projetant une immense gerbe d'eau. Grant s'immobilisa enfin et se releva sur la chaussée bétonnée de l'Esplanade, à temps pour voir le camion se retourner et commencer à couler.

Grant fit signe aux policiers de reculer avant d'apercevoir deux joggeurs, un homme et une femme, s'arrêter dans leur course pour se pencher à la rambarde et voir le camion disparaître sous les eaux. Grant se releva, mais sa jambe gauche supportait difficilement son poids. Il clopina vers les joggeurs en leur criant : « Baissez-vous ! »

Ils se retournèrent vers Grant qui claudiquait dans leur direction tandis que d'autres voitures de police pilaient dans la rue à l'arrière-plan. Les joggeurs étaient tellement médusés qu'ils restèrent figés sur place.

Le camion avait disparu sous la surface des eaux. Grant n'avait pas le temps de s'expliquer. Tirant avantage de sa carrure massive, il se jeta sur les joggeurs et les plaqua au sol. Alors que Grant se couchait sur eux pour les protéger, une détonation fracassante se fit entendre dans l'Hudson.

Une vague remonta la berge et les inonda, tandis qu'une pluie de débris du camion arrosait l'Esplanade tout autour d'eux.

Il fallut dix secondes à l'eau pour refluer, les laissant complètement trempés. Une fois que la pluie de débris cessa, Grant roula sur le côté pour libérer les joggeurs et s'assit par terre.

L'homme et la femme le dévisagèrent d'un air interdit, et Grant leur adressa un grand sourire.

— Navré pour ça, les amis, dit-il d'une voix essoufflée. Une journée idéale pour la course à pied, hein ?

Avant que la bombe n'explose, Orr avait plongé instinctivement derrière la pile de lattes de parquet derrière laquelle Tyler s'était réfugié.

La fumée envahit la pièce, sans l'obscurcir totalement. Orr, rendu sourd par la détonation, se releva et vit des débris du coffre en plomb encastrés dans les lattes de bois.

Il savait ce que cela signifiait. L'air qu'il respirait était désormais chargé de poussière radioactive. Même s'il parvenait à sortir d'ici sur-le-champ, la contamination radioactive qu'il venait de subir était une sentence de mort. Il avait vu des images de victimes irradiées : une agonie horrible l'attendait.

Il ne voulait pas mourir de cette façon. Il était condamné, mais au moins pouvait-il mettre lui-même fin à ses jours, comme son père l'avait fait. Il pointa le revolver sur sa tête et pressa la détente.

Le chien s'abattit sur une chambre vide. Il pressa de nouveau la détente. Rien. Le barillet était vide. Il avait utilisé toutes ses munitions à tirer sur Tyler.

Orr lâcha son arme et se laissa glisser au sol. Il ouvrit le sac et sortit le Tupperware contenant la main de Midas tandis que des larmes amères coulaient sur son visage à la pensée de tout ce qui lui avait été enlevé.

Tyler était assis à l'arrière de la voiture du FBI quand un véhicule de police arriva, duquel émergea Grant. Celui-ci s'avança en boitant, les vêtements trempés et déchirés, le visage et les bras couverts de contusions et de coupures, et se laissa tomber sur la banquette à côté de Tyler.

— Tu vas bien ? lui demanda ce dernier.

— Je dois avoir un ligament déchiré, répondit-il en se tenant le genou. Un petit coup de chirurgie et il n'y paraîtra plus. Et toi ?

— Mes côtes me font un mal de chien, mais sinon ça va. Et la bombe ?

— Au fond de l'Hudson. Personne n'a été blessé. À part moi, je veux dire. Et de ton côté ?

— Elle était enfermée dans la chambre forte quand elle a explosé. Le système de verrouillage de la porte empêchera de l'ouvrir avant douze heures.

— Ils ont mis la main sur Orr ?

Tyler regarda vers la banque.

— Lui aussi est enfermé dans la chambre forte.

— Tu penses qu'il a survécu à l'explosion ?

Tyler haussa les épaules. Il s'en fichait.

— De toute façon, nous saurons bientôt tout de son plan. Crenshaw est très bavard, il espère sans doute obtenir un arrangement.

— Et sinon, d'autres nouvelles ? demanda Grant d'une voix hésitante.

Tyler savait qu'il voulait parler de Stacy. La dernière fois qu'ils l'avaient vue, elle était emmenée par une ambulance, dans un état critique. Tyler secoua la tête.

Les deux policiers qu'Orr avait blessés pour pénétrer dans la chambre forte avaient été évacués. Restés seuls, Tyler et Grant attendirent en silence qu'une autre ambulance arrive pour emmener Grant à l'hôpital faire examiner sa jambe. Cinq minutes plus tard, l'agent spécial Riegert arriva, son téléphone à la main.

— Vous avez fait du super boulot aujourd'hui, les félicita-t-il.

Grant et Tyler se contentèrent de hocher la tête.

Riegert tendit son téléphone à Tyler.

— J'ai un appel pour vous.

— Qui est-ce ? demanda Tyler en prenant le téléphone.

— Carol Benedict, dit Riegert, le visage impassible. Elle est à l'hôpital de Naples et veut vous parler.

Épilogue

Deux mois plus tard

Le soleil brûlant d'août cuisait la peau de Tyler et le forçait à plisser les yeux malgré ses lunettes noires, mais il ne s'en plaignait pas. Après douze heures de vol dans un avion bondé, il était ravi de cette randonnée à flanc de colline.

Tyler posa les pelles qu'il portait et s'arrêta un instant pour contempler la surface scintillante de la mer Méditerranée. Il se trouvait à quelques kilomètres à l'ouest de Syracuse, en Sicile, et contempla le port en imaginant le fameux rayon de la mort inventé par Archimède qui avait, selon la légende, incendié les navires romains assiégeant la cité plus de deux mille ans auparavant.

— Fabuleux, n'est-ce pas ? s'exclama Stacy devant le panorama. J'ai toujours rêvé de venir ici.

Elle était plus belle que jamais, malgré la blessure reçue à Naples. Elle portait un débardeur noir et un short, et avait laissé pousser ses cheveux blonds depuis leur aventure, ce qui lui allait fort bien, de l'avis de Tyler.

Il avait craint le pire en entendant que Carol Benedict voulait lui parler, mais elle appelait seulement pour l'informer que Stacy était sortie du bloc opératoire et l'avait réclamé à son réveil. Sa convalescence, assez pénible, avait nécessité plusieurs semaines de rééducation avant qu'elle soit remise sur pied, mais rapidement elle avait insisté pour retourner au travail afin de raconter cette histoire à ses téléspectateurs.

Dès qu'elle s'était sentie suffisamment en forme, Tyler avait accepté de la retrouver à Syracuse pour enquêter sur l'énigme finale d'Archimède.

Stacy l'avait récupéré à l'aéroport ce matin-là et conduit directement au site de fouilles. Les trois caméramans de son équipe les suivaient, mais sans filmer pour l'instant. Stacy avait accepté la seule condition imposée par Tyler : qu'elle coupe au montage les images où il apparaissait. La publicité de son précédent passage dans l'émission lui avait valu de se retrouver à désamorcer une bombe sur un ferry, et il n'avait aucune envie de tenter le diable une deuxième fois.

— Je parie que vous n'auriez jamais pensé que ce truc vous conduirait jusqu'ici, dit-il en montrant le nouveau géolabe qu'il portait.

Comme Tyler se trouvait encore en possession de la traduction du codex, il avait pu reconstruire un géolabe pour remplacer celui perdu dans la crypte de Midas. Grâce à l'expérience acquise la première fois, la fabrication du nouveau géolabe ne lui avait pris qu'un mois. Il ne faisait à présent plus de doute que le géolabe et le mécanisme d'Anticythère n'étaient qu'une seule et même chose. La réplique du mécanisme original se révélait incomplète car elle avait été réalisée d'après les vestiges lacunaires retrouvés dans l'épave. Tyler avait l'intention d'offrir généreusement son nouveau géolabe au Musée archéologique national d'Athènes, afin de remplacer la réplique qui avait été si odieusement volée.

Mais avant le géolabe devait servir encore une fois.

Tyler consulta les instructions qu'il avait entrées dans son smartphone et actionna les manivelles du géolabe. Les cadrans tournèrent pour pointer dans une nouvelle direction.

— Par là, dit-il.

Ils se dirigèrent vers le château d'Euryale, une forteresse édifiée par Denys l'Ancien et modifiée par Archimède. On prétendait que cette place forte n'était jamais tombée grâce aux rectifications apportées par le célèbre ingénieur, qui avait notamment fait creuser une série de tunnels sous le château pour former une première ligne de défense contre les travaux de sape des assiégeants.

— Comment se porte votre père ? lui demanda Stacy tout en marchant.

— Aussi grincheux que jamais et complètement remis. Miles souhaite toujours qu'il rejoigne la Gordian, mais ça m'étonnerait qu'il accepte.

— Je suis heureuse de savoir que les choses sont revenues à la normale, dit-elle. Quel dommage que Grant n'ait pas pu venir.

— Ne vous en faites pas pour lui. Il m'a dit qu'il avait eu sa dose de souterrains pour le moment. Par ailleurs, il est attelé à un sacré défi : concevoir une vitrine d'exposition pour les seules pièces de musée radioactives au monde.

Après quelques arguties juridiques pour déterminer le propriétaire du codex d'Archimède et de la main en or, il avait été décidé que ces artefacts feraient partie d'une exposition itinérante dont la première étape serait le British Museum. Grant, dont le ligament du genou était presque guéri, travaillait avec Oswald Lumley et son équipe pour trouver un moyen de conserver ces objets dans les meilleures conditions.

Le codex était devenu radioactif après être resté avec Jordan Orr dans la chambre forte de Manhattan pendant les douze heures où le système de verrouillage de la porte la maintenait fermée. Quand elle fut de nouveau accessible, on retrouva Orr, mortellement irradié. Les médecins parlèrent du pire cas d'irradiation qu'il leur ait été donné de voir et les détails abominables des cinq jours que dura sa terrible agonie donnèrent lieu à des publications dans des journaux de médecine.

La main de Midas fut épargnée par l'explosion, mais pas les microbes extrêmophiles. Apparemment, les radiations étaient la seule chose à laquelle ils ne résistaient pas. Et puisque le corps de Midas avait été immergé dans la crypte, le pouvoir mythique du roi avait disparu à jamais.

Mais ce fut le codex qui révéla un dernier secret. Celui-ci se trouvait dans le sac à dos d'Orr au moment de l'explosion et les radiations avaient fait apparaître un texte invisible jusque-là, qui se révélait en fluorescence sous les rayons UV. Il s'agissait d'une nouvelle série d'instructions laissées par Archimède, qui avait été grattées par le scribe pour réécrire sur la page.

Les instructions indiquaient qu'Archimède avait dissimulé quelque chose au château d'Euryale, dans un tunnel spécialement réservé à son usage. Le géolabe allait les y mener.

— Je sais que vous êtes un homme plein de charme, dit Stacy, mais comment diable avez-vous réussi à persuader les autorités italiennes de nous laisser fouiller sur un de leurs sites historiques ?

Tyler sourit.

— Eh bien, le FBI a récupéré une vidéo sur le compte e-mail de Peter Crenshaw. Vous en êtes l'auteur et elle montre une crypte entièrement recouverte d'or, cachée quelque part dans les souterrains de Naples.

— Et ils ont cru à cette vidéo ? La crypte a été submergée par une source chaude acide. Personne n'est en mesure d'y plonger pour confirmer son existence.

— Il se trouve justement que la Gordian a mis au point un robot sous-marin capable de résister à ce genre de conditions extrêmes.

Stacy s'immobilisa.

— Vous avez pu leur prouver l'existence de la crypte ?

— La semaine dernière. Le ministère italien de la Culture m'a demandé d'être présent quand ils l'annonceront à la presse, mais je leur ai dit que j'avais quelqu'un de mieux à leur proposer.

— Ils veulent que ce soit moi ?

— Si vous n'avez rien de prévu la semaine prochaine.

Stacy se jeta au cou de Tyler et lui planta un baiser sonore sur les lèvres. L'espace d'un instant, Tyler oublia complètement pourquoi il se trouvait là.

Stacy le relâcha tout aussi brusquement, les yeux brillants d'impatience. Tyler pensa soudain aux caméramans qui lorgnaient vers eux.

— Venez, dit Stacy. (Elle baissa la voix pour que son équipe ne l'entende pas.) Nous aurons peut-être quelque chose de plus à célébrer ce soir. J'ai du champagne au frais dans ma chambre. Vous êtes le bienvenu.

Tyler ne savait pas si elle voulait parler du champagne ou de sa chambre. Peut-être des deux, s'il comprenait bien les signaux qu'elle lui envoyait. Les énigmes antiques étaient décidément bien plus simples à déchiffrer que les femmes.

— Une chose encore, dit Tyler. Ils veulent que vous leur parliez en détail du texte gravé sur le piédestal.

— Vous voulez dire du fait que Midas était originaire de Naples ?

Tyler acquiesça.

— Le ministère avait l'air particulièrement intéressé par cette partie de l'histoire.

Le piédestal avait confirmé la légende racontant que Midas était arrivé en Phrygie, dans l'actuelle Turquie, en compagnie de son père, Gordias, qui avait été couronné roi du pays par un concours de circonstances. Des années plus tard, alors que Midas régnait paisiblement, il avait découvert une source volcanique encore inconnue durant une promenade à cheval dans les environs de son palais. Il avait décidé de s'y baigner mais, quand il était ressorti de l'eau avec l'aide d'un de ses courtisans, celui-ci avait trépassé presque instantanément et était tombé dans l'eau, se transformant en or.

Ce pouvoir de Midas devint légendaire de par le monde entier, mais le roi le considérait comme une malédiction : il ne pouvait plus serrer dans ses bras sa fille chérie de peur de provoquer sa mort.

Le roi de Perse entendit parler du pouvoir de Midas et voulut s'en emparer. Il se lança donc à la conquête du royaume de Phrygie. Les armées de Midas ne pouvaient rivaliser avec celles de la Perse, et le roi décida de fuir avec sa cour pour se réfugier à Néapolis, sa ville natale. Durant le voyage, sa fille tomba malade et rendit l'âme. Contrairement à ce que racontaient certains mythes, ce n'était pas Midas qui l'avait tuée accidentellement. Ayant entendu parler d'une source chaude dans le sous-sol de la cité, Midas pensa que l'endroit serait parfait pour y installer une tombe digne de lui, car il pourrait la parer entièrement d'or et y installer sa fille, préservée des ravages du temps. Ses derniers sujets loyaux excavèrent la crypte et l'y enterrèrent quand il rendit finalement l'âme.

Tyler et Stacy avaient un dernier trésor à déterrer. Tyler ignorait ce qu'Archimède avait bien pu dissimuler là, mais cette fois-ci personne ne le forçait à chercher et il était heureux de participer à cette aventure.

Une archéologue sicilienne les accueillit à l'entrée des tunnels qui avaient déjà été excavés sous l'Euryale. Elle devait assister Tyler et Stacy, tout en veillant à ce qu'ils n'emportent rien de ce qu'ils découvriraient.

Le géolabe les guida à travers les catacombes jusqu'à un endroit que rien ne distinguait du reste des tunnels. Le mur de terre qu'ils devaient creuser ne se distinguait en rien des autres.

— Vous êtes sûr que c'est là ? demanda Stacy.

— Ce n'est pas à moi qu'il faut poser la question, répondit Tyler en montrant le géolabe, mais à Archimède.

Pendant que les caméramans se mettaient à filmer, Tyler et Stacy creusèrent le mur avec l'aide de l'archéologue. Après une heure de labeur, la pelle de Tyler passa de l'autre côté du mur.

Il dirigea le faisceau d'une lampe torche dans le trou et vit une sorte de salle. Revigorés par la découverte, ils se remirent au travail pour agrandir le trou jusqu'à ce qu'il soit assez large pour permettre de s'y faufiler.

Tyler passa le premier. Il franchit le trou, le cœur battant la chamade à la pensée de ce qu'ils allaient découvrir sur l'un des esprits les plus brillants de l'Antiquité. *Quelle raison avait Archimède de créer cette chambre secrète ?* Une fois de l'autre côté, Tyler se releva et dirigea sa lampe torche sur un trésor aussi fabuleux pour lui que la crypte d'or de Midas.

Craignant la défaite face aux armées romaines, Archimède avait créé cette salle pour mettre à l'abri ses biens les plus précieux. Il avait eu raison de se soucier de son héritage. À en croire le récit de l'historien Plutarque, quand Syracuse était finalement tombée aux mains des Romains, un légionnaire avait forcé l'entrée du bureau d'Archimède. Au lieu d'obéir au soldat, Archimède l'avait bravé en l'ignorant pour retourner à ses dessins. Furieux, le légionnaire l'avait tué, malgré l'ordre de capturer l'ingénieur vivant.

La salle contenait des dizaines de mécanismes plus élaborés et plus magnifiques que ce à quoi Tyler aurait pu attendre d'un inventeur de l'Antiquité. Il y avait un globe représentant le monde tel qu'Archimède le connaissait à son époque. Un autre appareil représentait la Terre, le soleil et les planètes sur leurs orbites, tandis qu'un troisième ressemblait à un calculateur, le premier ordinateur du monde.

Ébahi par les créations de ce génie, Tyler se dit qu'Orr avait depuis le début couru après le mauvais trésor. La richesse des fascinants mécanismes de cette pièce allait bouleverser tout ce que les historiens croyaient savoir sur les connaissances scientifiques du monde antique.

Tyler s'immobilisa en voyant sur une table une réplique exacte de son géolabe, une version originale du mécanisme d'Anticythère construite par Archimède lui-même. Il s'en approcha avec révérence. La seule différence entre ce géolabe et celui qu'il tenait dans ses mains était la patine verte du bronze antique.

Près du géolabe, des documents étaient répandus sur la table. L'un d'eux figurait un plan de Néapolis. Tyler reconnut l'îlot où s'élevait désormais le Castel dell'Ovo, ainsi que l'acropole de Naples, les deux repères qui lui avaient permis de retrouver l'emplacement du puits.

Une série de dessins reposaient à côté du plan. Tyler se pencha pour les examiner sans les toucher. On aurait dit des croquis de statues. Une d'elles lui semblait familière, puis il comprit : il s'agissait de la statue d'Héraclès ornant le fronton est du Parthénon, dessinée avec un luxe prodigieux de détails qui la rendait presque méconnaissable pour quelqu'un l'ayant vue dans son état actuel, érodée et une main manquante. Il y avait là des dizaines de dessins, certains représentants le célèbre temple dans son entier, d'autres s'attachant à en reproduire certains détails en gros plan.

— Mon Dieu ! s'exclama Stacy, qui était entrée dans la salle à son tour et contemplait la richesse des dessins. Comprenez-vous ce que cette découverte signifie pour notre compréhension de la Grèce antique ? Personne n'a jamais retrouvé de dessins du Parthénon tel qu'il s'offrait aux regards il y a deux mille ans.

— Archimède a dû réaliser ces dessins lui-même, puis les utiliser au moment où il a conçu le géolabe.

Le reste du groupe pénétra dans la salle, émerveillé par cette véritable caverne d'Ali Baba. Tandis que l'archéologue gesticulait en jacassant en italien avec la vitesse d'une mitraillette, Stacy donna des instructions aux caméramans pour filmer cette découverte unique.

Tyler sourit en observant Stacy dans son élément et recula légèrement, satisfait de ne pas se retrouver devant les projecteurs. Il était temps que la voix d'Archimède s'élève de nouveau depuis la lointaine Antiquité, pour changer à jamais l'histoire.

Postface

Étudier l'histoire, les lieux et les technologies qui jouèrent un rôle dans *Le Code Midas* fut presque aussi amusant que d'écrire ce roman, et parfois plus encore, quand cela impliqua de foncer à deux cent cinquante kilomètres à l'heure sur l'*Autobahn* au prétexte de faire des recherches pour un livre. Le monde renferme une telle multitude de lieux incroyables à découvrir et de mystères à explorer qu'il est parfois difficile de choisir lesquels mettre en scène dans un roman. Le lecteur sera certainement surpris d'apprendre combien peu d'éléments de cette histoire sortent de ma seule imagination.

Si le géolabe est un engin fictif, ses cousins du monde réel – le mécanisme d'Anticythère et sa réplique – peuvent s'admirer au Musée archéologique national d'Athènes. Les vitrines d'exposition sont telles que je les ai décrites et il manquait effectivement une caméra de sécurité dans la salle du mécanisme d'Anticythère le jour où j'ai visité le musée. Il existe de nombreuses théories sur la fonction dudit mécanisme, mais la plus probable postule qu'il servait à prédire les mouvements du soleil, des étoiles et des planètes. Si vous souhaitez en apprendre davantage sur ce mécanisme, je vous conseille la lecture de l'intrigant livre de Jo Marchant, *Decoding the Heavens*.

L'identité du constructeur du mécanisme d'Anticythère est également sujette à polémiques, mais de nombreux archéologues pensent que sa conception pourrait remonter à Archimède, le plus grand scientifique et ingénieur de l'Antiquité. Son traité perdu, intitulé *La Sphéropée*, manque aux historiens depuis deux mille ans, mais s'il était un jour retrouvé nous pourrions fort bien découvrir qu'Archimède était encore plus génial que nous ne l'avions imaginé.

De fait, le manuscrit d'Archimède pourrait fort bien ne pas être perdu à jamais. En 1998, un codex baptisé le « palimpseste d'Archimède » a été vendu aux enchères. Pendant des centaines d'années, le texte grec de ce manuscrit est resté dissimulé sous la copie d'un livre de prières du XIIIe siècle. Si vous désirez en apprendre plus sur cette histoire fascinante, je vous recommande fortement la lecture du livre de Rievel Netz et William Noel, *Le codex d'Archimède : les secrets du manuscrit le plus célèbre de la science.*

Les Grecs sont les inventeurs de la stéganographie et ont effectivement dissimulé des messages sous la cire des tablettes à écrire. Une autre méthode réellement utilisée consistait à raser le crâne du messager et à y tatouer le message, puis d'attendre que ses cheveux repoussent avant de l'envoyer au destinataire. Une méthode assez lente, il faut le reconnaître, mais efficace.

Au moment où j'écris, le British Museum de Londres et le nouveau musée de l'Acropole d'Athènes continuent à se disputer au sujet des marbres d'Elgin.

Je n'ai pas encore eu l'occasion de garer ma voiture dans un parking robotisé, mais ce genre de garage existe réellement dans plusieurs pays d'Europe, et commence à s'exporter dans les centres-ville engorgés des États-Unis. Je devrais donc avoir la chance de m'y garer un jour ou l'autre.

Si vous avez toujours voulu dîner dans une véritable chambre forte de banque, il existe plusieurs restaurants à New York qui vous proposent cette expérience.

Naples est une ville magnifique et il est difficile de croire qu'il existe sous cette métropole animée un véritable réseau de tunnels et de salles souterraines. Chaque année, de nouvelles galeries sont découvertes, aussi suis-je persuadé que nous continuerons à apprendre des choses sur les Grecs et les Romains qui les ont creusés. Si vous voulez découvrir ces tunnels sombres et étouffants, vous pourrez les visiter au Napoli Sotterranea, près de la Piazza San Gaetano, la prochaine fois que vous irez à Naples.

La Camorra est enracinée à Naples depuis plus d'un siècle, et des femmes commencent à prendre la tête de certaines familles du crime. Pour un aperçu dégrisant sur l'univers de la Camorra, je vous recommande de lire *Gomorra*, de Roberto Saviano.

L'histoire étrange mais véridique de la maison piégée de Louis Dethy n'a eu besoin d'aucun embellissement de ma part.

Le strontium 90 utilisé comme carburant nucléaire dans les générateurs thermoélectriques à radio-isotope est une menace bien réelle pour la sécurité internationale. Bon nombre de ces générateurs ont disparu depuis l'effondrement de l'Union soviétique, ajoutant encore un élément radioactif à l'éventail de ceux pouvant entrer dans la conception de bombes sales. Les services de sécurité de nombreux pays sont à leur recherche et certains générateurs ont été retrouvés après que leurs voleurs eurent échoué à l'hôpital en présentant des signes sévères d'irradiation.

Bien que le pouvoir de Midas soit une fable, la possibilité de distiller l'or présent dans l'eau de mer ne l'est pas. Les extrêmophiles, qui sont des microbes baptisés *archæa*, vivent autour des sources chaudes et des cheminées hydrothermales au fond des océans. Certaines espèces absorbent les métaux lourds dissous dans l'eau et les excrètent sous forme solide. Personne n'a encore découvert un moyen rentable d'extraire les minuscules concentrations d'or dissous dans les océans, mais des milliards d'onces attendent celui qui saura relever ce défi.

L'histoire de Midas n'est qu'une légende. Mais, comme c'est souvent le cas pour les légendes, il est possible qu'elle se fonde sur une réalité historique. Certains savants pensent que Midas était bien un roi de Phrygie, mais à ce jour personne n'a retrouvé son lieu de naissance ni sa sépulture. Si un jour un archéologue trouve enfin sa tombe, je ne serais pas surpris d'apprendre que Midas avait été enterré avec un immense trésor. J'ai entendu dire que ce type roulait sur l'or.

À DÉCOUVRIR ÉGALEMENT :
Des romans d'aventures à couper le souffle !

ANDY MCDERMOTT

À LA POURSUITE DE L'ATLANTIDE

UNE AVENTURE DE WILDE ET CHASE

La cité engloutie de l'Atlantide fascine les esprits depuis la nuit des temps. Après des années de recherches, la jeune archéologue Nina Wilde pense l'avoir enfin localisée. Aux côtés d'Eddie Chase, un ancien agent des services secrets, elle s'embarque dans une folle aventure archéologique, de l'Iran jusqu'au Brésil, en passant par les sommets de l'Himalaya et le fond des océans. Mais le sinistre Giovanni Qobras, à la tête d'une mystérieuse confrérie, a juré de s'emparer du secret de la cité perdue. Un secret mortel qui menace l'ensemble de l'humanité…

« L'évasion à l'état pur. »
Crime and Publishing

ANDY MCDERMOTT

LE TOMBEAU D'HERCULE

UNE AVENTURE DE WILDE ET CHASE

Nina Wilde en est convaincue, les textes antiques l'attestent: Hercule, le héros mythologique, possédait son propre tombeau. Si elle le découvre, la nouvelle directrice des opérations de l'agence internationale du patrimoine remplira sa mission: protéger les trésors de l'humanité. Mais une mystérieuse cabale est prête à tout pour s'emparer de cette tombe merveilleuse. Pour éviter qu'elle ne tombe entre de mauvaises mains, Wilde et Chase se lancent dans une course contre la montre, de la Suisse à Shanghai en passant par Londres et le Botswana…

« Andy McDermott fait mieux que nous divertir: il s'impose comme un nouveau maître du genre. »
Le Figaro Magazine

À DÉCOUVRIR EN POCHE CHEZ BRAGELONNE

ALEXIS AUBENQUE
RETOUR À RIVER FALLS
UNE ENQUÊTE DE MIKE LOGAN ET JESSICA HURLEY

En ce début d'été, la petite ville de Rivers Falls est le lieu idéal pour les amoureux de la nature. Mais quand des randonneurs découvrent le corps d'une jeune fille, tuée de façon rituelle, la peur s'empare des habitants. Tout juste réélu au poste de shérif, Mike Logan veut éviter un nouveau meurtre. Avec sa compagne la profileuse Jessica Hurley, il s'intéresse à la troupe du Big Circus, dont chacun des membres ferait un coupable idéal. Convaincu que la piste la plus évidente est rarement la meilleure, le reporter Stephen Callahan met en doute cette théorie…

« Le plus américain des auteurs français ! »
Jean-Edgar Cassel - La Griffe noire

ALEXIS AUBENQUE
DES LARMES SUR RIVER FALLS
UNE ENQUÊTE DE MIKE LOGAN ET JESSICA HURLEY

Alors que l'été s'achève, le shérif Mike Logan savoure la tranquillité qui règne sur sa ville. Revenir à River Falls a été la meilleure décision de sa vie, se dit-il. Mais le destin le rattrape : à l'aube, un homme est retrouvé crucifié dans un champ, un mot épinglé à ses habits : « Là est ta place ! » Secondé par la lieutenante Lindsay Wyatt, le shérif enquête dans toutes les directions, avec la terrible impression que d'autres meurtres vont suivre. Plus méfiants que jamais, le journaliste Stephen Callahan et sa consœur Leslie Callwin, spécialiste des tueurs en série, enquêtent en parallèle. Mais à River Falls, l'horreur peut prendre de multiples visages…

« L'auteur nous tient en haleine de la première à la dernière ligne ! »
Femme actuelle

À DÉCOUVRIR EN POCHE CHEZ BRAGELONNE

JOHANA GUSTAWSSON
BLOCK 46

UNE ENQUÊTE D'EMILY ROY ET ALEXIS CASTELLS

Profileuse de renom à Londres, Emily Roy enquête sur une série de meurtres d'enfants. Les corps présentent les mêmes mutilations qu'un cadavre de femme retrouvé en Suède. Étrange *serial killer*, qui change de lieu de chasse et de type de proie…

En Suède, Emily retrouve Alexis Castells, une écrivaine spécialisée dans les tueurs en série. Les deux femmes se lancent dans une traque qui va les conduire jusqu'aux atrocités du camp de Buchenwald, en 1944.

«*Block 46* est d'une efficacité redoutable.»
Nicolas Lefort – «Télématin» sur *France 2*

«Un duo inoubliable, une mécanique implacable, un final époustouflant.»
The Times

JOHANA GUSTAWSSON
MÖR

UNE ENQUÊTE D'EMILY ROY ET ALEXIS CASTELLS

En Suède, sur les rives d'un lac, un tueur abandonne un corps dépecé, les seins, les cuisses et les fesses amputés. À Londres, une femme disparaît. Ses chaussures sont déposées devant chez elle, dans un sachet zippé.
Ces deux crimes portent la signature de Richard Hemfield, un *serial killer* enfermé depuis dix ans, à perpétuité. Comment expliquer qu'ils recommencent ?
Pour remonter aux racines du mal, la profileuse Emily Roy et l'écrivaine Alexis Castells doivent affronter leur propre passé.

«L'écriture de Gustawsson est si vivante qu'elle en est électrisante. Absolument fascinant. »
Peter James

@BragelonneFR

À DÉCOUVRIR EN POCHE CHEZ BRAGELONNE

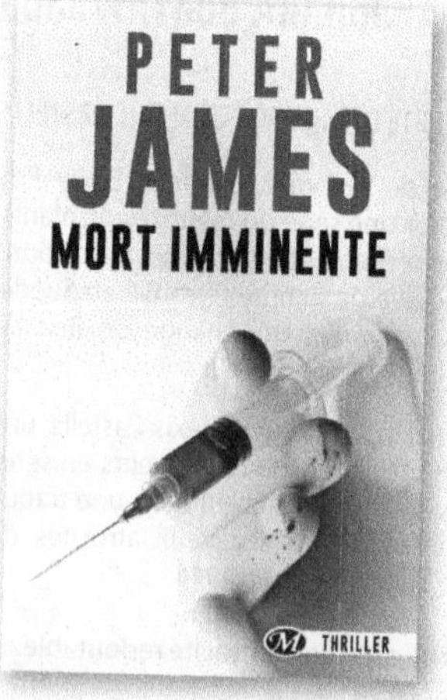

PETER JAMES
MORT IMMINENTE

Tout commence lorsque plusieurs témoins déclarent entendre des coups s'élever d'une tombe dans un cimetière d'une banlieue anglaise. Une exhumation est donc ordonnée, à laquelle la journaliste Kate Hemingway parvient à assister. Ce qu'elle voit dans le cercueil ouvert, elle ne l'oubliera jamais… Ses recherches la conduisent sur les traces d'un anesthésiste obsédé par la question de la vie après la mort. Rien ni personne ne semble pouvoir l'arrêter dans la sinistre mission qu'il s'est donnée…

« Peter James a trouvé son créneau, quelque part entre Stephen King et Michael Chrichton. »
Mail on Sunday

PETER JAMES
DEUIL

Quand l'actrice Gloria Lamark se suicide, Thomas, son fils dévoué, a le cœur brisé. Quelque chose ne tourne pas rond dans un monde où une telle tragédie peut se produire. Il faisait pourtant confiance à son psychiatre, le docteur Tennent, pour la sauver. Il n'aurait pas dû. Ceux qui lui ont fait du mal méritent maintenant de recevoir une bonne leçon…

« On ne joue pas impunément avec l'esprit des gens. »
Babelio

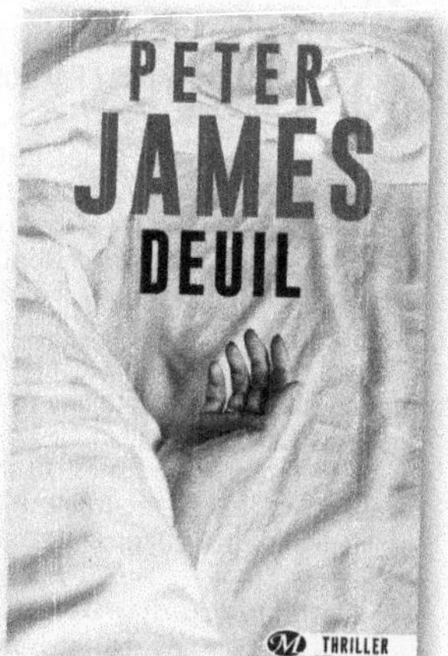

@BragelonneFR

À DÉCOUVRIR EN POCHE CHEZ BRAGELONNE

PETER JAMES
ALCHIMISTE

Que cache vraiment la recherche pharmaceutique ? Monty Bannerman et son père, dont le laboratoire vient d'être racheté par une multinationale, risquent de l'apprendre à leurs dépens. Alertée au sujet de pratiques troublantes, la jeune femme se met à poser des questions embarrassantes et se trouve entraînée dans une spirale terrifiante. Car derrière la façade respectable d'une multinationale qui prétend œuvrer pour le bien de tous, se dissimule un véritable crime contre l'humanité...

« Superbe ! Une intrigue palpitante difficile à lâcher. »

SFX

BOYD MORRISON
L'ARCHE

UNE AVENTURE DE TYLER LOCKE

La brillante archéologue Dilara Kenner mène des fouilles au Pérou lorsqu'elle reçoit des informations cruciales sur la disparition de son père, qui a consacré sa vie à chercher l'arche de Noé. Aux côtés de Tyler Locke, ingénieur de l'armée, elle n'a que sept jours, de Los Angeles à Terre-Neuve, pour retrouver l'arche sacrée.

Amateurs d'Indiana Jones et de thrillers ésotériques à la Dan Brown, ce roman d'aventures est fait pour vous.

« Un thriller percutant, incroyablement réaliste et mené à un train d'enfer. »

James Rollins

@BragelonneFR

À DÉCOUVRIR EN POCHE CHEZ BRAGELONNE

BOYD MORRISON
LA CONSPIRATION ROSWELL
UNE AVENTURE DE TYLER LOCKE

Une organisation terroriste est sur le point d'achever la fabrication de l'arme électromagnétique la plus puissante de tous les temps. Pour la faire fonctionner, elle doit s'emparer d'un mystérieux composant retrouvé à Roswell, aux États-Unis, peu après le crash en plein désert d'un objet volant non identifié. Ce composant, une vieille femme prétend le posséder. En acceptant de la rencontrer, Tyler était loin de se douter qu'il serait précipité dans une des plus grandes affaires d'espionnage du siècle. Ni qu'il ferait face à une des plus sérieuses menaces qu'ait connu l'humanité!

« J'en ai le souffle coupé ! »
James Rollins

BOYD MORRISON
L'HÉRITAGE DU LOCH NESS
UNE AVENTURE DE TYLER LOCKE

Tyler Locke et son équipe ont pu déjouer un attentat lors d'un banquet officiel au premier étage de la tour Eiffel. Mais les terroristes ne comptent pas en rester là: ils ont commencé à répandre un poison redoutable qui accélère le vieillissement. De Paris à Seattle en passant par Israël et les pays arabes, Locke tente d'enrayer une pandémie qui menace de précipiter l'humanité dans une troisième guerre mondiale. Le salut est peut-être tapi au fond d'un loch écossais…

« Une pure montée d'adrénaline ! Si vous aimez Dan Brown et James Rollins, vous adorerez Boyd Morrison. »
Allison Brennan

@BragelonneFR

À DÉCOUVRIR EN POCHE CHEZ BRAGELONNE

BOYD MORRISON
LA VAGUE

Un matin, une pluie de météorites s'abat sur l'océan. Kai Tanaka, le directeur du Centre d'alerte tsunami du Pacifique, ne relève qu'une légère variation sur ses graphiques. Mais quand les communications avec l'île Christmas sont interrompues, il comprend que la nature a déjoué tous les pronostics: un méga-tsunami se précipite sur Hawaï. Il lui reste moins d'une heure pour faire évacuer un million de personnes. Et pour sauver sa famille, qui profite du soleil à Waikiki…

«Un scénario catastrophe à couper le souffle, du suspense et de la science: Boyd Morrison nous fait chevaucher des vagues de terreur.»

Douglas Preston

JACQUES SAUSSEY
PRINCIPES MORTELS

Été 1979. Franck Servin, dix-huit ans, fuit le naufrage du foyer familial pour réviser son bac. Il trouve refuge chez son oncle et sa tante, dans une ferme de la Creuse où, quatre ans plus tôt, son cousin Paul a trouvé la mort sur une route qu'il connaissait depuis l'enfance. Cette tragédie a ouvert une plaie qui ne s'est jamais refermée. Trente ans plus tard, revenu dans la Creuse, là où tout s'est noué, Franck sait qu'il va mourir. Il a quelques heures pour laver sa mémoire et raconter comment, cet été-là, le piège du destin s'est refermé sur les siens.

«Jacques Saussey décrit un monde idéal avant de le déchirer en petits morceaux entre les secrets et les mensonges d'une famille complètement tordue»

Patricia MacDonald

1121790-0
Dépôt légal : juillet 2016
Achevé d'imprimer en France en mars 2023
par Dupliprint à Domont (95)
N° d'impression : 2023031752 - N° d'édition : 6666915